Am Rande der Barbarei

Norman Mailer

Am Rande der Barbarei

Roman

Europaverlag

Titel der amerikanischen Originalausgabe
Barbary Shore

Ins Deutsche übertragen von Walter Kahnert

Umschlag und Einband von Georg Schmid

Printed in Austria
Druck Elbemühl Wien
ISBN 3-203-50606-8

Für Jean Malaquais

1

WAHRSCHEINLICH BIN ICH IM KRIEG GEWESEN. Da ist eine Narbe hinter meinem Ohr, ein ovales, totes Stück Fleisch, auf dem kein Haar mehr wächst. Sie ist jetzt überdeckt, und selbst der ungeschickteste Friseur kann sie verstecken; aber kein Friseur vermag das mit der Narbe auf meinem Rücken. Dafür wäre eher ein Schneider zuständig.

Wenn ich in den Spiegel starre, sehe ich dort ein Gesicht, das unzweifelhaft hübscher ist als das Original, aber die gerade Nase, das gutgeformte Kinn und die weichen Wangen habe ich der kunstfertigen Hand eines Fremden zu verdanken. Es hilft nichts, daß ich mich zu der Feststellung entschließe, daß wenigstens das braune Haar und die braunen Augen stets die meinigen gewesen sein müssen, — ich kann mich nicht daran erinnern, nicht einmal an mein Alter. Ich bin überzeugt, unter fünfundzwanzig zu sein, aber es ist durchaus möglich, daß ich älter bin. Dank denjenigen jedoch, die mich pflegten, erblicke ich das Porträt eines jungen Mannes mit faltenlosem Gesicht im Spiegel.

Es hat eine Zeit gegeben, da ich wie rasend versuchte, mich des Vorfalls zu erinnern, und wo er sich ereignete. Fast gelang es mir, die Flammen, die in die Bordkanzel eindrangen, und das Bild eines zersplitternden Flugzeuges vor Augen zu bringen. Doch ehe ich es ganz beisammen hatte, verwandelte sich das Flugzeug in einen Panzer, in dem ich wie in einer Falle saß. Dann veränderte sich die Umgebung, ein Haus brannte, und ein Balken traf meinen Rücken. Alle diese Katstrophen waren gleichförmig wie Perlen oder wie Geschosse während eines Bombardements — Hunderte ähnlicher Bilder konnte ich mir austüfteln, ohne sicher zu sein, daß eins wirklich stimmte.

Dann und wann kehrt mein Gedächtnis zurück. Nur fällt es schwer, ihm zu vertrauen. Ich bin überzeugt, daß meine Eltern tot sind, daß ich in einem Kinderheim aufwuchs und immer arm war. Jedoch gibt es Tage, an denen ich glaube, mich meiner Mutter zu erinnern, und ich die Vorstellung habe, daß sie es war, die mich erzog. Von den Tauben meint man, daß sie Myriaden Geräusche vernehmen; ihre Stille ist von einem quälenden Rattern, Klingen und Läuten erfüllt. Die Finsternis des Blinden ist von irrenden Lichtern durchzuckt. So stößt auch mein Gedächtnis niemals an eine Mauer, sondern es ist mehr eine Roulette, in der die bedeutungsvollsten und bedeutungslosesten Ereignisse herumwirbeln, so daß ich sie nicht auseinanderhalten oder das Vergangene vom Zukünftigen trennen kann. Die Einzelheiten meiner Lebensgeschichte verlieren sich in der Geschichte der anderen. Ich kann nicht beurteilen, ob etwas wirklich geschehen ist, oder ob ich es mir nur einbilde. Es ist kaum ein Unterschied zwischen einem wirklichen Menschen und dem in einem Buch. Ich finde keinen Weg, um mit Sicherheit zu ermitteln, ob ich ein Land selbst kenne oder nur aus den Beschreibungen anderer. Die Überschriften der Zeitungen sind seit zehn Jahren in mir und doch weit von mir, genauso die Räume, in denen ich gelebt haben muß. Da keine Geschichte zu mir gehört, gehören mir alle Geschichten, und damit gehört mir die Geschichte. Aber in welchem Zustand! Jedesmal, wenn mein Geist eine Erinnerung wachruft, ist es nur ein Stück, und es gibt so wenig Stücke und viel Kopfzerbrechen, sie aneinanderzufügen.

Eine Zeitlang machte ich heftige Anstrengungen, das Vergangene wieder ins Leben zurückzurufen. Ich führte eine umfangreiche Korrespondenz mit den entsprechenden Dienststellen, ich folgte Menschen auf der Straße, weil sie mich neugierig angeschaut hatten, durchforschte Namenslisten, überprüfte Photographien und lag auf meinem Bett und marterte meinen Geist, um ihm ein einziges reales Faktum abzuringen. Aber, wie sehr ich mich auch bemühte, nichts vermochte ich wieder zu beleben, sondern nur die Erfahrung zu gewinnen, daß ich ohne Vergangenheit und damit ohne Zukunft bin. Dem Blinden wächst das Gehör, dem Tauben das Augenlicht. Ich hatte Zweifaches auszugleichen; kein Wunder, daß die Gegenwart mich beherrschte, ja, zwangsläufig beherrschen mußte.

Und mit dem Ablauf der Gegenwart begann ich zu behalten, was in der vergangenen Woche, was im letzten Monat geschehen war; es wurde meine Erfahrung, meine einzige Erfahrung. Dennoch war es eine ganze Welt, und ein Jahr, nachdem ich mich zum erstenmal wiedergefunden hatte, verstand ich es, mich genauso zu verstellen wie die anderen. Ich lebte wie ein Einsiedler in der Wüste, der seine Strafe ausschwitzt und auf ein Zeichen wartet. Jedoch es kam keins, und wahrscheinlich würde nie eins kommen. (Ich zweifle, ob ich jemals zu meiner Kindheit und Jugend zurückfinden werde.) Aber vielleicht ist mir das Skelett der Geschichte klargeworden. Nicht alles ist zwecklos. Ich habe sogar eine Art Gleichgewicht erreicht, wenn man das so nennen darf.

Jetzt, während ich schreibe und außer mir noch andere Menschen sich bemühen, einen Namen, eine Geschichte zu erfinden, um sich Papiere zu verschaffen, frage ich mich, ob ich ihnen gegenüber nicht einen Vorteil besitze. Denn ich habe mich intensiver damit beschäftigen müssen und werde nicht von der Erinnerung an bessere Jahre bedrückt. Wie müssen sie leiden, diese anderen, von welchen Vorstellungen werden sie gequält?

Eine kehrt bei mir regelmäßig wieder. Anscheinend immer dann, wenn ich glaube, sie vergessen zu haben:

Ich sehe einen Reisenden. Bestimmt bin ich es nicht selbst. Ein untersetzter Mann, mittleren Alters, und ich bilde mir ein, daß er gerade eine lange Reise hinter sich hat. Er ist auf einem Flugplatz gelandet, oder sein Zug ist in die Halle eingefahren. Das eine oder das andere; es ist nicht wichtig.

Er hat es eilig, nach Hause zu kommen. Mit Ungeduld erträgt er die unvermeidlichen Verzögerungen bei der Gepäckaushändigung, nimmt ein Taxi, verstaut den Koffer, gibt dem Fahrer seine Anweisungen und lehnt sich bequem in den Rücksitz. Alles ist so friedlich. Empört wendet er seinen Kopf den Kindern zu, die auf dem Fahrdamm spielen.

Er stellt fest, daß er müde ist und schwer atmet. Er entfaltet seine Zeitung und versucht sie zu studieren, aber die Zeilen flimmern, und er legt das Blatt nieder. Plötzlich und unerklärbar ist er niedergeschlagen. Die Reise war lang, beruhigt er sich. Er blickt zum Fenster hinaus.

Das Taxi fährt falsch!

Was soll er tun? Es scheint so einfach, die Hand zu heben und an die Scheibe zu klopfen, aber er hat das Empfinden, daß er den Fahrer nicht stören darf. So blickt er wieder zum Fenster hinaus.

Er ist ein Bürger der Stadt, aber diese Straßen hat er niemals gesehen. Die Gebäude sind so merkwürdig, und die Menschen tragen ungewöhnliche Kleidung. Er sieht sich nach Schildern um, aber die Buchstaben gehören zu einem Alphabet, das er nicht kennt.

Seine Hand greift nach dem Herzen, um das heftige Klopfen zu beschwichtigen. Ich träume, denkt er, und kauert sich zusammen. Er träumt, und die Stadt ist Einbildung und das Taxi ebenfalls. Und weiter geht es.

Ich rufe ihn an. ›Sie irren sich‹, schreie ich. Dennoch hört er mich nicht. ›Die Stadt ist eine wirkliche Stadt, eine materielle Welt, und Ihr Wagen ist die Geschichte.‹ Das sind meine Worte, und dann zerfließt das Bild.

Die Nacht kommt, und ich bin allein mit einer Kerze. Was Phantasie gewesen ist, ist Wirklichkeit geworden. Der Raum, in dem ich schreibe, hat zwar elektrische Leitungen, aber es gibt kein Licht. Die Zeit geht dahin, und ich warte an der Tür und lausche auf die Schritte der Mitbewohner, wenn sie zur Nachtarbeit eilen. In vierzehn Stunden werden sie zurück sein.

So führt der Blinde den Blinden, und der Taube warnt durch Zurufe den anderen, bis sich ihre Stimmen verlieren.

2

Ich meine, daß selbst ein Zauberkasten, um ihn zu öffnen, einen Hebel haben muß. Wenn der Kasten erst einmal offen ist, fragt es sich, ob dann der Hebel nicht seine Rolle ausgespielt hat. Der Inhalt erscheint wichtiger. Wenn ich mit Willie Dinsmore anfange, dann deswegen, weil er als eine Art Hebel diente, den ich, der lange Zeit ein Zauberlehrling bleiben würde, schnell vergaß.

Lassen Sie mich beschreiben, wie ich damals lebte. Ich besaß ein Bett in einem jener Schlafräume für junge Leute, die stets mit einer Sporthalle und einer Cafeteria zusammen errichtet zu werden scheinen. Da solche Einrichtungen unvermeidlich mit der Tendenz entstehen, die Menschen zur Freude an der Gemeinschaft mit anderen zu zwingen, litt ich unter den wechselnden Schlafkameraden und empfand wieder einmal die einzigartige Verlorenheit desjenigen, der kein Privatleben mehr besitzt. Dort zu bleiben, entsprang kaum meinem Entschluß, aber mir blieb keine andere Wahl. Dieses ganze Jahr hindurch empfing ich keine Post, hatte nur oberflächliche Berührung mit wenigen Menschen und ging mancherlei Beschäftigungen nach, die keine besonderen Kenntnisse erforderten. Und mit einer Disziplin, die ich bei mir nicht vermutet hatte, legte ich am Ende jeder Woche regelmäßig zehn Dollar zurück. Ich war von dem Ehrgeiz ergriffen, Schriftsteller zu werden und Kapital darin zu investieren, um es später herausziehen zu können. Mein Plan war, fünfhundert Dollar zu sparen, um mir ein billiges Zimmer zu mieten. Bis auf den Penny hatte ich mir ausgerechnet, daß ich, falls die Miete weniger als fünf Dollar in der Woche betragen würde, sechs Monate zum Leben hätte und dann meinen Roman schreiben oder zumindest ihn beginnen könnte. Als die Summe nahezu beisammen war, begann ich, nach einem billigen Zimmer zu suchen, aber keines war billig genug. Ich stöberte Winkel auf, die dreißig, vierzig und mehr Dollar im Monat kosten sollten, aber das würde meine Ersparnisse zu schnell erschöpft haben. Schon wurde ich ein wenig mutlos, als Willie Dinsmore mir sein Zimmer überließ, nachdem er mich wochenlang wie eine Marionette hatte zappeln lassen.

Dinsmore war Bühnenschriftsteller; außerdem Ehemann und Vater, und so fiel es ihm schwer, zu Haus zu arbeiten. Er hatte sich ein kleines möbliertes Zimmer in einem braunen Ziegelhaus in Brooklyn Heights gemietet. Einmal erwähnte er nebenbei, daß er es mir überlassen würde, wenn er den Sommer über fortginge, und ich hatte von ihm eine Zusage erschmeichelt. Da unsere Bekanntschaft nur gelegentlich aufgefrischt wurde, nahm ich mir vor, den Kontakt mit ihm nicht mehr abreißen zu lassen. Dinsmores Loch kostete nur vier Dollar in der Woche, und ein anderes, gleich billiges, war nirgends zu entdecken.

Ich pflegte ihn jetzt von Zeit zu Zeit zu besuchen und machte mich mit der Gier des besessenen Käufers mit jedem kleinen Vorteil, den das Haus zu bieten hatte, vertraut. Gewiß war ich leicht zufriedenzustellen. Obgleich ich im obersten Stockwerk unter einem flachen Dach wohnen würde und für die Lüftung nur ein einziges Fenster zur Verfügung stand, das auf Wäscheleinen, Hinterhöfe und die Feuerleiter eines Appartementhauses in der nächsten Straße hinabblickte, kam es mir nicht in den Sinn, daran zu denken, wie bedrückend heiß es in einem solchen Loch werden könnte.

Es war nicht mehr als zweieinhalb Meter breit. Wollte man an das Fenster, mußte man einen schmalen Gang zwischen Tisch und Bett passieren. Die Farbe an den Wänden war seit Jahren nicht erneuert worden und zeigte das übliche Gelbbraun aller billigen Wohnungen. Ihre Oberfläche schlug Blasen und blätterte ab, der Putz war stellenweise herabgefallen und an der Decke zum Teil das Gebälk freigelegt. Von den Docks herüber kam der Ruß geflogen und überzog nach und nach das Holz. Der Führungsdraht am

Schiebefenster war gerissen, und der Fensterrahmen ruhte nun mit seinem ganzen Gewicht auf zwei leeren Bierbüchsen, die man zum Abstützen verwendete. Selbst bei vier Dollar in der Woche war das kein allzu günstiges Angebot, aber ich war trotzdem davon sehr angetan.

Ich hatte die Gewohnheit, auf dem Bett zu sitzen und Dinsmore zu beobachten, wie er seine Schriftstücke ordnete, Staub vom Tisch auf den Fußboden beförderte und sich das Gesicht wischte. Er war ein kleiner, gedrungener Mann, der am liebsten rittlings auf einem Stuhl saß, mit dem Kinn auf der Lehne und vornübergebeugtem Körper. In dieser Haltung sah er einem Linienrichter beim Fußballspiel ähnlich, und sein Kopf, der dem einer Buldogge glich, konnte den Eindruck kaum abschwächen. Ich hatte ihm meiner Gewohnheit entsprechend niemals etwas über mich erzählt, aber er nahm an, daß ich ein ehemaliger Kriegsteilnehmer sei. Ich machte mir nicht die Mühe, ihn darüber aufzuklären, daß ich eine gewisse Berechtigung hatte, daran zu zweifeln. Jedenfalls gab sich Dinsmore damit zufrieden. Wie so viele Schriftsteller hatte er an den Menschen wenig Interesse. Es genügte ihm, wenn sie sich entsprechend seinen didaktischen Erfordernissen einordnen ließen, und so wurde auch ich unverzüglich mit dem Etikett »Nachkriegsprobleme« versehen.

»Ich sage dir, mein Junge«, pflegte er zu dozieren, »es ist eine Schande, wie die Menschen in Räumen zusammengepfercht werden. Wie viele von euch Soldaten« — seine Stimme wurde ehrerbietiger, sobald er von ehemaligen Kriegsteilnehmern sprach —, »die verheiratet sind und mit ihrem ganzen Familienanhang zusammen leben müssen, gehen vor die Hunde, bloß weil sie nicht einmal eine lausige Wohnung kriegen können. Schuld sind die Grundstücksbesitzer, und es ist geradezu ein Verbrechen, daß wir einen Krieg gegen die Faschisten geführt haben und unser eigenes Haus von den Faschisten nicht säubern können. Aber ich sage dir, Mikey, sie machen einen Fehler und schneiden sich selbst die

Kehle durch, denn die ehemaligen Soldaten denken nicht daran, es hinzunehmen.«

Ich bekam niemals heraus, ob das wirklich seine Meinung war, oder ob es nur dem Wunsch entsprang, seine Stücke zu rechtfertigen. Das Fade an ihnen war, daß sie einem gewissen oberflächlichen Optimismus dienten, der sich während der Kriegsjahre kräftig entwickelt hatte und sich bei vielen Bühnenschriftstellern und Romanschreibern weiter am Leben erhielt, deren Mangel an politischer Einsicht sie zufrieden sein ließ, wenn sie die Phänomene nach Dinsmores Kategorien einzuteilen vermochten. Im Grunde war es nichts anderes als eine zeitgenössische Abart der bewährten Krücke für die Einfältigen: der gute Kerl und der böse Kerl, und für Männer wie Willie war es bereits bestürzend und gefährlich geworden, daß sich inzwischen die Namen geändert hatten.

Indessen hielt Willie den Kopf gesenkt und seine Augen auf die Malzeichen gerichtet. Sein Held war immer noch der junge Antifaschist, der, aus dem Krieg zurückgekehrt, über die künftige Welt redete, für die er gekämpft hatte. Diese Rede war nicht neu, aber eine verstaubte Rede hat noch niemals einen Bühnenschriftsteller gestört. Und Dinsmore verdoppelte seinen Erfolg, indem er jenen jungen Kriegsteilnehmer immer wieder auftreten ließ, der den Zuhörern erzählte, was für eine Welt er für sein Kind erstrebe.

Es wird inzwischen deutlich geworden sein, daß ich nicht genau Willies Schicksal teilte. Er besaß ein Heim, Familie, eine Position, und jedes dieser drei Dinge war mehr, als ich für mich erwarten konnte. Aber Willie würde immer ein Heim finden. Er war einer von denen, die es nicht ertragen können, eine Frage länger als zehn Sekunden unbeantwortet zu lassen. »Hier sind die Besitzenden und da die Habenichtse«, so erklärte es Willie, »hier die fortschrittlichen Länder und da die reaktionären. Auf der einen Hälfte der Erdkugel gehören dem Volk die Produktionsmittel, und auf der anderen üben die Faschisten die Kontrolle aus.«

Ich versuchte, sanft zu opponieren. »Ebensogut kann man sagen, daß die Mehrheit jedes Landes sehr wenig besitzt, und daß diese Verteilung wahrscheinlich die Grundlage der Gesellschaft bildet.«

Willie zeigte darauf ein schmerzliches Lächeln, und sein Gesicht nahm einen mitleiderregenden Ausdruck an. Sooft ich ihm widersprach, wechselte er den Gegenstand der Unterhaltung. »Nimm das Theater. Es ist ungesund, Mikey, und weißt du warum? Alles ist nur Geschäft. Was wir brauchen, ist wieder ein Theater des Volkes, weißt du, wo du deinen Vierteldollar zahlst und man Arbeitern und Schulkindern das wirkliche Leben zeigt. Ein Arbeitertheater.«

»Gewiß.«

»Das Problem besteht darin, es dem Volk zurückzugeben. Das klassische Theater war immer fortschrittlich. Kunst ist Kampf für das Volk.«

Mich so ausführlich über Willie auszulassen, ist nicht unbedingt notwendig, aber ich wollte immerhin ein Bild von ihm geben, weil er der erste war, der mir gegenüber von Beverly Guinevere sprach, und seine Beschreibung von ihr tat ihre Wirkung noch lange Zeit hinterher, als ich bereits wußte, daß sie nicht zutraf und in vielen Nuancen gefärbt war. Wenn ich Urteilsfähigkeit besessen hätte, würde ich erkannt haben, daß Willie naiv war und seine Meinungen über Menschen nicht mehr Chancen hatten, ins Schwarze zu treffen, als ein Mann, der mit einem Stein ein Ziel zu erreichen versucht, das er nicht sehen kann. Mit der Urteilsfähigkeit hat es seine eigene Bewandtnis. Auf Grund meines Gesichts glaubten die Menschen, mich erst auf zwanzig Jahre schätzen zu können, und oft fühlte ich mich auch wie ein Jüngling, der erstmalig in die Welt der Erwachsenen eindringt, wo jedermann ein seltsames Einzelwesen darstellt. Ich war immer zu leicht bereit gewesen, mich an meinen Eindruck, statt an die Tatsachen zu halten.

Als Willie Guineveres Namen zum erstenmal erwähnte, benutzte er ihn als Einleitung für einen seiner Vorträge. »Eines Tages«, drohte er, »werde ich die Hausverwalterin auf dich hetzen.« Er hielt inne und balancierte auf den Stuhlbeinen. »Das ist eine Person! Wart nur ab, bis du sie getroffen hast. Ich versichere dir, Mikey, wenn du erst dahintergekommen bist, wirst du dich von ihr fernhalten.«

»Warum?«

»Wenn du mit ihr allein im Zimmer bist, fühlst du dich ihr ausgeliefert.« Er unterbrach sich abermals. »Guinevere ist mannstoll.«

Ich erinnere mich, daß ich grinste. »Und wie ist es dir ergangen?«

»Es geschah nichts. Sie ist nicht mein Typ. Sie wird nämlich schon ein bißchen alt und setzt Fett an.« Er warf kennerisch die Lippen auf. »Und dann will ich dir etwas sagen, Mikey, solche Dinge sind etwas anderes, wenn du verheiratet bist. Ich meine, man muß das Psychologische dabei berücksichtigen. Wenn man Kinder hat, ist man mehr in Sorge, sich anzustecken, zu erblinden oder Arm und Bein zu verlieren. Ich bin zwar kein Soldat gewesen, aber den Film über Geschlechtskrankheiten kenne ich.« Und aufgeregt schüttelte er den Kopf. »Erinnerst du dich an den Burschen, der nicht mehr sprechen, sondern nur noch pfeifen konnte? Himmel, ich sage dir, daß wir im ganzen Land mehr Kliniken brauchen, besonders im Süden. Im letzten Jahr habe ich eine Reise durch den Süden gemacht, um bestimmtes Material zu sammeln — heiliger Strohsack, wieviel Dummheit gibt es dort.«

Er rieb sich das Kinn und war ganz in seinen Vortrag versunken. »Die Lebensbedingungen in diesem Land sind hart. Elendsquartiere, jugendliche Verbrecher . . . Ich meine, wenn du das alles zusammenzählst, reicht es zur Anklage.

Und das ist nur das äußere Bild. Wenn du Guinevere nimmst oder eine andere ihrer Art, erkennst du das psychologische Problem: seelischer Tod ist das! Ich glaube, sie zu verstehen, Mikey. Sie ist einsam, das ist alles. Du kannst dir denken, daß sie mir ein Anerbieten gemacht hat. Ich wies sie mit ein paar wohlgesetzten Worten, mit ein paar Scherzworten, zurück, fürchte aber, daß ich ihre Gefühle verletzt habe. Die Menschen wollen nun einmal, daß man gut von ihnen denkt, und so begann sie, sich zu entschuldigen. Sie habe nicht viel geistige Anregung und allerlei Hausarbeit in dieser alten Scheune. Die typische amerikanische Hausfrau mit der umgekehrten Erfolgsstory. Ich wette, daß sie ›Wahre Geschichten‹ liest.«

»Du beschreibst sie nicht gerade sehr anziehend.«

»Ach, in gewissem Sinne hat sie auch Sex-Appeal, aber sie ist ein verrücktes Frauenzimmer. Ich hätte mich mit ihr eingelassen, aber im Hinblick auf ihren Mann, den ich zwar nie gesehen habe, hielt ich es für gemein, es zu tun, wenn er unter demselben Dach schläft.«

Das war die Frau, die nach Dinsmores Worten die Machtbefugnis über sein gemütliches Zimmer hatte.

Wie groß war meine Überraschung, als mich Willie eines Morgens in meinem Schlafraum aufsuchte und mir erklärte, daß er nunmehr aufs Land gehe. Ich war inzwischen zu der Überzeugung gelangt, das Ganze würde damit enden, daß er sein Zimmer irgendeinem anderen Bekannten vermachte. Ich zog mich schnell an und aß mein Frühstück in der Cafeteria, während Willie mir gegenübersaß und seine Zigarettenasche in meinen Teller streute. »Es ist möglich«, sagte er, »daß Guinevere schon irgend jemand das erste frei werdende Zimmer versprochen hat. Wir müssen geschickt vorgehen.«

»Was hoffentlich seine Wirkung tun wird«, erklärte ich.

Wir machten uns auf den Weg zu Guinevere. Für einen Junimorgen war das Pflaster der Bürgersteige noch kühl, und die braunen Ziegelsteinhäuser hatten ihre Würde noch nicht ganz eingebüßt. Die Frühlingsluft trug einen Hauch von Wald und Wiese mit sich, man konnte sich die Gärten vorstellen und die Spalierobstbäume, die hier vor fünfzig Jahren noch gestanden haben mußten. Wir gingen eine Straße entlang, die zu den Docks hinunterführte. Jenseits des Hafens erhob sich die Wolkenkratzerfront im Morgendunst, während sich ein Ozeandampfer flußabwärts seinem Anlegeplatz näherte.

Ich stellte fest, daß Mrs. Guinevere die Souterrainwohnung innehatte — mit dem üblichen Eingang, der sich unter der Vordertreppe verbarg, dem Eisengitter und dem winzigen Vorplatz, auf dessen steinigem Erdboden nicht einmal Unkraut wuchs. Als Dinsmore auf den Klingelknopf drückte, hörte ich es drinnen läuten.

Aus der Wohnung kam das Geräusch sich nähernder Schritte, und dann entstand eine verräterische Pause. »Wer ist da?« schrie eine Stimme.

Willie rief seinen Namen, und der Riegel wurde langsam zurückgeschoben. »Machen Sie schon«, sagte er barsch, »glauben Sie, daß wir den ganzen Tag Zeit haben?«

»Ach, Sie sind es«, rief eine Frauenstimme. »Was, zum Teufel, ist los?« Die Tür öffnete sich einen Spalt. Fleischige, kurze Finger, die sich um die Türkante klammerten, zwei Augen und eine Nasenspitze kamen zum Vorschein. »Immer müssen Sie sich eine Zeit aussuchen, wenn ich zu tun habe.« Ihr Gesicht trat mehr und mehr in Erscheinung, und zwei Locken ungewöhnlich roten Haares wurden sichtbar.

»Kommen Sie, ich möchte Sie mit einem Kollegen bekannt machen — Mikey Lovett.« Dinsmore stellte mich durch den Türspalt vor. Ich grüßte verlegen, und sie starrte mich an. »Angenehm, Mr. Lovett«, sagte sie mit dem unerwartet freundlichen Tonfall eines Telefonfräuleins. »Hoffentlich entschuldigen Sie meine Kleidung.« Damit stieß sie die Tür auf, als ob sie ein Denkmal enthüllen wollte. Ich war überrascht. Dinsmore hatte mich nur ungenügend vorbereitet.

Sie war recht hübsch, wenigstens für meinen Geschmack, hübsch auf eine aufdringliche Art, so daß ich zunächst nur einen gewaltigen roten Haarschopf wahrnahm und darunter eine sich in den Hüften wiegende Frau. Obwohl sie klein und kräftig gebaut war, erschienen ihren Gliedmaßen zart, war ihr Gesicht nicht breit, und um die Hüfte kam sie mir erstaunlich schmal vor; sie verjüngte sich von den breiten Schultern abwärts so sehr, daß es aufreizend wirkte.

»Ich komme einfach nicht zum Anziehen«, sagte sie verdrießlich. »Was seid ihr Männer glücklich dran, euch nicht mit dem Haushalt abgeben zu müssen.«

Den ersten Satz hatte sie mit der Stimme des Telefonfräuleins begonnen und endete beim zweiten mit der Stimme eines Marktweibes. In der Stille, die eingetreten war, schloß sie ihre großen blauen Augen für mehrere Sekunden und schlug sie dann wieder mit geheuchelter Unschuld auf. Wahrscheinlich versprach sie sich davon eine besondere Wirkung, aber da ihre Augen ein wenig vorstanden, war der Erfolg zweifelhaft.

Das Schweigen brachte für sie und Dinsmore die Gelegenheit, Blicke und ein Lächeln auszutauschen. Da ich an ihrer Seite stand, konnte ich sie aus der Nähe betrachten. Es war unmöglich, ihr Alter zu bestimmen, aber ich glaubte sicher zu sein, daß sie unter vierzig war.

»Es ist schon schwer«, gab Dinsmore schließlich grinsend von sich. Seine Stimme wurde schärfer, wenn er zu ihr sprach. »Doch Sie sehen gut aus, sehr gut.«

»Ach, gehen Sie!« Nach dem Vorstellen hatte sie mir keine Aufmerksamkeit geschenkt, aber jetzt wandte sie sich, mit einer Hand auf der Hüfte, mir zu. »Wenn ich dem Burschen Glauben schenkte«, sagte sie, »würde er mir nach zwei Minuten an die Wäsche gehen.«

»Hoffen Sie«, sagte Dinsmore. Sie lachte schallend, und ich hatte den Eindruck, daß sie ihn in die Seite geboxt haben würde, wenn ich nicht zugegen gewesen wäre. Sie spitzte die dünnen Lippen. Dahinter verbarg sich der breite gefärbte Mund, der den stereotypen sinnlichen Ausdruck der Magazinbilder zeigte. »Diese Schriftsteller!« lachte sie, »sie glauben, daß ihnen die Welt gehört.«

Dinsmore erhob abwehrend die Hände, und jetzt, nachdem das Vorspiel erledigt war, änderte sich sein Tonfall. »Hören Sie mal zu, Guinevere, Sie sind doch ein guter Kamerad, wie wäre es, wenn Sie uns einen Gefallen täten?«

»Was für einen Gefallen?« Es war ersichtlich, daß sie das Wort ›Gefallen‹ mit wenig guten Erfahrungen in Verbindung brachte.

»Ich gebe mein Zimmer für zwei Monate auf, und dann können Sie es doch Mikey überlassen?«

Sie runzelte die Stirn. »Aber, wenn ich ein Schild raushänge und neu vermiete, kann ich fünf Dollar extra bekommen.«

»Warum sollte der Hausbesitzer den Verdienst einstekken?« Er stieß ihr den Finger entgegen. »Ich könnte das Zimmer weiterhin bezahlen, und Mikey würde darin wohnen. Das wäre doch ganz in Ordnung.«

Sie zuckte die Achseln. »Ich kann Sie nicht daran hindern.«

»Nun gut, aber warum wollen wir es so kompliziert machen, warum können Sie es dem Jungen nicht direkt überlassen?« Er gab ihr vergnügt einen Klaps auf die Hüfte. »Machen Sie schon, seien Sie nett.«

»Ach, ihr Schriftsteller, ihr seid alle verrückt«, höhnte sie. »Kaum wird man den einen los, kommt schon der nächste.«

»Ich könnte das Zimmer gut gebrauchen«, sagte ich und lächelte verbindlich.

Sie schien mich zu prüfen. Einen Augenblick später nickte sie ärgerlich und sagte: »Na schön, Sie können es haben. Aber die Miete muß jeden Donnerstag bezahlt werden, vier Dollar im voraus. Ich möchte keinen Ärger damit haben.« Sie sagte es mit dem typischen, energischen Tonfall der Vermieterin, aber gleich darauf verteidigte sie sich jammernd, als ob ihr daran liege, die gute Meinung, die jemand von ihr gewonnen haben könnte, nicht einzubüßen. »Ich kann nicht immer hinter den Burschen herjagen. Ich habe genug andere Arbeit und bekomme, weiß Gott, nicht viel dafür. Da muß man sich auf gute Zusammenarbeit verlassen.«

»Ich werde das Geld pünktlich bezahlen«, sagte ich.

»Nun gut, wir wollen es hoffen.« Sie hatte sich widerborstig gezeigt, aber nun, nachdem das Geschäftliche erledigt war, lächelte sie. »Ich werde mich um Sie kümmern, Mr. Lovett. Jeden Donnerstag gibt es neue Wäsche, und es wäre mir eine Hilfe, wenn Sie das Bettzeug abziehen würden, bevor ich nach oben komme.« Sie sagte es ziemlich kokett.

Wir wechselten noch ein paar Worte und machten uns dann auf den Rückweg zu Dinsmores Wohnung. Er schlug mir auf den Rücken. »Sie liebt dich, mein Junge.«

»Woher willst du das wissen?«

»Sie hat dich gern. Ich kann das beurteilen. So einen gutaussehenden Burschen wie dich; du wirst reichlich zu tun bekommen.«

Unwillig griff ich, wie immer bei solchen Gelegenheiten, nach der Narbe hinter meinem Ohr und hatte den Wunsch, das Gesicht zu studieren, das Dinsmore als gutaussehend bezeichnet hatte. »Nein«, antwortete ich, »ich werde nichts mit ihr anfangen, ich muß arbeiten.«

»Bleib nur dabei, Lovett.«

Wir schritten langsam dahin. Es war bereits warm geworden. »Sie ist wirklich unheimlich«, sagte Dinsmore. »Ein komplizierter Charakter.« Er seufzte und strich sich das Haar aus der Stirn. »Im Grunde ein gutes Wesen«, dozierte er, »aber sobald so etwas in Verbindung mit Geld gerät, kehrt sich alles um. Die heutige Gesellschaft ist verrottet.«

»So ist es.«

Als wir vor seinem Haus anlangten, machte er halt, schüttelte mir die Hand und lächelte. »Es freut mich, daß ich dich kennengelernt habe, mein Junge, und daß ich dir einen Gefallen erweisen konnte.« Ehe ich zu einer Antwort kam, fuhr er fort: »Ich möchte dir gern etwas sagen, denn du befindest dich jetzt wie jeder an einem Kreuzweg und wirst dich für eine Richtung entscheiden müssen. Wirst du mit dem Volk oder gegen das Volk marschieren?«

»Ich fürchte, daß ich darüber lange nicht mehr nachgedacht habe.«

»Du wirst es müssen. Wallstreet wird dir keine andere Möglichkeit lassen.« Er lächelte weise, und etwas Hartes und Eitles trat in sein Gesicht. »Eines mußt du dir immer vor Augen halten, nämlich den Hauptfehler dieses Landes. Weißt du, was ich meine?« Ich gestand, daß ich nicht ganz sicher sei.

Er stieß mit dem Daumen gegen meinen Magen, und düster stellte er fest: »Leere Bäuche . . . leere Bäuche! Das ist es, mein Junge.«

So erfolgte unser Abschied, anders als die meisten, mit einer Beschwörung. Ich blickte noch einmal zurück, um ihm zuzuwinken, ehe er ins Haus trat, und dann ging ich zu meinem Schlafraum, um meine Sachen zusammenzusuchen. Es war Zeit, umzuziehen.

Nachdem ich meine Habseligkeiten herübergebracht und ausgepackt hatte, lag ich auf meinem neuen Bett und dachte über den Roman nach, den ich zu schreiben beabsichtigte. Den ganzen langen Sommer über konnte ich in mir selber den Weg zurückverfolgen und feststellen, daß ich alles noch einmal für mich entdecken mußte. So viel hatte ich von der Welt gesehen, aber es war zusammenhanglos geblieben.

Jedoch galt mein Dahinträumen weniger meinem Roman, ich dachte an Guinevere. Sie sei mannstoll, hatte er gesagt. Ein merkwürdiges Wort. Ich hatte es noch niemals gebraucht. Es war schwer, ihre Brüste zu vergessen, die sich üppig aus dem Büstenhalter emporwölbten und so plastisch wirkten, als seien sie von Künstlerhand geschaffen, was ihre Realität noch zu verstärken schien.

Ein Juwel, aber in Messing gefaßt. Heute morgen hatte sie einen Hausanzug getragen und darüber einen Bademantel. Ihr rotes Haar, mit dem sie unzweifelhaft stets experimentierte, war nur notdürftig hochgesteckt und strebte nach allen Seiten von ihrem Kopf fort. An den Füßen aber trug sie Abendschuhe, ihre Nägel waren lackiert, und die Lippen frisch geschminkt. Sie glich einem Haus, dessen Rasen gepflegt war, dessen Küche jedoch ein heilloses Durcheinander zeigte. Ich wäre nicht überrascht gewesen, wenn sie sich umgedreht und wie der leichtbekleidete Star einer Revue — aaah! — plötzlich ihr entblößtes Hinterteil gezeigt hätte.

Die Mannstolle! Als ich im Begriff war, zum erstenmal in meinem neuen Zimmer in Schlaf zu sinken, wurde mir bewußt, daß ich den Wunsch hatte, Guinevere mit ins Bett zu nehmen.

3

Die Dachkammer lag, wie ich schon sagte, drei düstere Stockwerke hoch. Vor Jahren mußte das Gebäude ein recht manierliches Mietshaus gewesen sein, aber jetzt war es in Einzelzimmer aufgeteilt. Im obersten Stockwerk war — eine Meisterleistung des Architekten — kein Fenster, so daß der Treppenabsatz ohne Tageslicht blieb. Eine schwache, immer brennende Glühbirne warf ihr trübes Licht auf meine Tür, auf die Türen zweier Nachbarzimmer, deren Bewohner ich noch nicht gesehen hatte, und auf das Wachstuch des Baderaumes, den wir gemeinsam benutzten.

Es war ein großes Haus, das den Eindruck machte, als ob es unbewohnt sei. Unten waren zwar zehn Namenschilder neben den dazugehörigen nicht funktionierenden Klingelknöpfen, aber eine Woche konnte vergehen, ohne jemandem auf der Treppe zu begegnen. Es machte mir kaum etwas aus. In der letzten Zeit war mein Bekanntenkreis immer kleiner geworden, und als ich meinen Schlafraum verließ, stand ich so gut wie allein. Fürs erste war es mir recht. Ich begann, den Roman zu schreiben, und in meiner vollständigen Abgeschlossenheit machte ich während einiger Tage rechte Fortschritte. Da ich einen guten Teil meines Lebens in Kasernen zugebracht hatte — was mir klar war —, bedeutete für mich ein Raum, der mir allein gehörte, etwas Luxuriöses. Augenblicklich fühlte ich mich frei und ziemlich glücklich. Um alle Vorteile meiner neuen Lage auszunützen, nahm ich meine Mahlzeiten zu beliebigen Stunden ein und schlief je nach Laune.

Das konnte nicht immer so weitergehen. Ein Tag nach dem anderen verstrich, und die Seiten des neuen Manuskriptes häuften sich auf dem Tisch. Und um mich her sammelte sich mit zähem Fleiß der Staub. Welche Pläne ich auch im Hinblick auf Guinevere haben mochte, sie kamen in meiner Passivität nicht zur Durchführung. Niemals sah ich sie. Wie üblich, kümmerte sich die Verwalterin nicht um die Säuberung meines Zimmers, und so vermehrte sich der Staub von Minute zu Minute im Wettbewerb mit dem draußen auf dem Flur. Das ganze Haus war verdreckt. Bis auf das Badezimmer. Es machte den Eindruck, als ob man ihm regelmäßig Aufmerksamkeit schenkte, und bisweilen zeigte es eine so makellose Sauberkeit, daß es mir mysteriös erschien, bis ich McLeod kennenlernte.

Eines Morgens fand ich einen Mann damit beschäftigt, den Fußboden des Badezimmers aufzuwischen. Er blickte auf und nickte mir zu. Seine kühlen, klaren Augen starrten mich durch Brillengläser an. »Sie sind in Dinsmores Zimmer eingezogen?« fragte er schließlich.

Ich beantwortete seine Frage. Er erhob sich von den Knien, stellte sich vor und begann mit ironischer Stimme: »Ich muß Ihnen leider gestehen, daß es um diesen Raum hier immer schlimm bestellt ist. Guinevere bringt es nicht einmal fertig, ein Taschentuch auszuwaschen, und so habe ich die Säuberung des Badezimmers zweimal in der Woche übernommen, kann aber nicht gerade feststellen, daß es viel nützt.« Verdrießlich kratzte er sich am Kinn. »Ich habe Hollingsworth, den Herrn, der in dem anderen Zimmer wohnt, gebeten, gelegentlich mitzuhelfen, aber immer ist er betrunken oder er hat sich eine Hand verstaucht oder sonst ein Wehwehchen.« Er zuckte die Achseln. »Wenn Sie wollen, Lovett, könnten Sie mir beim Reinmachen helfen, aber wenn es Ihnen nicht paßt, können Sie es auch lassen, ich werde es dann weiterhin tun, denn unglücklicherweise habe ich einen Reinlichkeitsfimmel.«

So lernte ich McLeod kennen. Als er mit seiner Rede zu Ende war, umfaßte er den Griff des Schrubbers und schürzte die Lippen. In diesem Augenblick hatte er eine erstaunliche Ähnlichkeit mit einer Hexe. Sein hageres Gesicht nickte mir wie zur Bekräftigung seiner Worte zu, und sein langer, magerer Körper war nachdenklich vornübergeneigt. Als ich nicht gleich antwortete, fuhr er sich, um die Pause auszufüllen, mit einem Kamm durch sein glattes schwarzes Haar, wobei seine scharfe, schmale Nase noch stärker hervortrat.

»Dinsmore sagte mir, daß Sie Schriftsteller sind.«

»So ungefähr.«

»Soso.« Er gab sich den Anschein, als höre er mir aufmerksam zu; er wertete meine Worte, um sie dann beiseite zu tun. »Ich habe Ihnen einen Vorschlag zu machen«, sagte McLeod, »den Sie annehmen oder es auch bleiben lassen können. Sie machen das Badezimmer mittwochs sauber und ich sonnabends.« Er bemühte sich, seinen Worten einen ironischen Anstrich zu geben. Ich fühlte, daß er sich über mich lustig machte.

Gelangweilt gähnte ich: »Wie wäre es, wenn wir einen Vertrag darüber aufsetzten?« Sein Mund, der ernst wirkte, wenn er unbewegt war, erschien spöttisch, sobald er lächelte. Er sah mich verschmitzt an. »Ich habe Sie ein bißchen gekränkt, wie?« Das Lachen veränderte sein Gesicht, so daß er für einen Augenblick jung und fröhlich aussah. Seine nächsten Worte brachte er mit einem selbstzufriedenen Gesichtsausdruck vor; es schien, als lutsche er an einem Bonbon. »Nun, Lovett, das war nur ein Gedanke, nichts weiter.« Und während er immer noch lächelte, prüfte er den Fußboden, fand ihn befriedigend und stellte den Schrubber in eine Ecke. »Ich wohne gegenüber. Kommen Sie doch mal vorbei, wenn Sie angezogen sind.«

Ich folgte seiner Einladung, und wir unterhielten uns eine Stunde lang. Ich hatte geglaubt, daß er sich über seine Person ausschweigen würde, aber seine freimütigen Ausführungen widerlegten diesen Eindruck. Oder richtiger gesagt, er teilte mir mehr an Einzelheiten mit, als er für seine Personalakte preisgegeben haben dürfte. Er war vierundvierzig, wie er sagte, und arbeitete als Schaufensterdekorateur, war in Brooklyn aufgewachsen und immer ein einsamer Mann gewesen. Sein Vater, den er selten sah, lebte in einem Altersheim. Er besaß höhere Schulbildung, die ihm in Brooklyn zuteil wurde. »Immer habe ich hier gelebt«, sagte er mit seinem spöttischen Lächeln. »Ich bin aus New York, bis auf einen kleinen Abstecher nach New Jersey, nicht hinausgekommen. Das ist mein ganzes Leben.« Er brach in Lachen aus.

»Das ist alles?« fragte ich.

»Ich sehe, daß Sie mir nicht glauben, die wenigsten tun es. Das liegt daran, daß ich den Eindruck erwecke, als sei ich ein gebildeter Mensch. Gewiß, gelernt habe ich einiges, aber ich habe es mir selbst beigebracht. Ich bin nicht gesellig und weiß mit meiner Bildung nichts anzufangen. Aber ich lese gern, das muß ich zugeben.«

Damit schob er mich sanft, aber unmißverständlich zur Tür und drückte meine Hand, während mich seine Augen belustigt prüften.

Ich besuchte ihn auch am nächsten und am darauffolgenden Abend. Ich glaube, daß ich mich mit ihm in der ersten Woche fünf- oder sechsmal unterhielt. Trotzdem kann ich nicht sagen, daß wir schnell Freundschaft schlossen. Er besaß eine brutale Aufrichtigkeit, die es erschwerte, sich mit ihm gelassen zu unterhalten. Er ging über irgendeine gelegentliche Bemerkung, die ich machte, hoch und, bildlich gesprochen, ließ er meine Worte durch seine Finger gleiten, als wolle er sie von allen Seiten prüfen. Fortgesetzt befand ich mich in der Verteidigung, lieferte ihm immer wieder neues Wasser auf seine Mühle, und obgleich ich ihn ein wenig bewunderte, verhielt ich mich aus diesem Grunde etwas widerstrebend.

Ihm machte es großen Spaß. Einmal erwähnte ich ein Mädchen, mit dem ich kürzlich etwas gehabt hatte, zuckte die Achseln und sagte: »Aber es war ohne Bedeutung. Schließlich langweilten wir uns und gingen auseinander.«

McLeod zeigte sein schlaues Grinsen, und wieder verzog er den Mund so, als ob er an einem Bonbon lutsche. »So, ihr habt euch wieder getrennt.«

Verwirrt sagte ich schroff: »Gewiß, oder haben Sie so etwas noch nie gehört?«

»Doch, gehört schon. Ich höre es immer wieder. Menschen lassen sich ständig in eine Sache hineintreiben und lassen sie dann wieder im Stich.« Er lehnte sich auf seinem Bett zurück und legte die Fingerspitzen aneinander. »Um die Wahrheit zu sagen, Lovett, ich weiß nicht, was hinter diesen Dingen steckt, diesem Hin und Her. Wie Treibholz kommt es einem vor.«

»Ich kann Ihnen eine Erklärung dafür geben.«

»Oh«, sagte er grinsend. »Sicher können Sie es mir erklären. Ich wollte mir aber nur selbst klarmachen, was es bedeutet, wenn man eine Sache im Stich läßt. Früher, als ich mich mit Frauen abgab, hatte ich mein Vergnügen daran, aber heute scheint mir, wenn ich an die jeweiligen Trennungen zurückdenke, daß es doch oftmals ziemlich niederträchtig war.«

»Wenn man so ein Sadist ist wie Sie«, sagte ich mit einem

Anflug von Spott. Meine Antworten waren alle gleich töricht, und ich war zum Streiten aufgelegt. Gleichmütig steckte er sie ein, und es war nicht verwunderlich, daß ich wütend wurde, weil ich keinen festen Boden unter mir spürte.

McLeod nickte. »Ach ja. Wenn ich meinen Beweggründen nachgehe, finde ich Häßliches genug daran. Damals bin ich ein rechter Schuft gewesen.« Er versicherte es mit größtem Ernst.

Aber fast unverzüglich darauf begann er wieder zu spötteln. »Nun, ich weiß zwar nichts von Ihnen, Lovett, aber wenn ich mich aus einer Sache zurückzog und dann über die Gründe nachzudenken begann, fand ich sie doch ganz interessant. Es gab Frauen, die ich verließ, weil ich sie nicht richtig befriedigen konnte, wenn es auch unangenehm ist, das einzugestehen. Und auch die eine oder andere, die mich liebte und geheiratet zu werden wünschte.« Er begann leise und grausam zu lachen. »›Wie? Heiraten?‹ sagte ich dann. ›Wen, mich? Ich denke, es war von Anfang an klar, daß jeder für sich bleibt.‹« Seine Lippen kräuselten sich, und seine Stimme schien sich in grotesker, gespielter Unschuld zu überschlagen. »›Liebes Kind, da bist du an den Falschen geraten. Ich hielt es für selbstverständlich, daß wir zwei moderne Menschen sind mit modernen Ansichten.‹« Er brüllte vor Lachen. »Ach, du mein Gott.« Und dann, indem er sich spöttisch mir zuwandte, sagte McLeod: »Noch eine, die zum Treibholz wurde.«

»Aber erlauben Sie«, warf ich ein, »muß denn ein Mann jedesmal gleich heiraten, wenn er sich mit einer Frau einläßt?«

»Nein.« Er zündete sich eine Zigarette an und war über mich belustigt. »Sehen Sie, Lovett, zwischen Ihnen und mir besteht ein Unterschied. Sie sind ein ehrlicher Mensch, und ich war es niemals. Zu Beginn hatte ich mit der Dame eine hübsche Unterhaltung darüber, daß keiner von uns die Absicht habe, sich zu binden, und daß es, wohlverstanden, um nichts anderes als ein sauberes, gesundes Vergnügen gehe. Aber sehen Sie, Lovett, dabei ließ ich es nicht bewenden. Der alte Adam, dem man unterworfen bleibt, begann sich in mir zu regen, ich machte Pläne. Verstehen Sie, was ich meine? Ich tat alles, was in meiner Kraft stand, um das Mädchen verliebt zu machen — wieviel Genie habe ich im Bett verschwendet! Und bestimmt habe ich sie zur Liebe gebracht und mich fast zu Tode gequält, um ihr zu zeigen, daß es außer mir keinen Mann auf der Welt gibt, der so wie ich zu lieben versteht.« Er hustete. »Aber sobald sie es bestätigte — war Schluß! Es wurde mir langweilig, und ich dachte, daß es nun an der Zeit sei, auseinanderzugehen.« Er lachte wieder, über sich selbst und über mich. »Und wenn das Fräulein anfing, von Ehe zu sprechen, hätten Sie mich erleben sollen. ›Du bist nur auf Versorgung aus‹, sagte ich ihr, ›und das enttäuscht mich. Wie konntest du mich so betrügen?‹« Wieder einmal brüllte er vor Lachen. »Oh, es war ein verteufelter Trick. *Sie* betrog *mich,* haben Sie das mitbekommen? Und wir gingen auseinander, weil sie mich betrogen hatte!«

»Und ich soll mir die Jacke anziehen?«

McLeod blickte zum Fenster hinaus auf das gegenüberliegende Appartementhaus. Er schien in das Geräusch der Dampfmaschine unten bei den Docks vertieft zu sein, wo man die Nacht hindurch arbeitete. »Ich weiß nicht, Lovett. Es ist immer ganz gut, wenn man über sich selbst Bescheid weiß.«

»Ich glaube, ich weiß es.«

Sein Gesicht war immer noch ausdruckslos und sein dünner Mund wie ein Strich. »Ich vermute, daß es in Ihrem Fall besondere Umstände gibt.« Gleichmütig brachte er die nächste Frage an. »Wäre es Ihnen unangenehm, mir etwas über die Narbe an Ihrem Hinterkopf zu erzählen?«

Hilflos saß ich gefangen. »Das hat Sie nicht zu bekümmern«, brachte ich stotternd hervor und spürte, wie ich vor Ärger rot wurde.

Er nickte ohne ein Zeichen der Überraschung und redete gleichmütig weiter. Wie ein Forscher kam er mir vor, der ein Präparat prüft. »Ich nehme an, daß Ihre Haut noch weitere Narben trägt.«

»Geben Sie es auf.«

»Sie brauchen sich nicht zu erregen«, sagte McLeod ruhig. »Es war nur freundschaftliche Neugier.«

»Was möchten Sie noch wissen?« murmelte ich.

Er antwortete mir indirekt. »Die Analyse, die ich für unsere Motive des Sich-wieder-Trennens gab, ist recht komisch.«

»Wieso?«

»Weil sie für keinen von uns zutrifft. Ich habe sie nur konstruiert. Ich zum Beispiel habe niemals unter übertriebener sexueller Eitelkeit gelitten.«

»Warum haben Sie dann überhaupt davon gesprochen?«

McLeod zuckte mit der Schulter. »Es war mir aufgefallen, wie gleichmütig Sie darüber redeten. Ich wäre nicht überrascht, wenn die Angelegenheit mit dem erwähnten kleinen Mädchen für Ihren Teil schmerzvoll gewesen sein sollte.«

Er hatte nicht so unrecht. Für sie war es ziemlich gleichgültig gewesen, für mich aber schmerzlich. »Möglich«, gab ich unbehaglich zu.

»Sehen Sie, Lovett, von Anfang an habe ich bei Ihnen festgestellt, daß Sie die Sucht haben, sich für einen anderen auszugeben. Vielleicht werden Sie mir auch eines Tages erzählen, warum Sie dieses Zimmer gemietet haben. Scheint mir sehr einsam zu sein.«

»Ich wolte für mich allein sein, nichts weiter.«

McLeod fuhr fort, als ob ich nichts gesagt hätte. »Ein junger Mann, der wirklich allein steht und die üblichen Berührungen mit der Außenwelt tatsächlich verloren hat, könnte sich so verhalten. Oder«, er zog an seiner Zigarette, »es ist auch denkbar, daß Sie sich hier niedergelassen haben, um sich mit mir zu unterhalten, weil es zu Ihrer Aufgabe gehört und Sie dafür bezahlt werden.« Mit einer überraschenden Festigkeit blickte er in meine Augen. Vielleicht erwartete er, daß sie zu flackern anfingen.

»Ich weiß nicht, wovon Sie sprechen«, sagte ich.

»Nein? Nun gut, vielleicht wirklich nicht, mein Junge. Sie sind nicht der Typ, glaube ich«, sagte McLeod geheimnisvoll. »Sie lassen sich nicht binden.« Dann schwieg er.

Solche Unterhaltungen waren nicht gerade beruhigend. Hinterher brachte ich Stunden damit zu, mir Antworten auf seine leicht hingeworfenen Fragen zu geben. Bisweilen wich ich seiner Gesellschaft aus.

Einige Tage waren seit meinem Einzug vergangen, und ich dachte immer noch an Guinevere. Sie würde mir ausgezeichnet liegen. Die einladenden Bewegungen ihrer Hüften ... sicher war sie zu haben. Rückblickend wurde mir klar, daß ich McLeod das erste Mal in der Hoffnung aufsuchte, ganz nebenbei etwas über sie zu erfahren. Es hatte sich aber keine Gelegenheit ergeben, Guinevere zu erwähnen, und jetzt war es unmöglich. Ganz gleich, wie unabsichtlich ich auch meine Frage stellen würde, McLeod dürfte bestimmt den Grund meiner Neugier erraten.

Mit Unterbrechungen erledigte ich meine Arbeit, machte lange Spaziergänge durch die heißen Straßen Brooklyns und teilte meine sechzehn Dollar für Mahlzeiten, ein paar Drinks und das Kino ein. Es war friedlich und einsam, und die letzten Frühlingsabende genoß ich in Vorahnung der furchtbaren und überheißen Mittsommernächte. Ich beobachtete die verliebten jungen Leute, wie sie durch die Straßen der sich weit ausdehnenden Vorstadt promenierten, die sich jenseits der Brooklyn Heights bis zu der schmutzigen Küste hinzog, bis nach Coney Island mit seiner schnellen, billigen Lustigkeit, die die Sonnenhitze erstickt.

4

Nach einer Woche kam Mrs. Guinevere ins Zimmer, um die Bettwäsche zu wechseln. Wieder einmal war sie einzigartig gekleidet. Obgleich es neun Uhr abends war, trug sie ein Nachthemd mit irgendwelcher Unterwäsche darunter, deren kompliziertes Durcheinander von Trägern auf ihren Schultern zu sehen war. Diese ganze Komposition aus Schlüpfern, Gürteln, leichten Gewändern und Bändern wurde von einem kurzen, geblümten Bademantel überdeckt, der oben offen stand und ihre eindrucksvolle Büste freigab.

»Oh . . . guten Abend«, sagte ich und wußte nicht, wie ich fortfahren sollte. Ich war zu vertieft in meine Arbeit gewesen, um rasch einen Übergang zu finden. »Ich glaube, daß ich Ihnen vier Dollar schulde«, brachte ich heraus.

»Jaja.« Sie schien kein großes Interesse an dem Geld zu haben.

Ich kramte in der Schublade meines Schreibtisches, fand meine Brieftasche und bezahlte. In der Zwischenzeit hatte sie die Bettwäsche abgezogen, ein frisches Laken aufgelegt und das Handtuch erneuert. Jetzt seufzte sie vernehmlich und absichtsvoll.

»Wie geht's?« fragte ich.

»Ganz gut.«

Das stimmte sicherlich nicht. »Sie sehen müde aus«, sagte ich vertraulich. »Setzen Sie sich doch.«

Guinevere warf einen Blick auf die zusammengelegten Laken in ihrem Arm und zuckte die Achseln. »Na schön, könnte ich, die Tür steht ja offen«, sagte sie geziert.

Während sie neben mir auf dem Bett saß, seufzte sie abermals. Ich zündete mir eine Zigarette an und stellte fest, daß meine Hände keineswegs ruhig waren. Ich fühlte ihre Gegenwart sehr stark.

»Wie wär's, wenn Sie mir eine anbieten würden?« fragte sie.

Innerlich zitterte ich und tat etwas, was sie überraschen mußte. Ich nahm die Zigarettenpackung und die Streichhölzer und legte ihr beides in den Schoß, obwohl wir nicht einmal einen halben Meter voneinander entfernt saßen. Sie schlug ihre großen blauen Augen auf, blickte mich an und hielt das Streichholz an die Zigarette. Ich wußte nicht, worüber wir uns unterhalten sollten.

Guinevere übernahm die Führung. »Ich habe einen furchtbaren Tag hinter mir«, seufzte sie.

»Mit der Wäsche?«

»Nein.« Sie schüttelte dramatisch den Kopf und starrte mich an. »Nein, meine Nerven haben mir so zugesetzt.« Diesmal hatte sie einen neuartigen rosablauen Lippenstift ausprobiert und nur die natürlichen Formen ihrer Lippen nachgezogen, wodurch sie auf mich weniger anziehend wirkte. »Was haben Sie mit Ihren Nerven?« fragte ich.

Sie spielte mit einer Haarlocke. »Nervös, nichts weiter.« Ihre Augen ruhten auf meiner Schreibmaschine, und ich hatte den Eindruck, daß ihr erst jetzt klar wurde, wen sie vor sich hatte. »Sie sind Schriftsteller, nicht wahr?«

Ich nickte, und sie sagte das, was ich von ihr erwartet hatte: »Ich könnte auch schreiben. Wenn ich an die Dramen denke, die sich tatsächlich vor meinen Augen abgespielt haben« — ihre Stimme hatte jetzt Ähnlichkeit mit der eines Rundfunkansagers —, »und dazu die Erfahrungen meines bewegten Lebens nehme, obgleich Sie es mir nicht ansehen werden, glaube ich, daß ich großen Erfolg hätte, wenn ich das alles zu Papier brächte.«

Wir redeten, ohne in Kontakt zu kommen. Ihre traurige und nachdenkliche Stimme klang so, als ob sie sich an ein unbekanntes Auditorium wende. Ich hustete. »Dann sollten Sie es doch niederschreiben.«

»Nein, das geht nicht. Ich kann mich nicht konzentrieren.« Ihre Hand spielte mit dem Wäschestapel. »Heute ist Wäschetag, aber glauben Sie mir, daß ich nicht fähig war, irgend etwas zu unternehmen? Ich saß da und starrte die Wäsche an, bis mein Mann nach Hause kam. Er hat das Essen für mich gekocht, — ach — gestern nacht war es schrecklich.«

»Was ist denn geschehen?«

»Es überläuft mich kalt, wenn ich nur davon rede.« Sie spielte an ihrem Busen und rückte den Büstenhalter zurecht, um einen Quadratzentimeter der Brüste zu verdecken. »Sie wissen, daß wir die Souterrainwohnung haben und die Fenster bei diesem Wetter offenhalten, und nun raten Sie, was geschehen ist! Eine Katze war hereingekommen und auf mein Bett gekrochen, und als ich um vier Uhr morgens aufwachte, saß sie vor mir und starrte mich an.« Wieder seufzte sie kummervoll. »Es ist ein Wunder, daß ich nicht das ganze Haus mit meinem Geschrei wachgemacht habe. Mein Mann brauchte eine Stunde, um mich zu beruhigen. Und als ich heute morgen den Küchenschrank öffnete, kam dieselbe Katze, ein großes, schwarzes Tier, herausgesprungen und zerkratzte mir das Gesicht. Sehen Sie hier!« Sie zeigte mir einen schwachen roten Strich auf ihrer Wange.

»Aber es ist doch nun vorüber«, sagte ich.

Sie blinzelte in das unabgeschirmte Licht der Glühbirne, die an einer Leitungsschnur über dem Tisch hing. »Nein, das ist es nicht.« Aufgeregt flüsterte sie: »Wissen Sie, was die Katze bedeutet? Den Teufel!«

Sollte ich lachen oder nicht? Ich zog vor, es mit einem Grinsen zu bezweifeln.

»Jawohl«, fuhr sie fort, »vielleicht wissen Sie es nicht, aber das ist eine der Verkörperungen des teuflischen Geistes. Eine schwarze Katze! Es steht in der Bibel, daß sich der Teufel, der enterbte Bruder unseres Herrn, in einer schwarzen Katze verkörpert. Darum bringen schwarze Katzen Unglück.«

Ich fragte mich, ob sie einen Scherz machen wollte. Sie stieß ihre Worte atemlos und in einem feierlichen Ton hervor, der nicht zu dem ersten Eindruck passen wollte, den ich damals von ihr gewann, als sie, die Hand in die Hüfte gestemmt, Dinsmore anschrie: »Ihr Schriftsteller seid alle verrückt.«

»Aber wie wollen Sie das wissen?« fragte ich.

»Mein Glaube sagt es mir. Ich bin Anhängerin der Zeugen Jehovas. Mein Mann ebenfalls. Und daß der Teufel mir erschien, ist ein Zeichen dafür, daß er einen letzten Versuch macht, mich zu fangen. Aber ich weiß jetzt mehr über ihn, und je mehr man von ihm weiß, um so geringer wird seine Chance, einen zu fangen. Darum schickt er mir jetzt Versuchungen.«

Ich konnte nicht länger an mich halten und mußte lachen.

»Ach, ich sehe, Sie glauben mir nicht. Aber wenn Sie wüßten, welche Versuchung er mir in der vergangenen Woche geschickt hat. Wirklich, ich brauche mich nur umzudrehen, und schon macht mir wieder ein anderer Anträge.«

Sie fuhr sich mit der fleischigen Hand in den Brustausschnitt und zog heftig an ihrem Büstenhalter. Er glitt herunter, und ich hatte Mühe, nicht hinzustarren.

»Wenn sie Ihnen Anträge machten, werden sie Grund dazu gehabt haben«, brachte ich listig vor.

»Wie?« schrie sie wild. »Sie wollen doch nicht etwa sagen, daß ihr Banditen noch eine Aufforderung nötig habt. Ihr rennt doch wie die Hunde hinter einem her.«

Sie schien zu fühlen, daß ihr Benehmen mit ihren Worten nicht im Einklang stand. Ihre Stimme wurde wieder traurig, als sie jetzt sagte: »Ach, ich weiß nicht. Die Welt ist voller Sünde. Kein Mensch liebt mehr seinen Nächsten. Die Zeugen Jehovas lehren, daß Christus zum Jüngsten Gericht wiederkehren wird und wir alle auferstehen und gerichtet werden.«

»Nicht viele dürften bestehen.«

»So ist es. Das sage ich immer zu meinem Mann. Sie sind kein Dummkopf, sondern haben Verstand, das wußte ich gleich, als ich Sie zum erstenmal sah.« Als sie den Zigarettenrauch ausstieß, spitzte sie den Mund, und ich hatte die flüchtige Idee, daß sie einen Kuß erwartete. Indessen fuhr sie fort: »Ich verstehe nicht viel von Politik, aber es scheint mir, als ob jetzt alles schief geht. Jeder wendet sich von Gott ab. Wir sind auf dem Weg nach Gethsemane, das ist die Wahrheit. Wir gehen unserem Untergang entgegen.«

Ich lauschte auf den Lärm eines Autos, das unten vorbeifuhr. Sein Schalldämpfer war entzwei, und die Auspuffgase erschütterten die Stille des Abends und bewegten die Luft in meinem Zimmer. Ich konnte sehen, wie der blaßblaue Sommerhimmel sich in der nahenden Nacht verdunkelte. Ich versuchte, mich an die biblische Bedeutung Gethsemanes zu erinnern. »Ja«, fuhr sie traurig fort, »ihr seid alle Verdammte, weil ihr den rechten Weg verlassen habt. Ich sage Ihnen, wir stehen vor einer Weltkatastrophe.« Im gleichen Tonfall fragte sie: »Welcher Glaubensgemeinschaft gehören Sie an?«

»Keiner.«

»Dann sind auch Sie verdammt.«

»Ich fürchte.«

Sie schüttelte den Kopf. »Sehen Sie, einst war ich wie Sie. Aber dann fand ich nach all den Kriegen, Plagen und Hungersnöten heraus, daß nur die Zeugen Jehovas erlöst werden können, weil sie die Wahrheit von unserem Herrn aussagen und nicht falschen Göttern nachlaufen. Sie wissen, daß ich der Fahne keine Ehrerbietung erweise, und kein Mensch kann mich deswegen belangen, weil es mir mein Glaube vorschreibt.«

»Die Zeugen Jehovas werden als einzige erlöst?« Es war eine beiläufige Frage, aber sie schien überrascht zu sein: »Ehrlich gesagt, bin ich nicht ganz sicher.« Sie hätte ebensogut ein weibliches Klubmitglied sein können, das die Frage diskutierte, auf welche Weise man am besten eine Wohltätigkeitsveranstaltung durchführe. »Wahrscheinlich wird es nur unsere Religionsgemeinschaft sein, aber es ist möglich, daß auch andere hinzukommen oder eine Kombination aus unserer Gemeinschaft mit einer erwählten Anzahl von Mitgliedern einiger anderer Gemeinschaften.«

Guinevere zündete sich noch eine von meinen Zigaretten an. »Es ist komisch, daß Sie hier wohnen«, sagte sie beiläufig, »ich meine, in diesem Zimmer.«

»Irgendwo muß ich ja wohnen«, murmelte ich.

»Ja.« Sie dachte darüber nach. »Ihr Schriftsteller seid unheimliche Burschen. Man weiß nie, woran man bei euch ist.« Damit nahm sie die Laken in ihren Arm und stand auf. »Ich muß jetzt gehen«, erklärte sie. »War nett, mit Ihnen zu plaudern.«

Ich versuchte, sie zurückzuhalten. »Wie wäre es, wenn Sie die Säuberung meines Zimmers übernehmen würden?«

»Saubermachen?« fragte sie gedehnt.

»Ich weiß, daß Sie dazu nicht verpflichtet sind, aber würde Sie ein Dollar reizen?« Gleich darauf war ich entsetzt über mein Angebot. Der Dollar würde auf Kosten meiner Mahlzeiten gehen.

»Es ist nicht wegen des Geldes, aber Sie wissen, daß ich viel zu tun habe«, sagte sie. »Es mag so aussehen, als ob das Haus nicht viel erfordert, aber es gehört eine ganze Arbeitskraft dazu.«

»Sie werden schon Zeit finden.« Als ich sie zögern sah, schwand meine Angst um den Dollar.

»Ich weiß nicht. Ich muß es mir überlegen, Lovett.«

Dadurch, daß sie meinen Namen gebrauchte, entstand eine neue Stimmung zwischen uns. Erinnerungen an die plumpe Intimität mit Dinsmore tauchten auf. »Wißt ihr verrückten Jungens eigentlich nicht, daß man sich sein Zimmer selber saubermacht und den Dollar spart?«

»Wir werden noch darüber sprechen«, sagte ich liebenswürdig. »Ich werde Sie in den nächsten Tagen einmal besuchen . . .«

Sie nickte gleichgültig. »Ich bin nicht schwer zu finden.

Ich gehe niemals aus.« Sie stieß die offene Tür mit dem Fuß auf und murmelte etwas vor sich hin. »Arbeit, Arbeit, nichts als Arbeit, Tag für Tag.«

Von der Treppe her rief sie noch einmal zurück: »Sie sollten sich Ihr Zimmer lieber selber saubermachen.«

Ich hörte sie mit ihren ausgetretenen Hausschuhen nach unten schlappen.

5

Meine Freundschaft mit McLeod machte nicht die üblichen Fortschritte. Zwar begann ich, ihn gern zu haben, brachte aber nicht mehr aus ihm heraus, als was er mir damals bereits mitgeteilt hatte. Ich wußte, wo er beschäftigt war, und glaubte zu wissen, wo er geboren wurde, aber mit Geschick verstand er es, sich weiteren Auskünften zu entziehen. Es kam mir vor, als wenn unser Gesprächsthema schließlich immer wieder bei mir endete. Zu meinem Erstaunen erzählte ich ihm eines Tages von meinem Gebrechen, das vor den Menschen zu verbergen, ich mich so bemüht hatte. Er hörte mir zu, nickte, klopfte mit dem Fuß, und als ich mit meinem Bericht fertig war, murmelte er: »Ich habe es vermutet.«

Seine nächste Bemerkung erstaunte mich. Er zog die Luft durch die Nase ein, als ob er sie prüfen wolle, und sagte dann mit sanfter Stimme: »Andererseits verschafft es Ihnen einen einzigartigen Vorteil.«

»Wieso?«

»Sie brauchen sich um Ihre Lebensdaten nicht zu kümmern, und wenn Sie glauben, daß das für gewisse Beschäftigungen nicht von Vorteil ist . . .« Er führte seine Begründung nicht weiter aus, schwieg und stellte keine Fragen mehr.

Dennoch gab es an sich belanglose Vorfälle, deren er sich

mit merkwürdigem Nachdruck annahm. Nachts hielt er sich oftmals nicht in seinem Zimmer auf, und da er sich wahrscheinlich damit beschäftigte, daß ich dies seltsam finden könnte, nannte er mir den Grund dafür: »Gestern war ich auf einer gewissen Party«, sagte er beispielsweise. »Weiber.« Er verzog spöttisch seinen Mund, stieß sein kurzes Lachen aus, während ich unbehaglich grinste, weil ich nicht wußte, warum er lachte.

Ich nahm großes Interesse an ihm. Ich war überzeugt, daß seine Bildung nicht sehr umfassend war, jedoch zeigte er eine wache Intelligenz, und aus den Zitaten, die er gebrauchte, ging hervor, daß er eine erstaunlich große Anzahl von Büchern gelesen und in sich aufgenommen haben mußte. Ich hatte den Eindruck, daß McLeod seine ernsthaften Studien — ich konnte mir nicht vorstellen, daß er aus Vergnügen las — verhältnismäßig spät begonnen und sich an die Lektüre der wichtigsten Werke gemacht hatte. Die Bücher in seinem Regal zeigten wenig persönlichen Geschmack. Ich erwähnte dies ihm gegenüber gelegentlich, und er antwortete mürrisch: »Geschmack, mein Junge, ist Luxus. Ich besitze weder genug Geld, noch habe ich Zeit, mich mit diesem oder jenem zu verzetteln.« Ich schloß daraus, daß er vielleicht einen Dollar in der Woche zurücklegte, den er unter kleinen Opfern sparte, um dann, wenn er genug beisammen hatte, das bestimmte Buch zu erwerben, das er im Augenblick brauchte. Eine solche Selbstüberwindung würde ihn sicherlich einige Mühe kosten, aber er zeigte nicht, wie sehr es ihm zusetzte. Er ließ die Welt nur sein Hohnlächeln sehen und schien alles, was jenseits des faden Kohlgeruches unseres dunklen, verdreckten Mietshauses lag, zu vergessen.

In allem, was er tat, lag etwas Klösterliches, Zuchtvolles. Bisweilen war er unnachgiebig und abstoßend. Er trug nichtssagende Anzüge, die er wahrscheinlich so billig wie irgend möglich erstand, aber nichtsdestoweniger fanden sich immer zwei parallel laufende Bügelfalten auf seinem Hinterteil. Das glatte Haar war stets gekämmt, und niemals zeigte er sich unrasiert. Und sein Zimmer, das so sauber war, wie nur eines in unserem alten Gebäude sauber sein konnte, verriet einen nicht endenden Kampf mit der Decke, die Wasser ausschwitzte, und mit dem Fußboden, der den Staub auffing. Ich stellte zahlreiche Vermutungen über McLeod an. Sein Gehalt war klein, und ich wunderte mich, wie er sich mit so wenigem zufrieden geben konnte, da er doch intelligent und wahrscheinlich auch tüchtig war. Ich baute mir schließlich eine Theorie zusammen aus der Kenntnis seines Zimmers, seiner Kleider, und wie er seine Bücher erwarb. Alles um ihn herum, sagte ich mir, ist bescheiden. Sein Horizont wurde ohne Zweifel durch ein kleines Häuschen in irgendeiner langweiligen Vorstadt begrenzt, und sicher würde er seine Erstgeburt, die ihn niemals erfreut hatte, für eine regelmäßige Beschäftigung und Sicherheit verkaufen. »Den Rest geschenkt«, konnte ich ihn sagen hören. »Ich bin nur ein armer Schlucker, der auf eine gute Pfründe aus ist.«

Es ist wahr, daß er in vielen unserer Unterhaltungen unaufhörlich auf Politik zu sprechen kam, aber ich zeigte wenig Interesse dafür. Er parodierte Dinsmores Worte, gebrauchte fast dieselben Ausdrücke, aber mit einer merkwürdigen Betonung, die schwer erkennen ließ, ob er es ernst meinte oder nicht. Einmal sagte ich zu ihm: »Sie reden wie ein Provokateur«, und McLeod legte daraufhin seine Stirn in traurige Falten. »In Ihrem Munde ist das ein ungewöhnlicher Ausdruck, Lovett«, bemerkte er behutsam. »Ich nehme an, Sie meinen mit ›Provokateur‹ einen Vertreter des Volksstaates jenseits des Meeres, aber ich wundere mich, wo Sie dieses Wort aufgeschnappt haben, denn es zeugt von erstaunlicher politischer Erfahrung.«

Ich lachte und sagte ein wenig zu betont: »Von allen Sinnlosigkeiten, die ein Mensch von sich gibt, wenn er den Mund aufmacht, finde ich die politischen Äußerungen am pathetischsten.«

»Was heißt pathetisch?« fragte er und blickte mich forschend an. »Nun, vielleicht. Und um Ihre Frage zu beantworten, ich glaube kaum, daß ich ein — Provokateur bin. Ich habe Ihnen bereits gesagt, mein Junge, daß ich Gesellschaft meide.« Er grinste verdrießlich. »Man könnte mich vielleicht einen ungebundenen Marxisten nennen.«

Das war ein weiteres ungewöhnliches Vorspiel gewesen. Aber ebenso, wie Dinsmore mir einen falschen Eindruck von Guinevere vermittelt hatte, so führte mich McLeod über Hollingsworth, unseren Nachbar im obersten Stockwerk, irre. An jenem Morgen, als ich McLeod im Badezimmer getroffen hatte, erwähnte er nebenbei, daß Hollingsworth faul sei, und ich kam nun dahinter, daß dieses Wort nichtssagend war. Später drückte sich McLeod genauer aus.

Eines Tages brachte er selbst die Rede auf ihn. »Haben Sie unseren kleinen Freund Hollingsworth schon kennengelernt?«

Als ich den Kopf schüttelte, sagte McLeod, indem er auf seine typische Weise die Worte herausquetschte: »Ich bin neugierig, wie Sie ihn finden werden.«

»Warum?«

Aber so schnell wollte er es nicht verraten. »Sie sind doch Menschenkenner.«

Ich seufzte und setzte mich in meinem Stuhl zurück.

»Er ist ein faszinierender Fall, dieser Hollingsworth«, fuhr McLeod fort. »Ein ziemlich angekränkeltes Subjekt.«

»Kranke Leute langweilen mich.«

McLeods Mund verzog sich vor innerem Gelächter. Ich wartete, bis er sich wieder gefaßt hatte. Er nahm seine würdevoll aussehenden, silberumrandeten Augengläser ab und säuberte sie gemächlich mit dem Taschentuch. »Wissen Sie, Lovett, Sie können sich mit mir nicht unterhalten, ohne Unsinn zu schwätzen. Ich glaube, daß Sie noch nicht zehn Worte gesagt haben, von denen Sie wirklich überzeugt waren.«

»Ich habe gar nichts zu sagen.«

»Genau wie Hollingsworth.« Er lachte wieder, und seine Zunge prüfte mit Behagen einen Zahn im Oberkiefer. »Sein Kopf ist wie ein Müllkasten. Meine persönliche Meinung über ihn kann mit einem Wort ausgedrückt werden: er ist ein Verrückter.«

Damit ließ er das Thema fallen, und wir sprachen von anderen Dingen. Aber als ich ihn abends verließ, wiederholte er: »Daß Sie nicht vergessen, mir Ihre Ansicht über ihn zu sagen.«

Als ich Hollingsworths Bekanntschaft machte, geschah es zufällig. Am nächsten Abend ging ich über den Flur und klopfte an McLeods Tür, aber zu meinem Ärger war er nicht da. Ich stand einen Augenblick enttäuscht im Flur, weil ich an diesem Abend keine Lust mehr zum Arbeiten hatte und nun nicht wußte, was ich beginnen sollte. Auf gut Glück klopfte ich noch einmal.

Ein junger Mann, den ich für Hollingsworth hielt, starrte aus dem benachbarten Zimmer. Ich nickte ihm zu. »Entschuldigen Sie«, sagte ich, »ich habe wohl zu laut geklopft.«

»Ach, das macht nichts.« Er blickte mich in dem trüben Licht des Flures prüfend an. »Sind Sie der Neuzugezogene?«

Ich bestätigte es, und er lächelte höflich. Dann entstand eine Pause. Er unterbrach sie, ohne Verwirrung zu zeigen, und sagte mit großem Ernst: »Es ist verdammt heiß, nicht wahr?«

»So ist es.«

»Ich glaube aber, das Wetter wird sich ändern«, sagte er mit leiser sanfter Stimme. »Es wird Regen geben, und das wird die Luft reinigen.«

Ich murmelte irgend etwas.

Hollingsworth schien anzunehmen, daß nunmehr eine Verbindung zwischen uns bestehe und wir uns nun nicht mehr fremd seien. Er sagte: »Ich nehme gerade einen Drink zu mir, wollen Sie mir nicht Gesellschaft leisten?«

Als ich zustimmte, lud er mich ein, näher zu treten und öffnete eine Bierbüchse. Sein Zimmer war etwas größer als meines oder McLeods, zeigte aber noch weniger freien Raum, weil das Bett groß war und ein geradezu ungeheurer Schreibtisch einen erheblichen Platz einnahm. Ich schob ein paar schmutzige Hemden beiseite, um mich setzen zu können, und als ob ich noch die Berührung mit den Hemden in meinen Fingern spürte, hatte ich sekundenlang das Gefühl des Merkwürdigen und Ungewöhnlichen.

In seinem Zimmer herrschte ein unglaubliches Durcheinander. Mehrere Haufen Schmutzwäsche lagen umher, zwei Schubfächer seines Schreibtisches waren herausgezogen, und Wäschestücke hingen über den Rand. Die Tür des Wandschrankes stand offen, und auf dem Boden lag ein Anzug. Leere Bierbüchsen bemerkte man überall, und der Papierkorb lief über. Der Tisch war mit Bleistiftspänen, mit Tintenflecken, Zigarettenstummeln und einem angebrochenen Karton Briefpapier bedeckt.

Der Fußboden jedoch schien sauber zu sein, man hatte Staub gewischt, und die Fenster mußte man in den letzten Tagen geputzt haben. Auch Hollingsworth sah gepflegt aus. Seine Sommerhosen waren fleckenlos. Er hatte sich rasiert und gekämmt und trug ein offenes, frisches Hemd. Später bemerkte ich, daß auch seine Fingernägel in Ordnung waren. Mit dem Zimmer schien er keine Verbindung zu haben.

»Es ist nett, ab und zu bei einem Bier zusammenzusitzen«, sagte er. »Meine Eltern haben mich zwar immer davor gewarnt, zu viel zu trinken, aber das hier kann einen Burschen doch nicht umwerfen, nicht wahr?«

Wahrscheinlich stammte er aus einer Kleinstadt; sein Gespräch über das Wetter, der Akzent und seine Höflichkeit waren untrügliche Zeichen dafür. Der simple Kleinstadtjunge, der in die Weltstadt gekommen war. Auch sein Körperbau bestätigte es. Er war gut gebaut, unterdurchschnittlicher Größe und erweckte den Eindruck, als ob er leicht und anmutig über einen Zaun springen würde. Auch alles übrige blieb in diesem Rahmen. Er hatte glattes, kornfarbenes Haar, das er an einer Seite gescheitelt trug. Eine Strähne hing ihm über die Schläfe. Seine kleinen Augen zeigten ein kräftiges Blau. Sie fielen sofort auf, weil Nase und Kinn ausdruckslos waren. Seine Sommersprossen regten mich an, über sein Alter nachzudenken. Später erfuhr ich, daß er, wie ich selber, mindestens Mitte zwanzig war, aber viele würden ihn für achtzehn gehalten haben.

Als er in der Mitte des Zimmers stand, spiegelte sich das Licht auf seinem blonden Haar. Das ganze Interieur schien im Widerspruch zu ihm zu stehen, es paßte einfach nicht zu ihm. Vor meinen Augen sah ich ein anderes Zimmer, eines, in dem er während seiner Kindheit geschlafen hatte, mit Bett, Bibel und vielleicht einem Baseballschläger in der Ecke. Wie zur Bestätigung meiner Vermutung war der einzige Wandschmuck seines jetzigen Zimmers ein phosphoreszierendes Kreuz, das auf Pappe gedruckt war. Im Dunkeln würde es leuchten.

Ich hatte die Vorstellung, daß er jeden Morgen sein Zimmer reinigte, Staub wischte und den Läufer säuberte. Dann aber würde, sobald er es verlassen hatte, ein Fremder eindringen, um wild nach etwas zu suchen, was Hollingsworth unmöglich besitzen konnte. Zugleich aber konnte ich mir vorstellen, daß Hollingsworth selbst nach etwas suchte, die Schubfächer herausriß und Kleidungsstücke auf den Boden schleuderte. Natürlich war das reine Phantasie von mir, und doch machte das Zimmer eher den Eindruck, als sei es durch Gewaltanwendung und nicht durch Nachlässigkeit in seinen Zustand geraten.

Nach einigen Minuten fragte ich ihn, wo er arbeite, und er erzählte mir, daß er in einem der großen Bankhäuser der Wallstreet angestellt sei.

»Gefällt es Ihnen?«

Es war charkateristisch für ihn, daß er darauf antwortete:

»O doch, ich kann mich nicht beklagen. Sie sind dort alle sehr nett zu mir und machen mir Hoffnung — wenn sie gewiß auch ihre Gründe dafür haben werden —, daß ich viele Gelegenheiten zum Vorwärtskommen haben dürfte. Aber eine Bürobeschäftigung sagt mir auf alle Fälle zu; es ist eine saubere Arbeit, und ich ziehe saubere Arbeit vor. Was meinen Sie?«

»Ich habe mir nicht viel Gedanken darüber gemacht.«

»Nicht? Nun, ich sehe, daß nicht jeder so denkt wie ich.« Seine Höflichkeit entsprang einer Verwirrung. Er fügte hinzu: »Gewiß spricht manches für den Außendienst, schon wegen der Gesundheit.«

»Ich hasse es, in einem Büro zu sitzen.«

»Mr. Wilson — das ist mein Vorgesetzter — sagte mir, daß es verschiedene Büroarbeiten gibt. Wenn man mit Kunden zu tun hat, anstatt mit Papier, macht das 'ne Menge aus. Er lernt mich für Kundenbedienung an, was mir mehr Spaß machen würde.«

»Glauben Sie, daß Sie dafür geeignet sind?«

Er beschäftigte sich ernsthaft mit meiner Frage. »Doch, ich glaube schon. Ich bin ein sehr guter Verkäufer. Meine Eltern haben einen Laden in Meridabet, meiner Heimatstadt, und ich besitze die Fähigkeit, den Leuten das zu verkaufen, was sie wollen, und ihnen bisweilen auch etwas anzudrehen.« Er setzte ein unsicheres Lächeln auf, was seinem letzten Satz jeden Humor nahm, und sagte: »Ist wohl nicht gerade die richtige Art, Geschäfte zu machen?«

»Das Leben ist schwer, wie man so sagt.«

Er stieß ein heftiges Lachen aus, das mehrere Sekunden anhielt, aber so plötzlich verstummte, daß mir klar wurde, es entsprang keiner wirklichen Fröhlichkeit. Es war nichts weiter als eine andere Geste von ihm.

»Ausgezeichnet!« erklärte er.

Während er auf und ab gegangen war, hatte er eine Pfeife und eine Büchse mit Tabak aufgenommen und spielte nun mit einem Streichholz bedachtsam über dem Pfeifenkopf. Aus der Art, wie er die Pfeife hielt, erkannte ich, daß sie ihm kein Vergnügen bereitete.

»Rauchen Sie das schon lange?«

»Nein, ich erlerne es erst. Ich habe festgestellt, daß Mr. Wilson und andere, die noch über ihm stehen, wie Mr. Court, meistens Pfeife rauchen. Auf dem College tut man es doch wohl auch, nicht wahr?«

»Sicherlich.«

»Ich mache mir nicht viel aus Pfeiferauchen, aber wenn es nötig ist, meine ich, muß ich es eben lernen.« Er tippte mit dem Pfeifenstiel verlegen an seine Zähne. »Wären Sie dagegen, wenn ich eine persönliche Frage an Sie richte?«

»Nein.«

»Sie haben studiert?«

Warum nicht? Also nickte ich bestätigend, und er lächelte vor Vergnügen. »Ich dachte es mir«, fuhr er fort. »Ich habe mich darin geübt, Menschen zu beurteilen. Auf welchem College waren Sie?«

Aufs Geratewohl nannte ich den Namen einer berühmten Universität.

Er nickte bewundernd, als ob ich sie errichtet hätte. »Gelegentlich möchte ich mich gern mit Ihnen über Collegedinge unterhalten. Ich möchte gern wissen . . . haben Sie dort viele Verbindungen angeknüpft?«

Ich widerstand der Versuchung, geschwätzig zu werden, und sagte gleichgültig: »Ich glaube, das hängt davon ab, ob man sie sucht.«

»Sie könnten einem doch bei einer Karriere nützlich sein, meine ich. Alle führenden Männer in meiner Bank haben die Universität besucht. Ich bin intelligent, wie mir jeder bestätigt«, fügte er mit seiner farblosen Stimme hinzu, »und vielleicht hätte ich sie auch besuchen sollen, aber ich haßte den Gedanken, so viele Zeit dort zu vertun. Ist es nicht so?«

Ich sagte nur: »Es handelt sich lediglich um vier Jahre.«

»Das meine ich eben.« Er benutzte einen Vergleich. »Wenn man mit gar zu vielen Konkurrenten um die Wette läuft, hat man wenig Aussicht zu siegen, selbst wenn man ein guter Läufer ist.« Er blickte mich bedeutsam an, und ich stellte wiederum fest, wie ungewöhnlich seine Augen waren. Die Pupillen gingen fast in der Iris unter und reflektierten nur wenig Licht. Zwei verschwommene blaue Kreise starrten mich leblos an. Die Augenhöhlen lagen dich beieinander und wurden durch eine schmale Nase getrennt. Von vorn gesehen sah er wie ein Vogel aus, denn seine Nase war fein gekrümmt, und seine weißen Zähne standen leicht vor. Zwischen dem Zahnfleisch und den mittleren Schneidezähnen im Oberkiefer war eine dunkle Linie zu sehen, die seinem Mund etwas Künstliches gab.

»Darf ich mir die Frage erlauben, womit Sie sich beschäftigen?« sagte er.

»Ich bin Schriftsteller, aber fragen Sie mich nicht, was ich bisher veröffentlicht habe.«

Abermals stieß er sein übertriebenes Lachen aus, das eine Zeitlang andauerte und dann plötzlich verstummte. Eine Vorstellung huschte durch mein Gehirn: ein künstliches Gelächter wie in einer zusammengestückelten Radiosendung mit den nicht vorhandenen begeisterten Zuhörern und diesem ganzen Betrieb der Claqueure, die mechanisch Beifall spenden und auf ein Zeichen wieder verstummen. »Oh, das ist gut!« rief er aus. »Sie haben Humor!« Er hob sein Bier zum Mund und schwenkte es in der Büchse. »Dann kennen Sie sicher eine Menge Bücher.«

»Ja, einige.«

Seine nächste Frage kam tastend: »Können Sie mir einige gute Bücher empfehlen?«

»Welche Art meinen Sie?«

»Oh, Sie wissen schon.«

Ich bemerkte ein paar Magazine und ein Buch auf seinem Tisch. Da meine Neugier geweckt war, sagte ich: »Wenn Sie mir zeigen würden, was Sie lesen, könnte ich mir besser vorstellen, was Sie suchen.«

»Kann sein.« Und als ob er seine Brust dem Hörrohr des Arztes entgegenstreckte, sammelte er die Publikationen auf dem Tisch ein und legte sie vor mich hin. »Das ist immerhin schon einiges.«

»Ja.« Obenauf sah ich die billige Ausgabe einer Anthologie von Briefen berühmter Persönlichkeiten. Das Cellophan war sorgfältig vom Umschlag abgelöst worden. Unter dem Buch lag ein Stapel billiger Magazine, ein Radio-Amateurhandbuch, verschiedene Wildwesthefte und einige vervielfältigte Blätter, die einen Kursus für Gesellschaftstanz enthielten.

»Ich glaube, ich sollte so etwas nicht lesen«, sagte Hollingsworth.

»Warum nicht?«

Aber er gab keine Antwort, sondern kicherte nur. Ich blätterte die Druckschriften durch und legte sie beiseite. »Was für Bücher wollen Sie nun lesen?« fragte ich erneut.

»Nun . . .« Er schien zu zögern. »Als Soldat bekam man eine Menge Bücher, die ich gern las, erotische Bücher, wissen Sie.«

Ich nannte ihm den Titel eines historischen Romans, der ein Bestseller gewesen war.

»Nnnein. Ich erinnere mich nicht an die Titel, aber es handelte sich um amerikanische Männer und Frauen, sehr realistisch, wissen Sie. So wie man selber fühlt.«

Ich erwähnte verschiedene der wichtigsten Romane, die von amerikanischen Autoren zwischen den beiden Kriegen geschrieben worden waren. Es schien Hollingsworth zu befriedigen. Er notierte sich diese Hinweise sehr gewissenhaft in ein kleines Büchlein, das er in seiner Gesäßtasche trug. Als er damit fertig war, fragte er: »Können Sie mir sagen, wie ich an diese Bücher herankomme?«

»Einige könnte ich Ihnen leihen«, bot ich ihm an.

»Oh, das wäre mir sehr angenehm. Sie sind schrecklich hilfsbereit.« Er hatte sich in den neben dem Tisch stehenden Stuhl gesetzt und zupfte an seiner Bügelfalte. »Und sie enthalten viel Realistisches, ja? Ich meine, Sie wissen schon ... tolle Mädchen, und Burschen, die eine Chance zu nutzen verstehen.« Er grinste.

»Wahrscheinlich werden Sie so etwas finden.«

»Ich wundere mich, daß solche Sachen überhaupt gedruckt werden, und frage mich, ob man es erlauben sollte. Atheistisches Zeug, und, wie ich höre, sollen die Bolschewisten für sie eine Menge schreiben.«

»Für wen?«

»Nun für sie.« Er ergriff eine weitere Bierbüchse und bot sie mir an.

Ich fand ihn endgültig langweilig. »Nein, danke, ich muß jetzt wieder in mein Zimmer zurück und an meine Arbeit.«

»Wickeln Sie ihre Geschäfte dort ab?«

»Ich? Nein ...« Mir wurde klar, daß er es vergessen hatte. »Ich schreibe doch.«

»Eine großartige Beschäftigung.« Er begleitete mich zur Tür und redete im Flur weiter.

»Ich bin seit zwei Monaten in New York«, erklärte er plötzlich, »und glauben Sie mir, daß ich bis jetzt noch keines der Elendsviertel entdeckt habe? Ich hörte, daß Harlem so etwas sein soll, obwohl man sagt, daß es die Touristen verdorben haben, stimmt das?«

»Ich weiß es nicht.«

»Die Welt setzt sich aus vielerlei zusammen, denke ich.«

»Ja.«

Plötzlich sah er mich scheel an. »Mit der Frau da unten, Mrs. Guinevere, habe ich recht Interessantes erlebt. Eine schöne Frau.« Sein Gesichtsausdruck stieß mich ab.

»Ich habe allerlei über sie gehört«, sagte ich.

»O ja, sie ist ein Erlebnis, das man nicht mehr vergißt, wie man so sagt.«

»Hmm.« Ich machte ein paar Schritte. »Also, ich muß an die Arbeit.«

»Gewiß, ich verstehe«, sagte er mit seiner leisen Stimme. »Man muß halt arbeiten, wie?« Er nippte nachdenklich an seinem Bier. »Gern würde ich mich wieder einmal mit Ihnen über meine Erfahrungen unterhalten, hätten Sie etwas dagegen?«

»Nein.«

»Unser kleines Gespräch hat mir viel Spaß gemacht.« Er zog sich fast ganz in sein Zimmer zurück, als ich aber stehenblieb, stellte er eine letzte Frage. »Kennen Sie diese Mrs. Guinevere?«

»Ja.«

»Eine ungewöhnlich interessante Frau. Typische New Yorkerin, habe ich gehört.«

Ich war keineswegs sicher, was ich von Hollingsworth halten sollte.

6

Wenn ich in jenem New Yorker Sommer sehr einsam war, dann nur durch meine Schuld. Außerhalb meines Hauses hatte ich nicht viele nähere Bekannte, aber immerhin Menschen, die ich hätte besuchen können. Doch im Laufe der Zeit zerfiel der kleine Kreis endgültig. Als ich Dinsmores Zimmer mit der Absicht bezog, niemand zu sehen, ehe ich nicht mein Werk beendet hatte, war ich mir nicht darüber klar gewesen, daß ich zwar dem Anschein nach einen in mir vorhandenen Wunsch befriedigte, in Wirklichkeit es mir aber zu erschweren suchte, die Grenzen zu überschreiten, die ich mir gesteckt hatte.

Das mag verrückt klingen, entsprach aber den Tatsachen. Ich brauchte weder so vollständig unterzutauchen, noch war es nötig, es als unerträgliche Belastung zu empfinden, wenn ich die Vorstellung hatte, einige belanglose Freunde auf ein paar Stunden zu besuchen. Ein Mann in solcher Lage ist nicht gerade interessant, und es ist nicht notwendig, all die Stunden hier nochmals zu erwähnen, die ich damit zubrachte, mir die möglichen Ablehnungen und Kränkungen auszumalen. Ich stellte mir vor, wie ich mit irgend jemand telefonieren und eine Einladung erhalten würde und wie ich vom ersten Augenblick an, da ich das Haus des Betreffenden betreten hätte, wissen würde, daß es ein Fehler war, die Einladung angenommen zu haben. Die Unterhaltung würde sich hinziehen, ich würde etwas stammeln und mich verzweifelt nach dem Aufbruch sehnen. Und so prüfte ich die Menschen, die ich in dieser Stadt kannte, einen nach dem anderen, und kam zu dem Ergebnis, daß sie für mich weder interessant noch Freunde waren.

Was meine verschwommene Vergangenheit anbelangt, so habe ich einen unermüdlichen Trieb, sie immer und immer wieder zu durchforschen, bis ich mich zuweilen an etwas so stark erinnere, daß ich ganz sicher bin, daß es tatsächlich geschehen sein könnte. Ich glaube, es war auf einem Kriegsurlaub, obgleich das nicht wichtig ist. Ich kannte damals ein Mädchen, das mich liebte, und das ich wiederliebte. Wir lebten eine Woche lang in einem Touristenheim an der See, und diese Woche brachte uns größere Glückseligkeit und heftigeren Schmerz, als ich es je für möglich gehalten hatte. Es war mit ihr immer ein wenig schwierig gewesen, denn sie umgab ihre Liebe mit hunderterlei Vorbehalten, die einer unnatürlichen Scheu entsprangen. Sie war voller Schamgefühl und Männern gegenüber fast gleichgültig. Welches Zusammentreffen von besonderen Umständen und meinem Verhalten es auslöste, weiß ich heute nicht mehr, jedenfalls betete ich sie mit so überzeugender Kraft an, daß mir alles zu gelingen schien. Das Zimmer, in dem wir zusammen lebten, begünstigte es. Sie begann ihren Körper zu lieben, und dann war es nur noch ein Schritt, um den meinen zu lieben. Endlose Stunden lagen wir beeinander, erfüllt vom Glück unseres neuen Wissens. Ich hatte entdeckt, wie ich sie bezaubern konnte, und genoß es. Ich spiegelte mich in ihrem glücklichen Gesicht. Niemals, wie sie mir versicherte, sei ihr ein Mann kühner, phantasievoller und begehrenswerter vorgekommen. In diesen Tagen blühte sie auf, und es machte mich stolz. Wir waren uns sehr nahe. Wir zehrten voneinander, wir schwätzten und gaben uns einander hin, wir aßen Sandwiches, die sie auf das Zimmer brachte, und wir schlichen uns zur Küste hinab zu langen, einsamen Spaziergängen. Wir lebten im Schatten des Krieges, und vielleicht würzte das unser Erleben.

Solange ich mit ihr zusammen war, fühlte ich mich sehr glücklich, aber in dem Augenblick, da ich mit anderen zu sprechen hatte, überfiel mich Schüchternheit. Das Essen bei der Kellnerin zu bestellen, war für mich eine Art Feuerprobe, und ich konnte es nicht über mich bringen, mit der Besitzerin des Touristenheims ein paar Worte zu wechseln. Einmal, an einem heißen Nachmittag, brauchten wir Eiswasser, und ich hatte mein Mädchen gebeten, es zu holen, weil ich mich unfähig fühlte, es selber zu tun.

»Aber Mikey«, hatte sie gesagt — falls sie einen anderen Namen gebrauchte, kann ich mich nicht mehr daran erinnern —, »warum gehst *du* denn nicht? Was ist schon dabei?«

In Gedanken daran war mir der Schweiß ausgebrochen, und ich hatte mich geweigert.

»Nein, ich kann nicht«, sagte ich. »Bitte, geh für mich. Ich kann einfach nicht mit ihr reden.«

Ich war als Sieger daraus hervorgegangen und dennoch unterlegen. Als wir abreisten, und ich glaube, daß ich sie niemals wiedersah, sagte sie nicht ohne literarischen Ehrgeiz: »Siehst du, Mikey, das Zimmer war eine Herzensfalle.« Und diese hochtrabenden Worte waren nicht ganz ohne tiefere Bedeutung.

Das ist eine meiner nicht zahlreichen Erinnerungen, und ich schreibe sie hier nieder, ganz gleich, welche Erklärung man auch dafür haben mag. Daß ich mit den wenigen Leuten, die ich in meinem Haus kannte, in enge Verbindung gelangte und fortschreitend unfähiger wurde, ohne sie auszukommen, war schließlich nur Gewohnheit. Ich war wie ein Hund an der Kette, und innerhalb des kleinen mir zur Verfügung stehenden Kreises lag meine Welt, die die meisten meiner Wünsche und Bedürfnisse befriedigen konnte.

Mit dem Mädchen jener Tage war des öfteren Guineveres Bild als Begleiterscheinung aufgetaucht, so wenig es sich auch mit dem Bild des Mädchens deckte, und es überraschte mich kaum, daß ich ein paar Tage nach der Begegnung mit Hollingsworth den Drang verspürte, die Reise nach unten auszuführen und an Guineveres Wohnung zu klingeln.

Es war nach drei Uhr und Guinevere beim Mittagessen. Als sie mich an der Tür herzlich empfing, war ich verwundert. »Ach, Mr. Lovett, Sie wollte ich gerade sprechen. Kommen Sie bitte herein.«

Ich will Sie nicht damit langweilen, ihre Aufmachung im einzelnen zu beschreiben, es möge genügen, wenn ich erwähne, daß sie so verschiedenartige Kleidungsstücke trug, daß sie sowohl für ein Frühstück im Bett als auch für einen offiziellen Abendbesuch genügt hätten.

»Ich hatte das Gefühl, daß Sie kommen würden«, sagte sie, und ihre Stimme durcheilte alle Tonlagen. »Ich habe gerade fertiggegessen, wollen Sie einen Kaffee?«

»Ja, gern. Ich möchte mit Ihnen etwas Geschäftliches besprechen.« Als Vorwand für meinen Besuch beabsichtigte ich, auf die Reinigung des Zimmers zurückzukommen.

Wir schritten durch die Diele in die Küche, deren Abwaschtisch und Herd mit dem unabgewaschenen Geschirr aller Mahlzeiten der letzten Woche, so schien es, überfüllt waren. Auf dem Küchentisch sah man ein halbverzehrtes Sandwich, eine Tomatenscheibe, irgend etwas auf dem Wachstuch Verschmiertes und vergossenen Kaffee, der sich zwischen den Resten hindurchschlängelte.

»Was Geschäftliches?« fragte sie jetzt erst, und es war offensichtlich, daß meine Worte keinen großen Eindruck hinterlassen hatten. Geschäftliches war profan. »Entschuldigen Sie, wie es hier aussieht«, jammerte sie. »Ich kann niemals richtig in Gang kommen, aber setzen Sie sich und trinken Sie Ihren Kaffee.« Der weite Ärmel ihres imitierten japanischen Kimonos streifte über die Brotkrümel. Sie griff nach dem Abwaschtisch hinüber, fand einen Lappen und wischte einen Teil des Tisches für mich sauber. »Monina«, rief sie plötzlich, »sag Mr. Lovell guten Tag.«

»Tag ditter Laft«, piepste eine Stimme. In der Nische zwischen dem Eisschrank und dem Fenster saß auf einem hohen Babystuhl ein kleines Mädchen von ungewöhnlicher Schönheit. Die Sonne leuchtete in ihrem goldenen Haar und machte die Haut im Gesicht und auf den Armen fast durchsichtig. Mit einer ihrer kleinen Hände umklammerte sie einen Löffel und versuchte sich etwas Haferflockenbrei in den Mund zu schieben. Der Vorgang war schwierig; der Brei war auf den schmalen Lippen und prallen Backen verschmiert. Einen Augenblick dachte in an einen Engel, der zur Erde herabgekommen war, aber an einen traurigen Engel, den die irdischen Lebensformen bestürzten.

»Wie ist sie reizend«, rief ich aus.

»O ja, sie ist hübsch«, sagte Guinevere. »Aber glauben Sie nicht etwa, daß sie es nicht weiß, das kleine Aas.«

Monina kicherte. Ein schlauer Ausdruck trat unter dem Haferbrei in ihr Gesicht. »Mammi häßliche Worte.«

Guinevere jammerte wieder. »Ach, dieses Kind! Es läßt sich nicht unterkriegen.«

»Wie alt ist sie?« Sie kam mir zu groß vor, um noch in einem Babystuhl zu sitzen.

»Dreieinhalb; sie geht ins vierte.« Als ob sie den Grund meiner Frage erraten hätte, sagte sie, ohne den Versuch zu machen, etwas vor dem Kind zu verheimlichen: »Ich behandle sie noch als Baby, weil ich es mir genau ausgerechnet habe. In ein oder zwei Jahren werde ich genug Geld zusammenhaben, um nach Hollywood zu fahren; mit Monina ist das eine sichere Sache, solange sie noch ein Baby ist. Für Fünfjährige gibt es nicht so viele Rollen wie für Kleinkinder von einem Jahr an.« Guinevere hob ihren Unterarm und küßte das Handgelenk. »Oh, eine wunde Stelle! Das kommt von meiner Uhr. Sehen Sie hier.« Und Guinevere gab mir ihren Arm, um ihn zu begutachten. »Fassen Sie hier mal an. Eine richtige Wunde.«

Ich konnte einen blassen roten Fleck feststellen. Ich drückte darauf und ließ meine Finger über den Arm gleiten. »Wie weich er ist«, murmelte ich.

»Ja, ich habe eine wunderbare Haut.« Ihre Augen schlossen sich, sie lehnte sich zurück, und ihr Gesicht zeigte einen gefühlvollen Ausdruck.

Plötzlich riß sie den Arm fort. »Himmel, daran habe ich nicht gedacht!«

»Woran?«

»Sie dürfen es niemand sagen.«

»Was nicht sagen?«

»Daß Monina dreieinhalb ist. Das bleibt unter uns. Sie müssen es mir versprechen.«

Ich zuckte die Achseln. »Gut, ich verspreche es.«

»Ich glaube, nun haben Sie mich in der Hand.« Ihr roter, fleischiger und sinnlicher Mund grinste mich herausfordernd an. »Sie könnten alle meine Hoffnungen zunichte machen, wenn Sie es darauf anlegen.«

»Monina kein Brei mehr«, sagte das Kind.

»Sei still und iß«, kreischte Guinevere, »sonst gibt's was.«

Monina war zufrieden, unsere Aufmerksamkeit erregt zu haben, seufzte wie eine alte Frau und drückte die Rückseite des Löffels an ihre Wange.

»Ich habe mir gute Gelegenheiten mit ihr entgehen lassen. Wenn ich an das Geld denke, das ich mit ihr schon hätte machen können!« Sie schüttelte den Kopf und nippte an ihrem Kaffee. »Niemandem kann man Vertrauen schenken. Ich hatte eine Menge Zusagen, aber was ist dabei herausgekommen?« Sie streckte ihre Hand aus. »Wir wollen eine rauchen, Lovett.«

Schweigend rauchten wir einen Augenblick. »Was wollen Sie in Hollywood?«

Guineveres hervorstehende blaue Augen starrten mich an, und mit geheimnisvoller Stimme sagte sie: »Was wissen Sie, Lovett, was eine Frau durchzumachen hat. Glauben Sie, daß es lustig ist, sich um den Haushalt kümmern zu müssen, obendrein mit diesem Mann, und früher war ich so umworben, hatte meine Liebhaber und verbrachte fidele und aufregende Stunden in den Nachtklubs. Wissen Sie, daß ich einen Maharadscha hätte heiraten können? Und was war das für ein Liebhaber; einer mit Schmiß.« Und als ob sie zu einem Fremden spreche, fuhr sie fort: »Das ist mein Ausdruck dafür, Schmiß.«

Aber inzwischen hatte ich mich an das Rauf und Runter in ihrem Gespräch gewöhnt. »Ja, ich verstehe.«

»Er bat mich, ihn zu heiraten, aber ich wies ihn ab. Und wissen Sie, warum? Wegen seiner dunklen Haut. Ich hätte die Frau eines Maharadschas sein können, aber er war mir unheimlich, und so ließ ich ihn laufen. Aber ich sage Ihnen, wenn ich nochmal 'n Nigger mit so viel Geld antreffe, den Fehler mach' ich nicht noch mal. Ich bin eine junge Frau, Lovett, und vertrödle hier mein Leben. Junge, das waren noch Zeiten, als ich mir die Burschen aussuchen konnte, wie ich wollte.«

»Wie können Sie denn nach Hollywood gehen?« fragte ich hartnäckig. »Was machen Sie dann mit Ihrem Mann?«

»Ich verlasse ihn. Das arme Schwein habe ich doch bloß aus Mitleid geheiratet.« Ihr Blick ging durch die Küche und über die schmutzigen Teller hin. »Ich habe ein zu gutes Herz, dadurch kommt der ganze Kummer. Wenn Sie mich richtig angezogen sehen würden, begriffen Sie, warum es für mich so leicht ist, einen Mann rumzukriegen. Ich brauchte nur zu winken.«

»Und wie wär's mit mir?« tastete ich vor.

»Ach Sie! Was wollen Sie mit mir alter Frau. Wissen Sie denn, daß ich achtundzwanzig bin?« Sie malte mit den Fingern zwischen Brotkrumen. »Junge, wenn ich Ihnen den Namen meines Mannes sagen würde, fielen Sie vom Stuhl.«

»Und wie heißt er?«

Sie lächelte geheimnisvoll. »Mich können Sie nicht fangen.«

Durch das offene Küchenfenster drang eine warme Brise in den Raum und brachte den Geruch nach Laubwerk und Teer von der Straße herein. Ich hatte eine undeutliche Vision. Irgendwo lieben sich Menschen, die Hitze treibt ihnen den Schweiß aus den Poren, und der Sommeratem umhüllt sie zu dieser trägen Stunde. Beinahe streckte ich zärtlich meinen Arm aus.

»Lovett, würden Sie mir einen Gefallen tun?«

»Und welchen?«

Sie legte vertraulich eine Hand in die meine. »Ich habe Lust auf Limonade. Seien Sie doch so nett und holen Sie mir eine Flasche aus dem nächsten Laden. Ich kann Ihnen auch gleich die leeren mitgeben.«

»Warum ich?«

Es verdroß mich, daß sie mich aus meiner Stimmung herausgerissen hatte.

»Ach, machen Sie schon. Ich gebe Ihnen auch einen Fünfer, wenn Sie es tun.« Sie sagte es etwas zögernd.

Ich lachte. »Sie halten mich wohl noch für ein Kind?«

Sie schüttelte den Kopf und war ganz ernst. »Alles, was recht ist, Sie müssen in die Hitze hinaus, es steht Ihnen zu.«

»Ich brauche Ihren Fünfer nicht.«

»Na dann los, tun Sie's auch so!«

Das Ganze war kindisch. »Na gut.« Ich nahm den Vierteldollar und ging schlechtgelaunt fort. Ich war wütend auf mich, daß ich Botengänge für sie erledigte. Verschroben war sie, eine aufgeblasene Person, deren anziehendes Äußere durch ihr verrücktes Wesen fast zunichte gemacht wurde. Dennoch brauchte ich sie. Ich konnte sie allein auf meinem Zimmer haben in der Backofenhitze unter dem Dach; den ganzen Sommer über könnte ein Stelldichein dem anderen folgen.

Ich kaufte zwei Flaschen und ein paar Süßigkeiten und eilte ins Haus zurück. »Hier ist Ihr Geld«, erklärte ich. »Ich schenke es Ihnen.«

»Oh, das ist aber reizend von Ihnen.« Gierig nahm sie den Vierteldollar wie ein unverhofftes Geschenk entgegen. »Sehen Sie auch, daß ich mich für Sie umgezogen habe?«

Es stimmte, und mein Herz hüpfte. Sie trug nur einen schmalen Büstenhalter und kurze Höschen, und ihr Fleisch trat üppig hervor.

»Alles meinetwegen?«

Sie lachte laut. »Bei dieser Hitze kann ich Kleider nicht vertragen. Wenn niemand da ist, gehe ich sogar nackt.« Sie schien darüber nachzudenken. »Wissen Sie, Nacktkultur hat was für sich.«

Monina war aus ihrem hohen Stühlchen heraus und trippelte umher. Einige Male prüfte sie mich mit neugierigen, ungenierten Kinderaugen. »Ditter Laft duut«, sagte sie zu der Mutter.

»Was sagt sie?« fragte ich.

»Sie sehen gut aus«, sagte Guinevere. »Sie wissen es selbst, Lovett.« Jetzt sahen mich beide, Mutter und Kind, an. Mir war nicht sehr behaglich zumute, und Monina, die ich infolge ihrer Babysprache für zurückgeblieben gehalten hatte, schien über ihr Alter hinaus reif zu sein.

»Wann macht sie ihr Nachmittagsschläfchen?« fragte ich.

»Ach, dieses Kind kennt keinen Nachmittagsschlaf. Sowas wie die haben Sie noch nicht kennengelernt. Sie ist genau so lange auf wie ich. Ich schwöre Ihnen, daß sie kaum vor Mitternacht ins Bett geht.«

Guinevere nahm einen tüchtigen Schluck Limonade, und dann reichte sie Monina die Flasche. Das Kind ahmte die Mutter nach, warf ihren kleinen Blondkopf zurück und setzte die Flasche an. Doch hielt sie sie nicht an den Mund, und die Flüssigkeit lief zum großen Teil über ihr Kinn, über das Unterhemdchen und tropfte auf den Fußboden. »Du Schwein«, schrie die Mutter.

Monina kicherte. »Ditter Laft, duut«, sagte sie wieder.

»Warum gehen wir nicht ins andere Zimmer«, schlug ich vor. »Monina kann im Schlafzimmer spielen. — Monina, du gehst ins Schlafzimmer spielen, nicht wahr?«

»Neiiin.«

»Sie folgt mir auf Schritt und Tritt«, sagte Guinevere. »Monina kann ohne mich nicht sein.« Sie gähnte. »Na schön, kommt, dann gehen wir alle ins Wohnzimmer.« Aber »Wohnzimmer« war augenscheinlich mehr als nur ein Wort. Sie setzte wieder eine hochtrabende Miene auf. Mit einer albernen Geste deutete Guinevere auf den Aschenbecher und sagte: »Den können Sie mitnehmen, Mr. Lovett, wenn Sie wollen.« Es war, als umschlösse sie mit dieser Handbewegung eine ganze Dienerschaft, Schnaps und Zigarren.

Zu meiner Überraschung verriet das Wohnzimmer keinen so schlechten Geschmack; die Möbel waren zwar mittelmäßig, aber sie hatte einige hübsche Einfälle gehabt. Eine Sprungfedermatratze auf einem Gestell zeigte eine dunkelgrüne Decke und diente als Couch. Ein paar alte Armsessel hatten moderne Bezüge, und eine dunkelgelbe Wollbrücke harmonierte gut mit den tomatenfarbenen Vorhängen. Es gab mehr Spiegel an den Wänden, als sie benötigen konnte. Die Lampen waren schäbig, und mancherlei Tand lag auf jedem Tischchen herum. Trotzdem vermittelte alles zusammen einen geschlossenen Eindruck. Aber wie bei Menschen, die sich ein Haus bauen, um sich im Grunde damit ein

Denkmal zu setzen, hatte ich auch bei ihr das Gefühl, daß sie mit diesem Zimmer nicht verwachsen war.

Sie ging unruhig umher, bis sie sich schließlich in einem der Sessel niederließ.

»Ein hübsches Zimmer«, sagte ich.

»Doch, ich liebe es sehr, und wieviel Mühe habe ich mir damit gegeben«, sagte Guinevere bedrückt. »Wenn ich mehr Geld hätte, könnte ich mit diesen Dingen etwas anfangen.« Ihre Niedergeschlagenheit war mir unverständlich. Sie schwieg jetzt und starrte den Teppich an. »Junge, war das eine Arbeit«, murmelte sie. Ihre Hand wühlte in dem Geldtäschchen ihrer kurzen Hose und kehrte es nach außen. »Aber erkennt er's an? Nein!« Sie lehnte sich zurück. Ihre Brüste lagen schwer in dem Büstenhalter, und ihre Finger kniffen in einen der Fleischwülste an der Hüfte.

Sie lag wie schlafend, aber überwachte unruhig das Kind, das im Zimmer umhersprang. Ich beobachtete Monina. Sie stand vor einem Spiegel, putzte sich und küßte ihr Handgelenk mit der gleichen hingebungsvollen Bewunderung, die sie an ihrer Mutter gesehen hatte. »Assenbesser«, hörte ich sie flüstern. »Assenbesser nehmen.« Sie schwenkte die Ärmchen, neigte höflich ihr Köpfchen, spielte die Pantomime einer Einladung und lachte begeistert ihrem Spiegelbild zu. Dann hüpfte sie fort und stand nachdenklich vor dem Nippeskram auf einem der Tischchen, nahm eine kleine Schale aus billigem Porzellan zur Hand und vertiefte sich in die Randmalerei.

»Mammi, Monina, Mammi, Monina«, sagte sie laut.

Ein Lächeln huschte über ihr Gesicht, sie näherte sich mir und wiederholte dieselben Worte, indem sie die Schale zu mir emporhob und auf die gemalten Cupidos zeigte.

Guinevere rührte sich schwerfällig in ihrem Armstuhl. »Stell das wieder hin«, schalt sie mit dem Kind, aber der Befehl war zu unbestimmt. Was sollte gelten, die Worte oder der Tonfall?

Monina schmetterte die Schale auf den Boden.

»Oh, du kleines Aas«, schrie Guinevere. »Marsch jetzt, ins Schlafzimmer!«

»Nein!« kreischte Monina.

»Stell dich in die Ecke.«

»Nein!«

Guinevere erhob sich drohend. »Ich hol' den Klopfer«, schrie sie. Monina schmollte und starrte ihre Mutter an.

Schließlich schien sie nachzugeben, sie trödelte zur Tür, dann wandte sie sich um und platzte mit ihrer wirklichen Meinung heraus:

»Mammi pfui machen.«

»Jetzt hol' ich aber den Klopfer.«

Und Monina verschwand.

Guinevere jammerte: »Dieses Kind macht mich noch verrückt.« Mit geschlossenen Augen lachte sie, und ihr Bauch erzitterte vor Heiterkeit. »Ach, du lieber Gott!« Dann begann sie, die Scherben auf dem Boden zusammenzulesen. Sie war nur einen halben Meter entfernt von mir und kniete in einer Stellung, die es mir unmöglich machte, nicht auf ihren Busen zu starren. Sie kicherte wieder und schien ausgezeichneter Laune zu sein. »Dieses Kind!« murmelte sie.

Sie blickte hoch und ein breites, gemeines Grinsen bildete sich auf ihren Lippen. »Sehen Sie, Lovett, nun sind wir allein«, neckte sie.

»Jetzt habe ich, was ich wollte«, sagte ich gedehnt.

»Ach Sie!« Guinevere warf die Scherben in den neben mir stehenden Aschenbecher und setzte sich wieder in ihren Sessel. Sie spreizte sich und befühlte mit angepreßten Armen ihre Brüste. »Mmmm«, schnurrte sie und rieb leise ihre nackten Schultern gegen die Maserung des Bezuges. »Haben Sie schon mal Ihren Rücken gegen Samt gerieben?« fragte sie.

»Ich glaube nicht.« Meine Stimme stockte.

»Oh, ich liebe es. Mmmm«, schnurrte sie wieder. »Junge,

ich wünschte, das wäre Samt. Aber es ist nur Baumwolle und kratzt ein bißchen.« Sie gähnte behaglich. »Ihnen muß ich es gestehen, obgleich ich es noch nie jemand gesagt habe: Wenn ich allein bin, macht es mir Spaß, die Kleider auszuziehen und auf Samt zu liegen.«

War das ein verborgenes Laster, oder war sie durch die jetzige Situation darauf gekommen? »Interessant«, murmelte ich. Mir war kaum bewußt, was ich sagte.

»Ach, das waren Zeiten«, erklärte sie, »tolle Zeiten!«

Ich stand auf und ging zu ihr hinüber. Sie genoß meinen Kuß für einige Sekunden, dann drückte sie mich zurück und hauchte: »Puuh.« Sie lächelte. »Das war schön.«

Ich wollte sie berühren, aber sie fing meine Hand. »Oh, nein, nicht weiter.«

Aber wie der Stier, der die Lanze unterlaufen, sein Horn in die Flanke des Pferdes gebohrt hatte und spürte, daß es zusammenbrach, wollte ich immer wieder zustoßen, zupakken und sie auf dem Erdboden festnageln. Meine Hände umklammerten jeden Teil ihres Körpers. »Puuh«, stöhnte sie wieder, stieß mich aber energisch von sich und stand gleichzeitig auf.

Ich hatte die Arme um sie gelegt; so standen wir, dicht beieinander.

»Was zum Teufel ist nur an mir?« fragte sie zornig und zugleich amüsiert. »Daß ihr Jungens mich nicht zufrieden lassen könnt!«

»Nein«, sagte ich leise.

Sie seufzte und wandte sich ab. »Alle möglichen Männer habe ich schon gehabt, alle waren sie sofort in mich verliebt. Es ist, als ob ich irgend etwas ausstrahle.« Sie drehte sich wieder um und sah mich prüfend an. »Sie wissen, Lovett, daß Sie nicht übel aussehen. Ich könnte mich mit Ihnen einlassen, aber ich will mit andern nichts mehr zu tun haben. Ich weiß nicht warum, nicht meines Mannes wegen, aber ich möchte anständig sein.« Es lag Genugtuung in ihrer Stimme. »Wenn wir beide zusammen sein würden, was hätte ich schon davon, sagen Sie mir das bitte.«

»Ach, hol's der Teufel!« Ich packte sie wieder und küßte sie. Sie schloß matt ihre Augen, und ihre Lippen saugten sich an den meinen fest.

»Was Mammi macht, was Mammi macht!« Monina stand in der Tür und streckte anklagend einen Finger aus.

Zu meiner Überraschung verhöhnte Guinevere das Kind. »Was Mammi macht«, ahmte sie ihr nach. »Wart nur, gleich hol' ich den Klopfer. Marsch, ins Bett.«

»Mammi macht pfui!«

Was mochte in dem Kind vorgehen? Es zitterte, und heiße, wütende Tränen standen in seinen Augen. Doch plötzlich wandte es sich mir kokett zu: »Monina auch Küßchen«, bat sie.

Guinevere schlug ihr auf das Hinterteil. »Geh ins Bett oder ich hol' den Klopfer«, schrie sie mechanisch, und das Kind ging zögernd aus dem Zimmer.

»Da siehst du, was du jetzt angerichtet hast«, murrte Guinevere. »Das Kind hat nun etwas gegen mich und wird es mich fühlen lassen.«

»Es tut mir leid«, sagte ich.

»Damit änderst du auch nichts«, fuhr sie mich an. »Ihr Kerle könnt einem nur Ärger machen.« Sie wandte sich ab, zündete sich eine Zigarette an, und dann lachte sie. »Hier«, sagte sie unerwartet, »hier, du wolltest doch meine Brüste fühlen, hier sind sie.« Und sie nahm meine Hand und führte sie. Ich küßte sie wieder, und schlaff erhob sie die Hand, mit der sie die Zigarette hielt, und umarmte mich.

Es blieb nicht ohne Erwiderung. Der Kuß mußte länger als eine Minute gedauert haben, während meine erregten Hände ihren Körper liebkosten. Jetzt flog auch ihr Atem.

»Hör auf«, sagte sie.

»Komm.« Nichts konnte mich jetzt mehr hemmen. »Komm.«

»Es geht nicht.«

»Doch, hier.«

Sie wehrte ab. »Du bist verrückt — das Kind ist doch da.«

Ich wollte es mir nicht mehr nehmen lassen. »Dann oben in meinem Zimmer.«

»Ich weiß nicht.«

»Du mußt mit raufkommen.«

Sie kniff mich plötzlich. »Nun gut, ich werde kommen.«

»Versprichst du es mir?«

»Ich komme.« Sie jammerte: »Ach, mein Gott, was macht ihr Jungens aus mir.«

»Versprichst du es wirklich?«

»Ja, in zehn Minuten bin ich oben. Geh jetzt, damit ich Monina ins Bett bringen kann.«

Verwirrt und trunken vor Gier wankte ich in mein Zimmer.

7

Guinevere kam nicht.

Ich war wütend. Elend lag ich in der darauffolgenden Stunde in der Backofenluft unter meinem Dach auf dem Bett und starrte die Wände an. Der heiße Sommernachmittag verzog sich und ließ mich erschlafft zurück. Ich machte einen Ansatz zum Lesen, dachte auch daran, meine Arbeit wieder aufzunehmen, aber keines von beiden führte ich aus. Schließlich unternahm ich einen Spaziergang.

Stundenlang ging ich umher und landete bei den Docks, wo ich mich an einer einsamen Ufermauer niedersetzte und Steinchen in das ölige Wasser warf, das um die Pfosten quirlte. Die Dämmerung brach an, und jenseits des Hafens spiegelte sich die Abendsonne in den Wolkenkratzern. Ich nahm mein einsames Abendessen in einer Imbißstube ein, kehrte an meinen Schreibtisch zurück und machte den Versuch, zu schreiben.

Ich kam kaum voran. Nach mehreren Stunden, in denen ich so gut wie nichts fertiggebracht hatte, ging ich wieder aus dem Haus und lief durch die dunklen Straßen. Ich war in der Stimmung, in der man einen Vorsatz nach dem andern faßt. Ich arbeite nicht genug, sagte ich mir, und werde morgen einen neuen Arbeitsplan beginnen. Ganz früh würde ich aufstehen und bis zum Abend schreiben, und das Tag für Tag. Guinevere würde ich links liegen lassen. Bestimmt aber würde ich sie nicht ohne Einladung besuchen.

Eigensinnige haben Phantasie. Unter den zwanzig Daunendecken der Verzweiflung fühlte ich die kleine harte Erbse, daß ich eigentlich froh darüber war, daß Guinevere ihr Wort nicht gehalten hatte. Ich sah uns beide in meinem Zimmer. Die Tür ist verriegelt, und ich liege mit meinem Kopf auf ihren Brüsten, während der Glanz des Sommerlichts um uns ist. Wir fühlen uns glücklich, zufrieden und sicher.

Aber plötzlich klopft es. Wir erschrecken, sehen uns verzweifelt an und suchen nach einem Fluchtweg. Aber es gibt keinen. Das Zimmer hat keine weitere Tür, und das Fenster liegt fünfunddreißig Meter über der Erde. Wir verhalten uns vollkommen still und ziehen die Bettdecke bis zum Nacken herauf. Das Klopfen hört auf, es ist still. Dann wird ein Schlüssel eingesteckt und hin und her bewegt. Wir sind zu Stein erstarrt und warten. Die Tür öffnet sich, und auf der Schwelle steht ein Fremder. Er hebt drohend den Arm, und ich schließe meine Augen und verberge meinen Kopf in den Kissen.

Ich war mir bewußt, daß ich phantasierte, aber trotzdem schauderte ich, während ich in der Juninacht durch die Straßen ging, und Schweiß stand mir auf dem Rücken. Minuten vergingen, bevor ich mich so weit beruhigt hatte, um eine Zigarette anzünden zu können. Ich verharrte lange unter einer Straßenlampe.

Als ich in mein Zimmer zurückkehrte, nahm ich mein Manuskript auf, und impulsiv begann ich noch einmal zu lesen, was ich bisher geschrieben hatte. Ich plante ein anspruchsvolles Werk über ein riesiges Institut, das nicht näher beschrieben wurde, und über die Menschen, die es durchliefen. Das Buch hatte einen Helden und eine Heldin, die sich niemals trafen, solange sie in diesem Institut waren. Nur durch ihre Flucht, die sie getrennt und auf verschiedene Weise durchführten, gelangten sie zur Liebe und zum gegenseitigen Erkennen.

So nüchtern hatte ich es noch niemals formuliert, und als ich das Manuskript niederlegte, schien mir die Fabel absurd, und ich fühlte mich abgrundtief enttäuscht. Einige Kapitel waren gut, aber ich erkannte, daß die Konzeption zu sentimental war, und daß ich kaum voraussehen konnte, wohin es mich führte.

Am nächsten Morgen, nach einer elend verbrachten Nacht, mißachtete ich meinen gestrigen Vorsatz, frühstückte lange, las langsam eine Zeitung und verzögerte den Arbeitsbeginn. Ich schrieb ein paar Seiten und zerriß sie wieder. Mir kamen neue Gedanken; sie waren wirr und eher zerstörend als aufbauend. Aber immerhin bildeten sie ein Ferment. Mehrere Tage lang blieb ich stetig bei der Arbeit, schwankte zwischen Erregung und Niedergeschlagenheit und bohrte mich durch einen Berg, von dessen Größe ich mir kaum eine Vorstellung machen konnte. Häufig dachte ich an Guinevere, aber mein Verlangen war ebenso groß wie mein Zögern, und so blieb ich bei meiner Arbeit.

Schließlich wurde die weiße Flagge gehißt. Eines Morgens kehrte ich in mein Zimmer zurück und fand eine Nachricht von ihr vor. Mit kleiner sorgfältiger Handschrift teilte sie mir mit: Lieber Freund, wo steckst Du? Ich habe Dir was Wichtiges mitzuteilen, komm herunter, wir haben etwas zu besprechen. G.

Damit hatte es sich entschieden. Ich zog mich um, bürstete mein Haar und ging nach unten.

Guinevere öffnete die Tür und zeigte ein schwaches Lächeln. »Hallo«, sagte sie mit sanfter, belegter Stimme. So hätte ein Mädchen ihren ersten Liebhaber begrüßen können, mit niedergeschlagenen Augen und vor Verlangen gezierten Bewegungen. Ich hätte mich nicht gewundert, wenn sie verschämt gesagt hätte: »Kann ich dir überhaupt noch in die Augen blicken?« Sie verblieb einige Sekunden in ihrer Pose, aber da ich keine Notiz davon nahm, streifte sie sie wie einen Mantel ab. »Wo zum Teufel bist du gewesen?« fragte sie.

»Oben. Ich habe auf dich gewartet. Zweiundsiebzig Stunden lang.« Ich hatte mir diese Worte zurechtgelegt.

Es war, als ob ein Schimmer von Genugtuung über ihr Gesicht huschte. Aber fast gleichzeitig begann sie zu protestieren: »Ach, hör mal zu! Das gab damals ein so großes Durcheinander. Kaum warst du fort, wurde Monina krank. Zwei Ärzte mußte ich holen und fünfundzwanzig Dollar hat es mich gekostet. Wirklich, es war zum Verrücktwerden. Erst brachtest du mich völlig durcheinander«, — sie sagte es mit großer Innigkeit, als ob ich ein ungezogener Junge sei, den sie jedoch anbetete — »und dann Monina. Mein Mann mußte mir abends ein Schlafmittel geben.«

»Was war mit Monina?«

»Die Nerven«, seufzte Guinevere. »Aber komm in die Küche. Ich trinke gerade Kaffee.«

Ich schüttelte den Kopf. »Wir wollen ihn im Wohnzimmer trinken. Ich trinke eine Tasse mit.«

So saßen wir kaffeetrinkend im Wohnzimmer, aber in Wirklichkeit war sie unruhig wie eine Katze, die sich bei jedem Geräusch erschreckt. Sie ging hierhin und dorthin, ohne daß sie zu wissen schien, was sie eigentlich wollte. Ein runder Tisch war mit einer Tischdecke versehen worden, und ein silbernes Kaffeeservice stand darauf. Sie goß mit abgespreiztem kleinem Finger ein, und ihr Gesicht hatte sich zu einer fröhlichen Miene entschlossen. Aber wieder war sie im Bademantel, und ein loser Träger ihrer vielfältigen Unterwäsche glitt über ihre Brust.

Einige Augenblicke lang tranken wir schweigend, dann setzte sie sich zurück und starrte mich mit herausforderndem Grinsen an. »Weißt du, Michael, du hättest das an jenem Nachmittag nicht tun sollen. Ich könnte dir hörig werden.«

»Schau an, jetzt nennst du mich Michael. Und wie ist dein Vorname?«

»Guinevere.«

»Und dein Nachname?«

»Smith. Der Name meines Mannes.«

Ich bezweifelte es, nickte aber. Sie beugte sich vor. »Ich bin eine geborene Beverly Guinevere«, sagte sie. »Aber als ich beim Theater war, gewöhnte ich es mir an, mich Guinevere zu nennen. Das ist ein Name, weißt du, wie Margo oder Corina. Und er gefiel mir so, daß ich dabei geblieben bin. Er ist anders als die üblichen Namen.«

»Du warst am Theater?«

Sie nickte bedeutsam.

»Was hast du gespielt?« fragte ich.

»Oh, ich war Star in einer Revue. Was die sich um mich gerissen haben, mein Junge!« Sie blickte verächtlich an sich herunter. »Ich war damals viel schlanker, aber nicht mager, das war ich nie, ich war immer gut anzufassen, ein molliger Typ, aber von der netten Art. Verführerisch. Sie pflegten mich mit den Worten anzukündigen: ›. . . und nun präsentieren wir Ihnen eine Sensation, die verführerisch schlanke Sirene — Guinevere.‹« Wie abwesend strich sie sich zärtlich über den Arm. »Alle waren sie verrückt nach mir. Da war so'n alter Kauz von zweiundsechzig Jahren, der mir tausend Dollar bot, wenn ich mit ihm ins Bett ginge.«

Monina stand plötzlich in der Tür, und Guinevere blickte sie an. Mir war nicht wohl zumute, denn das Kind war völlig nackt. »Sieh dir Monina an«, sagte die Mutter, »wie sie gebaut ist. So war ich auch. Aber seit meiner Heirat habe ich mich gehen lassen.« Plötzlich schreckte sie aus ihren Träumen auf und schrie: »Monina, zieh dir sofort was an!«

Aber Monina drehte sich kokett. Sie hatte die Arme erhoben und die kleinen Hände im Nacken. Ich mußte mich zusammennehmen, um das Kind nicht anzustarren, denn sein Körper war ungewöhnlich. Er zeigte das Miniaturbild einer Achtzehnjährigen mit runden Gliedern und sanften Konturen zwischen Schultern und Hüften. Ihr leuchtendes blondes Haar hob sich reizvoll von der zarten Haut ab.

»Nein«, maulte sie.

»Ich hol' den Klopfer.«

Monina seufzte. Der Klopfer schien ihr auf die Nerven zu gehen, aber obgleich sie sich zurückzog, hätte ich schwören mögen, daß sie von der Diele aus lauschte.

Guinevere goß nochmals Kaffee ein. »Jemand hat mir erzählt, daß du ein Dichter bist, Lovett«, sagte sie.

»Er hat sich geirrt.«

Sie überging es. »Weißt du, Lovett, mir ist eingefallen, daß wir beide zusammen eine Menge Geld verdienen könnten«, sagte sie. »Ich habe einen Stoff, der eine Million wert ist.«

»Warum schreibst du dann nicht?«

»Ich kann es nicht, ich kann nicht schreiben. Ich habe keine Geduld dazu. Aber ich habe die Idee. Ich werde dir die Geschichte erzählen, und du schreibst sie nieder, und wir teilen uns das Geld. Ich schwöre dir, das wird ein Schlager! Wenn ich an das Buch denke, mit dem wir Hunderttausende verdienen könnten! . . . Und ich hab' alles im Kopf!«

Sie war nicht mehr zu halten. »Du mußt sie dir wirklich anhören. Es ist eine wahre Geschichte. Ich habe eine Menge Romane gelesen, aber keiner ist damit zu vergleichen.« Ihre Stimme wurde wieder sachlich. »Und weißt du, sie umfaßt einen langen Zeitraum. Es ist eine ernste Geschichte.« Sie schloß ihre Augen und verharrte mit in die Hand gestützter

Stirn und angestrengten Gesichtszügen. »Ich habe mir vorzustellen versucht, mit welcher Besetzung man sie verfilmen müßte, aber ich bin mir noch nicht darüber klargeworden, und außerdem, glaube ich, wird das Hollywood sowieso von sich aus entscheiden. Aber wenn ich auch nur daran denke, regt es mich auf. Hör zu!

Sie spielt hier in Brooklyn, und die Hauptdarsteller sind ein Arzt, ein wirklich gut aussehender Bursche mit Bart, einem kräftigen, weißt du, und seine Assistentin, die so aussieht wie eine von den blonden Stars, und dann findet er eine dunkelhaarige Freundin, die irgendeine Charakterdarstellerin spielen könnte.« Guinevere zündete sich eine Zigarette an. »Und nun hat es dieser Arzt, der an sich einen anständigen Charakter besitzt, gutmütig ist und so weiter, mit den Frauen. Er hat den größten Erfolg und ist sich vielleicht dessen gar nicht bewußt. Dutzende von Freundinnen sind um ihn herum, und es gibt keine, weißt du, die sich ihm nicht hingeben würde. Aber seine Lieblingsfreundin ist dieser blonde Star, seine Assistentin, ebenfalls ein gutes Kind, das sich sein ganzes Leben lang abrackert und verrückt nach ihm ist. Richtig verliebt, weißt du, aber sie zeigt es nicht und ist nach außen hin ablehnend.« Guinevere seufzt zufrieden. »Die andere aber ist ein Mädchen der Gesellschaft, so'ne Kühle, Reservierte, und sie sucht ihn auf, um ihn zu konsultieren, vielleicht wegen irgend so einer Frauensache, und er nimmt sie, und sie kommen nicht mehr voneinander los. Wochenlang führt er sie aus in Nachtklubs, fährt mit ihr ans Meer, zu Landklubs, und sie geht ihm nicht mehr aus dem Sinn. Es ist wie Zauberei. Aber die ganze Zeit über fühlt er sich auch an die Assistentin gebunden, und gelegentlich sind sie auch zusammen, und zwischen ihnen ist wirkliche Liebe, während es bei der anderen bloß Leidenschaft ist.«

»Dann«, unterbrach ich, »liebt er also die Blonde wirklich?«

»Jawohl.« Aber ohne Atempause fuhr sie fort: »Nun gut. Mit den Eltern von der Dunkelhaarigen gibt es jedoch Krach, denn die mögen den Arzt nicht, weil er ebenso einfacher Herkunft ist wie seine Assistentin. Aber sie können nichts dagegen machen, es ist eben blinde Leidenschaft.« Sie stockte und murmelte vor sich hin: »Einiges deckt sich mit meinen eigenen Erfahrungen.« Sie schnippte die Asche von ihrer Zigarette. »Nun geht das eine Weile so weiter, bis es zu einem Höhepunkt kommt. Er verbringt eine Nacht mit der Vornehmen, und sie wird schwanger. Aber bevor sie es feststellt, ist er sich bereits darüber klar geworden, daß sein wirkliches Interesse der Assistentin gilt, und sie sind sich einig, zu heiraten. Als das dunkle Mädchen ihn niedergeschlagen aufsucht, spricht er mit ihr und überzeugt sie, daß er sie nicht liebt, und daß er eine Operation an ihr vornehmen will. Und hier kommt es zu der ersten großen Szene. Der Doktor operiert die Frau, mit der er sich eingelassen hat, und dabei assistiert die Blonde, die er liebt. Du kannst dir denken, was der Film daraus machen kann, selbst wenn sie mit der Szene Anstoß erregen könnten. Aber ich glaube, sie werden sie trotzdem drehen. Sie könnte auch einen Gehirntumor haben oder was ähnliches. Es würde eine gute Operationsszene werden, verstehst du; wie er seine Anweisungen an die Helferinnen gibt, die ihm die Messer, Zangen und das Verbandszeug reichen, während er kaltblütig als guter, verantwortungsbewußter Arzt seine Arbeit tut.« Guinevere starrte mich wie abwesend an. »Bei der Operation unterläuft ihm ein Versehen. Zwar wird sie das Kind nicht bekommen, aber zugleich tut er etwas, wodurch das Mädchen nie mehr zur Liebe taugen wird. Sie sieht äußerlich unverändert aus, aber innen ist sie ein Krüppel. Sie ist ein schönes Mädchen, aber sie kann's nicht mehr. Als sie dahinterkommt, wird sie wild und beabsichtigt, ihn bloßzustellen, aber seine Assistentin, die ein fabelhafter Mensch ist, überzeugt ihn, daß er die andere heiraten muß, was er auch tut, obgleich zwischen ihnen nie etwas sein kann, und so leben sie zusammen in derselben Stadt, und die Angelegenheit mit der Blonden geht weiter. Sie lieben sich immer noch, und jetzt ist es genau wie damals mit der anderen, er ist verrückt nach ihr und so weiter, und sie liebt ihn. Aber seine Frau, die sich jetzt als ein Aas entpuppt, kommt dahinter, und so verläßt ihn die Assistentin und geht nach New York. Der Arzt aber macht immer mehr Geld und treibt sich nebenbei mit einer Menge Frauen rum, aber sein Herz gehört der blonden Assistentin. Doch sehen sie sich jahrelang nicht.« Sie hielt inne. »Und ahnst du, wie es nun ausgeht?«

Aber so rasch kam das Ende nicht. Ein wundervolles Detail folgte dem anderen. Meine Aufmerksamkeit war dahin, und ich hörte kaum noch zu, denn Monina stand in der Dielentür und gab ein Tänzchen zum besten. Das Kind war immer noch nackt, aber irgendwoher hatte sie sich ein Tablett für Cocktailgläser verschafft, und in einer unglaublich herausfordernden Haltung trug sie es wie ein Feigenblatt, und machte mit ihrem Körper obszöne Bewegungen. Sie kam ein paar Schritte näher, den blonden Kopf hatte sie gefühlvoll zur Seite geneigt, als lausche sie einer exotischen Musik. Aber plötzlich zuckte sie mit einem schmollenden Ausdruck auf den Lippen zurück, und ihre Glieder waren wie von Entsetzen gelähmt. Während die Mutter erzählte, tanzte sie schweigend, als setze sie ihre Worte in Bewegung um. Als die Geschichte zu Ende war, hörte auch der Tanz auf. Monina zog sich zur Tür zurück und fuhr sich zärtlich über die Hüften. Obwohl sie mich niemals angesehen hatte, war mir klar, daß sie das Ganze nur meinetwegen aufführte. Ihre blonden Wimpern zuckten und erreichten fast die Wangen, und wenn sie ihre Augen aufschlug, blickte sie immer nur auf die Wand. Und währenddessen erzählte Guinevere achtlos ihre Geschichte.

»Sie sehen sich in New York wieder, der Arzt und seine Assistentin, nachdem seine Frau gestorben ist, und es geht wieder von vorne los. Ich meine, mit Trinken und Lieben, und nichts kann sie mehr aufhalten. Und die Assistentin erzählt ihm nicht, daß sie ein Baby von ihm bekommen hat, nachdem er sie verließ, denn sie weiß, daß er ihr keinen Glauben schenken und annehmen wird, es sei von einem anderen. Aber der Arzt will sie heiraten, und sie hält ihn hin, weil sie nicht weiß, was sie mit dem Kind anfangen soll. Und da sie es ihm doch nicht erzählen kann, bringt sie es um. Bedenke, ihr eigenes Kind! Und sie wird verhaftet und der Arzt ebenfalls, denn ich habe ganz zu erwähnen vergessen, daß er den Totenschein ausgestellt hat, als sie ihn schließlich doch einweihte. Und zum Schluß kommen sie ins Gefängnis. Vor ihrer letzten Stunde aber können sie durch einen gutmütigen Wärter zusammen sein, und dort in der Zelle gehören sie sich zum letztenmal, und das läßt sie ihre Hinrichtung leichter ertragen.«

Monina kam bei den letzten Worten ihrer Mutter auf Zehenspitzen zu mir gerannt, hielt in Reichweite vor mir an, und mit einem kindlichen, verliebten Ausdruck hob sie das Feigenblatt über ihren Kopf und stellte sich triumphierend zur Schau.

Zum erstenmal sah sie mich an, als ob ich wirklich vorhanden sei. Aber im nächsten Augenblick verwirrten sich ihre Züge vor Entsetzen. Ihr Mund verzerrte sich plötzlich, die Augenbrauen zogen sich zusammen, und sie brach in lautes Jammergeschrei aus. Innerhalb einer Minute verwandelte sie sich in ein kleines hysterisches Frauenzimmer.

8

Wir machten Milch heiß und brachten Monina zu Bett. Guinevere saß neben dem Kind, strich ihm über das Haar und summte in völliger Abwesenheit Bruchstücke von Wiegenliedern vor sich hin, so daß ich überzeugt davon war, daß sie mich ganz vergessen hatte. Eine Träne, die vielleicht wirklich echt war, lief ihr über die Wange. »Du bist alles, was ich habe«, flüsterte sie einmal, und der Ausdruck dieses Gefühls, der Mitleid mit sich selbst einschloß, leuchtete auf ihrem Gesicht.

Schließlich beruhigte sich Monina und schlief ein. Wir legten den Finger an den Mund und verließen auf Zehenspitzen das Zimmer, schlossen die Tür und gingen in die Küche.

Ich war erschüttert. Wie der Zeuge eines Unglücksfalles, hatte ich das Bedürfnis darüber zu sprechen, aber Guinevere gab mir wenig Gelegenheit dazu. »Puuuh«, sagte sie, »so habe ich sie noch nie gesehen.« Sie stützte einen Ellbogen auf den Tisch und kaute an einer Brotrinde. Was sie auch immer an Monina entdeckt haben mochte, jetzt wollte sie es verbergen. »Himmel, das war eine Sache. Ich begreife das Kind nicht«, sagte sie ungezwungen.

Mit Moninas Anfall hatte sich Guineveres Benehmen verändert. Sie war vom Stuhl aufgesprungen, hatte Monina ergriffen und ihr wütend auf das Hinterteil geschlagen. »Wie lange macht sie das schon?« hatte mich Guinevere angeschrien. Als ich stotternd hervorbrachte, daß Monina bereits einige Minuten im Zimmer war, drang Guinevere wütend auf mich ein. »Warum hast du verfluchtes altes Schwein nichts dagegen unternommen?« Sie schlug sich an die Stirn: »Himmel, ich werde noch verrückt!«

Es war keine appetitliche Szene. Während Monina mit zuckendem Körper jammerte, beschimpfte mich Guinevere und war so außer sich, wie ich es nie bei ihr vermutet hätte. Und da mir bewußt war, daß ich Moninas Verhalten geduldet hatte, schluckte ich ihren Ausbruch, fühlte mich zwar beleidigt, aber auch zu beschämt, um etwas zu entgegnen.

Schließlich faßte sich Guinevere wieder und trug das Kind in das Schlafzimmer. Jetzt, nach einer halben Stunde, schien nichts mehr von ihrem Wutanfall übriggeblieben zu sein. »Du kannst mir glauben, Lovett, ein Kind aufzuziehen, ist die Hölle«, sagte sie ganz mechanisch. Ihre Stimme hätte ebensogut zu irgendeiner beliebigen Hausfrau gehören können. Ja, es schien sogar, als ob sie recht gut gelaunt sei.

»Ich werde uns noch etwas Kaffee machen«, sagte sie einladend.

»Danke, ich hatte genug.«

»Oh, ich nicht. Ich könnte den ganzen Tag Kaffee trinken.«

Wir schwätzten ein paar Minuten drauflos oder richtiger gesagt, es war Guinevere, die redete. Ich hörte unaufmerksam zu, da meine Gedanken woanders waren. Es genügte, daß ich mit dem Kopf nickte, während sie eine Geschichte nach der anderen erzählte, über diesen Mann und jene Liebesaffäre, über Geschenke, die sie erhalten und andere, die sie verschmäht hatte, über Trinkgelage und Ausschweifungen, und wenn sie bisweilen spürte, daß ich ihr keinen Glauben schenkte oder meine Gleichgültigkeit wuchs, paradierte sie mit einer besonderen Attraktion und beschrieb mit großem eigenen Vergnügen etwa die Narreteien irgendeines ungewöhnlichen Liebhabers. »Ich war immer so, wie man mich wünschte, Lovett. Es gab nichts, was ich nicht getan hätte. Aber die Zeiten sind vorüber. Es ist eine Schande, daß du mich nicht vor ein paar Jahren kennenlerntest. Nach zwei Stunden oder vielleicht nach zwei Minuten schon wären wir zusammen gewesen, aber jetzt bin ich eine andere. Ich habe ein Kind, an das ich denken muß« sagte sie eitel.

»Und dann«, ergänzte ich impulsiv, »bist du jetzt auch fromm.«

Ich hätte schwören können, daß mich Guinevere einen Augenblick lang völlig überrascht anblickte. Sie zuckte zweifelnd mit den Schultern. »O ja, das auch. Gewiß bin ich fromm.« Auf diesem Gebiet der Unterhaltung war sie sicher. Mochte sie sonst stolpern, hier gelangte sie mühelos zum Galopp und landete wieder einmal bei den Zeugen Jehovas. »Und weißt du, daß es mein Mann war, der mich in erster Linie dazu bekehrte? Er ist ein frommer Mann, wie er im

Buche steht.« Sie beugte sich vor und kicherte. »Für mich nenne ich ihn den Diakon. Wenn du ihn jemals treffen solltest, würdest du erstaunt sein, daß ich ihn geheiratet habe; aber Gegensätze ziehen sich an, das stimmt schon.«

»Er ist Moninas Vater, nicht wahr?«

Sie nickte eifrig, als ob sie ihre nächsten Worte selbst widerlegen wollte: »Ich muß dir etwas gestehen, ich weiß es nicht.« Sie hob abwehrend die Hand. »Nicht, daß ich mich um diese Zeit mit einem anderen herumgetrieben hätte, aber ich könnte schwören, er war es nicht. Sie ist ihm gar nicht ähnlich, sondern sieht genau so aus wie ich, und von seiner Art hat sie nichts mitbekommen.« Ihre Stimme wurde leiser, und, um mir ihr tiefstes Geheimnis anzuvertrauen, beugte sie sich wieder vor. »Du weißt, daß ich keine Katholikin bin, aber bisweilen denke ich, daß mir ähnliches wie Maria widerfahren ist. Ich möchte nicht behaupten, daß Monina so wie Jesus zur Welt kam, aber es kann Ähnliches gewesen sein. Die Ärzte entdecken ja immer Neues. Wer kann's wissen?« Nachdenklich und sehr gefühlvoll streichelte sie ihren Arm, und ihre großen blauen Augen starrten mich mit berechnender Unschuld an.

»Es geschieht schon Merkwürdiges«, brachte ich hilflos hervor.

»Das ist auch meine Meinung. Immer ist was Seltsames im Gange. Wenn ich dir von den Sachen, die hier im Hause passiert sind, erzählen würde . . .! Ich kann mich nicht mit allem befassen, aber man erwartet von mir schließlich, daß ich ein Auge darauf habe.«

»Aber was kümmert es dich?«

Sie fuhr mich an: »Ich habe hier ein ganz gutes Auskommen. Wir wohnen mietfrei, und ich möchte den Posten nicht verlieren.« Guinevere zündete sich mit großartiger Geste eine Zigarette an. »Nun, ich hab' keine Ahnung, was da oben bei euch vorgeht. Ihr seid drei einzelne Männer, und wer weiß, was ihr euch für Flittchen mitbringt.«

»Jede Nacht finden Orgien statt.«

Sie schüttelte den Kopf. »Du bist in Ordnung, Lovett, an dich denke ich auch gar nicht. Ich sehe mit einem Blick, daß du ein anständiger Kerl bist, und wenn du auch scharf auf mich bist, so hast du doch Verantwortungsgefühl. Ich meine die anderen beiden Brüder. McLeod ist ein sonderbarer Heiliger, und obgleich Hollingsworth in Ordnung zu sein scheint, könnte er doch ein paar Flecken auf der Weste haben. Es ist ein stilles Wässerchen.« Sie drückte eine Welle ihres roten Haares zurecht. »Nun, ich dachte schon daran, daß du ein Auge auf sie haben könntest, um mich ein bißchen zu unterrichten«, sagte sie betont gleichgültig und gähnte.

Ich hatte den Eindruck, daß dies ihre einzige Absicht gewesen war, wenn überhaupt eine Absicht hinter ihrer Einladung gestanden hatte. »Mit anderen Worten«, sagte ich, »du möchtest, daß ich ihnen nachspioniere.«

Sie zuckte die Achseln. »Daran ist doch nichts Schlechtes. Das machen doch alle.«

»Nun, ich möchte diese Rolle nicht übernehmen.«

Ihr Verhalten änderte sich. »Du sollst mir doch bloß erzählen, was sich da oben abspielt.« Schlau fügte sie hinzu: »Du willst mir also keinen Gefallen tun?«

»Einen solchen nicht.«

Guinevere legte ihre Hand auf die meine und preßte sie. »Ich dachte, es würde nichts geben, was du nicht für mich tun würdest.« Sie seufzte. »Nun gut, sprechen wir nicht mehr davon. Ich werde meine Stellung verlieren, wenn eines Nachts die Polizei kommt und herausfindet, was da oben vor sich geht, aber dich braucht es ja nicht zu kümmern.«

Ich grinste. »Du kannst doch stets zum Theater zurück.«

»Jetzt bin ich zu dick dafür.«

»Du bist eine unglaubliche Person«, sagte ich.

Ich konnte mir nicht vorstellen, was in ihrem Kopf vorging. Widersprechende Gefühle veränderten ständig ihren

Mund und ihre Augen. »Ach, du bist gemein, Lovett«, sagte sie schließlich, »warum glaubst du wohl, daß ich dir geschrieben habe?«

»Damit ich auf deinen Freund Hollingsworth aufpasse.«

Sie stutzte. »Was meinst du damit? Ich weiß, daß man über mich redet. Aber dahinter steckt gar nichts.« Sie zerknüllte meine leere Zigarettenpackung und warf sie auf den Boden. »Ich will dir etwas gestehen, was eine Frau einem Mann niemals sagen sollte. Ich habe dir geschrieben, um dich wiederzusehen, und diesmal war ich zu allem bereit. Ich war dabei, mit allen meinen Vorsätzen zu brechen. Ich bin wirklich verrückt nach dir und wollte mich dir hingeben.«

»So so.«

»Aber jetzt ist es mir unmöglich. Du hast etwas in mir verletzt. Eine Frau ist keine Maschine. Ich habe jetzt nicht mehr für dich übrig als für einen Krüppel.« Sie verspritzte ihr ganzes Gift mit diesem Wort. Aus tiefster Tiefe, dünkelhaft und voller Selbstmitleid hörte ich mich sagen: »Ich bin ein Krüppel.« Aber dann überkam mich der Zorn und meine Stimme zitterte: »Du solltest mit deiner Mata-Hari-Rolle aufhören. Du spielst sie schlecht.«

Ich hätte sie ins Gesicht schlagen mögen. Ihre Augen verengten sich. »Du kannst jetzt gehen. Ich habe dich nicht eingeladen, um mich von dir beleidigen zu lassen.« Ihre Stimme wurde schneidend. »Raus mit dir, mach, daß du rauskommst, du Schuft.«

»Oh, ich gehe schon. Und wenn du was willst, kannst du das nächste Mal zu mir raufkommen.«

»Raus!« schrie sie.

Und so stieg ich wieder einmal völlig verwirrt zu meinem Zimmer empor und ließ das kleine Drama bis zur Erschöpfung vor meinem geistigen Auge ablaufen. Und wenn unser Streit wirklich ernster Natur gewesen sein sollte, was ich nicht begreifen konnte, dann blieb ich weiterhin ohne Guinevere, und wir würden uns niemals in der Treibhausluft meines Zimmers einriegeln können. Später würde ich mein Abendbrot an einem Lebensmittelwagen essen und hierher zurückkehren. Draußen würde die Hitze des Sommernachmittags auf dem Dach brüten. Während so mein Geist in der nachfolgenden leeren Stunde unschlüssig dahinschwebte, beschäftigte er sich mit den anderen leeren Stunden meiner Vergangenheit.

Fast konnte ich mich an einen Sommer erinnern, den ich in einem Hotel verlebt haben mußte, das man in ein Lazarett verwandelt hatte. Ist es in Paris gewesen? Und in dem Sommer, der dem Kriegsende folgte? Auch damals lag ich während heißer Nachmittage auf einer Feldbettstelle und starrte zur Decke. Um mich herum verzehrten in diesem Siegessommer die Soldaten die Schätze des Schwarzen Marktes, unter deren Last ihre Regale zu ächzen schienen, und sie hatten auch Frauen im Überfluß. Und mit dem grenzenlosen Heißhunger jener Tage machte jedermann seine Geschäfte oder richtete sich einen Haushalt ein, schuf sich Verbindungen, verführte Schauspielerinnen, verlor oder gewann die Hälfte einer Jahreslöhnung beim nächtlichen Pokerspiel. Denn in diesen wenigen Monaten, nachdem die Maschine zum Stillstand gekommen war, erhitzten sich die Gemüter, die Menschen wirbelten wie Staubflocken umeinander, und wenn man wollte, konnte man es für einen lustigen Tanz halten.

Während dieser Zeit war ich zur Untätigkeit verdammt. Ich sehe mich umherschleichen, gerade noch fähig, für ein paar Stunden das Lazarett zu verlassen, aber ohne etwas unternehmen zu können. Nur die Zeitungen las ich und verzehrte das Essen, das man mir brachte. Niemals kam ich mit dem Schwarzen Markt in Berührung. Einmal ging ein Monat vorüber, ohne daß ich mich von meinem Bett entfernte.

Gelegentlich aber brach ich aus. Ich muß mit meinem in Verbände gehüllten Gesicht fortgelaufen sein, und glaube, daß ich mich in einer der Bars der Pigalle betrank. In dieser Nacht gab ich fünfzig Dollar aus, Soldaten brüllten mir ins Ohr, und fast kann ich mich noch an den Text des Liedes erinnern, das die Sängerin vortrug, und beinahe die schläfrige Hure fühlen, die sich kratzte, bevor sie sich anzuziehen begann.

Oder siechte ich in der Sommerhitze von Paris nur dahin, mit einwärts gekehrten Sinnen im Schmerzensbrand meines Körpers?

Ich bin sicher, daß ich bisweilen auf meinem Feldbett lag und auf ein Photo starrte, das ich selbst in England aufgenommen hatte, oder war es in Afrika? Ich sah prüfend dies Gesicht an, von dem mir der Arzt versicherte, daß man es fast ganz wiederherstellen würde. Jedoch muß ich mir das alles einbilden, denn während all der Stunden, in denen ich diese Momentaufnahme anblickte, konnte ich mich durchaus nicht an das Gesicht erinnern, und ich weiß nicht, wenn ich jetzt daran zurückdenke oder damals, als ich es auf dem Feldbett tat, ob ich wirklich die vielen Kinder gesehen habe, die auf unser Fortgehen an den Abfallgruben warteten, all diese Huren, die wir verbrauchten, und die Landleute, die wir verfluchten, weil sie uns nicht verstanden und wir betrunken waren. Beinahe kehrt meine Erinnerung zurück an die Diarrhöe, die Frostbeulen, die Schuhe, die wir zu putzen hatten, und an die Gefallenen. Schließlich kam alles zum Stillstand, aber bei mir war es früher dazu gekommen, und ich ruhte auf meinem Feldbett in jenem Pariser Sommer, der vielleicht nur in meiner Einbildung besteht, und zählte die Risse in der Wand. Staaten waren zusammengebrochen, Königreiche durcheinandergeworfen, aber das lag jenseits meines Horizonts. Ich spielte mein eigenes Kammerspiel, das mich hinwegführte, aber wohin?

Hier lag ich jetzt auf einem anderen Feldbett und döste durch einen heißen Vormittag, während auf den Straßen die Menschen kamen und gingen, Besorgungen erledigt wurden und die tägliche Arbeit ablief. Zum Mittagessen ging ich hinunter, kehrte dann an meinen Schreibtisch zurück und ließ mich trübselig durch die Stunden treiben. Ich fühlte, daß ich mich mit meinem Werk in einer Krisis befand. Was mich bewegte, war so widerspruchsvoll und mein Verstand so verwirrt, daß eine Stunde vergehen konnte, ehe ich ein paar Zeilen zustande brachte, die ich hinterher verwarf. Am Abend hatte ich das Bedürfnis, mit McLeod zu sprechen.

9

Er saß in seiner charakteristischen Haltung steif auf seinem harten Stuhl, die Arme über der Brust verschränkt, mit übergeschlagenen Beinen, und seine Augen hinter den silberumrandeten Brillengläsern sahen mich durchbohrend an. Einige Male fuhr er mit seinen Fingern unbewußt an der Bügelfalte seiner Hose entlang, um sie schärfer zu machen, und nickte, als ob er das, was ich ihm erzählte, schon oft gehört habe.

Ich sprach über Guinevere und berichtete alles, was zwischen uns vorgefallen war. McLeod lauschte meiner Erzählung mit einem kleinen Lächeln auf den Lippen und kicherte bisweilen auf eine mich irritierende Weise. Nur einmal äußerte er sich.

»Was ist mit den Zeugen Jehovas?« fragte er.

Ich wiederholte einige ihrer Verkündigungen und McLeod schüttelte den Kopf. »Das hat sie sich ausgedacht«, sagte er.

»Ich weiß nicht.«

»Doch.« Er berührte für einen Augenblick sein hageres Kinn. »Ich kenne sie seit einiger Zeit und habe sie niemals darüber sprechen hören. Ich kann mir's nicht denken. Wahrscheinlich hat sie es in einem Magazin gelesen und es Ihnen brühwarm aufgetischt.«

»Wie steht es mit ihrem Mann«, wandte ich ein, »sie behauptet, daß er fromm sei!«

Wieder kicherte McLeod. »Ich glaube nicht, daß ich ihm schon begegnet bin«, sagte er gedehnt.

Ich fuhr mit meiner Erzählung fort, und unter McLeods leidenschaftslos forschenden Augen fühlte ich mich angeregt, auch das zu erzählen, was mir sonst widerstanden hätte. Meine Beichte wirkte wie Balsam auf mich, und ich konnte nicht ahnen, daß das, was ich berichtete, Anstoß zu erregen vermochte. So lief meine Geschichte weiter; ich suchte nach Tatsachen, die mir schon fast entfallen waren, und erinnerte mich mit einer derartigen Genauigkeit an Unterhaltungen, daß es mich überraschte.

Indessen hörte McLeod gelassen zu, und auf seinen Lippen lag weiterhin ein Lächeln. Als ich zu Ende war, nahm er seine Augengläser ab, säuberte sie sorgfältig und fuhr mit dem Kamm durch sein glattes Haar.

»Soso«, murmelte er. Plötzlich wurde er von Lachen geschüttelt. Aber er riß sich zusammen und sagte mit leiser, unsicherer Stimme: »Ihre Arbeit macht Ihnen also Mühe, wie?«

Aber dann überkam ihn erneut das Lachen. »Was ist das für eine Frau!« sagte er schließlich, und dann, indem er mich anblickte: »Was für ein Paar!« Er setzte seine Brille wieder auf und starrte mich durch sie an. »Der große und der kleine Geist«, stellte er fest. »Sagen Sie, Lovett, glauben Sie, daß ihnen diese Frau die äußerste Befriedigung geben könnte?«

»Ich weiß es nicht«, gestand ich. »Jetzt ist es mir auch gleichgültig.«

»Oh, es wird Ihnen nicht gleichgültig bleiben. Sie wird eher sterben, als Sie gleichgültig zu lassen. Sie braucht einen Spion.« Mit leicht zu durchschauendem Vergnügen — er legte eine Pause ein, bevor er weiterredete — erhob er seinen Zeigefinger. »Sagen Sie, Lovett, werden Sie nun hingehen und ihr unser Gespräch wiedererzählen? Das würde, wissen Sie, das Bild abrunden.«

»Wie meinen Sie das?«

Er zuckte mit den Schultern, und sein Gesicht war unbeweglich. »Es könnte schon sein.«

Ich überging, was er gesagt hatte, denn mich bedrängten andere Fragen. »Wie steht es mit Ihnen? Machen Sie sich was aus ihr?« fragte ich.

»Lovett, ich möchte Ihnen etwas von meiner Weisheit abgeben«, sagte McLeod gedehnt. »Das müssen Sie selbst herausfinden. Nicht alles kann man lernen, indem man einfach eine Pille zu sich nimmt.«

»Vielen Dank!«

Er grinste. »Ich will Ihnen einen Tip geben, wie Sie mit Ihren weiteren Nachforschungen zu Rande kommen können. Wenn Sie etwas von ihr erfahren wollen, müssen Sie sich vorstellen, wie ihr Mann sein könnte.«

»Aber wir haben ihn doch beide noch nicht kennengelernt.«

»Nichtsdestoweniger müssen Sie sich ein Bild von ihm machen können; dann werden Sie befähigt sein, sie richtiger zu sehen.«

Ich ging darauf ein. »Er muß ein zurückgezogenes Leben führen in ihrem Schatten.« Aber diese Spielerei war unsinnig. »Ebenso jedoch könnte er auch ein großer Mann mit dickem, rotem Gesicht sein, der sie jede Nacht verprügelt.«

McLeod lachte behaglich. »Sie sind gar nicht dumm.« Er legte seine Fingerspitzen aneinander. »Ich habe mir ein ähnliches Bild gemacht, und nun wollen wir beide einmal zusammenwerfen. Da haben wir also einen Mann, der sich nur um seine eigenen Angelegenheiten kümmert und bescheiden ist. Man merkt ihn kaum, aber wenn er allein mit ihr ist, zittert sie vor ihm.«

»Wieso?«

»A—ch!« Er erhob seine Arme, schüttelte sie und gab eine Parodie des sanftmütigen Mannes, den die Wut packt. »Weil er sie umbringen könnte, wenn sie allein sind.« Einen Augenblick später aber redete er wieder in seiner leisen, spöttischen Art. »Nun, so weit war ich vor einiger Zeit damit gekommen, aber das Bild befriedigt mich nicht. Warum hat dieser Mann sie geheiratet? Warum?«

Ich zuckte die Achseln. »Er wird Guinevere anziehend gefunden haben.«

»Eine tiefsinnige Bemerkung«, sagte McLeod und verzog das Gesicht. »*Er* war für *sie* anziehend, und« — seine Worte suchten mich zu treffen — »Sie, den sie ebenfalls anziehend findet, haben durchaus Verständnis dafür.« Nun, da seine Rede sich dem Höhepunkt näherte, erhob er, der alte Pädagoge, die Hände. »Warum ziehen sich wohl Menschen gegenseitig an? Weil sie einander Wünsche erfüllen, wobei es sich um nette Gegenstände handeln kann oder um Gefühle, die eine genauere Prüfung nicht vertragen. Nun, ich habe nicht viel zu tun. Nach meiner Arbeit lese ich ein wenig oder sitze hier und denke nach. Und eine der Fragen, die mich beschäftigt, ist immer wieder die, warum ein gewisser Mr. Guinevere, dessen Nachnamen noch niemand herausgefunden hat, sich entschloß, sie zu heiraten — nur um eine Beziehung aufrechtzuerhalten, bei der er stets abwesend ist, so daß sie praktisch eine Bienenkönigin ist? Was für ein Mann muß das Ihrer Meinung nach sein?«

»Ich habe keine Ahnung.«

»Er muß schon eine halbe Leiche sein, denke ich mir. Und warum hat er sie geheiratet? Weil von ihr etwas ausgeht, was es auch immer sei, das ihm aber das Gefühl verschafft, mit etwas Lebendigem verbunden zu sein. Er weiß, daß er erstarrt ist, und er hat den Wunsch, neben einem reizvollen und warmen Körper zu liegen. Es ist für ihn ein Experiment. So sehe ich diesen Mann, und ich bin überzeugt, daß er so ist. Nur, daß er nicht weiß, daß auch sie erstarrt ist.«

»Und warum hat sie ihn geheiratet?« fragte ich.

»Eine gute Frage.« Wieder hob er seine Hände. »Warum? Das ist eine Nuß, wie? Nun, vielleicht brauchte sie Sicherheit. Gelddinge müssen immer in Betracht gezogen werden, so ungewohnt Ihnen das auch bei Ihrer Denkweise erscheinen mag.« Er nahm wieder seine Brille ab und blinzelte mich überlegen an. »Aber sie erklären auch nicht alles. Das Geistige läuft mit dem Geldlichen parallel, und nun möchte ich auf Mr. Guinevere zurückkommen. Ich bin überzeugt, daß er ein moralischer Mann ist. Er heiratete sie, um sich selbst zu bestrafen, und darum wünscht sie umgekehrt, so möchte ich annehmen, auch jemand zu bestrafen. Aber auch das erklärt nur die Hälfte. Ich sage Ihnen, Lovett« — aber in Wirklichkeit schien er zu sich zu reden —, »ich stelle ihn mir als einen Mann vor, der sie durchschaut. Der durch sie hindurchsieht und wiederum auch nicht. Ich weiß nicht, ob Sie verstehen können, wieviel das für die Betreffende bedeutet. Er hält sie in Schach, aber trotzdem kann sie ihn von Zeit zu Zeit zum Narren halten.«

»Ich möchte annehmen, daß sie es ihm übelnimmt, wenn er ihr den Spiegel vorhält.«

»Oh, tatsächlich? Ich würde es auch meinen. Aber das ist es ja, es gibt nichts Vollkommenes, und wenn sie vor ihm Angst hat, ist das auch gut. Sie wünscht stets als Frau behandelt zu werden.«

»Hat sie sich Ihnen jemals genähert?«

Er schnalzte unverbindlich mit der Zunge und grinste. »Hierüber Vermutungen anzustellen, überlasse ich Ihnen, Lovett. Halten Sie es damit, wie Sie wollen.«

McLeod setzte zu einem Gähnen an, hielt aber inne, denn irgend jemand kratzte an der Tür.

Es war eines der merkwürdigsten Geräusche, die ich je gehört hatte, leise und hastig und mit einer Hartnäckigkeit, die auf eine Tierklaue schließen ließ. McLeod drehte sich in seinem Stuhl um, sein Körper straffte sich, und seine Gesichtszüge zeigten äußerste Konzentration. Ich wußte nicht, was er erwartete, aber sein Verhalten war ungewöhnlich. Alles Blut war aus seinem Gesicht gewichen. Viele Sekunden saß er wie gebannt, während sich das Kratzen wiederholte.

Mit zittriger Anstrengung setzte er seine Brille wieder auf und rückte sie zurecht. »Das ist Hollingsworth«, flüsterte er kaum vernehmbar. Und als wollte er seine ganze Willenskraft, die augenscheinlich für den nächsten Entschluß notwendig war, zusammenreißen, richtete er sich in seinem Stuhl auf, seine Gesichtszüge erstarrten unter einer ruhigen Oberfläche, und seine Lippen drückten leisen Ekel aus. »Herein«, rief er plötzlich mit gleichmütiger Stimme.

Hollingsworth verschenkte ein höfliches Lächeln bei seinem Eintritt. Lebhaft ging er auf uns zu. Er war nach der neuesten, engen Mode gekleidet, trug ein sauberes Hemd, leichte Sommerhosen und, entsprechend seiner flotten Note, schwarz-weiße Sportschuhe. »Es tut mir schrecklich leid, Sie zu stören«, sagte er mit seiner leisen Stimme, »aber ich hörte Sie sprechen und dachte, daß ich an dem Gespräch teilhaben könnte.« Mir nickte er zu. »Wie geht es Ihnen, Mr. Lovett? Nett, Sie wiederzusehen.«

»Nehmen Sie sich einen Stuhl«, sagte McLeod.

Er sctzte sich, nachdem er sorgfältig seine Hosen hochgezogen hatte, und länger als eine Minute musterte einer den anderen abschätzend aus nächster Nähe. Mit Ausnahme von McLeod. Er verschlang ihn geradezu mit seinen Blicken.

Ich fragte mich, ob Hollingsworth sein Zimmer in dem gleichen Durcheinander verlassen hatte, in dem ich es kürzlich sah, mit den Anzügen auf dem Boden, den vollgepfropften und überquellenden Schubfächern. Ich konnte ihn mir vorstellen, wie er das Ganze noch einmal überschaute, und dann, nachdem er überzeugt war, daß alles in Ordnung sei, den Schlüssel umdrehte, unserer Unterhaltung lauschte und schließlich kratzte, um eingelassen zu werden.

Jetzt räusperte er sich und beugte sich mit den über den Knien geschlossenen Händen vor, die sich schützend um die scharfen Bügelfalten seiner Hose legten. »Wenn Sie nichts dagegen haben«, sagte er unvermittelt, »würde ich gern politische Dinge mit Ihnen besprechen.«

McLeod grinste, aber nur schwach. »Hoffentlich etwas, was wir in ein paar Minuten klären können?«

Hollingsworth schien darüber nachzudenken. »Schwer zu sagen. Es ist mir aufgefallen, daß politische Diskussionen die Neigung haben, sich auszudehnen. Sie verstehen, was ich meine?« Als keine Antwort erfolgte, fuhr er fort: »Ich würde mich hauptsächlich über die Bolschewisten mit Ihnen unterhalten wollen. Ich hörte neulich Mr. Wilson und Mr. Court im Büro darüber debattieren, und es wurde mir klar, daß ich über dieses Thema noch viel zu wenig weiß.« Bescheiden blickten uns seine blaßblauen Augen an, während er hinzufügte: »Ich muß mich über alles gut auf dem laufenden halten, und ich fühle mich bisweilen unsicher.«

»Was veranlaßt Sie, anzunehmen, daß ich alles darüber weiß?« fragte McLeod. Die Farbe begann in sein Gesicht zurückzukehren, aber noch immer war es blaß.

Mit der Unbefangenheit eines Kindes fragte Hollingsworth: »Nicht wahr, Mr. McLeod, Sie sind Bolschewist?«

»Meinen Sie Kommunist?«

Hollingsworth schien überrascht. »Ist das nicht dasselbe?«

McLeod wurde heftig: »Es ist ein Unterschied wie zwischen dem Ei und dem Dinosaurier.« Seine Lippen umschlossen ein verborgenes Lächeln.

»Interessant, wie Sie es darstellen«, sagte Hollingsworth. »Und Sie sagten, Sie sind beides?«

Wieder sezierten ihn McLeods Augen. Es trat eine Pause ein, und hinter der Unbeweglichkeit ihrer Gesichter spürte ich die Schnelligkeit, mit der ihr Verstand arbeitete. »Jawohl, beides«, erklärte McLeod. »Ja, bestimmt beides. Ganz bestimmt.«

Sein Gesicht war unbeweglich, sein Körper lag nachlässig im Stuhl, aber wie das Licht einer Alarmlampe vibrierte sein Fuß, dieser weit entfernte Körperteil, der heftig, ja, geradezu nervös, auf den Fußboden klopfte.

»Nun, dann werden Sie sicher einige meiner Fragen beantworten können«, sagte Hollingsworth freundlich.

»Möglich«, stimmte McLeod zu. »Doch zuvor möchte ich eine stellen. Wieso haben Sie sich für diesen Weg entschieden?«

Hollingsworth schien verwirrt und intensiv in die Betrachtung seiner Nasenspitze versunken, und seine Antwort war ungenau. »Oh, wie soll ich es sagen . . . Sie reden über vieles.« Er blickte sich im Raum um. »Und das letzte Mal, als ich hier war und wir über das Badezimmer sprachen — es tut mir schrecklich leid, daß wir dafür keinen richtigen Plan ausgearbeitet haben —, stellte ich fest, daß Sie sehr viele umfangreiche Bücher auf Ihrem Bücherbord hatten.«

Er zog einen kleinen Schreibblock aus seiner Jacke, balancierte ihn auf seinen Knien und ließ einen Bleistift darüber spielen, wie ein Mann, der aus Langeweile etwas hinkritzelt. »Würden Sie dann zugeben, daß Sie ein Atheist sind?« fragte er höflich.

»Jawohl.« Der Bleistift flog leicht über das Papier.

McLeod murmelte mit einem versteinten Lächeln: »Tatsächlich bin ich mehr als das. Ich bin seinerzeit Führer der Gruppe gewesen, die mit Dynamit gegen die Kirchen vorging. Wir haben damals einige hochgehen lassen.«

»Und Sie sind gegen freies Unternehmertum?«

»Durchaus.« Als ginge er nunmehr vom bloßen Einverstandensein mit diesem Spiel zur Ermunterung über, stellte er sich in einer langen Rede zur Schau. Seine Stimme verlor ihren ätzenden Tonfall, den sie zu Beginn gehabt hatte.

»Sie können zur Kenntnis nehmen, daß ich gegen das freie Unternehmertum bin, weil es die Arbeiter aussaugt, einen gegen den anderen hetzt und die Ungleichheit der Klassen aufrechterhält. Dieses Gift kann nur mit Gegengift ausgetrieben werden. Gewalt gegen Gewalt. Der Kampf muß mit äußerstem Terror geführt werden, um der Bourgeoisie ihre Machtpositionen zu entreißen. Der Präsident muß ermordet und die Kongreßmänner gefangengesetzt werden. State Department und Wallstreet sind auszulöschen, die öffentlichen Büchereien zu verbrennen, und der dreckige Süden muß, mit Ausnahme der Neger, mit Stumpf und Stiel ausgerottet werden.« McLeod hielt inne und zündete sich eine Zigarette an. Das erste Streichholz verlöschte, er entzündete ein zweites und hielt es an die Zigarette, während sich seine Hand behutsam darumlegte. »Haben Sie noch mehr Fragen?« sagte er.

Hollingsworth kratzte sich am Kopf. »Nun, Sie haben mir eine ganze Menge zum Nachdenken gegeben. Das ist alles ungewöhnlich interessant, muß ich sagen.« Sorgfältig strich er eine Haarsträhne aus der Stirn. »Weiß Gott!« Er beugte sich vor und brachte schüchtern seine nächste Frage an: »Haben Sie das Gefühl, daß Sie sich weniger Amerika als einer fremden Macht verbunden fühlen?«

McLeod blieb gleichmütig. »Ich gebe zu, daß das im großen und ganzen stimmt.« Auf eine merkwürdige Weise starrte er in seine Hände, als ob er sich einem Bild hingebe, das dort zu sehen war. Einen Augenblick später blickte er auf. »Ist unser politisches Gespräch damit beendet?« fragte er.

Hollingsworth nickte. »Sie scheinen es in den Fingerspitzen zu haben.«

»Ich bin seit Jahren damit vertraut«, sagte McLeod.

»Ich freue mich über Ihre Mitarbeit.«

McLeod beugte sich zu ihm vor. »Wallstreet ist eine interessante Sache, wie?« fragte er liebenswürdig.

»O ja. Sehr sogar. In der Tat einc gute Schule für mich.«

McLeod parodierte ihn auf geschickte Weise, vielleicht unbewußt. »Das kann man wohl sagen.« Mit einer plötzlichen Bewegung griff er nach dem Schreibblock auf Hollingsworths Knie. »Sie haben doch nichts dagegen?« fragte er.

Aber Hollingsworth benahm sich durchaus so, als ob er etwas dagegen hatte. Er richtete sich in seinem Stuhl auf, sein Arm versuchte, dem Papier nachzueilen, und seine Finger schlossen und öffneten sich vor Verzweiflung. Langsam fuhr er sich mit der Zunge über die Lippen. »Meinen Sie, daß man ein so hinterhältiges Spiel mit jemandem treiben darf?« Seine Frage war ruhig und richtete sich an mich. Seine gelassene Stimme versuchte, den Biedermann hervorzukehren.

Ich beobachtete McLeod. Er saß in seinen Stuhl zurückgelehnt und studierte, was Hollingsworth geschrieben hatte. Von Zeit zu Zeit lachte er, aber mißmutig. Dann reichte er mir den Block. Ich las das erste Blatt, während mein Herz törichterweise klopfte. Hollingsworth hatte folgendes notiert:

Gibt zu, Bolschewist zu sein
Gibt zu, Kommunist zu sein
Gibt zu, Atheist zu sein
Gibt zu, Kirchen gesprengt zu haben
Gibt zu, gegen das freie Unternehmertum zu sein
Gibt zu, für Gewaltanwendung zu sein
Rät, den Präsidenten und den Kongreß zu ermorden
Rät, den Süden zu vernichten
Rät zur Anwendung von Gift
Empfiehlt die Erhebung der Farbigen
Gibt zu, sich einer fremden Macht verbunden zu fühlen
Ist gegen Wallstreet

Schweigend gab ich den Block an McLeod zurück. Mit toter Stimme und ohne jede Ironie sagte er zu Hollingsworth: »Sie haben einen Fehler gemacht. Ich habe die Verwendung von Gift nicht angeraten.«

Hollingsworth hatte sich wieder gefaßt. Verhalten, aber doch mit einer gewissen Festigkeit schüttelte er den Kopf. »Es tut mir leid. Ich widerspreche ungern jemandem, aber das haben Sie gesagt; ich habe es gehört.«

McLeod zuckte die Achseln. »Nun gut, lassen Sie es dabei.« Er nahm einen tiefen Zug aus seiner Zigarette. »Sagen Sie, mein Lieber«, kam es gedehnt von ihm, »kann ich sonst noch etwas für Sie tun?«

»Wieso? Doch, das könnten Sie.« Hollingsworth rückte seinen Hosengürtel zurecht. Wieder beugte er sich vor, und sein Gesicht, das im Schatten gewesen war, kam in den Lichtstreifen der Glühbirne, die von der Decke herunterhing. Um seinen Mund hatte er ein devotes Lächeln, aber in seinen Bewegungen war er alles andere als devot. Entschlossen deutete er auf das Papier. »Würden Sie wohl Ihre Unterschrift daruntersetzen?« sagte er förmlich. »Ich würde es gern als Erinnerung behalten, und die Unterschrift würde den Wert erhöhen.«

»Meine Unterschrift?«

»Ja, Sie werden doch nichts dagegen haben?«

McLeod lächelte, berührte den Schreibblock, und dann nahm er zu meinem Erstaunen einen Füllfederhalter aus der Brusttasche seines Hemdes, kritzelte ein paar Worte und hieb seine Unterschrift darunter. Er las vor: »Niederschrift der Bemerkungen, die William McLeod getan hat — Unterschrift: William McLeod. Genügt das?«

»Großartig«, sagte Hollingsworth. »Nett, auf Menschen zu treffen, die so bereitwillig sind.« Als keiner von uns eine Antwort gab, blickte er bedeutungsvoll auf seine Uhr. »Himmel, ich hab' mich länger aufgehalten, als ich glaubte.« Er stand auf und nahm seinen Block an sich, den ihm McLeod entgegenstreckte. »Ich bin Ihnen beiden sehr dankbar, daß Sie so umgänglich waren.«

»Wir stehen Ihnen immer zur Verfügung«, nickte McLeod ihm zu.

Hollingsworth blieb an der Tür stehen und fingerte an dem Schreibblock. Mit großartiger Geste riß er das erste Blatt, auf dem seine Notizen standen, herunter und zerfetzte es. »Wissen Sie«, sagte er, »ich habe es mir überlegt, ich brauche es doch nicht als Erinnerung.«

»Es ist sowieso wertlos«, sagte McLeod wiederum gedehnt.

»Gewiß.« Er ließ die Papierschnitzel auf den Boden fallen und verschwand.

Als sich die Tür geschlossen hatte, stützte McLeod seinen Kopf in die Hände und lachte müde. Der Schein der Glühbirne fiel auf ihn, es war, als stünde das schüttere Haar am Wirbel in Flammen. Hinter ihm auf dem Fußboden lag sein langer, verzerrter und gekrümmter Schatten, der überzeugend die Konturen des Kopfes und der mageren Unterarme wiedergab. Ich fühlte, daß etwas zu Ende gegangen war in dem muffigen Raum, in dem sich nichts rührte, und nur die Bücher als stumme Zeugen an der Wand standen. Er hob seinen Kopf und starrte ins Licht, als wollte er wie ein Asket sein Augenlicht der Sonne preisgeben. Mit großer Anstrengung schien er sich davon loszureißen. Er blickte auf seine Hände. »Haben Sie jemals auf jemand gewartet?« fragte er ruhig.

Ich verstand erst nicht, was er meinte, aber aus einem Winkel meines Gehirns sprang mir das Bild des Fremden vor Augen, — die sich öffnende Tür und das dunkle Gesicht, das sich über mein Bett beugte. »Ich weiß nicht«, sagte ich.

Er stand auf und lehnte sich an das Bücherregal. Immer noch hielt er den Zigarettenrest zwischen seine Finger gepreßt. Während er mich ansah, schien er mich kaum wiederzuerkennen. »Eines möchte ich gern herausfinden«, sagte er, »von welcher Organisation kommt er eigentlich?«

»Ich vermag Ihnen nicht zu folgen«, sagte ich.

Ein Flackern trat in seine Augen, vielleicht gelangte ich

wieder in sein Bewußtsein. »Richtig, Sie können es wohl nicht, Lovett, — oder?« Und dann ergriff er für einen Augenblick mein Handgelenk. »Ich weiß, es gehört mit zur Taktik, den Harmlosen im Hintergrund mit dabei zu haben, der dann das Wichtigste heimträgt.« Aber als er meinem Blick begegnete, wurde er ruhiger und berührte mich. »Nein, Sie stecken nicht mit drin. Ich bin sicher.« Er kicherte. »Ich muß es wohl sein.« Ich stotterte eine Frage. McLeod antwortete nicht, statt dessen lachte er vor sich hin. »Wissen Sie, Lovett«, sagte er dann, »ich bin müde. Würden Sie mich jetzt allein lassen? Ich muß eine Weile nachdenken.«

Ich verließ McLeod, der mitten im Raum auf seinem Stuhl saß mit der brennenden Glühbirne über seinem Kopf und mit Augen, die ausdruckslos die abblätternde Farbe der Wand anstarrten. Ich hatte das Gefühl, daß er für die nächsten Stunden in dieser Haltung verbleiben würde.

10

An diesem Abend lag ich lange Zeit wach und beobachtete an der Decke das wechselvolle Spiel des Lichtes, das von draußen hereindrang. Und während mir die nächtlichen Laute — wenn die Absätze einer Frau leise über den Bürgersteig klapperten oder irgendwo ein Fenster geöffnet und wieder geschlossen wurde — ein abstraktes Vergnügen bereiteten, war ich damit beschäftigt, mir meine Kindheit vorzustellen.

Könnte es nicht sein, daß ich in einem alten Hause geboren wurde, in einer Stadt des Mittelwestens? In einem Haus, das langsam verfiel; ebenso wie die Ehre, zu den ältesten Familien zu gehören, allmählich für alle anderen außer uns an Wert verlor? In einer jener Städte, deren Vororte sich ständig ausdehnten, und deren Industrie dank gut abgestimmter Steuermaßnahmen und einer wohlwollenden

Politik so wachsen konnte, daß sie sich innerhalb eines Jahrzehnts verdoppelte? Mit den veränderten Einrichtungen änderten sich auch die Menschen, und so würde ein neuer Landklub entstehen, in dem Versicherungsdirektoren verkehrten. Bestimmt würden meine Eltern über solche Dinge abfällig gesprochen haben, denn sie lebten in der Erinnerung an eine vergangene Epoche, die sie verklärten, bis sie strahlte wie der Sonnenuntergang auf einem Kalenderbild. Sicherlich würden sie mir erzählen, wie die Stadt vor vierzig Jahren noch reizend war im Schmuck ihrer schmalen, ruhigen Straßen, ihrer braunen Ziegelsteinhäuser in noch unvergilbter Farbenfreudigkeit, ihrer kleinen Gärten zwischen den gewölbten Steintreppen, die in die Häuser führten, mit der unvermeidlichen Gemischtwarenhandlung an der Ecke, die ihre Zeit überlebte, wie ein alter pensionierter Verwandter, bis sie schließlich nur noch den kräftigen Geruch ungemahlenen Kaffees als letzten verströmte, aus einem früher so zauberhaft üppigen Bukett. Wie an den Frühlingsmorgen die Männer zur Arbeit gelaufen sind und wie sonntags die ganze Familie schwarzgekleidet während der stillen Nachmittage, in die nur der Laut der Kirchenglocken drang, im hinteren Garten saß.

Es ist ein reizendes Bild, aber es hat kein Fundament. Das einzige braune Ziegelsteinhaus, mit dem ich jemals vertraut wurde, war baufällig, in einzelne Wohnungen aufgeteilt und wurde von gierigen Verwaltern ausgesaugt. Ich war in eine Welt geboren worden, die immer schneller dahinraste, und wenn ich mir eine tropische Insel ausmalen wollte, würde ich das Bild nie ganz zustande bringen, sondern an den dunklen Wolken des Taifuns und dem unermüdlichen Brandungsgeräusch hängenbleiben. Gewiß konnte ich eine solche Reise in Gedanken unternehmen, aber nur, um schließlich doch zu meinem harten Bett unter dem verschmutzten Fenster in meinem engen Zimmer zurückzukehren.

So lag ich an diesem Abend da, während McLeod jenseits des Flures wohl ebenfalls an die Decke gestarrt haben mußte, und ich träumte, daß ich mich in einem anderen Zimmer befand, in einem großen Kinderheim, und daß, während wir schliefen, ein Feuer im Keller ausgebrochen war, das an dem trockenen Holz der Wände entlangraste und durch den tiefen Treppenschacht emporschlug. Bald würde es den großen Raum erreichen, in dem wir schliefen, sich seinen Weg durch die Tür bahnen, und das Schreien der anderen Kinder würde uns wachmachen und sich mit unserem eigenen Geschrei vermengen.

So schlief ich voller Unruhe.

Am Morgen kam Guinevere mich besuchen, und wie erwartet, war sie nicht allein. Hinterdrein folgte, lebendiger als ihr Schatten, doch ebenso untrennbar, Monina. Nach einem flüchtigen Anklopfen standen beide in der Tür, Guinevere mit einem Stoß Laken auf dem Arm, den sie schnell auf meinem Bett absetzte. »Wie geht's, Lovett?« begrüßte sie mich lärmend.

Ich nickte. Niemand hätte sich vorstellen können, daß sie mich bei unserem letzten Abschied böse angeschrien hatte. Monina, nicht weniger unbefangen als Guinevere, neigte ihr Köpfchen, plapperte irgend etwas und machte sich an die Entdeckung des Raumes. Sie tat es sehr sorgfältig und ungeniert, als ob sie unbeobachtet sei, hob eine Ecke des Läufers auf, schaute darunter, starrte hinter meinen Sessel, um schließlich an meinem Schreibtisch zu landen und meine Papiere zu durchwühlen. Unentwegt unterhielt sie sich mit ihrem eigenen Geplapper.

Währenddessen redete Guinevere auf mich ein. Auch sie hatte in der Nacht einen Traum gehabt und war nun dabei, ihn mir in allen Einzelheiten zu berichten: »Stell dir vor, ich war eine Schildkröte, kannst du das deuten, Lovett?«

»Nein.«

»Es war fürchterlich. Ich war eine Schildkröte, lag auf dem

Rücken und konnte nicht wieder hoch. Kannst du dir dieses Gefühl vorstellen? Ich mußte mir gleich am Morgen ein Beruhigungsmittel aus dem Drugstore holen.« Sie zündete sich eine Zigarette an und sog den Rauch in ihren breitbemalten Mund.

»Aber es war doch nur ein Traum.« Ich fühlte mich an diesem Morgen selbst gereizt.

»Ja, aber du hast ihn nicht gehabt. Ich komme gar nicht drüber weg.« Plötzlich schrie sie, ohne ihre Haltung zu verändern: »Monina, laß Mr. Lovetts Zeug in Ruhe!«

Das Kind schenkte ihr keine Beachtung, aber ich glaube nicht, daß Guinevere eine Antwort erwartete. Sie stöhnte nur und wandte sich mir wieder zu. »Das Kind hat den Teufel im Leib. Sie gerät nach mir. Mein Gott, Lovett, was habe ich alles angestellt.«

Ich blinzelte ins Sonnenlicht, das durch das Fenster eindrang, und schwieg. »Weißt du, als ich in Hollywood war«, fuhr sie fort, »habe ich mir meine Karriere nur zerstört, weil ich nicht zu bändigen war.«

»Wann warst du in Hollywood?«

»Während meiner Bühnenlaufbahn. Sie schlossen mit mir einen Vorvertrag. Das war zu der Zeit, als sie begannen, aus Revuestars Filmstars zu machen. Auch mich wählten sie aus, und wenn ich Vernunft gehabt und mich dahintergesetzt hätte, würde ich heute fünftausend Dollar in der Woche verdienen.« Sie seufzte und stieß etwas Rauch von sich. »Aber ich war eine Wilde und habe mich um nichts gekümmert. Mit jedem bändelte ich an, ohne zu fragen, ob er was für meine Karriere tun könnte. Aber ich habe nun einmal ein so gutes Herz, und du kannst dir denken, daß es da eine Menge hübscher Kerle gab. Ich war damals ganz verrückt nach Liebe, und die Burschen verstanden ihre Sache, die hatten Routine.«

Sie zerdrückte ihre Zigarette und wandte sich an das Kind: »Monina, wo ist das Radio?«

»Draußen.«

»Nun, dann hol es. Was ist denn mit dir los? Wenn du es draußen läßt, wird es jemand stehlen.«

Monina seufzte ungeduldig, als sei sie ihrer Mutter überdrüssig, aber sie gehorchte. Gleich darauf erschien sie stolpernd, unter dem Gewicht eines Kofferradios, das im Verhältnis zu ihrer Größe unhandlich wie ein Schrankkoffer wirkte, in der Tür. »Der ist ein wahrer Segen«, sagte Guinevere, »am Wäschetag bewahrt er mich vorm Verrücktwerden.« Sie beugte sich nieder und hob ihn vom Boden auf das Bett. Während sie ihn einstellte, fuhr sie in ihrem Gespräch fort.

»Da du auch in mich verliebt bist, Lovett, wirst du verstehen, daß es mir dort mit vielen so erging. Du würdest es nicht glauben, wenn ich dir die Namen von einigen berühmten Stars und Produzenten sagte, die mich heiraten wollten. Aber ich habe es mir verdorben, weil ich zu allen zu nett war. Sie wußten es, und trotzdem wollten mich ein paar durchaus heiraten, aber ich ruinierte mir meine Karriere, und so wurde nichts daraus.«

»Wieso?«

»Eben, weil ich mich so viel mit allen abgab. Nicht einmal ein Hauch von einem Skandal darf um einen Filmstar sein, sonst ist es aus. Und ich kann es verstehen. Sie hätten Millionen für mich investiert, und immer wären sie in Ungewißheit geblieben, ob nicht ein eifersüchtiger Star sich die Polizei kaufen und mich in irgendeinem Liebesnest überraschen würde. Und darum haben sie meinen Vorvertrag nicht erneuert.« Sie strich über die Laken, stand auf, und ohne Übergang sagte sie, indem sie ihren Kopf zur Seite neigte: »Wie wär's mit einem Tänzchen, Lovett?«

»Ich bin kein guter Tänzer.«

»Das macht nichts. Ich werde es dir beibringen.« Sie hatte Tanzmusik im Radio erwischt, und während sie jetzt die Augen schloß, summte sie vor sich hin und näherte sich mir mit ausgestreckten Armen. Wir schurrten langsam durch das Zimmer, ihr Körper war dicht an meinem, wie in einer Umarmung. Gemächlich wiegten wir uns vor und zurück, wähdend die frische, milde Luft des Sommermorgens durch das Fenster zitterte. »Du tanzt nicht schlecht«, murmelte sie.

Guineveres Bewegungen waren recht gefällig, sie lag leicht in meinen Armen und paßte sich dem Rhythmus gut an. Indessen war es kein Tanz. Sie preßte ihren Körper an mich, verführerisch schmiegte sie sich in meine Arme. Aber wo sollten wir hingehen? Während die Musik spielte, zog sich Monina in eine Ecke zurück. Mit an die Brust gezogenen Knien, um die sie die Arme geschlungen hatte, schien ihr kleines Gesicht in Einsamkeit versunken zu sein.

Nach diesem Stück folgte ein anderes mit schnellerem Takt. Guinevere wand sich in meinen Armen, wiegte sich in den Hüften und lächelte mich verliebt an. Monina dagegen rührte sich nicht. Vom gleichen Charakter wie ihre Mutter, zeigte sie ihr anderes Gesicht. Mit dem Kopf dicht über ihren Knien starrte sie auf den Fußboden und begann zu maulen.

»Angst«, schrie sie, »Angst.«

Die Musik endete und zugleich die Sendung. Jemand begann über die »Kunst des Einmachens« zu reden. Langsam löste sich Guineveres Körper von meinem. Sie stand dicht neben mir und versenkte sich in meine Augen. »Wir wollen weitertanzen«, sagte sie weich. Mit einem Blick über die Schulter schrie sie, ohne wirklich erregt zu sein: »Still, Monina!« — Weinen kam als Antwort.

»Oh, dieses Kind!« sagte Guinevere leise. Ihre Augen strahlten herausfordernd. Ich hatte das Gefühl, wenn Monina nicht da wäre, würde das Versteckspiel, zu dem Guinevere gezwungen war, ein Ende finden. Denn in diesem Augenblick erschien sie mir jünger und williger und so zügellos, wie ihre Augen es versprachen. »Wenn nur das Kind nicht da wäre«, sagte sie mir ins Ohr.

Wir standen regungslos. Dann wandte sie sich ab, um neue Musik im Radio zu finden, und Monina benutzte diese Pause, um sich mir entgegenzustürzen und ihre Arme um meine Beine zu schlingen. Ich tätschelte ihren Kopf und fühlte, wie sie mich noch fester umschlang. In diesem Augenblick erhob sich Guinevere und sagte: »Oh, diese Kapelle ist gut.«

»Ich möchte nicht mehr tanzen«, erklärte ich.

Dennoch näherte sie sich mir, und ihre Augen flatterten. »Ach, komm, Lovett.«

Monina ließ mich los und trommelte mit ihren Fäusten auf die Hüften ihrer Mutter. »Mammi, pfui! Mammi, pfui!« schrie sie voller Wut.

»Was, zum Teufel, ist in dich gefahren?« fragte Guinevere. Sie kicherte. »Ich wette, sie ist eifersüchtig.« Heftig drückte sie das Kind an sich. »Na, na, beruhige dich, Monina«, sagte sie besänftigend. »Sicher hat sie mich braun und blau geschlagen.«

Das schlecht eingestellte Radio schrillte überlaut. Ich drehte es ab und hörte Guinevere sagen: »Du kannst dir nicht denken, wie empfindlich ich bin und wie weiß und zart meine Haut ist. Jedesmal wenn mich ein Mann berührt, gibt's blaue Flecke.« Das Kind, das sich inzwischen beruhigt hatte, liebkoste nun seine Mutter. Guinevere blinzelte mir zu. »Ich will dir jetzt was erzählen, was ich noch niemandem gesagt habe. Mich braucht einer nur anzufassen, und es gibt Flecke. Ich komme mir dann immer vor wie ein weißes Laken oder ein Teppich, auf dem so ein Bursche mit seinen dreckigen Stiefeln herumtritt. Wie find'st du das?«

Ich gab keine Antwort. Ich saß am Tisch, und Guinevere mit dem Kind auf den Knien versank im Sessel. »Hast du mal nachgedacht, worüber wir gestern sprachen?« fragte sie wie beiläufig.

»Was meinst du?«

Guineveres Durchtriebenheit war widerlich. »Nun, du

weißt doch, nur ein bißchen ein Auge auf sie haben und beobachten, was da vorgeht.«

»Ich sagte dir bereits, daß ich kein Spion bin.«

»Aber wer redet denn davon?« Sie machte einen schwachen Versuch, sich zu rechtfertigen. »So etwas würde mir nicht einmal im Traum einfallen. Ich habe mir nichts weiter gedacht, als daß du, wie jeder andere, ein bißchen neugierig sein könntest.« Monina hatte sich auf den Füßen ihrer Mutter niedergesetzt und ließ ihre Hand verloren über ihre Beine gleiten.

»Wende dich an Hollingsworth. Er eignet sich besser dazu.«

»Wie kommst du darauf?« Plötzlich gab sie ihrem Gesicht den Ausdruck des Geheimnisvollen. »Ich muß dir etwas Komisches sagen. Ich hab' mich nämlich über Hollingsworth selbst schon gewundert.«

»Hast du?«

»So ein verfluchter Herumschleicher«, sagte Guinevere und fingerte an ihrem Busen. »Sachen könnte ich dir von dem erzählen!«

Ich zuckte mit den Schultern und hatte das Gefühl, daß hinter ihrer bewußten Ablenkung etwas Bestimmtes steckte. Sie war darauf aus, Informationen zu bekommen, mißlang dies aber, würde sie selber anfangen zu erzählen. »Ich glaube, er verstellt sich«, tastete sie sich vor.

»Wie meinst du das?«

»Nun, irgend etwas ist mit ihm los.« Sie hatte sich eine Zigarette angezündet und schwenkte das erloschene Streichholz erregt vor meinem Gesicht. »Manchmal halte ich ihn für den Sohn eines Prinzen, natürlich keines richtigen, aber weißt du . . . eines Industriellen oder einer . . . hochstehenden Persönlichkeit, der sein Geheimnis nicht lüften will.«

Ich lachte. »Wie kommst du auf diese Idee?«

Sie war ganz ernsthaft. »Ich habe es im Gefühl. Er ist ein verdächtiger Charakter.«

»Verdächtig?«

Sie zögerte, es mir zu erklären, so als ob das Gesagte, sobald es erst einmal ihrem fruchtbaren Gehirn entsprungen war, in meinem nüchternen Raum verwelken würde. »Verdächtige Dinge«, sagte sie geheimnisvoll.

Wieder lachte ich.

Verärgert gab sie mit mürrischer Stimme zu: »Da kommt immer einer, der ihn besucht. Das paßt mir ganz und gar nicht.«

»Wie sieht er aus?«

»Oh, wie soll ich sagen. Er trägt einen dunkelblauen Anzug, und den Hut hat er sich in die Stirn gezogen. Meiner Meinung nach ist das der Mann, der Hollingsworth bezahlt.«

»Wofür?«

»Nun, ich denke mir, auf diese Weise zahlt ihm sein Vater den Unterhalt, ein Stipendium.«

»Ich hoffe, Guinevere, du weißt selbst, wie albern das ist. Das kann doch irgendein beliebiger Mann sein.«

Sie streichelte ihren Unterarm, und ihr Mund zitterte vor ungewisser Erregung, wieweit sie mir glauben konnte. »Immerhin weiß ich einiges von Hollingsworth«, erklärte sie verdrossen. »Ich trau' ihm nicht.« Mit einer plötzlichen Bewegung glättete Guinevere ihr Kleid über den Hüften und stellte triumphierend fest: »Ich habe ihn wegen dieses Mannes ausgefragt, und weißt du, was er gesagt hat?«

»Nein.«

»Er sagte, daß ihn nie jemand besuchen komme. Was sagst du nun?«

»Woher weißt du, daß er Hollingsworth besucht?« Aber ich fühlte mich unbehaglich. Sie hatte eine Stimmung in mir erzeugt, in der ich alles für möglich hielt.

Ohne die geringste Verlegenheit warf mir Guinevere ihren Beweis hin: »Ich bin ihm beim erstenmal nachgegangen. Es ist mir lieber, ich weiß, woran ich bin.« Eine stolze Genugtuung lag auf ihren Lippen.

»Bist du eigentlich mit Hollingsworth befreundet?« fragte ich plötzlich.

Sie war betont gleichmütig. »Was kümmert es dich?« gähnte sie.

»Nur wenig.«

Guinevere blickte mich mit wachsamen Augen an, was mit ihren Worten nicht im Einklang stand. »Er ist genauso wie die anderen«, sagte sie mit plötzlich rauher Stimme. »Auch er wollte mir unter den Rock.«

Ich gab keine Antwort. Es ärgerte mich, mit Hollingsworth in einem Atemzug genannt zu werden. Eine Minute verstrich, und Guinevere begann, um die Pause auszufüllen, mir lang und breit eine ihrer unerschöpflichen Geschichten zu erzählen über einen Liebhaber und seinen Schmiß, wobei sie diesmal fast noch mehr in wilde Einzelheiten ging, als ob ich ein Kätzchen sei, das man mit farbenprächtigen Bändern locke. Zu ihren Füßen malte Monina, zutiefst gelangweilt, Figuren in den Staub.

Schließlich begann sie zu quängeln, und Guinevere stand auf und nahm den Wäschestapel an sich. »Na schön, immerhin habe ich noch was anderes zu tun, als mich mit dir zu unterhalten.« Doch an der Tür wandte sie sich noch einmal kokett um. »Du wirst deine Augen offenhalten, nicht wahr?«

»Nein.«

Sichtlich verärgert rückte sie ab und zog Monina hinter sich her.

11

Wie lang war der Tag, der folgte.

Nachdem Guinevere mich verlassen hatte, nahm ich mittags mein einsames Mahl ein und kehrte dann für mehrere Stunden an meine Arbeit zurück, ohne sie zu unterbrechen. Als ich damit fertig war, neigte sich der Nachmittag seinem Ende zu, und in der Lethargie eigener Selbstzufriedenheit lag ich auf meinem Bett und beobachtete das Flimmern der Luft an der Decke. Die Tür hatte ich offen gelassen, um jedem Lüftchen die Möglichkeit zu geben, durch mein Zimmer zu ziehen. Nach einer Weile begann ich zu dösen.

Eine Stimme machte mich wach, es war eine sanfte, verführerische Stimme, in der etwas Süßes lag: »Es tut mir schrecklich leid.«

Ich setzte mich auf. Ein Mädchen stand in der Tür mit schlankem, in seiner Bewegung zögerndem Körper, als ob es bereit war, die Flucht zu ergreifen, falls ich mich zu heftig bewegte. »Treten Sie näher«, sagte ich einladend.

»Sie sahen so zufrieden im Schlaf aus«, sagte sie, »daß ich Sie nur mit Scheu weckte. Ich glaube, Sie sind hinter das Geheimnis gekommen, wie man schlafen muß.«

»Ich war nur ein wenig eingenickt«, murmelte ich.

Sie setzte sich auf den Stuhl an meinem Arbeitstisch. »Nein, Sie brauchen sich nicht zu schämen. Ich fand, Sie sahen schön aus.«

Ich rieb meinen Kopf, noch ganz benommen vom Erwachen in der Nachmittagshitze. Augenscheinlich erwartete sie keine Antwort. »Oh, ist das wunderbar! Was sind Sie für ein Glückspilz!«

»Wieso?«

»Daß Sie dies Zimmer haben. Ich liebe es. Wenn ich könnte, würde ich es ihnen abkaufen.«

Ich verzog mein Gesicht. »Billig genug ist es, aber ebenso schmutzig.«

»Aber das ist doch gerade das Gute daran. Und wie schmutzig es ist!« sagte sie mit ihrer tiefen Stimme. »Saubere Räume hasse ich. Ebenso wie ich Menschen hasse, die immer Angst haben, eine Spur zu hinterlassen, und darum ist dieser Raum so wunderbar. Sie leben hier und hinterlassen Spuren, und wenn Sie lange genug hier gewohnt haben, geht es in die Wände und in die Luft über, und etwas von ihnen wird niemals aus diesem Raum verschwinden.«

Beeindruckt von ihren Worten sah ich mir das Mädchen näher an. Ihr schmales und reizvolles Gesicht mit kindlicher Nase und kindlichem Mund, dem weichen Kinn und den sanften braunen Augen machte es schwierig, ihr Alter zu bestimmen. Sie mochte wie Hollingsworth und ich vielleicht in den Zwanzigern sein, aber ebensogut zehn Jahre älter. Mein Anstarren erwiderte sie auf reizende Weise. Ein kleines Lächeln ließ ihre Lippen erzittern, während sie verlegen eine Zigarette aus ihrem Täschchen fischte, sie anzündete und mir herüberreichte, als ob wir alte Freunde seien. Ich nahm das Geschenk an, war aber keineswegs auf solch eine plötzliche Vertrautheit gefaßt gewesen.

»Wollen Sie denn keine?«

»Oh.« Sie schien verwirrt. »O doch.« Wieder kramte sie in ihrem Täschchen und entzündete mit ihren merklich zitternden Händen ein Streichholz. Ich besah mir dabei ihre Finger. Sie waren lang und schmal und hätten schön sein können, aber die Nägel waren abgebissen, die Haut eingerissen und voller dunkelgelber Tabakflecken. Sie rauchte wie ein Mann mit aufwärtsgerichteter Handfläche, die Zigarette in einer Gabelung der Finger, zwischen denen der Rauch hindurchzog und sich um ihr Handgelenk kräuselte. Mit ihren hübschen Gesichtszügen hätte sie einen guten Eindruck gemacht, wenn ihre Haut nicht so trübe und unter ihren Augen völlig farblos gewesen wäre, und wenn ihr Haar nicht unordentlich auf die Schultern heruntergehangen hätte. Ich hatte das Gefühl, daß sie sich ihrer nicht ganz bewußt war, denn auch das sonst meist selbstverständliche Make-up geschah bei ihr verkrampft. Sicherlich brauchte sie nur irgend etwas anzurühren, um Flecken auf ihr Kleid zu bekommen.

Wie um dies zu bestätigen, fiel etwas Asche von der Zigarette herab und wurde auf dem Rock verrieben. Das Kostüm, das sie anhatte — von einem leuchtenden Lila, das mit ihrem mausbraunen Haar und ihrer blassen Gesichtsfarbe wenig harmonierte —, war an den Ellbogen abgenützt und am Kragen durchgescheuert.

»Sie sind Dichter, nicht wahr?« fragte sie.

»Nein.«

»O doch, ich weiß es.« Während sie lächelte, nahm ihr kindlicher Mund einen erwachseneren, nachdenklichen Ausdruck an, was in mir den unbehaglichen Eindruck hervorrief, daß sie mehr über mich wußte als ich selbst. »Ein Dichter mit einer Schreibmaschine«, sagte sie gedehnt, »oh, wie schade!« Der Rauch kräuselte sich über ihrer Hand empor. »Sie sollten keine Schreibmaschine benutzen.«

»Ich tue es aber gern«, gab ich gereizt zur Antwort.

»Aber nein, Sie verstehen mich nicht«, wandte sie ein. Die Zigarette war inzwischen fast bis an die Handknöchel heruntergebrannt, aber die Hitze schien ihr nichts anzuhaben.

»Wollen Sie sie nicht lieber ausmachen?« fragte ich. Überrascht schaute sie auf den Zigarettenstummel. Anscheinend hatte sie vergessen, wie er dahin geraten war. Jedoch, gehorsam spreizte sie ihre Hand und ließ ihn fallen, und wenn ich ihn nicht ausgetreten hätte, glaube ich, daß sie ruhig mitangesehen haben würde, wie die Glut meinen Fußboden ansengte.

Schließlich wurde mir bewußt, daß sie ja wohl aus irgendeinem Grund in mein Zimmer gekommen war, und so fragte ich sie danach. Sie legte eine Hand auf ihr Täschchen. »Ich sah«, sagte sie langsam, »daß in diesem Haus ein Zimmer zu vermieten ist. Draußen hängt ein Schild.«

»Ach, das weiß ich gar nicht.«

»Von wem kann ich das Zimmer mieten? Ich habe keinen Verwalter finden können und bin einfach durch das Haus gegangen, aber alle Türen waren verschlossen.«

Ich lächelte sie beruhigend an. »Ich gehe mit Ihnen hinunter zur Verwalterin.«

»Ich brauche es dringend«, sagte sie ein wenig gepreßt. »Ich weiß nicht, wo ich bleiben soll.«

Ich schüttelte den Kopf. »Wenn es eines von den unteren Zimmern ist, wird es wahrscheinlich ziemlich teuer sein.«

»Aber ich habe ja genug Geld im Augenblick«, sagte sie mit einem schwachen Versuch fröhlich zu erscheinen. »Wenn ich bezahle, kann sie mich doch nicht abweisen. Das ist doch Vorschrift, nicht wahr?«

Ich führte sie zu Guinevere hinunter. Ehe ich an die Tür klopfen konnte, umklammerte das Mädchen meinen Ellbogen. »Ich heiße Lannie«, sagte sie, »Lannie Madison. Erzählen Sie ihr doch, daß wir Freunde seien, und daß es wunderbar wäre, wenn sie mir den Raum gäbe.« Und nach einer Weile, lächelnd: »Es ist nicht einmal ganz unwahr. Ich habe Sie vom ersten Augenblick an liebgewonnen.«

Ich nickte. »Schon gut.« Nachdem ich geklopft hatte, entstand eine lange Pause. Ich hörte, wie sich Guinevere mit schlappenden Hausschuhen der Tür näherte, sie einen Spalt breit öffnete und mißtrauisch hinausspähte. »Ach, du bist's«, sagte sie ungnädig.

Ich stellte vor, und Guinevere, die sich den Bademantel über ihrem Busen zusammenhielt, nickte gleichgültig. »Was, zum Teufel, ist los, Lovett? Ich bin mit Monina beschäftigt.«

Ihre Grobheit ärgerte mich, aber ruhig sagte ich: »Lannie ist eine alte Freundin von mir und hat gesehen, daß hier ein Zimmer leer steht und möchte es mieten.« Kaum hatte ich das gesagt, merkte ich, daß ich einen Fehler gemacht hatte. In Guineveres Gesicht trat ein wachsamer Zug. »Das würde ein lauschiges Nestchen für dich sein, was, Lovett? Und wenn die Polizei kommt, kannst du ihr erzählen, daß ihr ›Zimmer-Vermieten‹ gespielt habt.« Und augenscheinlich entschlossen, das letzte Register zu ziehen, verkündete sie: »Hör mal zu, Lovett, und auch Sie . . . Miss Madison, in meinem Haus herrscht Ordnung, hier gab's bisher keine Drehs und wird's nie welche geben.«

Lannie war blaß geworden. Leise sagte sie: »Warum sind Sie so grob, Sie meinen es doch gar nicht so. Ich sehe doch, daß sie freundlich sind, und daß Sie sich schon Ihrer Grobheit schämen.«

»Hier gibt's nichts zum Schämen.« Aber sie war schwankend geworden. Ich fühlte, daß ihr das Bild der Furie mit dem goldenen Herzen nicht völlig mißfiel. »Wofür brauchen Sie das Zimmer?« fragte sie, um Zeit zu gewinnen.

»Ich weiß nicht, wo ich unterkommen soll. Ich habe heute eine Stellung gefunden und brauche ein Zuhause.«

»Warum gehen Sie nicht ins Hotel?« fragte Guinevere und musterte Lannie genau.

»Dazu habe ich nicht genug Geld.«

Guinevere verschränkte ihre Arme. »Nun, dann wird's für dies Zimmer auch nicht langen. Es kostet fünfzig Dollar im Monat, und das Bad ist auf dem Flur.«

»Doch. Ich kann genug Geld bekommen.« Und als ob es ihr gerade wieder einfiele: »Ich habe genügend bei mir.«

Guinevere schüttelte den Kopf. »Leider kann ich Ihnen nicht helfen. Das Zimmer ist vermietet.«

Die Wirkung war überraschend. Lannie stand steif mit erhobenem Kopf da. »Was für eine törichte, bösartige Person Sie sind«, sagte sie mit ausbrechender Leidenschaftlichkeit. »Sie wissen ja nicht, was Sie tun! Und nichts von dem Guten, das in Ihnen steckt! Warum lügen Sie mich an, und warum schimpfen Sie so?«

Guinevere errötete. »Höre mal zu, Lovett, ich möchte nicht von deinen Freunden beleidigt werden, die du mir da anschleppst. Ich habe schon so genug auszustehen.«

Lannie legte ihre Hand in die meine. »Kommen Sie, wir wollen gehen.« In ihrer Stimme lag Gleichgültigkeit. Aber an der Tür hielt sie an und sagte mit raffinierter Überlegung, wie es mir schien: »Sie fühlen selbst, daß Sie mir das Zimmer geben sollten. Hinterher werden Sie es bereuen und darunter leiden, daß Sie so unfreundlich waren.«

»Warten Sie einen Augenblick«, sagte Guinevere. »Ist bestimmt nichts Abgekartetes zwischen euch beiden, Lovett?«

»Kein Gedanke«, sagte ich unwillig, und plötzlich verschwand das Lauernde in Lannies Augen, und sie begann schallend zu lachen. Zögernd fiel Guinevere ein. »Du wirst noch mein Tod sein, Mickey«, sagte sie, und zum erstenmal seit ich Lannie zu ihr hinuntergebracht hatte, lag etwas Vertrauliches in ihren aufdringlichen blauen Augen, als ob sie mir zuzwinkern wollte. »Oh, du kannst einem schon zusetzen, ihr alle«, murmelte sie.

Im Grunde war es ein unechtes Lachen. Als wir verstummten, geschah es auf eine lauernde Frage Guineveres. Sie seufzte schwer. »Werden Sie bestimmt sechzig Dollar haben?« wandte sie sich an Lannie.

»Ich denke, es waren fünfzig«, sagte ich.

Guinevere kreuzte die Arme. »Fünfzig . . . nach dem ersten Monat. Da war einer, der das Zimmer mieten wollte und mir zehn Dollar extra bot. Ich werde sie mir nicht wegen irgend jemand entgehen lassen. Meine Gefühle spielen dabei keine Rolle.«

»Oh, die zehn Dollar werde ich Ihnen auch geben«, sagte Lannie. »Sie haben sie verdient und sollen sie auch bekommen.« Sie kramte wieder einmal in ihrem Täschchen und zog einen kleinen Geldschein hervor. »Lassen Sie es mich gleich erledigen.«

»Wollen Sie nicht erst das Zimmer sehen?« fragte Guinevere.

Lannie schien überrascht zu sein, als wenn sie daran überhaupt nicht gedacht hätte. »Ach nein, ich weiß, wie es sein wird und werde es bestimmt nehmen. Ich kann mir denken, daß es ein wunderbares Zimmer ist, ich las das Schild.«

»Sie sollten trotzdem einen Blick hineinwerfen.«

»Nein, nein, ich möchte jetzt die Miete bezahlen«, sagte Lannie hastig. Mit ihren beschmutzten Fingern zählte sie sechzig Dollar vor, die letzten zehn Dollar in Kleingeld. Ich hatte nicht den Eindruck, daß ihr noch fünf Dollar verblieben. »Kann ich den Schlüssel haben?« fragte sie.

Ich wollte mit Lannie gehen, aber Guinevere hielt mich zurück. »Sie haben doch nichts dagegen, Miss Madison, daß ich Ihren Freund noch ein wenig hierbehalte?«

»Aber natürlich nicht.« Lannie wandte sich an mich. »Sie werden mich besuchen, nicht wahr?«

»Ich werde vorbeikommen, wenn ich hier fortgehe. Sicherlich kann ich Ihnen behilflich sein.«

Als wir allein waren, schüttelte Guinevere den Kopf. »Deine Freundin ist aber ein merkwürdiges Ding«, sagte sie.

»Hm.«

Ein Stoß in meine Rippen. »Mit uns beiden ist es wohl jetzt aus?«

»Es ist niemals etwas gewesen.«

Guinevere lächelte betrübt. »Es hätte aber sein können. Das Schicksal hat es verhindert, daß wir zusammenkamen und uns amüsierten, aber ich habe über dich nachgedacht.« Sie grinste. »Ich will dir mal was sagen. Du hast es lieber, wenn sie älter sind als du. Erst mich und dann Lannie, oder soll ich besser sagen, erst Lannie und dann mich?«

»Du irrst dich«, sagte ich gleichgültig.

»Ich habe Miss Madison gern«, dachte Guinevere laut. »Um sie ist etwas Ungewöhnliches.« Sie verzögerte ihre Worte. »Ich könnte dir allerlei erzählen.« Behutsam fügte sie hinzu: »Doch. Du weißt ganz genau, daß ich das Zimmer nicht ausgehängt hatte. Was sagst du dazu?«

»Wie konnte dann Lannie von dem Zimmer wissen?« fragte ich automatisch.

»Jaa, wie konnte sie?« Guinevere zuckte die Achseln und deutete mit einem Finger die Treppe hinauf. »Geh rauf zu ihr, zu deiner Freundin.«

»Wer hat dir zehn Dollar angeboten?«

Wie verschlossen Guinevere sein konnte! »Ach, das ist doch gleichgültig. Er bekommt es ja auf keinen Fall mehr.«

»Wer?« bohrte ich.

Sie fingerte an einer Locke ihres roten Haares. »Bei der

Wäsche kommt der Dreck raus. Das ist meine Philosophie. Und du kannst ruhig zu ihr raufgehen. Ich weiß wohl, daß es zwischen uns aus ist — was dich anlangt.«

12

Ich stieg die Treppen zu Lannies Zimmer empor. Sie öffnete mir die Tür, ihr Gesicht strahlte, und ihre Begrüßungsworte plätscherten so munter, daß mich Guineveres Fragen nicht mehr störten.

»Das ist ein wundervoller Raum. Oh, und Sie waren großartig! Wie Sie mit ihr redeten!«

»Wieso?«

Sie setzte ihr trauriges Lächeln auf, das ihr Gesicht verklärte. »Ich wußte, daß Sie bescheiden sind«, sagte sie in einer Weise, als ob sie versteckt andeuten wollte, sie habe schon seit Jahren von mir gehört. »Aber das ist ein Fehler. Auf etwas, was einem zu eigen ist, sollte man stolz sein.« Lannie sah sich im Zimmer um und räkelte sich mit ausgestreckten Beinen in einem Sessel. »Ich kann Ihnen gar nicht sagen, wie glücklich ich bin.«

Sicherlich gehörte nicht viel dazu. Das Zimmer war groß und hoch, aber damit waren seine Vorzüge bereits erschöpft. Die Fenster, die vom Fußboden bis zum Stuckfries reichten, gingen auf einen Hinterhof mit seinen Wäscheleinen und Feuertreppen hinaus. Auch hier hatte sich Ruß in das Holzwerk gefressen, und das graue, unbestimmte Licht zwischen den Gebäuden konnte kaum dazu beitragen, die schäbigen Bezüge des betagten Sofas und der Sessel zu verschönen. Als Zimmerschmuck war vom letzten Bewohner nur ein Kalender zurückgelassen worden. Das Bild des nackten Mädchens rollte sich an den Ecken auf. Jenseits war ein Waschständer, darüber eine metallene Schale, in der ein Seifenstück mit aufgeweichter Unterseite zerging.

Lannie saß zufrieden da, augenscheinlich bereit zu warten, bis ich einen Vorschlag machte. Ihr zerschlissenes lilafarbenes Kostüm hing ärmlich um ihre knochige Gestalt, beulte sich ungebügelt und voller Falten um ihre Knie. Vielleicht hatte sie in letzter Zeit abgenommen. Das Kostüm schien ihren Kopf von den langen Beinen abzutrennen, so daß das jugendliche, verwüstete Gesicht mit seinen dunklen Augen ungewöhnlich weit von den braunen abgetragenen Hausschuhen, an denen ein großes Loch in der Sohle einen Teil ihres schmutzigen Fußes freigab, entfernt schien.

»Was ist mit Ihrem Gepäck?« fragte ich. »Brauchen Sie meine Hilfe?«

Sie schüttelte den Kopf. »Daran ist nicht im Traum zu denken. Sie haben schon genug für mich getan.« Ihre langen schmutzigen Finger schlossen sich um eine Zigarette. »Ich habe Freunde, die werden mir helfen.«

»Ich würde mich freuen, es selbst zu tun«, sagte ich beharrlich.

»Aber nein.«

»Doch.«

Schließlich lachte Lannie — ein tiefes, heiseres Lachen —, und ihre braunen Augen starrten mich mutwillig an. »Ich habe überhaupt kein Gepäck.«

»Gar keins?«

»Es ist bei meinem Vater.« Wieder lachte sie. »Bei Vater Pawnbroker.«

»Aber was wollen Sie anziehen?« rief ich aus.

»Ach, einiges habe ich gerettet.« Sie wühlte in ihrem Täschchen und zog ein zerknittertes Pyjama hervor.

»Sie brauchen aber noch mehr.«

Es stimmte sie mürrisch. Sie lehnte ihren Kopf an die obere Kante des Sessels.

»Was wollen Sie nun tun?«

Lannie war in Nachdenken versunken. »Es ist mir gleichgültig«, sagte sie. »Als ich heute morgen aufwachte, dachte ich an all die Kleider, die ich besessen habe, und an meine Schreibmaschine und all die Kleinigkeiten, die einen fesseln. Ich bin eine Katze. Ich kann es nicht ertragen, angekettet zu sein. Darum habe ich alles Vater Pawnbroker übergeben.« Sie lächelte. »Wie Vincent habe ich mir das Ohr abgeschnitten und es meiner Geliebten gereicht, und jetzt höre ich Klänge, die ich nie zuvor vernahm.«

»Das war das Geld, womit Sie die Miete bezahlten.«

»Ich weiß es nicht, ich nehme an.«

»Wovon wollen Sie jetzt leben?«

»Ach, Mikey, ich kümmere mich nicht darum. Morgen werde ich zu essen haben. Ich bekomme Geld, viel Geld.« Sie warf ihr Geldtäschchen auf den Fußboden und berührte einige Dollarstücke mit dem Schuh.

»Und was ist übermorgen?« Ich hatte Woche für Woche von zwanzig Dollar gelebt, von einem Tropfen. Im Grunde war ich neidisch.

»Übermorgen . . . wird man mir zu essen geben. Man ist gut zu mir. Das begreift eben keiner.«

»Wer wird Ihnen zu essen geben?«

Sie lachte mich an. »Mrs. Guinevere.«

»Sie gönnt mir nicht einmal eine Tasse Kaffee.«

»Weil sie Sie nicht gern hat, Mikey. Mich aber wird sie lieben.«

Ich wurde ungeduldig. »Soll ich Ihnen etwas Geld leihen?«

»Sehen Sie, Mikey«, platzte sie heraus, »da haben Sie es: immer kümmert man sich um mich!« Lannie schüttelte den Kopf. »Nein, ich kann kein Geld von Ihnen nehmen; niemals würde ich es zurückzahlen.« Aber dann, während sie sich nachdenklich-verschmitzt mit dem Finger über das Kinn fuhr, dachte sie darüber nach. »Nein, ich würde es doch zurückzahlen. Ich würde dafür arbeiten und mich abschinden, weil Sie so anständig sind und mich beschämen. Ich hasse Aufschneider.« Sie sog an ihrer Zigarette und beobachtete, wie der Rauch an ihren abgebrochenen Fingernägeln entlangglitt. »Ich habe die Farbe gern, die das Nikotin den Händen gibt«, sagtc sie. »Sie bekommen das Aussehen kostbaren alten Holzes.« Sie schnüffelte. »Meines Vaters Hemden pflegten immer nach Tabak zu riechen. Er war ein wunderbarer Mann, ein prächtiger alter Trunkenbold. Er würde Mrs. Guinevere genau so geliebt haben wie ich.«

Über meinen verwirrten Gesichtsausdruck lachte sie. »Armer Mikey.«

»Ich liebe es nicht, wenn man mich ›armer Mikey‹ nennt.«

Sie schüttelte den Kopf: »Und man sollte es auch nicht tun. Sie sind stolz. Stolze Menschen liebe ich. Und auch bei Mrs. Guinevere konnten Sie Stolz feststellen.« Lannie wurde eifrig. »Sie weiß sehr wohl, was sie für eine Frau ist, eine stattliche Frau mit wunderbaren Farben, und sie posaunt es hinaus. ›Ich berste vor Leben, haltet mich nicht zurück‹, schreit sie, aber ihr ganzes Leben lang wurde sie geduckt, und darum ist sie unglücklich. Ich liebe sie. Ich möchte mit ihr reden.«

Irgendwie gelang es ihr, mich davon zu überzeugen, daß ihre Meinung zutreffend war — zu empfinden, daß sie Wahrheiten entdeckte, die zuvor verborgen geblieben waren. Einige Minuten lang war ich bereit, alle die Qualitäten, mit denen sie mich auszeichnete, zu akzeptieren, mich für hübsch und stolz zu halten — aber ebensogut könnte ich auch ein Aufschneider sein. Und gleich mir würde Guinevere sich verschönen, mit ihren lebhaften Farben, und der üppige Körper würde mit seinen kräftigen Konturen harmonisch wirken.

Unter Lannies Einfluß war dieser Gestaltwandel nicht aufzuhalten. Sie hatte sich erhoben und durchschritt den Raum. An der Verkleidung des falschen Kamins hielt sie an und zeichnete ein Gesicht in die Luft. »Er ist ein gerissener Mann, nicht wahr?« fragte sie, und ehe ich antworten konnte, war sie an das Fenster getreten und spielte mit dem

Riegel am mittleren Fensterrahmen. »Wie ein Finger«, sagte sie. »Sehen Sie!« Sie krümmte ihre Hand. »Als sie das Haus fertig hatten, fehlten die Fensterriegel, und der Baumeister, ein brutaler Kapitalist, der später ein Haus in Newport baute, schrie aus vollem Halse: ›Schneidet den Arbeitern die Finger ab und nagelt sie dort an.‹ Und das ist der Finger eines armen Arbeiters.« Sie glitt darüber hin. »Das ist alles, was von ihm übrig blieb! Finger und Daumen.«

Ich vermochte nicht zu antworten. Zu einem anderen Zeitpunkt und in einer anderen Stimmung wäre ich vielleicht auf das Spiel eingegangen, aber unter ihrer Lustigkeit lag ein angespannter Mund, und ihre Augen zeigten einen leeren Ausdruck. Abwesend spielten ihre Finger in ihrem verschmutzten Haar.

»Wir sollten das Zimmer säubern«, schlug ich vor.

Lannie überraschte mich mit ihrem Kopfnicken. Mit einiger Anstrengung erhob sie sich. »Sie werden etwas zum Reinigen finden, und ich werde die Fenster öffnen«, erklärte sie. »Wir können die Möbel verrücken. Ich habe es gern. Erst dann gehört einem das Zimmer.«

Ich ging in den Flur hinaus und fand einen Besen und einen Lappen, den Guinevere in einer Ecke zurückgelassen hatte. Als ich zurückkam, waren die Fenster wirklich geöffnet, und Lannie stand auf dem breiten, niedrigen Fensterbrett und starrte in den Hof hinunter. Ich gab keinen Laut von mir. Sie war so vertieft in den Anblick, daß ich zögerte, sie zu stören. Mit den Armen am Fensterrahmen lehnte sie sich hinaus — ein Vogel, der im Begriff war, fortzufliegen. Immer weiter beugte sie sich vor, so daß sie, wenn sie die Hände losgelassen hätte, hinuntergestürzt wäre.

Mit einer raschen Bewegung zog sie sich zurück und erschrak, als sie mich sah. »Ich liebe diesen Ausblick«, sagte Lannie ruhig; alle Munterkeit war verflogen. »Ich blickte hinunter und dachte, es ist der Meeresgrund. Er liegt so tief, und dort unten ist man allein.«

Ich nickte gleichmütig, als ob nichts geschehen sei, und ging zum Ausguß, füllte ein Glas mit Wasser und besprengte den Fußboden. Eifrig begann ich zu fegen. Lannie zog kraftlos an einem Sessel, und dann hockte sie sich darauf nieder. »Die Möbel sind zu schwer für Sie.« Sie nickte bekräftigend. »Setzen Sie sich, wir wollen uns unterhalten.«

»Ich werde weiter ausfegen; ich kann mich dabei unterhalten.«

Ihr Kinn ruhte in ihrer Hand. »Als ich von meiner Stellung sprach, habe ich nicht gelogen«, erklärte sie.

»Ich glaube Ihnen.«

»Nun, Sie sollten es nicht; gewöhnlich lüge ich. Aber diesmal habe ich wirklich eine Anstellung gefunden. Ich ging zu Mr. Rammelsby und sagte ihm, daß ich im Inseratenwesen Erfahrung habe.« Sie begann zu lachen. »Ich glaube, Mr. Rammelsbys richtiger Name ist Ter-Prossamenianvili. Armer kleiner Türke, er ist so dick und schwitzt so viel und wird seine Stellung verlieren, weil er mich engagierte. Wenn da ein anderer statt seiner gewesen wäre, irgendein hagerer, erfahrener Fachmann, hätte man mich niemals genommen.«

»Was werden Sie dort tun?«

»Ach, ich muß Propaganda machen. Sie wissen, daß sie Hunderte kleiner Wesen beschäftigt halten, die tief drunten in der Erde etwas Neues entdecken müssen, und wenn einer von ihnen etwas entdeckt hat, wird es an hundert Menschen gleich mir gegeben, damit wir Werbetexte dafür finden. Und wenn wir sie gefunden haben, wird etwas hergestellt und an Millionen Menschen verkauft, und schließlich tut es seine Wirkung, und das Hergestellte hat Erfolg.« Sie lächelte müde. »Ich kann es, aber ich hasse es. Ich habe so viele Dinge ähnlicher Art getan, jawohl« — bekräftigte sie, als ob ich ihr widersprochen hätte — »ich sollte heute morgen anfangen, aber als ich aufwachte, wußte ich, daß es wichtiger war, ein Zimmer zu finden. Armer Mr. Rammelsby! Immer setzt er sein Vertrauen in die Falschen. Aber vielleicht werfen sie ihn diesmal hinaus, und er muß zurück in die Türkei und kann auf einem Kissen hocken und wird eine Menge Frauen mit wunderbaren Bauchnabeln um sich haben.« Sie beobachtete mich, als ich den Dielenstaub in ihren Papierkorb schüttete. »Wir wollen die Möbel umstellen«, sagte sie.

Das Sofa und die beiden Sessel an die richtige Stelle zu bringen, erforderte unverhältnismäßig viel Mühe. Wir diskutierten darüber, und sobald wir zu einem Entschluß gelangt waren, änderte sie ihre Meinung. Mehrmals verschoben wir das Sofa — ans Fenster, zum Kamin, an die Wand — aber nichts gefiel ihr. Endlich war sie einverstanden, daß die Sessel mit dem Rücken zum Fenster gestellt wurden, und als wir damit fertig waren, überblickte sie prüfend das Zimmer. »Warum lassen wir es nicht so?« Das Sofa stand auf einem zufälligen Platz vor der Wand mit dem Rücken zur Mitte des Raumes. Sie zog es einen halben Meter weiter, so daß jemand, der darauf saß, das Paneel mit den Füßen erreichen konnte.

»So finde ich es wunderbar«, verkündete sie.

»Aber Lannie, so kann doch das Sofa nicht stehenbleiben.«

»Warum?«

»Es steht doch völlig isoliert.«

Sie nickte stumm, und einen Augenblick lang zeigte ihr Gesicht einen betroffenen Ausdruck. »Oh, natürlich, wie dumm von mir«, sagte sie lebhaft und schwenkte ihre Hand in der Luft. »Kommen Sie, wir wollen es umdrehen.«

So begannen wir wieder zu ziehen und zu schieben, drehten das Sofa um, ruhten uns nach getaner Arbeit aus und schwitzten in der Sommerhitze. »Jetzt ist es ein anderes Zimmer«, erklärte sie.

Aber natürlich stimmte das nicht. Der große, nackte Raum war immer noch schmutzig und düster, und die schäbigen

Möbel blieben auch auf ihrem neuen Platz steif, schwer und unnahbar. Für einige Minuten schwiegen wir, und als ich aufblickte, sah ich, daß ihr Mund zitterte. »Was haben Sie, Lannie?«

»Ich weiß es nicht.« Hastig rauchte sie ihre Zigarette, die Asche fiel in die Falten ihres Rockes, und erst, als die Glut ihre Finger berührte, ließ sie den Stummel auf den Boden fallen.

»Ich werde ein paar Bilder aufhängen«, sagte sie, »und auch Vorhänge anmachen. Und keiner wird mich daran hindern. Und dann« — sie warf ihren Mund auf und einen Augenblick lang waren ihre Zähne entblößt — »werde ich das Sofa umdrehen, und es bleibt dann da, wo es hingehört, mit dem Gesicht zur Wand.« Sie hustete und sagte mit heiserer Stimme: »Ich möchte, daß Sie jetzt gehen.«

Ich zuckte zusammen. »Gehen?«

»Ja, Mikey.« Ruhig saß sie da und blickte mich nicht an.

»Nun, vielleicht können wir heute abend oder morgen ...« Ich wußte den Satz nicht zu vollenden.

»Ja, ja.«

Als ich das Zimmer verließ, wandte sie sich nicht um.

13

Am Abend machte ich vor Lannies Tür halt, aber niemand antwortete. Sie würde im Sessel sitzen mit angezogenen Beinen, das Kinn in der Hand, und mein Klopfen würde nur langsam in ihre Träumereien dringen; dann plötzlich würde sie mir öffnen.

Aber nichts regte sich. Wahrscheinlich war sie nicht da. Ich ging hinunter auf die Straße und verweilte einen Augenblick neben der braunen Ziegelsteinbalustrade und blickte auf das Licht, das aus Guineveres Kellerwohnung fiel. Ihr Mann mußte jetzt zu Hause und zwischen ihnen das tägliche Ehegespräch im Gange sein. Aber ich hörte keine Stimmen, und impulsiv dachte ich daran, zu klingeln.

Statt dessen wanderte ich durch Brooklyn Heights und kam am Ende einer kleinen Straße, die am Abhang mündete, zur Ruhe. Meine Arme lagen auf dem Eisengeländer, und ich starrte über die Docks und den Hafen hinweg auf die Umrisse New Yorks, die langsam im endgültigen Blau der Nacht versanken. An den Wolkenkratzerfronten sah man da und dort erleuchtete Fenster, die Reinmachefrauen hatten ihr Werk begonnen. Überall hinter den Steinzinnen waren die Feuer eingedämmt und die Büros leer. Das Fährboot nach Staten Island hatte seine Fahrt begonnen. Von meinem Standort aus wirkte es sehr klein. Die Decklichter zitterten über das Wasser und formten die rastlosen Gliedmaßen eines Tausendfüßlers. Ein Ozeanfrachter überquerte den Hafen und suchte seinen Ankerplatz; in der Ferne überwölbten Brücken den Fluß und trugen das Gewicht einer endlosen Reihe von Automobilen. Durch die Sommernacht tönten klar und ungedämpft die Warnsignale der Schiffe.

Ich blickte auf das Wasser, und ziellos verströmten meine Gedanken.

Während ich am Geländer träumte, ging eine Stunde vorüber, und die Nacht kam. Die Konturen der Schiffe, die sich durch den Hafen bewegten, waren nur noch durch ihre Lichter zu erkennen.

»Hallo, ein schöner Abend, nicht wahr?« ertönte eine Stimme.

Ich mußte zusammengezuckt sein. Mit Hollingsworth hatte ich kaum gerechnet.

»Ich sehe, daß es Ihnen Spaß macht, hier zu stehen und nachzudenken«, sagte er einschmeichelnd.

»Bisweilen.«

»Mir auch.« Er nahm eine Zigarette aus der Packung und bot sie mir mit so eindringlicher Geste an, daß ich sie schlecht ablehnen konnte. Dann sprang ein Feuerzeug aus seiner Tasche, er entzündete die Flamme und bewegte sie ungeschützt vor mir, um meine Bewunderung zu erregen. Es war aus Silber mit einem schwarzen Schildchen, das zwei eingravierte Buchstaben zeigte. »Seit wann haben Sie das?«

»Oh, seit ein paar Tagen. Sehen Sie meine Initialen: Leroy Hollingsworth, L. H. Ich glaube, das ist eine gute Idee, wie?«

»Ja.« Mit einem gewissen Bedauern wurde mir klar, daß er beabsichtigte, mir Gesellschaft zu leisten. »Wo haben Sie es gekauft?« fragte ich.

»Ach, ich weiß nicht . . .« Er lächelte, wie um sich zu entschuldigen. »Es ist nämlich ein Geschenk. Von einer Dame.« Er blickte selbstzufrieden auf das Wasser; das Mondlicht lag auf seinem blonden Haar und der sanft geschwungenen Nase. »Keine Ahnung, warum«, sagte er eitel, »die Frauen scheinen mich ganz gern zu haben.« Indem er seinen Pfeifenkopf füllte, zog er das Feuerzeug wieder hervor. »Jawohl«, sagte er albern.

Vielleicht war ich infolge der Ereignisse am vergangenen Abend gegen ihn eingenommen, und als ob er dies spürte, sagte er: »War interessant gestern abend, nicht wahr?«

»Hmm.«

»Dieser McLeod ist ein komischer Bursche. Ich dachte, er hätte, mit Verlaub zu sagen — ein dickes Fell.« Den derben Ausdruck genießend, machte er eine Pause. »Aber schließlich waren einige seiner Ideen recht interessant.«

»Welche meinen Sie?«

»Nun, Menschen in die Luft zu jagen und zu vergiften. Bisweilen kann ich solche Gefühle bei einem Burschen verstehen. Sie nicht?«

Für mich stand fest, daß er jetzt mich auszufragen begann.

»Ich immer.«

Aber er lachte nur. »Ich möchte gern die Bolschewisten

studieren«, erklärte er mir. »Geschichte ist wichtig. Sie erweitert den Gesichtskreis.« Er zog an seiner Pfeife, entließ den Rauch mit gespitzten Lippen, als ob er etwas Wichtiges von sich gäbe. »Wie wär's mit einem Drink?« fragte er förmlich.

Ich wußte nicht, wie ich es ablehnen sollte, und so gingen wir die Straße zurück, während Hollingsworth über seine Stellung schwätzte, über seine günstigen Aussichten und über das Wetter. Schließlich wählten wir eine Bar, und auf seinen Wunsch hin ließen wir uns in einer mit rotem Leder ausgeschlagenen Koje nieder. Ich bestellte Bier; Hollingsworth zu meinem Erstaunen einen doppelten Whisky. Als die Kellnerin die Getränke brachte, bestand er darauf, sie zu bezahlen. Dann lächelte er das Mädchen an.

Voller Verlangen. Die Veränderung bei ihm war wie Zauberei. Wenn er sich bisher mit der Höflichkeit und Steifheit eines Theologie-Studenten ohne Erfolgsaussichten gegeben hatte, so war das jetzt vorbei. Während die Kellnerin das Wechselgeld abzählte, stützte Hollingsworth seinen Kopf in die Hand, so daß seine Wange fast parallel zum Tisch lag, und starrte, ein paar Takte summend, das Mädchen kühl an. »Ich habe Sie irgendwo schon mal gesehen«, sagte er unvermittelt.

»Nein, ich glaube nicht,« meinte sie.

»Sie tanzen gern«, fragte er, »nicht wahr?« Hollingsworth lächelte fast spöttisch. »Bestimmt. Irgendwo habe ich Sie tanzen sehen«, erklärte er. »Sie sind eine gute Tänzerin, Sie tanzen gern, wie?«

Die Kellnerin war jung. Um ihren anziehenden Mund lag ein vulgärer Zug. »Ja, ich tanze gern.«

»Ich auch«, murmelte Hollingsworth. »Ich möchte immer nur tanzen und tanzen.« Wieder summte er seine Melodie. Das Mädchen war mit dem Wechseln fertig, und er schob ihm einen Vierteldollar Trinkgeld zu. »Wo der herkommt, gibt's noch andere«, versicherte er. »Sie sind noch hier, wenn die nächste Runde fällig wird, nicht wahr?« Und als sie nickte, sah er sie wieder mit verliebtem Blick an. »Okay, ich muß mit Ihnen noch was besprechen.«

Er war in einer angeregten Stimmung. Als die Kellnerin gegangen war, blickte er über den Tisch und zwinkerte mir zu. »Ich schätze, daß ich ihr ein kleines Geschenk zuschieben kann, wie man so sagt.« Seine blaßblauen Augen starrten mich leer an.

»Sie haben Ihr Vergnügen daran, wie?« fragte ich.

»Jawohl, das ist das A und O.« Er gähnte, und um Eindruck zu machen, blickte er auf seine Armbanduhr. »Manchmal besuche ich solche Lokale und mache Bekanntschaft mit einem der Mädchen.« Wieder setzte er sein eitel-schüchternes Lächeln auf. »Die geben sich auch hin.«

Ich nippte nachdenklich an meinem Bier. »Und was geschieht, wenn nicht? Ich bezweifle, daß Sie immer gleich in Kontakt kommen.«

Er fuhr sich über sein glattes, kornfarbenes Haar. »Nun, es kommt darauf an. Wenn sie sich mit mir einlassen und mir Hoffnung machen, dann gibt es für mich kein Nein.« Er hielt inne, als ob er darüber nachdächte, seine Bemerkung zu erläutern. »Ich habe da mal in einem dieser Lokale eine Dame kennengelernt, eine wirkliche Dame, gut angezogen, aber nicht zu stolz. Wir kamen ins Gespräch, und sie lud mich in ihre Wohnung zu einem Drink ein, und als dann der kritische Moment kam, änderte sie ihren Entschluß.« Nachdenklich zuckte er ein wenig mit den Achseln. »Da habe ich sie gezwungen, es zu tun.«

»Gezwungen?«

»Aber natürlich. Sie begriff, daß sie nicht so leicht davonkommen würde. Bisweilen kann ich sehr stur sein.«

Ich wußte kaum, was ich sagen sollte. Er hatte dies alles mit solcher Entschiedenheit erzählt. »Aber meinen Sie denn, daß es die Sache wert ist? Ich könnte mir denken, daß es beim Wiedersehen nicht mehr gut ging.«

»Ich habe sie niemals wiedergesehen. Ich lege keinen Wert darauf, solchen Frauen noch einmal zu begegnen. Wissen Sie, ich bin der Meinung, daß es beim zweitenmal immer trübseliger ist.« Er strich sich zärtlich über seine leichtgeschwungene Nase. »Wie viele Mädchen haben Sie schon gehabt?« fragte er kühn.

Unter seiner neugierigen Frage fand ich mich widerstrebend nachgiebig. Wenn es möglich gewesen wäre, hätte ich zu zählen angefangen. »Das tut nichts zur Sache«, sagte ich.

»Ich wette, daß ich mehr hatte«, erklärte er.

Der Musikautomat hatte sein Zehn-Cent-Stück empfangen und begann in unsere Ohren zu brüllen. »Es ist mir gleichgültig«, sagte ich. »Ich bin niemals bei Belanglosigkeiten in Wettbewerb getreten.«

Als Antwort kam sein komisches Hi-Hi-Hi-Gelächter, das plötzlich abbrach. »Sie halten es für schlechte Manieren, solche Fragen zu stellen, nicht wahr?«

»Ich habe darüber niemals ernstlich nachgedacht«, sagte ich kühl.

Hollingsworth breites Lächeln gab die schwarze Linie an den Wurzeln seiner vier Vorderzähne frei. »Gut erzogene Menschen verhalten sich meiner Erfahrung nach so«, meinte er. »Wahrscheinlich habe ich kein gutes Benehmen, und darum mögen Sie mich nicht.«

Ich hätte ihm kaum antworten können, daß dies meine Meinung war, und dennoch — zum erstenmal, seit wir uns kennengelernt hatten, fühlte ich, daß meine Antipathie ihm gegenüber nachzulassen begann. »Das möchte ich nicht sagen«, murmelte ich.

»O doch.« Er nickte bekräftigend. »Ich bin kein Kind und vermag die Dinge richtig zu sehen. Ich spüre ganz genau den Unterschied zwischen mir und Mr. Wilson und Mr. Court; sie sind aus besserem Holz geschnitzt.« Nachdenklich nickte er abermals. »Wissen Sie, ich bin einfacher Herkunft.«

In seine chinablauen Augen trat ein aufrührerisches Blitzen. »Ich will Ihnen mal etwas sagen, Lovett, ob Sie mich gern mögen oder nicht, ist mir gleichgültig.« Er malte mit dem Finger in den feuchten Ringen, die sein Glas hinterlassen hatte. »Ich habe andere Eisen im Feuer, heißere als Sie.«

»Wahrscheinlich. Ich bin nichts Besonderes.«

»In Ihrem Herzen denken Sie anders, leugnen Sie es nicht. Sie halten mich für einen miesen Kerl.«

Als die Kellnerin vorbeikam, hielt er sein Glas empor: »Noch einen, meine Gute, ja?« fragte er wieder mit verliebtem Blick. Und abermals bestand er darauf zu zahlen und schob der Kellnerin einen weiteren Vierteldollar zu. »Haben Sie lange Dienst heute abend?« fragte er.

»Bis eins.«

Hollingsworth schien zu überlegen. »Nun gut, warten Sie dann draußen gegen eins auf mich?«

Sie lachte unsicher »Vielleicht. Ich weiß nicht«, kicherte sie.

»Wann haben Sie ihren freien Abend?« sagte er gedehnt.

»Ach, erst in etwa einer Woche«, erklärte sie.

Er schüttelte den Kopf. »Nun, ich denke, ich werde heute nacht vorbeikommen, Gloria.«

Sie kicherte wieder. »Alice, meinen Sie wohl.«

Er schnippte mit den Fingern. »Richtig, natürlich. Alice. Ich wußte, daß ich Sie schon irgendwo einmal getroffen hatte; jetzt erinnere ich mich, Alice. Nun gut, ich heiße Ed Leroy, und damit hat unsere Freundschaft begonnen«, sagte er sanft. Seinen Kopf hielt er wieder parallel zum Tisch geneigt, und mit durchbohrendem Blick sah er sie von der Seite an.

»Sie sind mir einer«, kicherte sie ein wenig verwirrt.

»Jawohl, stimmt! Und falsches Geld nehme ich nicht an und gebe auch keins. Sie verstehen, was ich meine?« fragte er geheimnistuerisch.

»Oh, ich weiß, was Sie meinen. Aber wenn ich antworten würde, begriffen Sie, was ich meine?«

Ihr Frage- und Antwortspiel setzten sie eine Weile fort. Als das Rendezvous verabredet und sie fortgegangen war, nahm Hollingsworth einen kräftigen Schluck. »Ich glaube, es ist stets die beste Taktik, niemals seinen richtigen Namen zu nennen«, erklärte er mir, »das gibt sonst nur Komplikationen.«

Ich antwortete darauf nichts, und Schweigen breitete sich aus. Er nahm sein Feuerzeug und begann damit zu spielen. Sein Zeigefinger fuhr über die vertieften Initialen. Augenscheinlich wiegte er sich in eitler Sicherheit: »Ich würde gern wissen, wie Sie jetzt über Ihren Freund McLeod denken.«

»Ich habe darüber nicht nachgedacht.«

Hollingsworth schüttelte den Kopf. »Ich aber. Ich bin der Meinung, daß er Angst hatte.«

Das brachte mich aus meiner Zurückhaltung. Ich wurde wütend. »Meiner Meinung nach hat er sich über Sie lustig gemacht«, sagte ich.

Hollingsworth entblößte seine Zähne. »Nun, das ist sehr interessant, was Sie mir da sagen.« Er knipste wütend das Feuerzeug an und stürzte den Whiskyrest hinunter. Der Whisky schien seinen Augen mehr Ausdruck zu verleihen, die Pupillen verengten sich. »Ich nehme an, daß Sie einiges über die Leute in unserem Haus in Erfahrung gebracht haben.«

»Nur wenig.«

Hollingsworth lachte unterdrückt und ließ das Feuerzeug über den Tisch zu mir gleiten. »Was würden Sie sagen, wenn ich Ihnen erzählte, daß ich es von Ihrer Freundin geschenkt erhielt.«

Verwirrt starrte ich ihn an.

»Jawohl«, erklärte er. »Stimmt. Ich habe es von der Dame da unten, von Mrs. Guinevere.« Triumphierend lachte er. »Die Initialen hat sie eigens für mich eingravieren lassen.«

Mühselig brachte ich ein Grinsen zustande. »Haben Sie Guinevere ein zweites Mal gesehen?«

Er zündete sich wieder seine Pfeife an. »Ich finde, Sie sind sehr neugierig«, tadelte er mich in ruhiger, aber strenger Stimme. Indessen konnte er sein Benehmen nicht durchhalten. »Ich will Ihnen gestehen, daß ich mit der besagten Dame ein paar amüsante Erfahrungen gemacht habe.« Und durch sein Lächeln hindurch spürte ich, wie sehr er mich haßte. Es ließ mich nicht ganz unbesorgt sein. Gelassen rauchte er seine Pfeife, mit den Ellbogen auf dem Tisch.

Langsam fiel mir wieder ein, was er mir von Guinevere erzählt hatte. Ich war betäubt. Meine Eitelkeit war verletzt. Ich konnte mir vorstellen, wie sie mit Hollingsworth über mich sprach.

Wie um mein Gekränktsein zu prüfen, fügte er hinzu: »Ja, sie hat mir allerhand erzählt.« Er gähnte manieriert, die zarte Hand vor dem schmalen Mund. »Sie ist eine sehr unglückliche Frau, und zum größten Teil hat ihr Mann schuld daran. Ich habe sehr viel Sympathie für sie.«

Ich schwenkte den Bierrest in meinem Glas.

»Bestimmt«, fuhr er fort. »Das ist eine sehr interessante Ehe. Ich war überrascht, als ich herausfand, wer ihr Mann ist.«

»Hat sie ihn vorgestellt?« fragte ich geradezu.

Er zögerte, als ob er überlegte, was er mir erzählen sollte. »Nein«, sagte er. »Ich bin selber dahinter gekommen. Zufällig sah ich ihn eines Abends durch das Fenster, — nun, da habe ich es mir zusammengereimt.«

»Sie haben also spioniert.« Ich benahm mich wie ein betrogener Ehemann und rekonstruierte zu meiner eigenen Pein alles, was zwischen Guinevere und mir vorgefallen war. Sie hatte von mir verlangt, daß ich Hollingsworth überwachen sollte. »Ich glaube, einen anderen Weg gab es wohl für Sie nicht.«

»Wollen wir jetzt hingehen?« knurrte er verkniffen.

»Gut, gehen wir.« Wir benahmen uns wie zwei Knaben, die sich gegenseitig knufften, um es auf eine Prügelei anzulegen.

»Kommen Sie«, sagte er.

Und mit übertriebener Gewichtigkeit standen wir nacheinander auf, verließen die Bar und gingen die Straße entlang. Zwischen uns hielten wir strengen Abstand. Keiner sagte ein Wort. Wir gingen schnell, atmeten heftig, und unsere gegenseitige Abneigung war fast greifbar. Vor dem Haus hielten wir unentschlossen an. Mein Herz schlug vor törichter Bedrängnis, und es war mir klar, daß ich nicht hineingehen wollte. Wieder einmal sagten wir mechanisch: »Also, kommen Sie«, und »Na, los.«

Wie junge Hunde, die sich um einen Knochen streiten, versuchten wir gleichzeitig den Klingelknopf zu drücken, so daß unsere Finger aneinanderstießen. Dann standen wir abwartend und keuchend da.

Ich konnte hören, wie es innen rumorte und eine Schutzschicht nach der anderen durchdrungen wurde.

Hinter dem Gitter waren Schritte zu vernehmen, das Licht am Eingangsweg unterhalb der Steintreppe flammte auf, und Guinevere erschien. Sie öffnete das Gitter einen Spalt breit und starrte uns an. »Ich werde verrückt«, schrie sie. »Was wollt ihr Kerle denn?«

Aber Hollingsworth stieß sie beiseite und ging hinein. Sie stürzte hinter ihm her, bearbeitete seinen Rücken mit den Fäusten und schrie: »Wer hat dich dazu aufgefordert? Du hast Nerven!« Ihre Stimme drückte panischen Schrecken aus. Ihr Bademantel schleifte hinter ihr drein. Das ganze war einer Szene im Bordell nicht unähnlich: Madame war dabei, die letzten betrunkenen Kunden an die Luft zu setzen. Alle drei landeten wir im Wohnzimmer, jeder von uns wutschnaubend und einer den anderen beobachtend. »Ich werde verrückt, ich werde verrückt«, — dabei blieb sie.

Hollingsworth ergriff ihren Arm. »Nun, hol ihn her«, erklärte er.

»Wen?«

»Deinen Mann. Ich möchte ihn dem da zeigen.«

Hollingsworth war betrunkener, als ich geglaubt hatte. Er war blaß, sein blondes Haar hing ihm in die Stirn, und seine Augen brannten. »Los, bring ihn her«, knurrte er.

»Du kannst abhau'n«, schrie sie.

Hollingsworth schlug Guinevere so heftig ins Gesicht, daß sie rückwärts auf einen Stuhl taumelte. Ihr Bademantel flog auseinander; ihr Körper wurde entblößt, aber zugleich auch ihre Seele. Wie rasend bewegten sich ihre Arme, um ihren Körper wieder einzuhüllen. Danach legte sie eine Hand an ihre Wange, saß taumelig da und versuchte offensichtlich, mit den vom Schlag erzeugten Gefühlen ins reine zu kommen. Sie hätte fluchen können oder weinen oder sich auf ihn stürzen, statt dessen aber tat sie nichts. Ihr Gesicht war schreckensbleich.

»Schluß damit«, schrie ich wütend — und zu spät. Ich glaube, daß ich es war, der hätte weinen mögen.

Monina zog an meinem Arm. Ihre Augen waren vor Entzücken am Tumult weit geöffnet. Sie zerrte mich aus dem Zimmer. »Tomm zu Pappi, tomm zu Pappi«, sang sie.

Ich hatte keine Ahnung, wohin sie mich führte. Guinevere und Hollingsworth blieben in ihren Stellungen und starrten sich wie wilde Tiere an, die sich plötzlich gegenüberstehen. Mir blieb nichts anderes übrig, als Monina ins Schlafzimmer zu folgen. Sogleich lief sie auf einen Mann zu, der in der Ecke stand und rief entzückt aus: »Pappi — Ditter Laft, Pappi — Ditter Laft« und brachte uns zur Begrüßung zusammen.

Der Mann stand im Schatten, aber ich begriff alles. Er trat in den Lichtschein. Schweiß lag auf seiner Stirn, der Mund war zu der albernen Grimasse eines Soldaten verzogen, der, von einem Angriff überrascht, sich seine Hosen hochzieht.

Trocken sagte er: »Nun, Lovett, die Kleine hat mich aus meinem Versteck gezogen.«

14

Das Grinsen wurde von seinem schmalen Mund unterdrückt. Er sah nun nicht mehr töricht aus. Mit trauriger Stimme murmelte er: »Wenn man einen Vater gefunden hat, ist es besser, ihm nicht bis ins Bordell nachzuspionieren.«

Danach wußte keiner von uns etwas zu sagen. »McLeod«, brachte ich schließlich heraus, aber was ich mir auch zu sagen vorgenommen hatte, — daß es mir leid täte und ich wünschte, es wäre nie geschehen — erstickte in Schweigen. Ich wandte mich um, ging auf die Tür zu und zog mich durch den Flur zurück. Hinter mir, so malte ich es mir aus, würde Monina noch seine Knie umklammern.

Im Wohnzimmer machte ich einen Augenblick halt. Hollingsworth war fort, und Guinevere lag niedergebrochen in einem Sessel, Arme und Beine seltsam von sich gestreckt. Ihr frisches Gesicht war jetzt bleich und trug das rote Mal von Hollingsworths Hand. Sie sah gedunsen und hilflos aus. »Ach, warum müßt ihr mir das alles antun?« jammerte sie. Plötzlich konnte ich ihren Anblick nicht mehr ertragen und eilte hinaus.

Zum zweitenmal am gleichen Abend gelangte ich an das Geländer, von dem man über die Docks sehen konnte, stand da, umklammerte die eisernen Stangen und starrte hinunter auf den Hafen, während in meinem Körper all das kreiste, was mit dem gemeinsamen Trunk und mit der Szene im Wohnzimmer zusammenhing. Warum soll ich berichten, wie sehr mich meine Glieder schmerzten, wie mein Magen revoltierte oder wie es in meinem Kopf umherwirbelte — all das hat auch seine Komik. Jedenfalls fühlte ich mich höchst erbärmlich, und wenn ich jemals Gleichgewicht besessen hatte: jetzt war es verloren.

Guinevere McLeod!

So stand ich über dem Fluß und beobachtete, wie ein schmutziger Mond das Wasser gelb färbte. Irgendwo hatte ich heute in einer Zeitung gelesen, daß eine Frau ihre Kinder getötet hatte und ein Filmstar dem Westen im Flugzeug entflohen war, um in einer kleinen Kirche auf einem Hügel getraut zu werden, und ein Knabe war sterbend auf einem Dach gefunden worden mit einem Gewehr in den Händen. Er hatte abgezogen, und der Lärm hatte die Straße erfüllt. Ich hätte an seiner Stelle sein mögen und ihn sogar hassen können, weil er nicht besser getroffen hatte.

Schweren Schrittes ging ich auf dem vor Hitze weichen asphaltierten Bürgersteig schließlich nach Hause. Als ich die Straße entlangkam, saß McLeod mit einer Zigarette in der Hand auf den Stufen, während die Ellbogen auf seinen sorgfältig gebügelten Hosen lagen. Ich nickte ihm zu und hatte den heftigen Wunsch, an ihm vorbeizugehen, die Treppe zu ersteigen und ins Bett zu sinken. Mit erhobener Hand hielt er mich zurück.

»Setzen Sie sich doch«, sagte er. »Wollen Sie sich nicht ein wenig mit mir unterhalten?« Sorgfältig stieß er den Rauch aus. Ich ließ mich neben ihm nieder, während er versonnen in das Licht der Lampe jenseits der Straße starrte. Sein Körper schien entspannt zu sein. Man hätte annehmen können, daß er müde von des Tages Arbeit und nun zufrieden sei, in dem kühlen Wind, der vom Hafen wehte, ein wenig auszuruhen. Einige Minuten lang schwiegen wir.

»Bordelle«, sagte McLeod unvermutet. »Ihr Vorhandensein hat etwas Faszinierendes. Haben Sie mal darüber nachgedacht, Lovett?«

»Nein.«

»Sie sollten es. Von Ihrer Sorte habe ich mehr als einen total betrunken im Flur eines Bordells angetroffen. Es gibt gewisse Bedürfnisse, die nur ein Bordell befriedigen kann. Herumzuhuren, ohne das Gefühl damit zu belasten; für den einfachen Mann ist das die Erfüllung seiner Wünsche.«

Er lachte, die Augen geradeaus gerichtet, die Lippen um die Zigarette geschlossen. Seine Gedanken schienen sich weiterhin damit zu beschäftigen, denn erst seufzte er, und dann, als ob er sich korrigieren wollte, zog er eine Grimasse. »Kommen Sie«, murmelte er sanft, »wir wollen einen Spaziergang machen.«

Ich gehorchte und hielt mit seinen langen Beinen Schritt. Wir holten tüchtig aus und waren bemüht, uns von einer Beklemmung freizumachen, die wir beide empfanden. Wir überquerten die Brooklyn Bridge, und unsere Schritte hallten durch die Stille. Dichter Nebel zog vom Meer auf, und das Licht der Neon-Leuchtreklamen in den Fenstern der Geschäftsgebäude zitterte trübe durch die Finsternis. Nebelhörner heulten, und die Autos, die zu beiden Seiten an uns vorbeifuhren, waren fast unsichtbar.

»Sie ist ganz verzaubert von Hollingsworth«, brach McLeod das Schweigen.

»Meinen Sie?«

»Zweifellos. Und ich kenne die Gründe.«

Ich versuchte, den Ausdruck seines Gesichts festzustellen, aber es war zu dunkel. »Was haben Sie vor?« fragte ich.

»Eine dumme Frage. Glauben Sie wirklich, daß ich noch solch ein Küken bin, um mich in meiner sexuellen Ehre verletzt zu fühlen? Mann, was geht seit vielen Jahren hier vor!« Er kratzte sich am Kinn. »Glauben Sie nicht, daß es Monate gegeben hat, in denen ich wünschte, es fände sich endlich ein Liebhaber, der sie mit sich nimmt? Lieber Freund, ich habe von Natur aus eine Veranlagung zur Analyse, die die Erfahrung meines Lebens noch verstärkt hat. Ich bin ein Denker und schlage keinen Lärm.«

»Warum haben Sie sich dann nicht von ihr getrennt?«

»Ach«, er hob seine Hand, »ich weiß nicht ... ich wollte

wohl dabeibleiben und beobachten. Ich bin neugierig, wie es ausgeht.«

»Das ist unnatürlich«, protestierte ich.

»Unnatürlich.« Er ahmte mich nach. »Sie haben keine Erfahrungen, die Sie korrigieren könnten, Lovett, Sie tragen an all den Hemmungen des Durchschnittsbürgers. Mann, Sie müssen zwischen Ihren eigenen Wünschen und dem Bereich des politisch Möglichen unterscheiden.«

»Wie Sie«, stichelte ich.

»Sehen Sie«, er ergriff meine Schulter, »Sie müssen sich doch gestern abend gefragt haben, warum ich Hollingsworth nicht hinausgeschmissen habe. Ich werde es Ihnen erklären. Irgendwo muß jemand einem Irrtum unterlegen sein, und aus dem einen oder anderen Grund vermutet nun eine gewisse Partei, daß ich etwas weiß oder eine bestimmte Sache besitze. Ich werde nicht eher zur Ruhe kommen, bis das nicht ausgestanden ist. Hätte ich meiner Neigung nachgegeben, Mr. H. rauszuwerfen, wäre mir das teuer zu stehen gekommen. Es wäre mir zurückgezahlt worden und mit nicht geringem Nutzen für die anderen. Verstehen Sie mich? Ich habe mich entschlossen, geringfügige Angelegenheiten auf der billigsten Basis zu erledigen.«

»Gestern abend erschienen Sie mir nicht so gefaßt.«

»Gewiß nicht, ich war sehr erschreckt, mehr als Sie ahnen.«

»Worum geht es eigentlich?« fragte ich ohne Umschweife.

Meine Frage blieb unbeantwortet. »Man muß alle Möglichkeiten in Betracht ziehen und innerhalb ihrer Grenzen handeln«, dozierte McLeod. »Eigene Wünsche spielen dabei keine Rolle.«

Wir schritten unter einem Bogen zwischen zwei Pfeilern der Hängebrücke dahin. Am Rand des Fußgängersteges, der höher lag als die Fahrstraße, entdeckte ich einen Mann, der durch den Nebel auf die City starrte. Es war ein Heruntergekommener von der Bowery, der hier seinen Whisky ins

Wasser erbrach. Als wir uns ihm näherten, rülpste er und sank in die Knie, während die Hände noch das eiserne Gitter umklammerten. Dann glitt er langsam und ein wenig komisch nach hinten auf die Hüften, bis er schließlich mit dem Bauch den Boden berührte. So blieb er liegen, das Gesicht auf die Arme gestützt, mit dem Blick auf die City. Der Nebel begann sich zu lichten.

Ich beugte mich über den Betrunkenen, aber er war fest eingeschlafen. Ein zufriedenes Schnarchen drang aus seiner Kehle.

»Wir sollten uns um ihn kümmern.«

»Lassen Sie ihn«, sagte McLeod. »Er ist glücklich.« Während er neben dem Betrunkenen stand, blinzelte er zu dem roten Licht auf der Kuppel eines Geschäftsgebäudes hinüber. »Ich besinne mich, vor zwanzig Jahren auf dieser Brücke und fast an derselben Stelle ebenfalls einen Betrunkenen angetroffen zu haben.« Sein langer Zeigefinger fuhr den schmalen Nasenrücken auf und nieder, und dann drückte McLeod heftig die Nasenspitze zwischen Daumen und Zeigefinger, als wolle er sie melken. »Für wie alt halten Sie mich?«

»Vierundvierzig, sagten Sie doch.«

»Ich habe gelogen. Ich bin fast fünfzig. Mit einundzwanzig habe ich mich der Partei angeschlossen.«

»Der Kommunistischen Partei?«

Er nickte. »Und mit vierzig habe ich sie verlassen. Neunzehn Jahre mit der falschen Frau.«

»Lange genug«, erklärte ich. »Und welche Einstellung haben Sie jetzt?«

McLeod musterte mich. »Ach, noch ein gewisses Sympathisieren mit ihnen, könnte man sagen. Ich bin raus, nicht mehr aktiv, das ist alles. Noch so ein kleines bißchen. Ich würde nicht dafür kämpfen. Ich halte mich zurück«, brummte er.

»Warum hat Hollingsworth Sie dann belästigt?«

»Wer weiß, wer weiß?« Wir hatten haltgemacht, und McLeod blickte in das Brückengestänge. »Sehen Sie, es gab mal eine Zeit« — er sprach betont gleichmütig — »da war ich nicht ohne Bedeutung für die Partei. Vielleicht wollen sie mich deswegen bis aufs Hemd ausziehen.«

»Und wie wichtig waren Sie?«

Ich fühlte, daß ich zu weit gegangen war. McLeod antwortete kühl: »Wissen Sie, das ist ja alles zu Papier gebracht worden und ruht in vielen Ordnern. Sie brauchen da nur nachzusehen.«

»Wie könnte ich das?«

Wir setzten uns wieder in Bewegung. »Nun, kann sein, daß es für Sie nicht möglich ist. Wer weiß das. Es ist schwer, jemandem Vertrauen zu schenken, nicht mal sich selbst. Das ist nun mal so.« McLeod pfiff eine Melodie vor sich hin.

Ich war wütend und ertappte mich dabei, was mir ganz fremd war, daß ich mich mit ihm zu streiten begann. »Sie sind über zwanzig Jahre dabei gewesen«, begehrte ich auf und hatte zugleich das Gefühl, daß ich ihm zu den vielen ihm an jenem langen Abend zugefügten Schocks einen neuen versetzte. »Mehr als zwanzig Jahre, und immer noch sympathisieren Sie mit ihnen? Was sind Sie für ein Mensch! Was halten Sie von dieser Kollektivierungssucht, diesen . . . diesen . . .« — und ich stieß jetzt alle Anklagen hervor — »Schauprozessen, diesem Paktieren, dem Aufhetzen des einen gegen den anderen?« Die Worte sprudelten nur so aus mir in zwingender Folgerichtigkeit. Es war, als hätte ich jahrelang in einem Haus gelebt, in dem sich ein verschlossener Raum befand, und als schließlich die Tür geöffnet wurde, war er zu meinem Erstaunen vollkommen möbliert. »Die haben den Sozialismus ins Gegenteil verkehrt«, schrie ich schließlich, »sie haben etwas Widernatürliches daraus gemacht.«

»Hören Sie mal zu, lieber Freund«, unterbrach er mich, »ich habe mir niemals wegen der Wunder da drüben in jenem Land in die Hosen gemacht. Ich weiß besser als Sie, wie es da aussieht, hart genug und schlimm genug ist es für zehn Millionen ihrer Sorte. Aber haben Sie jemals versucht, einen Bauer aus dem Dreck herauszuziehen, in dem er sich wälzt?«

Ich zitterte. »Erzählen Sie mir nicht, wieviel Blut an jeder gegossenen Tonne Beton klebt! Wenn Sie auch nur ein bißchen Einsicht besäßen —«

McLeod war stehengeblieben und sah mich mit starrem Lächeln an. »Sie sind politisch unerfahren. Es langweilt Sie, nicht wahr? Ich nehme an, daß Sie das alles nur aus Büchern kennen.«

»Weiß ich, woher ich das kenne«, sagte ich bockig, und die Anstrengung, mich zu erinnern, ließ den Schweiß auf meinem Rücken ausbrechen.

»Was für ein trübseliger Bursche Sie doch sind, und wie billig Ihr Abweichen von der Doktrin ist«, sagte McLeod. »Und sicher werden Sie mir auch noch von Freunden erzählen, die von unseren Leuten in Spanien umgebracht worden sind!«

»Kann sein«, murmelte ich.

»Vielleicht ist es ein Dutzend gewesen. Aber ist Ihnen jemals klargeworden, daß Sie und Ihresgleichen überhaupt keine theoretische Grundlage besitzen? Was wissen Sie bei Ihrer empfindlichen Veranlagung von der Geschichte? Haben Sie irgendeine Vorstellung davon, wieviele Revolutionäre draufgegangen sind, um das Schicksal des einfachen Mannes nur um ein verdammtes kleines Stück zu verbessern?« Er blies mir den Rauch seiner Zigarette ins Gesicht. »Wissen Sie, was für ein Traum das ist und zugleich welche Verzweiflung?«

»Mit der Wirkung, daß ihr ihn noch tiefer hinabgestoßen habt.«

»Nur vorübergehend. Nur vorübergehend. Aber Sie erkennen ja die Geschichte nicht. Sie verstehen nicht den Begriff des Staatseigentums, die Ausschaltung aller Widersprüche.«

Wir schrien uns fast an. »Staatseigentum! Für eine Klasse von Bürokraten auf Kosten der anderen! Wer kontrolliert denn die Produktionsmittel?«

»Wie kleinlich Sie sind!« erregte er sich. »Aber daß es um die Veränderung des Menschen geht — wie wollen Sie das erreichen? Es ist der von Ihnen verachtete Bürokrat, dem diese Aufgabe zufällt.«

»Alles ist unnatürlich geworden; vor zwanzig Jahren war das nicht möglich.«

»Weiter, weiter«, höhnte er, fahren Sie nur fort, erzählen Sie mir auch noch die Geschichte von den alten Bolschewiken, die man mordete, und von der Zwangsarbeit!«

Ich war fast nicht mehr bei Sinnen. Plötzlich ergriff ich seine Schultern. »Begreifen Sie nicht, daß diese Revolution das größte Ereignis in der Geschichte der Menschheit war, und wenn sie sich nicht auf ein Land beschränkt, wenn sie sich ausgebreitet hätte —«

»Was sie nicht tat —«

»Richtig«, gab ich zu, »und so verkümmerte sie, und seitdem hat sich die Weltkrise verschärft. Und jetzt ist es nur Ihr Bürokrat, der den Menschen erheben kann, wie Sie es darstellen. Den Umfang der Katastrophe kann man daran ermessen, daß nun überall der Bürokrat seine Zauberkraft ausübt.«

McLeod begann weiterzugehen. Als er jetzt sprach, war sein Tonfall milder, fast liebenswürdig. »Sie haben einiges theoretisches Wissen«, sagte er langsam mit der Stimme eines Schulmeisters, »aber was können Sie damit anfangen?«

»Nichts.«

Er nickte und war im Begriff, etwas zu sagen, hielt jedoch inne. Aber als ob unser Streit seinen Entschluß, zu schweigen, zunichte gemacht hatte, als ob er tatsächlich nicht mehr in der Lage wäre, seine Worte auch nur einen Augenblick länger zurückzuhalten, stieß er heiser hervor: »Es gibt kein Verstecken mehr, die wissen es jetzt.« Als er es sagte, schien er sich dessen bewußt zu werden, denn plötzlich umspannten seine Finger meinen Arm. »Sehen Sie, Lovett, vor langer Zeit suchten sie einen Mann, der nicht verheiratet war, und dann gewann ich wieder den Eindruck, daß sie einen verheirateten Mann suchten. Heute ist es unwichtig, und wer war ich schon, um dahinterzukommen? Fest steht jedenfalls, daß mich jetzt nichts mehr verbirgt, verstehen Sie? Die kennen mich, aber ich sie nicht. Noch nicht.« Es war, als ob er einen Krampf zu überwinden hatte; seine Finger gruben sich plötzlich in meinen Arm und ließen ihn dann frei.

»Ich beginne abzuschweifen«, sagte McLeod hastig. »Lassen wir die Diskussion beiseite.« Er holte tief Atem, und fast heiter erklärte er: »Vielleicht ist mir dieses neue Jerusalem nicht so sympathisch, wie ich es darstellte. Ich will besser nicht mehr davon reden, sondern ziehe vor, Sie etwas zu fragen. Sie sind nicht politisch tätig?«

Ich schüttelte den Kopf. »Es ist hoffnungslos.«

»Die Zeit der Revolutionen ist vorüber, wie?« fragte er.

»Der Versuch, sie weiterzuführen, ist nichts anderes, als einem Mythos Nahrung zu geben.«

»So ist es.«

Der Nebel hatte sich gelichtet, so daß wir die dunklen Massen der Wolkenkratzer gegen den Nachthimmel unterscheiden konnten.

»Und Sie sind mit Ihrem Dasein einverstanden?«

»Durchaus nicht. Ich erkenne nur, daß kein besseres möglich ist. Was bleibt, ist die Erlaubnis, einen Winkel zu besitzen, in dem man ein Buch schreiben kann.«

»Im Augenblick.«

»Im Augenblick«, gab ich zu.

»Natürlich ist die Voraussetzung für diese Erlaubnis die fortgesetzte Ausbeutung von Dreivierteln der Welt; und der Lebensstandard eines hiesigen Arbeiters hängt von der

Mahlzeit ab, die ein Chinese oder Neger entbehren muß.«

»Es hat keinen Sinn«, sagte ich wieder.

Er nickte. »Lassen wir es. Ich war nur neugierig auf Ihren politischen Wortschatz. Das ist alles. Und ich könnte Sie damit beruhigen, daß Ihre eigenen Probleme nicht die Probleme der Welt sind, und daß der politische Ausblick jeweils nur dem Begriffsvermögen des einzelnen entsprechen kann; aber wir müssen beide darüber diskutieren.« Er pfiff wieder die Melodie seines Liedes. »Falls man mir Muße dazu läßt.« Während er mir auf den Rücken klopfte, sagte er: »Wir passen nirgends hinein und warten auf die Steine, die uns zermahlen werden. Wir wollen uns nicht streiten, wir beide.«

Wir waren bei der Straßenbahnhaltestelle angelangt. Unter einer Lampe konnte ich sein Gesicht besser erkennen. Es sah verhärmt aus. Feuchtigkeit stand auf seiner Stirn, und sein langes schwarzes Haar machte plötzlich einen wirren Eindruck. »Fühlen Sie sich gut?« fragte ich.

»Es geht.« Er gab mir steif die Hand: »Ich habe mich sehr über unsere kleine Unterhaltung gefreut, aber darf ich Sie bitten, ein wenig Mitleid mit dem alten, ehemaligen Bürokraten zu haben?« Er stieß ein kurzes Lachen aus. »Wenn Sie mir gestatten, möchte ich jetzt allein weitergehen und meinen Gedanken nachhängen.«

»Nehmen Sie es nicht schwer«, murmelte ich.

»Ich habe immer alles gut überlegt.« Indem er zu einem spöttischen Gruß die Hand erhob, lief er davon, in die Dunkelheit der Straßen hinein.

Ich ging über die Brücke zurück.

Es war ein langer Weg. Vom Streit fühlte ich mich erschöpft. Er war so ergebnislos und gleichförmig gewesen und hatte so viele Anforderungen an mich gestellt. Seit wie vielen Jahren hatte ich nicht mehr solche Gespräche geführt. Und während ich krampfhaft grübelte, befreite sich ein Kernstück meiner Erinnerung und riß mich mit sich fort.

Ich war wieder der Bewunderer von damals, der vor dem Krieg einer kleinen Organisation angehörte, die sich der Arbeiterrevolution verschrieben hatte, obwohl diese durch eine Reihe von Rückschlägen gedämpfte Hingabe nun begann, das Gegenteil des Revolutionärs, den Funktionär, zu erschaffen und die Massen aufzuteilen — deren Gesamterhebung uns nicht gelungen war — und Funktionäre an die Spitze dieser Segmente zu stellen. Ich war jedoch jung, und keine Hingabe reichte an die meine heran. Morgen würde die Revolution ausbrechen. Die unaufhaltsame Krise des Kapitalismus lief wie eine Uhr für mich ab, mit der Sicherheit eines Zeitzünders, dessen erregendes Ticken sich aber nicht mit der Erregtheit meines Pulses messen konnte. Es gab einen großen Mann, der uns führte. Ich las fast jedes von ihm geschriebene Wort und lauschte mit der Leidenschaft des Novizen jeder Botschaft, die von der geheimnisvollen Zentrale in Mexiko ausging. Keiner in meiner Gruppe hätte eifriger sein können als ich, und während eines Winters und Frühlings lebte ich stärker in der Vergangenheit, als ich jemals in der Gegenwart hätte leben können. Das ging so weit, daß der Anblick eines Polizisten zu Pferde mir das Bild des glorreichen Petersburger Proletariats eingab, wie es unter den Hufen der Kosakenpferde nach dem Ruhme griff; oder daß ein betrunkener Soldat auf der Straßenbahn sich in meinem Traum in den Soldaten der Revolution verwandelte, der seine Faust in das Gesicht eines Offiziers schüttelte und schrie: »Gleichheit! Ich kann's dir nicht klarmachen, du verfluchter Ausbeuter, aber Gleichheit ist's, die ich verlange.« Keine Revolution gab es, die dieser glich, und keine Stadt war ruhmreicher als Petersburg. In dieser ganzen Zeit lebte ich ein anderes Leben, widerstand tapfer mit dem Volk der Winterkälte und dem Insektengeschmeiß von Vyborg im Sommer, während über mein Wahlvaterland der Sturm der Revolution tobte und ihre Flammen anfachte und wir unter Hunger litten und den

Wein der Gleichheit tranken und leidenschaftlich wußten — eine Leidenschaft, die später begraben wurde —, daß aus unserer Revolution weitere hervorgehen würden, und in einem Jahr oder schon in einer Woche der tumbe Riese über die ganze Erde schreiten und sie umbilden würde, bis Nahrung und Liebe genug für jeden Bruder Mensch vorhanden sei.

Mehr als zwei Dekaden später konnte mir dieser Traum in all seiner Reinheit wieder vor Augen stehen. Und zugleich wußte ich, daß die große Woge zusammengebrochen, die Revolution betrogen und unser Führer verfolgt worden war. Zwanzig Jahre schrumpften in einer Minute zusammen, und aus Hunger und Not lauschte ich wieder dem Zeitzünder meiner Einbildung und war sicher, daß sich morgen das Volk auf den Straßen zusammenrotten und von den Barrikaden das Geschrei des Sieges erschallen würde: Gleichheit für die ganze Welt!

So schoß meine Erinnerung dahin, und selbst über das verbrannte Gewebe meiner Rückennarbe zuckten die Ströme alten Schmerzes. Die Dinge hatten sich in dieser Nacht verändert. Während es in meinem Kopf pochte, setzte ich langsam den Weg nach Hause fort.

15

Am Ende der Brücke setzte ich mich in eine kahle kleine Parkanlage mit zementierten Fußwegen und einem verkümmerten Baum. Es war reichlich nach Mitternacht, aber immer noch holperten einige Automobile über das grobe Kopfsteinpflaster, und jenseits der Straße schwankte ein Landstreicher aus einer Nachtbar, gab einen torkelnden Tanz um einen Müllkasten zum besten und stolperte dann weiter die Straße hinunter. Auf einer Bank in der Nähe schlief ein alter Mann.

Aus der Ferne trug die Finsternis den klagenden Laut der bremsenden Hochbahn beim Einfahren in eine Station herüber, und einen Augenblick lang dachte ich an die weite Strecke, die sie bis zur Endstation zurücklegt und an die Elendsviertel der Neger an ihrem Weg, wo die Kinder auf den Feuertreppen schlafen und sich im Schlummer beim Vorüberfahren des Zuges umdrehen und mit einem kleinen Seufzer von dem wilden Lärm Kenntnis nehmen, so, wie Kanoniere neben ihrer Haubitze eindösen während eines Nachtbeschusses. Und aus den Fenstern des dritten Stockwerks, das sich mit dem Zug auf gleicher Höhe befindet, starren Negerfrauen, mit den Armen auf dem Fensterbrett, in die Nacht, und ihre sanften Augen sind duldsam und von Traurigkeit überschattet.

Mein Blick fiel auf die wenigen Menschen, die in der Parkanlage ausruhten. Da lag ein Mädchen kaum fünfzig Meter von mir entfernt auf einer Bank ausgestreckt. Ich ging an ihm vorüber und zuckte zusammen. Es war Lannie, ich erkannte ihr Gesicht im Lichtkegel einer Straßenlampe. Sie lag der Länge nach da, auf der Seite, die Wange auf die Faust gestützt. Ich war überzeugt, daß sie sich seit Minuten nicht mehr bewegt hatte.

Lansam näherte ich mich ihr, besorgt, ihre Träume nicht zu unsanft zu stören. »Lannie«, sagte ich schließlich.

Schwerfällig hob sie den Blick, zog die Beine unter sich und versuchte, sich aufzurichten. Im ersten Augenblick verrieten Lannies Augen nicht, daß sie mich erkannte. »Ach . . . Mikey«, sagte sie und fuhr sich mit der Hand an die Stirn. »Ich habe Sie gar nicht erkannt. Setzen Sie sich. Ich freue mich, Sie zu sehen. Ich bin so allein gewesen.«

»Ich habe Sie wieder besuchen wollen«, erklärte ich ihr. »Aber Sie waren nicht da.«

Sie nickte gleichgültig. »Ich war spazieren. Ich glaube, ich bin schon ziemlich lange unterwegs.« Sie klopfte leise auf meine Brusttasche. »Geben Sie mir eine Zigarette.« Ich steckte sie ihr in den Mund, denn ihre Hände zitterten, und entzündete ein Streichholz. Tief sog sie den Rauch ein, und langsam stieß sie ihn wieder aus, so daß er sekundenlang ihr Gesicht umwölkte. »Wie spät ist es?«

»Fast eins.«

»So spät?« Sie stieß ein hilfloses Lachen aus. »Was habe ich in all diesen Stunden nur getan? Ach, und morgen werde ich nicht aufstehen können.«

»Was wird aus Ihrer Stellung?«

»Was kümmert's mich. Ich habe sie sowieso nicht gern.« Sie schüttelte den Kopf. »Übrigens habe ich sie heute morgen verloren.«

»Was soll das heißen?«

»Sie haben mich hinausgeworfen.« Sie zuckte die Achseln. »Mr. Rammelsby rief mich hinein und sagte, daß sich irgend jemand über meine Arbeit beschwert habe, und ich erklärte ihm, daß ich dann besser gehe, denn ich kann Geflüster hinter meinem Rücken und Unzufriedenheit nicht ertragen, und so bin ich seit heute abend frei. Keiner kann mich zwingen, morgen etwas zu tun. Das Morgen gehört mir.«

»Warum haben Sie mir dann erst erzählt, daß Sie eine Stellung haben?«

»Ach, weil Sie so ernst und feierlich sind und sonst enttäuscht gewesen wären.« Sie gähnte.

Plötzlich bemerkte ich, daß sie das Pyjama trug, das sie in ihrem Täschchen gehabt hatte. Es war aus schwerer Baumwolle und beulte sich, elend zerdrückt, um ihren schlanken Körper, für den es mindestens eine Nummer zu groß war. Ihr wirres Haar hing ihr auf die Schultern. In dieser Unordnung gingen die hübschen Gesichtszüge beinahe verloren.

»Gefällt Ihnen mein Pyjama?« fragte sie.

»Ich schaue es mir gerade an.«

»Ich fühle mich großartig darin. So frei. Als ich durch die

Straßen lief, kam mir zum Bewußtsein, daß ich es fallen lassen könnte, wenn ich wollte, und nackt sein würde.«

»Man wird Sie verhaften, wenn man Sie so sieht«, wandte ich ein.

»Aber wie kann man?! Ich hätte dem Polizisten gesagt: ›Das ist ein Strandpyjama, mein Herr, unter dem ich meine ganze Wäsche trage. Wenn Sie mir keinen Glauben schenken, können Sie mich ausziehen, aber sind Sie sich, mein Herr, der Verantwortung bewußt, die Sie damit übernehmen?‹ Und dann wäre sein rotes Gesicht angeschwollen, und ich hätte ihm einen Schlag auf seine häßliche Nase versetzt und ›Polizei!‹ geschrien.«

»Sie tragen nichts darunter?«

Als Antwort fuhr sie fröstelnd zusammen. »Zanken Sie nicht mit mir, Mikey. Mir ist ganz warm. Ich hatte einen wunderbaren Abend.« Sie griff nach einer Flasche, die unter der Bank stand und schüttete den letzten kleinen Alkoholrest in sich hinein. »Ich ging in einen Laden und verlangte im ordinärsten Ton: ›Geben Sie mir ein Viertel, mein Lieber, vom Schärfsten und Billigsten, was Sie haben.‹ Und den ganzen Abend über habe ich sie mit mir herumgetragen. Ich komme mir wie ein Landstreicher vor. Ich möchte wie ein Betrunkener im Rinnstein liegen, mit dem Kopf im Dreck und mit Erbrochenem zugedeckt. Und dann würde ich mich wie Christus fühlen. Wie glücklich er war. Den ganzen Abend habe ich über die Kreuzigung nachgedacht. Man streckt seine Arme aus und findet seine Ruhe, und wenn man angespien wird, fühlt man nur Mitleid mit diesen Menschen.« Mit untergeschlagenen Armen nahm sie eine hockende Stellung ein. »Ach, es ist etwas geschehen, heute ist etwas geschehen, und morgen wird noch mehr geschehen.«

»Was?«

Lannie schüttelte den Kopf. Statt einer unmittelbaren Antwort erzählte sie: »Vor einigen Monaten sprach niemand mit mir und niemand besuchte mich. Bisweilen hörte ich jemanden schreien, und ich erinnerte mich, daß auch ich das sehr oft tat. Und dann befand ich mich eines Tages ganz allein in einem Zimmer eingesperrt« — im Weitersprechen wurde ihre Stimme immer farbloser — »und in einer Ecke stand eine große dicke Frau mit hartem Gesicht, vor der alle Mädchen Angst hatten, was die Frau wiederum so erregte, daß sie die Mädchen schlug. Jetzt war sie dabei, meine Bettwäsche zu wechseln, und ihr Gesicht wirkte durchaus nicht grausam; es war ein trauriges Gesicht.« Lannie beobachtete, wie der Zigarettenrauch an ihren Fingern entlangzog. »Ich ging auf sie zu und blickte sie an, und sie sagte: ›Nun weißt du, wer ich bin, nicht wahr?‹ Und dann legte sie die Arme um mich, setzte mich auf ihren Schoß, strich mit den Händen durch mein Haar und küßte mich. So wie diese Frau, Mikey, habe ich nie jemand geliebt. Sie war prachtvoll.«

Ich wand mich unbehaglich auf meinem Sitz. »Warum erzählen Sie mir das?«

»Weil ich morgen oder später, wie lange es auch dauern mag, eine Schlinge zuziehen und einen Mann hängen werde. Und dazu haben die mich gebracht.« Ihre Stimme verlor sich mehr und mehr, so daß ich sie kaum noch verstehen konnte. Eine plötzliche Brise bewegte den Park, und die auf den zementierten Wegen umherliegenden Zeitungen blähten sich auf, als ob sie gähnten, bevor sie ihre Reise antraten.

»Wie spät ist es?« fragte Lannie wieder.

Ich teilte es ihr mit, und sie nickte stumm und spielte mit den schmutzigen Fingern an ihrer Kehle. »Ach, Mikey, ich weiß nicht«, sagte sie schließlich.

»Was wissen Sie nicht?«

Sie starrte mich an, und in ihre Augen trat Furcht, als wittere sie wie ein Wild die noch entfernten Jagdhunde. »Werden Sie mich nach Hause bringen?«

»Natürlich.«

»Ich wußte es« — impulsiv — »ich frage mich, ob Sie sich klar darüber sind, aber natürlich nicht — Sie sind der netteste Mann, den ich seit langem getroffen habe.«

Darauf war ich nicht vorbereitet. »Der netteste Mann?« ahmte ich sie nach.

»Doch. Sie brauchen sich deswegen nicht zu schämen. Sie wissen, daß Sie zerstreut sind und altmodisch und stolz, aber darunter liegt so viel Nettes.« Mit zitternden Fingern zündete sie eine weitere Zigarette an. »Nur einer war netter als Sie. Er war ein Mann mittleren Alters, Lehrer an einer kleinen Schule in einem Städtchen, und er hatte schöne Hände, mit denen er gern kleine Jungens berührt hätte, weil sie so hübsch waren, aber er durfte es nicht; so hielt er seine Hände in den Taschen verborgen. Man gab ihm den Spottnamen ›Tante‹ und behandelte ihn abscheulich.«

»Aber das habe ich doch gelesen«, platzte ich heraus. »Das ist doch eine Erzählung.«

Mit dem Finger an ihrer Unterlippe blickte sie mich an, wie ein Kind. »Ja, stimmt.« Und sie stieß ihr heiseres Lachen aus, hinter dem die Erregung hockte. »Ich werde wieder albern.« Den Kopf hielt sie gesenkt. »Ach, wir wollen nach Hause gehen.«

Wir schritten quer durch die Parkanlage, ihre Hand lag trocken und fieberheiß in der meinen. Als wir ein kleines Stück gegangen waren, hielt sie an und murmelte: »Ich habe etwas vergessen« und lief zur Bank zurück. Während ich ihr folgte, hatte sie bereits die Flasche entdeckt und hielt sie triumphierend hoch. »Es wäre eine Schande, wenn sie dort stehen bliebe. Wir wollen jemand suchen, dem wir sie geben können.« Sie setzte sich sogleich in Bewegung und lief von Bank zu Bank, prüfte die Schläfer und hielt schließlich vor einem alten Mann mit weißem Stoppelbart. Er schnarchte kräftig. »Hör dir das an.« Sie ahmte ihn nach. »Hier, alter Graubart«, murmelte sie und ließ die Flasche in seine Rocktasche gleiten. »Das wird dir helfen, deine Träume zu versüßen.« Und mit entzücktem Gelächter sprang sie davon.

Ich fing Lannie, nachdem ich einige Schritte gelaufen war, und umfaßte ihre Hüfte. Unter dem Baumwollpyjama fühlte ich, wie sie sich steif machte. »Sie Menschenfreund«, murmelte ich.

Sie lächelte mich an. Aber unabhängig von dem, was sie vielleicht wünschen mochte, gab ihr Körper nicht nach, und mit dem ganzen Arm fühlte ich, wie sie sich sträubte. Bald ließ ich sie los, und Hand in Hand schritten wir auf unser Haus zu.

Für den Weg, den ich einschlug, kann ich kaum verantwortlich gemacht werden. Vielleicht tat ich es aus Neugier. Jedenfalls ging ich an der Bar vorüber, wo Hollingsworth seine Verabredung hatte, und ich fand ihn mit der Kellnerin auf der Straße stehend. Das Gesicht ihrem Hals zugeneigt, redete er auf sie ein.

»Oh, hallo«, unterbrach er sich, als er uns sah. Er hob den Kopf, und seine Augen flatterten zwischen uns und der Kellnerin hin und her.

Ich machte Lannie bekannt, und wir standen im Kreis herum, ohne zuerst etwas zu sagen. Sie und Hollingsworth musterten sich verstohlen, aber unter der vorgespiegelten Gleichgültigkeit gelang es ihnen, sich scharf zu beobachten. Das nur für mich und die Kellnerin, die wegen der Unterbrechung wahrscheinlich verstimmt war, unbehagliche Schweigen dauerte an.

Dann begann Hollingsworth, sich in Positur zu setzen. Geckenhaft zog er sein Feuerzeug für Lannies Zigarette hervor und entzündete es, sich an mich wendend. »Nun, ich glaube, das war heute für manchen ein sehr langer Abend«, sagte er schließlich.

Lannie pustete die Flamme aus, die er ihr reichte. Sie beugte sich vor und ließ ihn nicht aus den Augen. Ihre freie Hand lag immer noch mit heftigem Druck in der meinen.

»Ich bin die Neuzugezogene«, sagte Lannie heiser.

Hollingsworth steckte das Feuerzeug wieder in seine Tasche und räusperte sich. »Nun, Miß Madison«, sagte er, »ich bin erfreut, Sie als Nachbarin zu haben. Ich glaube, Sie werden unser Haus als ein sehr interessantes Beispiel New Yorker Lebens finden.«

»Darüber habe ich schon gehört«, sagte Lannie unsicher.

»Gewiß«, sagte Hollingsworth. »Und seine Bewohner sind alle sehr kultivierte, gebildete Menschen.« Er tippte mit der Pfeife an seine Zähne. »Mit Kultur habe ich mich immer gern befaßt.«

Die Kellnerin, die beiseite gestanden hatte, mengte sich plötzlich energisch ein. »Nanu«, sagte sie und gab Hollingsworth einen Rippenstoß. »Ich denke, du heißt Ed Leroy?«

Ich hatte ihn als Hollingsworth vorgestellt. Er drehte sich langsam um und erklärte: »Genau, wie ich dir sagte, ich heiße Ed Leroy Hollingsworth. Vielleicht hast du den Nachnamen überhört.«

»So was hab' ich gern«, sagte die Kellnerin. »Komm, wir wollen gehen. Ich bin müde.« Mißtrauisch blickte sie auf Lannies Pyjama. »Ich möchte nach Haus.«

»Gleich«, sagte Hollingsworth scharf. Mit einem Seitenblick zu mir wandte er sich an Lannie und fragte: »Miß Madison, wie finden Sie unseren Freund, Mr. Lovett?« Und auf diese Weise baute er seine Frage in ein Spiel ein, das sie miteinander verband.

»Ach, ich muß sagen, daß er sehr freundlich zu mir war«, antwortete Lannie und ging auf seinen Eröffnungszug ein.

Hollingsworth nickte. »Er ist einer der Besten, und wir sind gute Freunde. Lovett ist gebildeter als ich und hat viel Umgang mit Büchern, aber er ist ein großartiger Bursche. Und davon gibt's noch mehrere in unserem Haus.«

»Und wie steht es mit Ihnen?« fragte sie.

»Oh, ich bin ein Draufgänger. Ich weiß nicht warum, aber ich bin sehr stürmisch. Frauen und Wein, wissen Sie, obgleich alles in Grenzen bleibt.« Er sprach, als ob ich nicht da sei.

»Ich freue mich, daß ich dort eingezogen bin«, sagte Lannie mit einem unverständlich heftigen Gefühlsausbruch. Hollingsworth drückte kopfnickend sein Einverständnis aus, aber ich hatte das Gefühl, als ob er kaum hinhörte. »Ja«, fuhr er fort, »ich glaube, daß ich eine von den komplizierten Naturen bin. Was meinen Sie, Mr. Lovett?«

»Ich teile Alices Meinung, — auch ich möchte nach Haus.«

»Jawohl«, pflichtete Alice bei.

Hollingsworth lächelte. »Ich glaube, daß jetzt nicht der Zeitpunkt für lange Gespräche ist, aber mal möchte ich mich mit Ihnen gern ausführlich unterhalten, Miß Madison.« Er drückte uns beiden konventionell die Hand und starrte dann wieder auf Lannie. »Intressant, was Sie da anhaben«, sagte er mit sanftester Stimme. »Ich nehme an, das ist das Neueste.«

Lannie blickte auf und nickte heftig. »Ich wußte, daß es Ihnen gefällt, oder wenigstens hoffte ich es; es gibt so viele Narren, die ihre Augen nicht aufmachen können.« Wir alle schwiegen. Ihr schauderte.

Im nächsten Augenblick hatten wir uns getrennt. Während ich die Straße hinunterging, hörte ich Hollingsworth zu der Kellnerin sagen: »Nun, Liebling, komm.«

Lannie und ich gingen eine Zeitlang nebeneinander, ohne zu sprechen. Ihre Hand, die immer noch die meine drückte und sie immer heftiger umklammerte, riß sich plötzlich von mir los, als wäre eine Entscheidung gefallen. »Er ist ein sehr schöner Mann«, sagte sie unvermutet.

»O ja, außerordentlich«, sagte ich.

»Nein, das können Sie nie verstehen. Er weiß noch nichts von sich selber, und das macht ihn so anziehend. Ich liebe seine fromme, ölige Stimme.«

»Mich widert sie an.«

Lannie wurde eigensinnig. »Oh, natürlich. Sie begreifen

ja nichts.« Zu meinen Erstaunen wurde sie richtig böse. »Er ist einzigartig, davon gibt es wenige. Und das sind die Verdammten.«

Danach schwiegen wir und setzten unseren Rückweg fort. Mit abgewandtem Gesicht schritt sie neben mir. Ich hätte angenommen, sie sei in Nachdenken verloren, wenn nicht die Anspannung ihres Körpers, jedesmal wenn er den meinen streifte, so deutlich zu spüren gewesen wäre. Wir stiegen die Treppe im Mietshaus zu ihrem Stockwerk hinauf. An ihrer Tür hielt ich an, und zu meiner Überraschung bat sie mich, einzutreten. Wieder zitterte sie.

»Wollten Sie nicht noch was?« sagte sie mit einem kläglichen Versuch, zu scherzen.

Ich bemerkte, daß sie das Sofa wieder so gerückt hatte, daß es die Wand anblickte. Es mußte ein schweres Stück Arbeit gewesen sein, denn beide zusammen hatten wir es nur mühselig zustande gebracht. Jetzt streckte sie sich auf dem Sofa aus und stieß ihre Absätze gegen die Lehne. Ich saß unbequem neben ihr, und die graue schmutzige Wand mit dem zersprungenen Putz starrte mich an.

»So liebe ich es«, sagte Lannie, und ihre Worte sprudelten hervor, als ob sie befürchte zusammenzubrechen, wenn sie eine Pause machte. »Wenn ich noch zehn Cents hätte, würde ich mir Puffmais kaufen, mich langlegen und ihn essen. Und wenn es mir dann Spaß machte, würde ich ein Korn auf den Fußboden werfen.« Langsam zog der Rauch aus ihrem Mund. »Ich finde die Wand so hübsch. Ich kann darauf sehen, was ich mir wünsche. Als Sie mich heute nachmittag verließen, habe ich sie genau betrachtet und festgestellt, daß es Guernica war und ich die Pferde wiehern hören konnte.« Sie seufzte in sich hinein.

Hartnäckig rief ich sie in die Wirklichkeit zurück und fragte: »Und was wollen Sie unternehmen, um morgen eine Mahlzeit zu bekommen?«

»Ich möchte jetzt nicht damit belästigt werden.«

»Haben Sie überhaupt noch Geld übrig behalten?«

»Millionen.« Einen Fuß hatte sie in die Luft gestreckt, und ein wenig abwesend bewegte sie ihren Schuh, aus dem sie mit dem Haken herausgeschlüpft war. Dann nahm sie ihn ab, steckte einen Finger durch das Loch in der Sohle und wirbelte ihn herum.

»Erlauben Sie mir, daß ich Ihnen Geld leihe«, versuchte ich abermals. Der Schuh flog gegen die Wand. »Machen Sie, was Sie wollen.«

Ich überschlug, was ich ihr von meinem wenigen Geld geben könnte. »Würden Sie zwanzig Dollar annehmen?« fragte ich schließlich.

»Ich nehme, was Sie mir geben«, sagte sie gleichgültig. Sie gähnte. »Ach, Mikey, was sind Sie für ein Schutzengel. Sie sollten für dumme Witwen Gelder verwalten.« Sie verschränkte ihre Arme hinter dem Kopf. Unversehens kicherte sie. »Ich müßte Sie eigentlich lieben. Ich habe mir immer gewünscht, mal einen von der Fürsorge zu lieben und ihn mit seiner breiten Uhrkette auf den Hintern zu schlagen. Was könnte aufregender sein?« Sie tippte mit dem Finger die Asche von ihrer Zigarette.

Ich sagte nichts. Ich trug an den Überresten des Tages und der noch längeren Nacht. Meine Glieder schmerzten, in meinem Magen verspürte ich das Fahrstuhlgefühl, und mein Körper war angespannt. Während sie redete, verloren meine Antworten den rechten Maßstab. Bei einigen ihrer überraschenden Erklärungen blieb ich gleichgültig, und umgekehrt konnte ich meine Erregung kaum eindämmen, die sie mit einem nebensächlichen Wort hervorrief. Ich starrte auf die Wand und litt unter ihrer bedrückenden Nacktheit und konnte auf ihr nichts von den Zerstreuungen entdecken, die sie Lannie bereitet haben sollte.

Als ich Lannie wieder einmal anblickte, standen Tränen in ihren Augen. »Was ist mit Ihnen?«

»Ich weiß nicht.« Sie fuhr sich mit dem Handrücken über

die feuchte Wange. »Ach, immer müssen wir unterwegs sein, nicht wahr? Ich weiß, daß ich dieses Zimmer verlassen werde und, Mikey, wie würde ich wünschen, hier bleiben zu können, die Tür zuschließen und mein Essen durch eine Klappe zugestellt zu bekommen. Morgen werde ich mich nach einer Stellung umsehen.«

»Lannie, wo haben Sie zuletzt gelebt?«

Sie lächelte wehmütig. »Ich hatte eine Wohnung.« Aber das war schwer für mich zu glauben.

»Und wodurch haben Sie sie verloren?«

»Ich habe sie dem Feind überlassen.« Lannie stieß ein kleines Lachen aus. »Was für ein dummes Ding ich war.« Sie blickte mich an und sagte dann gedehnt: »Heute morgen wurde ich aus meinem eigenen Bett geworfen, und dabei hatte ich ihn eingeladen. Niemals soll man einem Betrunkenen gegenüber freundlich sein.«

»Warum haben Sie ihn nicht hinausgeworfen?«

Sie setzte ein weises Lächeln auf, um darzutun, für wie harmlos sie mich hielt. »Oh, das konnte ich nicht, das war unmöglich.« Lannie schüttelte spöttisch den Kopf: »Außerdem kann ich mich an nichts erinnern, jedenfalls an nichts Genaues. Ich wachte auf, und was hinterher geschah, weiß ich nicht. Nur, daß ich mich in der Untergrundbahn befand und geschlafen hatte. Als ich ging, warf er mir das Pyjama hinterher.«

»Aber —?«

»Ach, er tat mir so leid, dieser alte Trunkenbold. Sie hatten ihn hinausgesetzt, und deshalb nahm ich ihn auf. Er arbeitete in der gleichen Agentur, in der ich auch einmal beschäftigt war, und er hatte wunderbares schwarzes Haar und dicke rote Wangen. Und er blieb einfach da, und ich meinte, er würde begreifen, daß er mir langweilig wurde, und er haßte mich, weil er auf mich angewiesen war. Und heute hat er mich einfach hinausgeworfen. Niemals werde ich mit ihm wieder sprechen.«

»Aber warum überlassen Sie ihm alles?«

Sie zuckte die Schultern. »Sich ums Gemüse und den Penny zanken? Wie erbärmlich! Mag er mit den Wänden streiten, mag er hinter mir herkommen und mir alles nehmen, was ich habe, eins nach dem andern. Begreifen Sie nicht, daß ich mit jedem Opfer jedesmal gewinne?« Sie lächelte vor gesteigertem Entzücken. »Außerdem hatte ich meine Wohnung satt.«

Ich lachte plötzlich laut heraus, vor Verzweiflung ebensosehr wie vor Vergnügen. Lannie gähnte. »Sie sind viel hübscher, wenn Sie lachen«, sagte sie. Sie streckte ihre Hand aus und tätschelte mein Gesicht. »Sie haben eine wunderbare Nase«, erklärte sie. »Ich finde es hübsch, wie sie sich krümmt. Ich kannte einmal ein Mädchen, das genauso eine Nase hatte und sehr grausam war.« Auch ich gähnte jetzt und erhob mich. »Ich gehe schlafen«, erklärte ich.

»Oh, Sie können mich doch nicht verlassen.« Sie sagte es gleichmütig, aber sofort dachte ich an die Stunden, die sie allein verbringen würde, das sie Bedrückende der nackten Wände. »Ich muß, ich bin erschöpft«, sagte ich.

Lannie führte mich zur Tür, hielt dort an und versperrte mir den Ausgang. Ihr Kopf war mit meinem Kinn auf gleicher Höhe, und fast mechanisch küßte ich ihre Stirn. Mit einer raschen Bewegung warf sie sich in meine Arme, streckte ihren Mund empor und küßte mich. Ihre Lippen fieberten, und ihr schlanker Körper preßte sich an mich und zog mich in heftiger Umarmung nieder. Von Müdigkeit durchtränkt hingen wir aneinander, schwankten durch den Raum und fielen auf ihr Bett.

Ihr Körper war steif und unnachgiebig, ihre Lippen lagen eng aufeinander. Ich hielt sie in meinen Armen und gab ihr meinen Körper, und wie abwesend, ohne Zärtlichkeit oder Sehnsucht, selbst ohne zu versagen, vollführte ich es in der Finsternis meiner geschlossenen Augen, während sie unter mir in unendlicher Verzweiflung seufzte.

Wenn es Liebe war, war es auch Furcht, als hätten wir hinter einem Felsen Schutz gesucht, während der Nachtwind die Ebene zerwühlte.

»Rette mich«, hörte ich sie weinen.

16

Einmal hatte McLeod zu mir gesagt: »Sehen Sie, Sie Heißsporn« — seine Stimme genoß die übertriebene Formulierung, die er stets benutzte, wenn er etwas vorbrachte, worüber er lange Zeit nachgedacht hatte —, »die Welt wird immer von denen gestaltet, die eine Selbstbefriedigung dabei empfinden, und wenn Sie ein Gefühl für Dialektik besitzen, braucht es nur ein klein wenig mehr, um zu erkennen, daß man nur mit dieser Selbstbefriedigung die Welt erobern kann.« Er hatte seiner Laune fröhlich die Zügel schießen lassen und starrte mich an. »Wenn dies Glöckchen für Sie noch nicht klingt, eines Tages wird es eine Messe einläuten, denn Sie sind der Prototyp dafür.«

Ich blieb bei Lannie die Nacht über, und fast dämmerte es schon, als ich die Treppe zu meinem Zimmer hinaufstieg. Aber ich brauchte mehr als eine Stunde, um Schlaf zu finden, denn jeder Nerv meines Körpers wehrte sich gegen die Ereignisse des langen Tages, der eben erst sein Ende gefunden hatte. Ich träumte und wurde wieder wach, und trotz der Entspannung des »Nachher« holte ich die vergangenen Stunden wieder hervor und wälzte mich unruhig in meinem Bett. In Wirklichkeit hatte ich Lannie nicht gewollt; ich hatte mich selbst dazu angetrieben, nicht nur einmal, sondern wieder und wieder. Sie hatte geweint, sie hatte . . . aber warum diese Einzelheiten berichten. Es war erledigt, und ich saß da mit meiner Reue. Ich würde es so schnell wie möglich beenden.

Unglücklicherweise sind unsere Entscheidungen elastischer, als wir es wollen, und als ich am Nachmittag erwachte, war das, was die Nacht mit Lannie getrübt hatte, verblaßt. Wenn es ursprünglich das Bild anderer Frauen gewesen war, das mich veranlaßte, sie zu nehmen, war es jetzt der Gedanke an Lannie selbst, der mich behaglich in meinem Bett liegen ließ, und ihr Gesicht erschien mir in der Erinnerung wunderbar. Ich hatte den Wunsch, sie zu halten und sie sanft zu umarmen.

Dann fielen mir McLeods Worte ein und noch anderes. Trotz des langen Tages und der noch längeren Nacht war ich ruhelos wegen unseres Gesprächs auf der Brücke und über die Erinnerung daran, die in mir auftauchte. Woher wußte ich das, was ich ihm gesagt hatte, und wie stand ich jetzt dazu? Ich zwang meinen Kopf, noch mehr davon hervorzubringen, aber er ließ es nicht zu. Alles, was dabei herauskam, war eine Frage: Was ist es, hörte ich mich laut in die Stille des Zimmers fragen, was die Welt heute bewegt? Und in die Leere hinein gab mein Verstand eine Antwort, als zitiere er aus einem Katechismus: Die Geschichte der letzten zwanzig Jahre zerfällt in zwei Dekaden, in eine Dekade wirtschaftlicher Krisen und in eine Dekade des Krieges und der Vorbereitungen für den nächsten.

Die Stirn in meine Hände gestützt, wiederholte ich den Satz immer wieder, als gelte es, einen toten Punkt zu überwinden. Ich forschte in der Zeit, da ich der Revolution gegenüber, die dann nicht kam, hinfällig war wie ein Stubenmädchen —, nach einem Gesicht, nach einem Freund, einem Namen, der in Erscheinung treten und den roten Faden bilden könnte, um mich aus dem Irrgarten herauszuführen. Aber nichts wollte sich gestalten, es blieb bei der einzigen Formulierung: Eine Dekade wirtschaftlicher Krisen und eine Dekade des Krieges und der Vorbereitungen für den nächsten. Mein Verstand war eigenwillig, er gab nichts anderes her. Nach einiger Zeit wurde ich müde, ging zum Essen hinunter, und hinterher machte ich einen kleinen Spaziergang.

Als ich zurückkehrte, hatte ich eine Eingebung, an Guineveres Tür haltzumachen und zu läuten. Das Klingelgeräusch war so durchdringend, daß mir sofort das ganze Durcheinander in ihrer Wohnung vor Augen stand, die ungemachten Betten, die Brotkrümel auf dem Tisch und die Kaffeepfütze, die sicherlich irgendwo auf dem Boden zu finden war. Würde sie im Bett dösen, oder saß sie jetzt in der Küche und starrte in den Raum? Ich läutete noch einmal und lauschte. Aus irgendeinem Winkel der Wohnung kamen langsame, träge Schritte, die sich der Tür näherten. Dann verstummten sie, und ich stellte mir Guinevere vor, wir sie zögernd in der Diele stand, nicht wissend, ob sie einen weiteren Schritt tun oder sich zurückziehen solle. So läutete ich abermals, und als hätte der erneute Druck auf die Klingel sie endgültig veranlaßt, nachzugeben, wurden die Schritte entschiedener und erreichten schlurfend die Tür. Langsam öffnete sie sich.

Wir starrten uns an. Ich war erschüttert. Ihr Gesicht war geschwollen, die Haare waren ungekämmt, und ihre Augen sahen über mich hin, als ob ich nicht vorhanden sei. So standen wir einige Sekunden lang, und auf ihrem Gesicht war kaum zu erkennen, ob sie wußte, wen sie vor sich hatte; aber dann verzog sich ihr kleiner ungeschminkter Mund, ihre Lippen zitterten, als wolle sie etwas sagen, aber statt dessen schlug sie mir die Tür vor der Nase zu.

Ich zuckte die Achseln und stieg die Stufen zu Lannies Zimmer hinauf. Aber jetzt erst, als ich klopfte, spürte ich die Wirkung, die der Zwischenfall mit Guinevere hervorgerufen hatte. Plötzlich fühlte ich mich niedergeschlagen. Drinnen hörte ich lachen, und obwohl ich mit dem Klopfen fortfuhr, hatte ich den Wunsch, mich davonzustehlen.

Das Lachen verstummte, und jenseits der Tür war es vollkommen still. Als Lannie mich begrüßte, stand keine Freude in ihren Augen. Sie drückte meine Hand und setzte ein Lächeln auf, das war alles.

In der Ecke saß Hollingsworth. Mit seinem zuverlässigen Instinkt hatte er den einzigen vorhandenen hölzernen Stuhl gewählt und saß steif darauf, die Hände lagen auf seinen Knien, und mit seinem schmalen Hinterteil beanspruchte er nur den Rand des Stuhles, so daß man ihn mit seinem zur Bewegungslosigkeit erstarrten Körper für einen Kadetten halten konnte, der sich selbst zurief: »Haltung! Nimm Haltung an, ehe man sie dir beibringt.«

Als er mich begrüßte, waren seine Wangenmuskeln angespannt, so daß sie die Zähne entblößten. »Das ist aber eine Überraschung und eine angenehme Unterbrechung«, sagte er.

Lannie ließ sich in einen Sessel fallen, ihr Oberkörper neigte sich zur Seite, und ihr Kopf hing über den Arm. Um sie her lagen auf dem Fußboden ein Dutzend Zigarettenstummel verstreut.

»Ach, Mikey, ich habe heute schon so viele Besucher gehabt«, sagte sie. »Als ich morgens aufwachte, war eine Maus auf meinem Bett, und wir unterhielten uns eine Weile, und sie sagte mir viele Dinge, aber ich fand sie hochtrabend und schließlich langweilig. Und ogleich sie es nicht zugeben wollte, wußte ich doch, daß es Christus war, und ich weinte, weil er, anstatt zu sterben, wiederkehrte und nun zu lange lebt. Ich sagte ihm, er solle an sein Kreuz zurückgehen, und wortlos nahm er seinen Hut, sprang vom Bett herunter und verschwand durch ein Loch in der Wand.« Ein schwaches Lächeln glitt über ihren bleichen Mund. »Und dann kam ein anderer Besucher, der mir ein Handtuch brachte, und er war wie die Maus, aber ich haßte ihn. Er sagte, daß er McLeod heiße und ein Freund von dir sei.«

»McLeod?«

»Ja.« Ihre gelben Finger führten zitternd ein Streichholz an ihre Zigarette. »Er saß da und redete und redete, als ob er glaubte, mir was erzählen zu können, während ich doch sofort wußte, wer er war. Und als er fortging, erklärte er, er sei Guineveres Mann. Und ich hätte sagen sollen, daß es mir um sie leid täte.« Zu meiner Überraschung hatte Lannie einen bösartigen Ausdruck im Gesicht.

»Das hat er dir gesagt?«

Sie sog nervös den Rauch ein und stieß ihn mit einer an ihr ungewohnten Heftigkeit aus. »Sie ist so lebhaft und schön, und wie kann er mit seiner bescheidenen Stimme sagen, daß er nicht besser sei als sie; während der ganzen Zeit, als ich mit ihm zusammen war, hätte ich schreien mögen.«

Hollingsworth lächelte. »Und dann kam der hochachtungsvoll Ergebene, um Miss Madison zu besuchen.«

»Ja.« Sie strahlte. »Ach, ich wüßte nicht, was ich ohne ihn anfangen sollte. Als dein Freund fort war, ging ich umher und erkannte, daß ich krank werden würde, wenn ich nicht was zum Trinken bekäme; denn wie lange bin ich schon wie eine Biene ohne Nektar?« Lannie umarmte sich selbst. Ihre dünnen Arme ragten wie Stangen aus den beschmutzten Ärmeln ihres Pyjamas. Und mit plötzlich rauher Kehle sagte sie: »Lovett, du versprachst, mir etwas Geld zu leihen?«

Ich gab ihr zwei Zehndollarscheine.

»Mikey ist mein Bankier«, sagte sie zu Hollingsworth mit einer ironischen Geste.

Nach all den vielen kleinen Enttäuschungen, die ich erlebt hatte, platzte ich jetzt heraus: »Ich bin nicht dein Bankier! Und wenn du glaubst, daß ich das Geld nicht selber nötig hätte, dann bist du im Irrtum.«

Sie sprang aus ihrem Sessel auf, kam zum Sofa, auf dem ich saß, und kniff mich in die Wange. »Er ist Bankier«, sagte sie zu Hollingsworth, »aber ein reizender, und obgleich er sich Sorgen macht wegen des ausgeliehenen Geldes und die schwarze Hand des Geldes nachts nach seinem Herzen greift, kann er doch dem Wunsch nicht widerstehen, reizend zu sein, und muß nun Schulden machen und sein Schicksal tragen.« Vergnügt wirbelte sie umher. »Bankiers sind schlimm, wenn sie einem zusetzen.«

Ich erkannte, ohne daß es mir besonders naheging, daß sie das alles für Hollingsworth aufführte, und daß keines ihrer Worte und keine ihrer Bewegungen unbedacht waren. Sie hätte eine Geisha sein können, die das Ritual einer Teezeremonie ausführt. Hollingsworth saß da und beobachtete sie. Es schien, als hätte er sich um einen Millimeter von seinem Sitz erhoben. Seine Augen blickten höflich drein, und auf seinem Gesicht lag ein Ausdruck leiser Neugier, als sei er der Provinzler, der gerade Geld kassiert hat und nun die Schönheitstänzerinnen beobachtet, wie sie ihre Kostüme abstreifen. (Das ist das magische Laster der Großstadt, daß man auftrumpft: »Ich bin hergekommen, um sie nackt zu sehen«, sagt er zu seinem Nachbarn, »aber ich sehe nichts.« Und er wird die Amüsierbuden zertrümmern, wenn man ihn betrügt. Vielleicht aber muß er betrogen werden.)

»Ich glaube«, brachte ich hervor, »daß hier, unser Leroy, mehr von Banksachen versteht als ich.«

Seine Augen begannen zu flackern, und mit leiser, gewichtiger Stimme sagte er: »Ich widerspreche ungern jemand, aber Sie wissen sehr wohl, daß mein Name Hollingsworth ist. Leroy Hollingsworth.« Er nahm das schwarz und silbern gestreifte Feuerzeug zur Hand und entzündete es. »Natürlich kann jemand, wenn es notwendig erscheint und man kein Dummkopf ist, bisweilen einen anderen Namen erfinden, aber das ist ja selbstverständlich.« Er wandte sich an Lannie: »Wenn Sie verstehen, was ich meine, wäre das allerhand — nämlich, daß bestimmte Umstände einen bestimmten Namen verlangen, den man ändert, wenn sich auch die Situation ändert.« Er lächelte bedeutungsvoll. »Mir ist immer, als müßte ich erst tief Atem schöpfen, bevor ich mich solchen Veränderungen anpasse, verstehen Sie das?«

»Oh, natürlich, verstehe ich das«, sagte Lannie eifrig. »Sie sind so klug«, und ein ekstatischer Ausdruck lag auf ihrem Gesicht. Sorglos warf sie ihren Kopf zurück. »Das ist so wichtig, und keiner versteht es. Alles rennt und keiner atmet, und wenn ich morgens aufwache, bin ich fast erstickt.« Mit nervöser Hand durchkramte sie ihr Täschchen, zog eine Zahnbürste hervor und hielt sie aufrecht wie eine Fahne. »Ich kann sie nie in meinen Mund bringen. Ich will mir die Zähne putzen, aber dann sträubt sich in mir alles und schreit: ›Nein, nein, spuck aus!‹« Mit einem plötzlichen Zusammenkrampfen der Finger brach sie die Zahnbürste entzwei und warf den Griff in eine Ecke und die Bürste in eine andere. Sie gähnte und murmelte befriedigt: »Morgen werde ich mich nach einer Stellung umtun.«

Ich wandte mich an Hollingsworth. »Warum sind Sie heute nicht im Büro?«

Er schien sein Hinterteil noch um einen weiteren Millimeter in die Luft zu heben. »Oh, meine Ferien haben begonnen.« Zum erstenmal, seitdem ich das Zimmer betreten hatte, lehnte er sich zurück und erlaubte seinen Schultern, die Lehne zu berühren. »Ich nehme an, daß wir uns häufiger sehen können.«

Er veränderte seine Haltung ein wenig, aber auffällig. Seine Schultern hoben sich von der Lehne ab; er saß wieder aufrecht, und seine Augen konzentrierten sich auf etwas, auf irgendeinen Gegenstand oder eine Bewegung, an der Wand hinter mir. Ich drehte mich um und sah, daß der Türknopf erst nach links, dann nach rechts gedreht wurde. Erst geschah es leise, aber dann wurde heftig daran gerüttelt, und als auch das keine Wirkung tat, begann ein Fuß fortgesetzt an den unteren Teil der Tür zu stoßen.

»Reinkommen, reinkommen«, forderte eine Stimme. Es war Monina. Sie trat mit einem entzückten Lächeln ins Zimmer und stolzierte auf mich zu. Dann machte sie einen Knix und streckte mir graziös einen Finger entgegen. »Küßchen«, befahl sie, und meine Lippen berührten flüchtig ihre Hand. Zufrieden damit, schritt sie hochmütig auf Lannie zu und kletterte, ihre Königinrolle aufgebend, auf ihren Schoß. »Küßchen«, befahl sie auch ihr.

Lannie gehorchte und umschloß das Gesicht des Kindes mit ihren Händen. »Oh, was bist du hübsch«, sagte sie.

Monina antwortete mit leidenschaftlicher Umarmung.

Hollingsworth räusperte sich. »Hallo, Monina«, sagte er, um sich bemerkbar zu machen.

Das Kind drehte sich in Lannies Arm, als es Hollingsworths Stimme hörte, und verbarg dann den Kopf. Unerklärlicherweise begann es zu weinen.

»Mammi heute Angst.«

»Warum?« fragte Lannie.

»Mammi weint.« Während sie das sagte, geriet Monina noch mehr in Erregung, bekam den Schlucken und brachte eine lange Geschichte hervor, die ich kaum verstehen konnte. Sie hatte den Aufwischlappen, so verstand ich jedenfalls, hochgenommen, und es waren Käfer darunter gewesen. Sie hatte ein paar aufgelesen, sie in ein Glas getan und Mammis kochendes Kaffeewasser daraufgegossen. Dann hatte sie das Glas zur Mutter gebracht, die weinend zu Bett lag, das Glas auf den Boden warf und drohte, den Klopfer zu holen. Als Monina laut zu schreien anfing, hatte Guinevere das Kind an ihre Brust gezogen, und zusammen hatten sie geweint, und die Mammi hatte geschrien: »Ich fürchtete mich vor ihm, aber er würde unser Leben verändert haben, mein Baby, und alles wäre anders geworden.« In Herzensangst hatte sie gejammert: »Oh, mein Freund hat mich verlassen!«

Und Monina verzog, Guinevere in ihrer Verzweiflung nachahmend, das Gesicht und wiederholte in hohen, piepsenden Tönen: »Freund, hat mich terlassen, Freund hat mich terlassen.« Während sie es sagte, schwand ihre echte, kindliche Sorge, und mehr und mehr enthüllte sich ihre Freude, die Mutter nachzuahmen. Als sie mit ihrer Geschichte zu Ende war, konnte sie nicht mehr länger an sich halten; ein boshaftes Lachen kam aus ihrem Kindermund. Sie lehnte sich in Lannies Arme, und der kleine Körper schüttelte sich vor Vergnügen.

Hollingsworth hatte bis jetzt teilnahmslos zugehört. Er saß aufrecht da, nur sein Fuß glitt hin und her über den Teppich. Ich versuchte, mir die Geschichte mit seinen Ohren anzuhören und gelangte zu einem Bild Guineveres, das vielleicht nur meins, aber möglicherweise auch seins war, — einer Guinevere mit einem vom Weinen geschwollenen Gesicht. Hollingsworth beobachtete sie mit funkelnden Augen, und mit einem Zeh stieß er sie über den Teppich — sie war die Schildkröte, die auf den Rücken gefallen war, obwohl der Traum sie vorbereitet hatte. Und langsam bewegte er, vielleicht noch unschlüssig, seinen Zeh, als wolle er versuchen, die Schildkröte wieder auf die Beine zu bringen.

Er sah Monina an, die steif auf Lannies Schoß saß, ein Kind, das bereits vergessen hatte, was geschehen war, und sich keine Vorstellung von dem machen konnte, was kommen würde. Langsam drehte sie sich in Lannies Armen um, bis sie Hollingsworth anstarren konnte. Schmerzlich verzog sich wieder ihr Mund.

»Monina«, sagte er, »meinst du nicht, daß es sehr ungezogen war, deiner Mammi die Käfer zu bringen?« Er lächelte kühl.

Die Wirkung kam unerwartet. Ich weiß nicht, ob sein Tadel ihr Schuldgefühl aufs neue geweckt hatte, sofern überhaupt eines vorhanden war, oder ob sie mit Sicherheit herausfühlte, daß ein Verweis von ihm, ausgerechnet von ihm, zu unberechtigt war, um es ertragen zu können. Jedenfalls gelangte sie so geschwinde aus Lannies Armen, und noch schneller durchquerte sie das Zimmer, als flöge sie. Und wie ein Speer, mit ihrem Mund als Spitze, bohrte sie ihre Zähne in Hollingsworths Hand. Zuvor stieß sie einen einzigen Schrei aus, der das Kind in eine Rachegöttin zu verwandeln schien.

Hollingsworth war vor Überraschung wie gelähmt. Hemmungslos stöhnte er auf, seine Augen weiteten sich vor Schrecken. Welcher Alpdruck suchte ihn heim? Er saß hilflos auf seinem Stuhl, hatte den Kopf zurückgeworfen, seine Glieder steif von sich gestreckt — so bot er das Bild eines zum Tode Verurteilten, dessen Körper sich unter den Stromstößen aufbäumt.

»Ich habe keine Schuld«, schrie er, und bei diesem Schrei ließ Monina von ihm ab, rannte weinend zur Tür hinaus und die Stufen hinunter.

Hollingsworth krümmte sich vor Schmerzen, stöhnte, streckte seine Hand von sich, an der man die sich gegenüberliegenden kleinen, säbelförmigen, blutenden Bißwunden sehen konnte. Er bewegte sich auf seinem Stuhl hin und her und fuhr sich dann mit der unverletzten Hand tastend durch das Haar. Aber da war keine ausrasierte Stelle und keine Elektrode. Er stöhnte und bemutterte sich selbst, stützte die blutende Hand mit der anderen, küßte sie sanft und zärtlich, voller Selbstmitleid und Selbstanbetung.

Wie erstarrt saßen wir da. Als sein Schmerz nachließ, setze er sich mit herunterhängenden Armen im Stuhl zurück. Auf seinen Augenbrauen stand der Schweiß. »Ohhh«, brachte er schaudernd hervor. Dann richtete er sich auf und sagte wütend: »Wenn ich das verfluchte Kind erwische, bringe ich es um!« Lannie stand mit einer hilflosen Bewegung vor ihm. »Tut es weh?« fragte sie blöde und zupfte mit ihren gelben Fingern am Mundwinkel.

Er zog ein Taschentuch hervor. »Ich werde zum Arzt gehen«, sagte er. »Das kann eine gefährliche Wunde sein.« Seine Stimme hatte die Farblosigkeit wiedergewonnen, hinter der er sich stets zu verbergen pflegte. »Ich muß mich wegen meines Benehmens entschuldigen, da eine Dame zugegen war.« Als Lannie keine Antwort gab, sondern sich nur noch heftiger mit den Mundwinkeln beschäftigte, fuhr er fort: »Schließlich kam es zu überraschend für mich. So etwas kann einem schon an die Nerven gehen.« Behutsam wickelte er das Taschentuch um seine Hand. »Kinder haben bisweilen schlechte Manieren; das ist nur eine Frage der Erziehung.« Er stand auf, und an der Art, wie er nach dem Stuhl griff, um sich darauf zu stützen, erkannte ich, daß er immer noch erschüttert war. »Man kann's nicht wissen — ich habe gehört, daß Kinderbisse manchmal giftig sind.«

Lannie konnte nicht mehr länger an sich halten. Mit in die Seiten gestützten Armen brach sie in ein hemmungsloses Gelächter aus. »Ach, was ist das für ein Idiot . . . Ich hätte es mir nicht träumen lassen«, schnaufte sie. »Sie benehmen sich töricht!«

Hollingsworth erduldete es stillschweigend, kramte in seiner Hemdtasche nach einer Zigarette und brachte es schließlich fertig, sie anzuzünden. »Manche Leute haben einen sehr merkwürdigen Humor«, murmelte er.

Ich fiel mit in das Lachen ein. Pausenlos lachten wir wohl eine Minute lang, während er sich nicht rührte. Selbst die Karikatur des Würdevollen, den er sich zu zeigen bemühte, schwand dahin. Geduldig und gefaßt wartete er, bis unser beleidigendes Gelächter verebbte.

»Sind Sie nun endlich fertig?» wandte er sich kühl an Lannie. Und es war, als hätte er auf einen Knopf gedrückt, denn unmitelbar darauf verstummte ihr Lachen. Sie zitterte an allen Gliedern, und plötzlich erkannte ich, daß sie einem hysterischen Anfall nahe war.

»Es tut mir leid«, flüsterte sie.

»Ich denke, daß ich jetzt gehen werde«, sagte er und schritt auf die Tür zu. Als er die Hand bereits am Türgriff hatte, schnüffelte er an seinem Verband und redete plötzlich los: »Ich nehme stets großen Anteil an allen meinen Freunden, und so hörte ich, nachdem ich jenes Mädchen Alice, mit dem ich einige interessante Stunden verbracht hatte — Sie wissen, was ich meine —, obwohl sie eine von den Scheuen ist, mit wenig Erziehung, so ein Leidensgeschöpf von der Sorte, von denen man in den Zeitungen liest . . .«

Er brachte seinen verworrenen Satz nicht zu Ende und ließ ihn, indem er uns freundlich anlächelte, fallen. Ein listiger Ausdruck lag auf seinem jungen Gesicht, während sein gelbes Haar und seine blauen Augen leuchteten. »Nun gut, jedenfalls hörte ich, als ich bei meiner Rückkehr zufällig an diesem Zimmer vorüberkam, Geräusche, wie man sie oft in New York gegen vier Uhr morgens vernehmen kann, wenn man seine Ohren offenhält.«

»Oh«, sagte Lannie, »oh, das ist ein Irrtum.«

»Ja, ich hoffe es«, sagte er maßvoll. »Aber ich glaube, Miss Madison, daß zwischen Ihnen und Mr. Lovett eine gewisse . . . intime Verbindung besteht.«

»Wollen Sie nicht besser jetzt gehen?« fragte ich. Die Erregung lähmte meine Glieder.

»Laß ihn!« schrie Lannie mich an.

»Oh, ich gehe schon«, sagte Hollingsworth. Er war wachsam und wiegte seinen Körper, um einem Angriff begegnen zu können.

»Sie sind niederträchtig!« rief ich aus.

»Nein.« Ein nachdenklicher Ausdruck legte sein Gesicht in ungewohnte Falten. »Nein, ich habe es nicht aus Niedertracht getan. Ich mußte es tun, denn, sehen Sie, das ist für mich der einzige Weg, um mich zu sichern.« Und mit einem kurzen Nicken, das eher andeutete, er bedaure, was er soeben gesagt hatte, schritt er durch die Tür.

Lannie, die bewegungslos mit ausgestreckten Armen und weißem Gesicht dastand, sang hinter ihm her: »Es tut mir so leid, es tut mir so leid.«

17

Sobald die Tür geschlossen und das Geräusch der Schritte verklungen war, begann Lannie in einem Atem zu lachen und zu weinen. »Furchtbar. Es ist furchtbar, furchtbar, furchtbar«, wiederholte sie monoton.

Was so furchtbar war, wußte ich nicht. Mechanisch folgte

ich ihr durch den Raum und versuchte, meinen Arm um ihre Hüfte zu legen, aber sie entzog sich mir. Und jedesmal, wenn ich mich bemühte, sie zu beruhigen, schien sie mich nicht zu hören. »Ach, es ist furchtbar.« Dabei blieb sie.

»Was ist furchtbar, Lannie?«

»Ohh.« Sie fiel auf einen Stuhl, versuchte mit zitternden Händen eine Zigarette anzuzünden, und als es ihr nicht gelang, warf sie sie auf den Boden. Ich brachte ihr ein Glas Wasser, und sie trank es mit Anstrengung, als wehre sich ihre Kehle dagegen. Ich ließ einige Minuten vergehen, ohne etwas zu sagen, und langsam begann sie ruhiger zu werden. Ein müdes Lächeln öffnete ihren Mund. Schlaff und blaß saß sie mit immer noch zitternden Fingern auf dem Stuhl. »Niemals hätten wir ihn so behandeln dürfen«, sagte sie schließlich.

»Und warum nicht?«

»Oh, Mikey, nie wirst du ihn verstehen, denn er ist anders, und weißt du, wie selten das ist?« Sie schüttelte den Kopf und beobachtete mit abwesender Neugier das Zittern ihrer Finger. »Du mußt wissen, daß er sich einer Sache geweiht hat, während wir nichts anderes tun, als dahinzuwandern, und jeder Tag bedeutet uns an seinem Beginn etwas Neues, und am Ende ist er genauso sinnlos gewesen; aber er hat ein Ziel, und darum ist er glücklich.« Diesmal gelang es ihr, die Zigarette anzuzünden. »Er weiß nicht, was er besitzt, und ich könnte es ihm zeigen.«

»Und warum hast du dann gelacht?« fragte ich.

»Ja, warum?« Ich hatte den Eindruck, als ob sie etwas erwidern wollte, ja vielleicht suchte sie sogar einen Augenblick nach einer Antwort.

»Das wirst du nicht begreifen«, sagte sie schließlich.

Meine Frage schien jedoch eine Wirkung gehabt zu haben, denn Lannie verstummte wieder. Als die Minuten verstrichen, ohne daß einer von uns ein Wort sagte, fühlte ich, wie sie traurig wurde. Mit zurückgelegtem Kopf rauchte sie verträumt ihre Zigarette und folgte mit den Augen dem zur Decke hinaufziehenden Rauch. Einige Male seufzte sie. »Es gibt keine Ruhe«, flüsterte sie. Und der Rauch kringelte sich um ihre müde Hand und haftete an ihrem Ärmel, bevor er nach oben stieg.

»Warum erzählst du mir nicht, worum es geht?«

Lannie stand auf und schritt zum Fenster. Mit dem Rükken zu mir, starrte sie durch die schmutzige Scheibe. »Wenn der Abend kommt, kann ich den Hof besser sehen. Unten ist ein Teich, und ich treibe darin mit Lilien im Haar, und ein Vogel ruft nach mir. Ich kann es ganz deutlich hören.«

»Wovon sprichst du?« fragte ich scharf.

»Ich weiß es nicht«, fuhr sie fort, »was vor Mr. Ter-Prossamenianvili war, und das ist nicht einmal sein Name. Wenn es einen Lebenslauf von mir gäbe, könnte ich es dir sagen.« Sie hockte sich auf das Fensterbrett und streckte ihre Hand aus, als ob sie die Sonnenstrahlen fangen wollte. »Siehst du, Mikey, immer haben sie mich auf ein Bett gelegt, und Hände waren um mich, und sie gaben mir den Schock. Ich weiß, was sie mir antaten, denn jedesmal, wenn ich den Schock bekam, wurde mein Gehirn ein wenig kleiner; sie wollten mich verblöden, so wie man andere mästet. Sie haßten mich und machten Berichte von dem, was sie meinem Gehirn entnahmen, und in der Ecke war stets dieses Mädchen mit der Brille, die alles auf einen Block schrieb, und nun steht es in irgendeinem grünen Aktenschrank. Sie haßten mich, und ich liebte sie ihrer Sünden wegen.«

Nachdem dieser Ausbruch anscheinend vorüber war, blieb sie an das Fenster gelehnt stehen. Die Nachmittagssonne war milder geworden, und die letzten Lichtstrahlen drangen herein. Das verwelkte Grau der Möbel wurde wieder bedrükkend, und die stauberfüllte Luft schimmerte in der Leere und Kahlheit des Zimmers. Das Sofa stand immer noch verkehrt herum gegen die Wand, seine gewaltige Rückseite ließ den Gedanken aufkommen, wie sie wohl sitzen würde, wenn sie allein war. Ich konnte sie verborgen in einem anderen Stuhl in einem anderen Zimmer sitzen sehen, wie sie die glühenden Kohlen in einem Kamin betrachtete. Dunkel und ruhig würde es in dem Zimmer sein, und wenn die Kohlen zu Asche verbrannt waren, würde ein kühler Hauch sie anwehen. Am niedergebrannten Feuer würde sie dort in der Dunkelheit sitzen und ihre Hand nach der weißen Asche ausstrecken, und hinter dem Stuhl wäre der Atem des Bösen im Raum, und, in Entsetzen gebannt, könnte sie nichts anderes als warten.

Tränen stiegen mir empor, um ihretwegen hätte ich weinen mögen. »Lannie«, sagte ich. Die großen, feuchten Augen blickten mich durch den Raum an, und voller Mitleid mit ihr und mit mir hörte ich mich sagen: »Begreifst du denn nicht? Ich glaube, daß ich dich liebe.«

Es war, als hätte ich ihr einen Schlag versetzt, denn sie duckte ihren Kopf, und alles Leid, was sie aufzunehmen imstande war, schien sich auf ihrem Gesicht zu spiegeln. Jetzt wurde sie sich meiner bewußt, und in ihrer Antwort lag etwas so Unmittelbares, wie ich es bisher bei ihr nicht erlebt hatte. »Mikey, du bist ein Guter«, sagte sie.

»Nein, hör mich an.« Ich hatte das Zimmer durchquert und umschlang ihre Hüfte. »Laß mich dich lieben«, bat ich. »Ich brauche dich, verstehst du mich nicht?«

»Oh.« Ihr Mund preßte sich zusammen, sie hielt sich eng hinter meiner Schulter verborgen.

»Warum stellst du dich gegen mich, Lannie?«

Sie begann zu weinen. Ich zog sie an mich. und ihr Widerstand ließ nach, bis sie die Arme um meinen Nacken legte, und ich das Salz ihrer Tränen auf meinem Mund spürte. »Ich möchte dich lieben . . .« Aber wieder überfiel sie Kummer. »Aber ich kann nicht, ich kann dich nicht lieben.« Sie versuchte mich fortzustoßen. »Ich liebe dich nicht. Und du brauchst mich nicht.«

»Doch.«

Sie schüttelte den Kopf, und Tränen strömten über ihr schmales Gesicht. »Ich weiß nicht, ich weiß nicht«, flüsterte sie.

Ich führte sie zum Bett und legte mich neben sie.

Ist man in Liebe beisammen, erfordert es jedesmal einen Einsatz. Wenn ich auch ohne Leidenschaft war, so doch nicht ohne Gefühl, und da ich meiner Erregung gewiß war, hoffte ich, daß Lannie dahinschmelzen würde.

Es war ein kühner Versuch, den ich unternahm, aber in einer verlorenen Sache. Und ich folgte den Fußstapfen anderer und wühlte in den Narben, die sie hinterlassen hatten. Ich setzte mein ganzes Können daran und tat es mit mehr Wärme, als ich in den langen Monaten aufgespart hatte, aber sie lag unbeweglich unter mir, mit einem Leidenslächeln auf ihrem ruhigen und geduldigen Gesicht, eine Gekreuzigte.

Allmählich schwand mein Vertrauen, Furcht stellte sich ein, verlangsamte mich und kühlte mich ab, bis schließlich die Uhr abgelaufen war und ich mit kaltem Schweiß auf dem Rücken schaudernd neben ihr lag.

Ihre Bewegungen waren hastig. Sie nahm das Laken, wischte mir das Gesicht ab und küßte mich einmal flüchtig auf die Nase. »Nun, alles vorüber«, murmelte sie, und ich wußte nicht, ob es eine Frage sein sollte oder eine Beruhigung. Nach einer Weile setzte ich mich im Bett hoch, und jeder brachte seine Kleider in Ordnung. Schließlich stand Lannie auf, zündete eine Zigarette an und streckte die Arme empor. »Nun, jetzt hast du, was du haben wolltest, als du herunterkamst«, sagte sie mit plötzlicher Wildheit.

Ich war zu benommen, um antworten zu können, und im Zweifel, was ich antworten sollte.

Sie breitete die Steppdecke aus und trat dann ans Fenster. Ihr Körper war starr aufgerichtet. Ekel lag um ihren Mund, und ruhig sagte sie: »Ich hasse es am Tage, es ist stets so obszön und läßt mich daran denken, wie ich als kleines Mädchen durchs Schlüsselloch starrte, und es den dicken

Papa tun sah.« Lannie atmete rasch. »Du beobachtest mich, nicht wahr, um herauszubekommen, was ich für eine bin? Niemand läßt mich in Ruhe. Einmal floh ich mit einem Buch auf einen kleinen grünen Hügel, der in ein Tälchen hinunterblickte, und dann kamen die Dorftrampel und starrten mich an, weil ich aufgeweckter war als sie; wie hätten sie es ertragen sollen?«

»Ich weiß nicht, ob du mir glauben willst oder nicht, Lannie, aber ich möchte dich glücklich machen.«

Sie blickte mich an, als ob ich sie verspottete. »Warum belästigst du mich dann? Warum bist du mir nahegetreten?«

»Ich verstehe dich nicht«, stammelte ich.

»Du weißt, daß es mir nicht gutgeht, was beabsichtigst du?«

Mir war, als hätte mir jemand ins Gesicht geschlagen. Ich wandte mich ab und murmelte: »Ach, du bist im Unrecht«, aber meinen Worten fehlte die Überzeugungskraft. »Du kannst nicht recht haben«, widersprach ich. »Ich . . . ich glaube wirklich, daß ich dich liebe.«

Ihr Mund verzog sich wieder: »Du kannst niemand lieben, denn du bist ein Narziß, und je näher du dem Wasser kommst, um so mehr bist du in dich verliebt, bis du es schließlich mit der Nase berührst und dann wieder alleinstehst.«

Ich wollte es nicht wahrhaben. »Es stimmt«, sagte ich, »aber trotzdem . . . trotzdem ist es nicht wahr, ganz gewiß nicht.« Ich packte sie mit solcher Kraft an der Schulter, daß ich ihr wehgetan haben könnte. »Verstehst du mich nicht? Ich möchte leben.« Ich mußte meine Tränen zurückhalten. »Es ist gewiß nicht wahr«, hörte ich mich wiederholen.

Das machte sie wütend. »Du möchtest leben?« fragte sie und stieß meinen Arm fort. »Du kannst es nicht, du verstehst es nicht.« Mit jedem Wort schlug sie mir mit der Faust auf die Brust. »Du hast dich mir genähert, weil ich leicht zu haben war, und weil du glaubtest, es würde dich nichts kosten.« Wieder bearbeitete mich ihre Faust. »Aber alles hat seinen Preis.« Sie hörte auf, mich zu schlagen, und ihr Körper zitterte.

»Nichts davon ist wahr«, grollte ich wütend und griff sie wieder an den Schultern. »Du schenkst mir kein Vertrauen«, sagte ich. »Ich versuche es, du aber nicht, Lannie; du gibst dir überhaupt keine Mühe.«

Das stimmte sie um. Sie schwankte leicht, und wie um ihn zu verbergen, wandte sie den Kopf ab und begann zu schluchzen. »Ja, ja, ja, ja, ja«, stieß sie hervor.

»Lannie«, sagte ich und berührte sie mit den Fingerspitzen. »Lannie.«

Sie schmiegte sich in meine Arme und weinte mitleiderregend. Es war, als hätte ich ein Kind zu beruhigen. Die Tränen netzten mein Hemd und berührten meine Haut, und ich hielt sie in meinen Armen und schüttelte sie sanft.

»Ich brauche dich, Mikey«, schrie sie. »Ich brauche irgend jemand . . . ich brauche Schutz.«

Nicht Liebende waren wir, sondern Vater und Kind, und doch war es für mich, dem keine Vaterrolle zukam, Bestätigung meiner Männlichkeit. Ich hielt sie in meinen Armen, beruhigte sie, glättete ihr Haar, und als sie stiller wurde, fühlte ich in mir das beglückendste aller Gefühle aufsteigen, eine kleine Bewunderung für mich selbst.

Nur daß es nicht lange anhalten konnte. Als wolle sie mir die Augen öffnen für das, was unmöglich war, schlüpfte sie aus meinen Armen, wandte mir mit zusammengezogenen Schultern den Rücken, als versuchte sie, die Fassung wiederzugewinnen. »Ich habe dir erklärt, daß es keinen Sinn hat«, sagte sie ruhig.

Ich antwortete nicht, und als sie zu sprechen begann, war es ihr gelungen, sich wieder eine Maske vorzubinden. Nie würden wir noch einmal so unmittelbar miteinander sprechen.

»Ach, es gibt so viele Dinge in der Welt«, sagte Lannie,

»und werden wir jemals damit aufhören, sie zu zählen? Und würden wir nicht nur Statistiker sein, wenn wir es tun? Und sind sie dann noch dieselben, wenn sie gezählt sind?« Sie stürzte zum Sessel hinüber, in dem sie ihr Täschchen hatte liegenlassen, und nahm es auf, um seinen Inhalt zu untersuchen. Dann hielt sie ein Stück Papier hoch. »Es ist nur wenig, weißt du, und es würde zu schwierig sein, dich zu belehren. Gestern nacht, oder war es die Nacht zuvor oder wann sonst? Ich saß da und fühlte Worte in mir aufsteigen und schrieb sie nieder.«

Sie lachte über meine Verwirrung. »Hier, hier, lies es, du kannst es ruhig tun. Selbst eine Irre braucht nicht immer beiseite zu stehen.«

Sie hatte es mit unregelmäßiger Schrift, die sich nicht an die Buchstabenformen kehrte, niedergeschrieben. Eine Zeile lief quer durch die andere, und die Buchstaben hingen nach links oder rechts über, wie es gerade gekommen war. Ich entzifferte es mit großer Mühe, und mitten drin, als mir klar wurde, wer der Held ihrer Geschichte war, mußte ich eine Bewegung gemacht haben, denn ich hörte sie auflachen.

Auf dem Papier stand:

»und einst in einer heißen Nacht als der Kanone rum-bum-bum erklang zum Silber des Mondes hatte er ein Philippinenweib als Bettgenossin und später trieb er sie fort und Schimpfworte statt Geld für ihren vergewaltigten Mund denkt er daran am nächsten Tag in der Sonne mit seinem gelben Haar das den Mais auf den Feldern wo er geboren ist widerspiegelt während der Predigt und der Pfarrer lächelt ihn an mit einem schönen ernsten Männerlächeln als wolle er sagen was das für ein feiner Bursche ist und er lächelt zurück während das Sonntagslied aus seinem Mund kommt Lieber Jesus Erlöser sein gelbes Haar seine blauen Augen so fromm ist sein Lächeln während er vorgibt zu singen und er gedenkt der erregenden Geräusche der Nacht und durch Jesus den Erlöser hindurch sieht er die

Frau zu seinen Füßen und riecht den Duft den sie hinterließ fühlt die Sonne in seinem Haar und lächelt wieder den Pfarrer an denn er ist mit der vergangenen Nacht und dem gegenwärtigen Augenblick angefüllt und es erhebt ihn so daß er die Liebesworte sauertöpfischer verliebter alter Jungfern singt Jesus Herr und Erlöser während er in sich redet und ganz vernarrt ist in seine Erinnerung wie er sie über den dunklen Kopf schlug mit seiner Faust du tust das du tust das jetzt«

Als ich zu Ende gelesen hatte, las ich es noch einmal und gab es ihr wortlos zurück.

»Er hat mir das erzählt und war sehr stolz darauf«, sagte Lannie. »Und ich war ebenso stolz auf ihn, weil er so schlank ist und so harte Muskeln hat.«

»Oh, ich verstehe«, murmelte ich.

»Nein, du nicht.« Sie spielte mit einer Zigarette. »Du kannst den Frieden nicht verstehen, den man hat, wenn man mit einem Mann zusammen ist, der einen anblickt, als ob man nicht vorhanden sei, so daß man langsam unter ihm vergeht und alles durcheinanderwirbelt, und man nicht mehr da ist, und die Liebe schließlich auf dem einzigen Wege kommt, auf dem ich sie zu sehen wünsche, wenn alles Rauch ist, und ich im Rausch bin, und der Mörder über mir ist, aber es mich nicht kümmert; denn nichts fühle ich mehr.«

»Wann geschah es?« fragte ich mit trockener Kehle.

»Ich weiß es nicht, ich kenne keine Zeit und fühle keine Grenzen.«

»War er hier?«

»Ach, wer weiß es. Denn dieses Haus ist wie das frühere, in dem er bei mir war . . . Ach, vielleicht war es zwei Tage lang oder vielleicht den ganzen Sommer über. Und er sagt mir, was ich zu tun habe, und ich tue es, und so ist jetzt alles ganz einfach.«

»Und das hast du gern?« sagte ich sehr langsam.

»Da gibt es einen Mann von außerordentlicher Bösartigkeit«, sagte sie losgelöst. »Und wir sind hier, um ihn für seine Sünden zu bestrafen. Er öffnete die Tür, und nun muß ich sie schließen, und er wird bezahlen.« Für einen Augenblick wurde ihre Stimme leidenschaftlich. »Und du wirst versuchen, dazwischenzutreten, weil du nichts weißt, und es wird dir nicht gelingen, denn wir sind die Gerechten.« Damit schloß sie ihre Augen, als wolle sie mich aus ihrem Gesichtskreis verbannen, und ich wußte nichts darauf zu antworten.

Alles, was ich gewonnen hatte, war wieder verloren.

18

Während des Krieges, wenn ich voraussetze, daß ich an ihm teilnahm, mußte ich zu irgendeiner Zeit einer Infanteriegruppe angehört haben, denn ich erinnere mich an Märsche, die von Kämpfen unterbrochen wurden. Am Ende eines Monats hatten wir eine Grenze überschritten und zogen durch feindliches Land. In jener Nacht befand sich die Gruppe als vorgeschobener Posten im oberen Raum einer Scheune, von wo man ein Kornfeld überblicken konnte. Wir brachten unser Maschinengewehr so in Stellung, daß es das Feld und eine Baumreihe an seinem Ende bestreichen konnte, und jeder von uns streckte sich ins Heu zum Schlaf aus, sofern er nicht gerade die Wache zu übernehmen hatte.

Jedoch fanden wir wenig Schlaf. Die Tochter des Bauern, ein willfähriges Ding, besuchte uns mit einem Eimer heißen Wassers, und als wir unsere Wäsche beendet hatten, verweilte sie, um Schokoladenriegel und einzelne Zigaretten einzusammeln, die wir in unseren Taschen fanden. So kam es, daß sie sieben Handlungsreisenden in dieser Nacht Gesellschaft leistete, und erst in der Dämmerung beim buchstäblich ersten Hahnenschrei ins Haus schlüpfte, während wir unseren Marsch fortsetzten.

Ich war mit ihr gegen Mitternacht zusammen, und obgleich es zu dunkel war, um ihr Gesicht zu erkennen, muß sie ein stämmiges Mädchen gewesen sein, ihren plumpen Gliedern nach zu urteilen. Während ich auf ihr lag, begleiteten mich die Schnarchlaute und das Kichern meiner Kameraden, genauso, wie es den anderen vor mir ergangen war und den Nachfolgenden ergehen würde. Der Mond lag auf den Feldern, und ich hob mich in der Hüfte hoch und blickte scharfäugig über die Wiese, denn zugleich war ich an der Reihe zu wachen. Das Mädchen bekam ich nicht zu Gesicht. Über meinem Kopf zeigte der Lauf des Maschinengewehres wie eine Nachbildung meiner selbst auf die Bäume, und als ich einmal ein Geräusch vernahm, umschlossen meine Hände den Abzug, und ich war überrascht, ihn kalt zu finden.

Als ich meinen Anteil bekommen hatte, kehrte ich ins Heu zurück und streckte mich zu einem unruhigen Halbschlaf aus, in dem ich nicht wußte, ob ich von einer Artilleriegranate oder von einem glänzenden stählernen Phallus träumte. Am nächsten Nachmittag waren wir zehn Meilen weiter, und in der folgenden Nacht hatten wir nicht das gleiche Glück. Wir hoben Löcher am Rande einer kleinen Stadt aus, als Vorbereitung für den Angriff. Bisweilen habe ich die Vorstellung, daß ich in der darauffolgenden Kampfhandlung verwundet wurde.

Wahrscheinlich träumte ich in dieser Nacht von anderen Dingen als in der Nacht der Handlungsreisenden. Vielleicht habe ich an das Mädchen in dem kleinen Badeort gedacht, vielleicht trug ich sogar einen Brief von ihr in der Tasche. Ich weiß, daß ich, als ich Lannie verlassen hatte, über jenes Mädchen nachgrübelte, das ich niemals wiedersehen würde. Und ebenso wie Lannie die Erinnerung an das Bauernmädchen heraufbeschworen hatte, so auch an das andere.

Wie glücklich bin ich damals gewesen, meinte ich jetzt. Sie hatte ihren eigenen Körper sehr lieb, und ich war die

Ursache dafür gewesen. Ich spürte wieder die Wärme des Zimmers. Eine Lampe brannte, und unsere Körper schienen golden zu sein, und wir atmeten den Duft unseres blühenden Fleisches. Bald würden wir uns umfangen. Wir kosteten zärtlich unsere Lippen, und dann würde die ganze Welt nur noch in dem liegen, was wir mit unseren Armen umschlossen.

Wo war jetzt jenes Mädchen, und wie sah sie aus? So groß war mein Verlangen nach ihr, daß es mich fast krank machte. Verzweiflung packte mich, und ihr entsprang noch Schlimmeres. Selbst wenn ich das Mädchen doch noch einmal träfe, würde ich sie nicht wiedererkennen, und sie nicht mich. Und wenn das Unmögliche doch noch möglich werden, das Glücksrad uns mit demselben Einsatz zweimal gewinnen lassen sollte, würden wir uns unzweifelhaft verändert haben, und unser erneutes Zusammensein würde nicht mehr den alten Zauber ausüben. Nein, das war erledigt und tot! Aus der Vergangenheit war nichts mehr zu erwarten; sie würde sich in der Gegenwart nicht wiederholen. Über diese Unabänderlichkeit hätte ich schreien mögen vor Verzweiflung. Meinem jetzigen Dasein ohne Aussicht auf das geringste bißchen Wohlleben ausgesetzt zu sein? Ich lehnte mich dagegen auf und erkannte in all meiner Hoffnungslosigkeit, daß nichts, was immer mir auch zugedacht war, aus der Vergangenheit kommen würde.

So blieb ich lange auf und war entschlossen, mich meiner Arbeit zu widmen. Nach angestrengten Stunden, in denen ich bisweilen die Schreibarbeit unterbrach, um einigen Zeilen die letzte Fassung zu geben, wozu ich mich auf das Bett legte oder umherging, gelang es mir schließlich, eine Seite zu vollenden. Die nächste kostete weniger Mühe. Und vom frühen Morgen an bis zur Dämmerung schrieb ich mit größerer Leichtigkeit als gewöhnlich.

Als die Sonne aufgegangen war, verließ ich das Haus, um etwas zu mir zu nehmen, kehrte zurück und schlief bis zum Abend. Dann begann ich wieder zu kritzeln und tat es die ganze Nacht hindurch, und am Morgen fühlte ich mich verhältnismäßig frisch, so daß ich mich entschloß, nicht vor Dunkelwerden ins Bett zu gehen. Während dieser Zeit dachte ich kaum an meine Mitbewohner, und wie lange ich ohne ihre Gesellschaft auskommen würde. Alles, was mich an der Arbeit hätte hindern können, schien sich ihr von selbst unterzuordnen, und in diesen beiden Tagen fühlte ich mich nicht unglücklich. Bevor die Stadt zu erwachen begann, nahm ich wieder eine Mahlzeit zu mir und schlenderte über die Brücke in der Kühle des frühen Sommertages voller Zufriedenheit mit mir selbst und meinem Werk. Ich dachte daran, ans Meer zu gehen oder jemand zu besuchen.

Doch keines war zwingend, und auf dem Nachhauseweg ließ ich mich — ein Anzeichen erneuter Niedergeschlagenheit — verführen, über meine Geldmittel nachzudenken und zu überschlagen, wieviel ich noch auf der Bank und wie weit ich mein Konto an Geld und Zeit bereits überzogen hatte. Während ich mich durch den Morast der üblichen Sorgen und Vorahnungen quälte, wurde mir, bis ich das Haus erreichte, klar, daß ich mir selbst etwas vorgemacht hatte. Meine Unentschlossenheit war plötzlich verschwunden. Was ich wirklich gewünscht hatte, war ein Wiedersehen mit Lannie und McLeod. Die verdrängte Erinnerung kehrte heftig zurück, und ich sah Lannie, wie ich sie in der Unordnung ihres Zimmers verlassen hatte, und McLeod, wie er in der Dunkelheit hinter der Brücke verschwand. Nachdem ich zurück war, legte ich mich auf mein Bett. Und mit der Zeit, als ich meiner Phantasie freien Lauf gelassen hatte, konzentrierte sie sich auf die bedeutungsvolleren Ereignisse, und nun begann mich auch noch die Stille meines Zimmers zu bedrücken.

Wie um mich zu necken, tauchte plötzlich wieder die vertraute Frage vor mir auf: Was ist es, was die Welt heute bewegt? Wenn ich nichts weiter wüßte, wäre die Antwort klar: Krieg und die Vorbereitung zum nächsten. Aber aus einer Reizbarkeit heraus, deren Quelle ich nicht feststellen konnte, befriedigte mich das nicht. Millionen würden dieselbe Frage stellen und Millionen sie beantworten, und darin lag das Verrückte. »Müssen wir Hunger leiden?« würden sie fragen und: »Müssen wir in Stücke zerfetzt werden?« Mit Leidenschaft würden sie die Fragen verneinen, und damit die eigentliche Frage umgehen. Indem sie das Gegenteil wünschen, machen sie sich selbst etwas vor. Sie nehmen an, daß sie mit dem einfachen Wünschen das Ergebnis formen könnten.

Hier liegt das Idiotische, das berühmte Haar, das zur Schlange wird, das Drecksmedikament, das das Herz heilen soll, und hierher gehören auch alle die Antworten, die man täglich lesen kann und pflichteifrig weitergibt: Es ist der Fehler unserer Führer, es ist der Fehler der anderen; unsere sind stumpfsinnig, die anderen bösartig; es liegt an den unerforschlichen Wegen des Allmächtigen; es liegt daran, daß wir zu selbstsüchtig sind, daß wir zu altruistisch sind; es liegt daran, daß wir uns mit Maschinen eingelassen haben, daß wir zu wenige besitzen; daß wir den rechten Weg verloren haben, daß die anderen ihn nicht finden können; es liegt daran ... es liegt daran ... Und nur der Patriotismus triumphiert und will alles andere ausrotten. Der Feind ist der Schuldige, der Zerstörer des Friedens.

Man streitet sich um den einzig möglichen Ausweg: Man müßte eigensüchtiger sein oder weniger eigensüchtig; mehr Freiheit haben oder weniger Freiheit. Wir brauchen eine große Armee und niedrigere Steuern; die Diplomaten müssen zusammenkommen, wir müssen alle diplomatischen Beziehungen abbrechen. Es ist unsere Pflicht ... wir sind in Gefahr ... unsere Ideen sind die überlegeneren ... wir brauchen Ideen ... Und so schlucken wir Banalitäten wie Zaubermittel.

Ich denke an den Soldaten, der gewöhnlich keinen Spaß

am Töten findet, der seine Offiziere haßt, und den Krieg, in den er gerade verwickelt ist, satt hat. Nichtsdestoweniger tötet er je nach Erfordernis, gehorcht seinen Offizieren und desertiert nicht. Seine Gedanken bewegen sich in die eine Richtung, und seine müden Füße, mit denen er der Gesellschaft verhaftet ist, in die andere. Nicht seine Gefühle entscheiden, sondern seine Taten. Diese machen die Geschichte. Es ist einmal in einem Satz festgehalten worden, einem Satz, bei dem ich darüber nachgedacht habe, warum ich mich seiner wieder erinnerte, und mehr noch, warum er meiner Erinnerung entschwunden war. Als er schließlich wieder in mir auftauchte, zog er eine ganze Reihe von Büchern nach sich, die ich einst studiert hatte. »Der Mensch gelangt in seine gesellschaftliche und wirtschaftliche Umwelt unabhängig von seinem Willen.« Bedeutet dieser Satz nicht mehr als alles Getrommel der Medizinmänner?

So weit war ich gelangt, und die Erinnerung bewegte mich heftig, und wieder fühlte ich mich ein wenig von dem Eifer durchglüht, mit dem ich darauf gewartet hatte, daß die Widersprüche eines Tages in Flammen aufgehen würden. Das Proletariat, das unter den Hufen der Kosakenpferde nach dem Ruhm gegriffen hatte, das Insektengeschmeiß des sommerlichen Vyborg, alles dies hatte ich wieder vor Augen und verstand die Verzweiflung, die der Begeisterung gefolgt war. Die Verzweiflung darüber, daß sich nichts geändert hatte, und die gesellschaftlichen und wirtschaftlichen Verpflichtungen immer noch unabhängig vom Willen des Menschen sind.

Meine Person jedoch ausgenommen; ich lebte, und vielleicht als einziger, ohne jede Bildung. Die Welt würde sich weiter drehen, und ich, der ich vielleicht einen Willen äußern konnte, solange das Geld reichte, tat nichts und verträumte die Stunden auf meinem Bett. Jetzt begann mich das schweigende Zimmer doppelt zu bedrücken. Ich sprang auf und ging über den Flur an McLeods Tür und klopfte heftig, als ob ich damit seine Anwesenheit beschwören könnte. Es kam keine Antwort, und als ich wieder an die Tür schlug, gab sie unter meiner Faust nach und öffnete sich ein wenig.

Sofort wurden meine Augen von dem Tisch angezogen, der in der Mitte des Raumes stand und von zwei Holzstühlen flankiert war, die einander über die leere Tischplatte anstarrten. Neben einem der Stühle war eine Stehlampe so angebracht, daß sie in die Augen desjenigen scheinen würde, der an der anderen Seite des Tisches saß. Alles übrige war beiseite gerückt worden.

Dann wurde mir klar, daß McLeod das Zimmer geräumt hatte. Das Feldbett war ohne Wäsche, das Bücherregal leer, und seine wenigen Habseligkeiten waren verschwunden. Er hatte den Fußboden vor dem Verlassen gesäubert. Mit klopfendem Herzen stand ich in der Tür. Instinktiv vermutete ich, daß er geflohen oder ihm etwas widerfahren sei, und erst ein wenig später fand ich die wahrscheinlich richtige Lösung. Sicherlich war er nach unten gezogen zu seiner Frau, und nun würden sie miteinander die Nähe zu ertragen haben, die sie bisher vermieden hatten.

Ich schlug die Tür zu und ging auf die Straße hinunter. Guineveres Wohnung war wie üblich verschlossen, und ich klingelte und wartete auf das Geräusch ihrer Schritte. Diesmal war ihnen nichts Zögerndes anzumerken. Sie näherte sich der Tür, öffnete sie, und ein breites Lächeln trat auf ihr Gesicht, als sie mich erblickte. »Himmel, ich habe dich seit ewigen Zeiten nicht mehr gesehen«, schrie sie. »Komm rein. Ich bin nahe am Verrücktwerden, ich brauche deinen Rat.« Während ich ihr durch die Diele folgte, erhaschte ich den Hauch eines starken Parfums und sah, wie der Saum ihres purpursamtenen Morgenrocks majestätisch über den Boden fegte.

Sie führte mich ins Wohnzimmer und ließ sich in einen Sessel fallen. »Oh, mein Gott, bis ich so in Gang komme.«

»Was ist los?«

»Sieh dir das an!» Mit einer Geste spöttischen Widerwillens umfaßte sie das Zimmer. Seine gewohnte Ordnung war dahin, und mindestens zwanzig Schachteln und Pakete verschiedener Größe und Form lagen über den Boden verstreut, ebenso teilweise ihr Inhalt. Mit einem flüchtigen Blick erfaßte ich zwei Negligés, ein schwarzes und ein rosafarbenes, ein Paar elegante Handschuhe, einen Frühjahrsmantel, zwei Lampenschirme so entgegengesetzten Stiles, daß man sie selbst in einer Hotelhalle unmöglich beide hätte aufstellen können, ein Paar Schuhe, eine zehn Pfund schwere Schinkenbüchse, einen Hüfthalter mit Schnüren, einen Pullover, einen versilberten Korkenzieher, eine Brosche, einen hawaiischen Schal, ein Ölbild »Frühling in den Bergen« und drei schmale, pastellfarben gebundene Folianten, deren Titel ich nicht lesen konnte, die aber, wie ich mit ziemlicher Sicherheit vermutete, leicht pornographischen Inhalts sein dürften. Anderes war so sehr mit dem Packmaterial durcheinandergeraten, daß man es unmöglich identifizieren konnte. Der Wirrwarr aus geöffneten und verschlossenen Schachteln, weißem Seidenpapier und Packpapier, Bändern und Düften war so überwältigend, daß ich glaubte, im Garderobenraum von Revuegirls untergetaucht zu sein, deren nackte Glieder und von schwarzem Tüll verdeckte Nabel und Brüste durch einen Dunstschleier von gelbem Licht und Zigarettenrauch hervorleuchteten, während Kostüme an der Wand hingen.

»Guinevere«, brachte ich schließlich heraus, »was soll das alles?«

»Ich weiß nicht«, jammerte sie. »Junge, in was habe ich mich da eingelassen!« Und damit, als wolle sie die volle Größe ihrer Verzweiflung demonstrieren, tauchten ihre Hände in eine Schachtel zu ihren Füßen und brachten ein zusammengerolltes Stück billigen, bedruckten Stoffs hervor, das sie zwischen uns mit einer Grimasse ausbreitete. »Und was soll ich damit? Sieh dir das an, diesen Dreck! Diese verfluchte Verkäuferin! Dabei wußte ich, daß sie mir was anzudrehen versuchte.«

»Wie willst du denn das bezahlen?«

Ihre blauen Augen blickten mich voller Unschuld an. »Oh, ich bezahle es doch nicht, ich schick' es zurück und behalte nur ein paar Sachen.« Sie beugte sich in dem Sessel vor. »Aber *was* soll ich behalten? Ich kann mich nicht entscheiden.«

Ich begann zu lachen. »Aber Guinevere, wenn du wußtest, daß du fast alles zurückschicken würdest, warum hast du es dann erst gekauft?«

Sie blickte mich an, als ob meine Frage von äußerstem Unverstand zeuge. »Was hat das damit zu tun? Das kannst du nicht verstehen, Lovett, du bist keine Frau.«

»Aber als du das alles zusammenkauftest, hattest du da nicht die Absicht, es zu behalten?«

Sie dachte, wie mir schien, zögernd darüber nach. Wahrscheinlich hatte sie sich diese Frage nie selbst gestellt. »Ich weiß es nicht, Lovett. Ich nehme an, ja. Weißt du, ich fand vielleicht nur, wie hübsch dieses oder jenes aussehen würde.« Ihr Mund zog sich verdrossen zusammen. »Ich seh' schon, du kannst mir nicht helfen. Ach, ist das ein Durcheinander!« Und damit stieß sie eine Schachtel mit dem Fuß von sich und rutschte ärgerlich im Sessel hin und her. Ihre Gesichtsfarbe war in diesem Augenblick so lebhaft und ihre Energie so bezwingend, daß ich sie wohl mit offensichtlicher Bewunderung angestarrt haben mußte.

»Was ist los?« fragte sie. »Was siehst du mich so an?«

»Ich denke gerade daran, wie du dich seit dem letztenmal verändert hast.«

»Ach so.« Sie gähnte, um gleichgültig zu erscheinen. »Damals befand ich mich in einer Krise. Es ging ein Gerede darum, aber jetzt bin ich damit durch. Ich weiß, was ich will.« Sie sagte es betont überlegen, und doch war sie von so großer Unruhe erfüllt, daß diese im nächsten Augenblick wieder durchbrach. »Ich weiß nicht, was ich mit dem ganzen Zeug anfangen soll, wenn die nächste Sendung eintrifft.«

»Die nächste Sendung? Wieviel Tage geht denn das schon?«

»Ein paar Tage.« Sie zündete sich eine Zigarette an und verbrannte sich die Finger am Streichholz. »Verdammt!« In ihrem Schmerz warf sie das Streichholz so wütend in den Aschenbecher, daß es wieder heraussprang. Gleich darauf drückte sie ihre Zigarette aus. »Einmal werde ich diese Dinger behalten können.« Bei ihren heftigen Bewegungen in dem Sessel warf sie ein Nähkästchen von einem der kleinen Tische. Garnrollen und Zwirnsfäden mischten sich in das Durcheinander am Fußboden, aber Guinevere störte es nicht. Mit einem gequälten Seufzer langte sie nach einem kleinen Paket auf dem Teppich. »Das aber gebe ich nicht zurück«, erklärte sie schelmisch.

»Was ist es denn?«

»Oh, das zeige ich dir nicht.«

»Nun gut, dann nicht.«

»Ich darf es nicht.« Mit einer gierigen Miene leerte sie den Inhalt in ihren Schoß. Ich sah einen khakifarbenen Stoffgegenstand.

»Was ist das, ein Büstenhalter?« fragte ich.

»Ein Geldgürtel.«

»Du erwartest wohl, viel Geld in die Finger zu bekommen?«

Sie schob die Lippen vor und setzte eine bedeutungsvolle Miene auf.

»Ich bereite mich jedenfalls darauf vor.«

»Das tust du ja immer«, stichelte ich.

»Nun ja, du hast eben deine Meinung über mich, wie ich meine über dich«, antwortete sie mürrisch. »Du bist auch nichts Besonderes, Lovett.« Und dann kam ihr die Frage auf die Lippen, die sie zuerst bewegt hatte: »Was hat dich zu mir geführt?«

»Ich suche deinen Mann. Er ist ausgezogen.«

»Ach, ihn. Was ist los?«

»Ich möchte wissen, wo er steckt.«

»Irgendwo in der Gegend«, sagte sie geheimnisvoll.

»Dann arbeitet er heute nicht?«

»Nein. Er hat seine Stellung aufgegeben.«

»Warum?«

»Frage mich! Ich bin kein Gedankenleser!« Sie schien verzweifelt. »Was für Zeiten habe ich mit diesem Burschen durchgemacht. Er wird mich noch zum Wahnsinn treiben. Er hat irgend etwas. Du solltest ihn reden hören. Weißt du, was er mir dauernd erzählt?«

»Was?«

»Seine Zeit sei abgelaufen. Wie findest du das? Als ob er mich auf sein Begräbnis vorbereitet.«

»Ich meine, daß es dir nahegehen sollte.«

»Mikey«, sagte sie traurig, »einmal ist es mir nahegegangen. Ich war damals genauso von ihm beeindruckt wie du jetzt. Ich habe ihn für einen Gentleman gehalten. Er hat Verstand.« Sie schnaufte. »Versuche damit mal zu Rande zu kommen.« Sie knetete ihr Fleisch unter der samtenen Hülle. »Du weißt, was er getan hat . . . er hat mir meine Jugend geraubt, und dann war nichts weiter. Und jetzt muß ich an mich selber denken. Ich habe es satt, mich zu opfern.«

»Worüber hast du dich zu beklagen?« fragte ich.

Sie wand sich schwerfällig in ihrem Sessel wie ein Geschäftsmann, der nach einem neuen Argument sucht. »Lovett, es geht etwas vor. Ich kann es dir im einzelnen nicht erzählen. Aber du mußt dich auf mich verlassen. Bei Gott, ich denke nur an Monina. Sie hat eine Zukunft in Hollywood, eine große Zukunft, und ich muß sie ihr verschaffen. Und da ich weiß, daß du das Kind liebst und auch mich, könntest du uns vielleicht helfen.«

Ich blies ihr meinen Zigarettenrauch entgegen. »Ich wüßte kaum, wie.«

»Nun, du bist doch sein Freund und könntest ihm raten.«

»Und was soll ich ihm sagen?«

Wieder war sie nachdenklich und stellte ihr Profil zur Bewunderung. Dann warf sie mir einen verschleierten Blick zu. »Mikey, bin ich immer noch in deinem Herzen?«

»Ich weiß nicht recht, wo du bei mir steckst.«

Aber anscheinend genügte es ihr. Tatsächlich schien sie nur nach einem einigermaßen stichhaltigen Vorwand gesucht zu haben, um mich in ein Geheimnis einlassen zu können. »Nun gut, Mikey, du weißt davon nichts, aber er besitzt etwas, das er nicht preisgeben will.«

»Was ist es?«

Sie erhob eine Hand. »Selbst wenn ich es wüßte, könnte ich es dir nicht sagen. Und ehrlich gesagt, ich weiß es nicht. Ich habe all die Jahre mit diesem Burschen zusammengelebt, ohne daß ich davon wußte. Aber er hat es bestimmt, und es nützt ihm nicht das geringste. Und er braucht es nur der daran interessierten Gruppe zu geben, der es von großem Nutzen sein könnte, und alles käme in beste Ordnung, und wir würden uns ins gemachte Bett legen können. Nichts einfacher als das. Bist du nicht auch der Meinung, daß er nur stur ist?«

»Fühlst du dich ihm denn gar nicht mehr verbunden?«

Sie gab eine ausweichende Antwort. »Mikey, ich finde, daß es von dir nicht anständig ist, so zu fragen. Schließlich möchte ich nicht, daß du dich zwischen uns zerreißt. Wahrscheinlich ist es dir schon schlimm genug ergangen.« Sie drückte bedächtig ihre Hand, als ob sie eine Falte glätten wollte, die sie dort gefunden hatte. »Darum wollen wir es lieber so machen: ich verlange nicht von dir, daß du irgend etwas unternimmt. Der interessierte Agent hat seine eigenen Methoden, und es wird sich einiges abspielen mit Verhören, und was weiß ich. Wichtig ist, daß du mir in dem Augenblick, wenn er einsieht, daß es besser ist, nachzugeben — daß du mich dann nicht im dunkeln darüber läßt. Ich bin einfach neugierig, weißt du?« Sie krümmte ihre Hand in der Luft, als hielte sie eine Tasse, und wieder war der kleine Finger leicht gebogen abgespreizt.

»Ich fürchte, daß ich dir nicht im geringsten helfen kann.«

»Gut, ich möchte auch nicht, daß du dich bloßstellst«, sagte sie schnell. »Lassen wir es einfach offen, ist es dir so recht?« Als ich nicht antwortete, faltete sie wieder ihre Hände im Schoß. In dem Schweigen, das folgte, brach sie in neue, von der alten gezeugte Verzweiflung aus. »Du bist nichts weiter als ein Sadist, Lovett.«

Ich lachte über sie.

»Oh, für dich ist es einfach«, sagte sie bitter. »Was weißt du von meinen Sorgen? Alles geht schief. Selbst Monina stellt sich gegen mich. Mein ganzes Leben lang habe ich mich für sie abgerackert, und jetzt solltest du sehen, wie sie ihm nachläuft. Seit ihrer Geburt hat er sich nicht um sie gekümmert, aber was schert das Monina! Als ob sie in ihn verliebt ist.« Sie zupfte an einer ihrer Locken und befestigte sie wieder mit einer Haarnadel. »Jetzt ist sie gerade wieder mit ihm zusammen.«

»Wo sind sie denn?«

Guinevere war verdrossen. »Sie sind spazierengegangen und wahrscheinlich jetzt oben auf seinem Zimmer.«

»Ich nahm an, daß er zu dir gezogen ist.«

»Ist er auch. Aber seine geschäftlichen Zusammenkünfte hält er getrennt.«

»Geschäftliche Zusammenkünfte?« Ein Papagei hätte wahrscheinlich als Gesprächspartner genügt.

»Nun, nicht genau das. Aber was es auch sein mag. Er hat jedenfalls mit dem Agenten einiges zu besprechen.«

»Und gerade jetzt?« Ich fühlte ein so großes Verlangen, dabeizusein, daß sie es mir unschwer anmerken mußte.

»Ich nehme an, in wenigen Minuten. Vielleicht in zehn oder zwanzig Minuten.« Es gelang ihr, sich gleichgültig zu stellen. »Warum fragst du? Willst du mit dabeisein?«

»Ich weiß nicht.«

Guinevere grinste über die offensichtliche Lüge. »Nun, ich wüßte nicht, wer dich daran hindern sollte.«

»Wahrscheinlich werden sie vorziehen, unter sich zu bleiben.«

Sie zuckte die Achseln. »Kann man nicht wissen. Du bist etwas anderes. Man kann nicht voraussagen, was sie dazu meinen.«

»Und warum bist du nicht dabei?«

Ihr Mund zog sich zusammen. »Beide haben mir erklärt, daß sie mich nicht brauchen. So steht es!« Fast augenblicklich konnte sie ihren Widerwillen verbergen, aber aus der Anstrengung, die es sie kostete, war ihre Enttäuschung zu erkennen. »Oh, Himmel, was ist das für eine Welt!« erklärte sie plötzlich.

Ich stand auf. »Ich werde versuchen, daran teilzunehmen.«

Sie lachte. »Mikey . . .«

»Ja?«

»Du bist ein guter Bursche, und erinnere dich daran, daß ich es war, die dir alles erzählt hat. Du weißt, daß ich was für dich tue und du wirst auch für mich etwas tun . . .« — sie ließ ihre Stimme sinken —, »jedenfalls erinnere dich an das, was ich gesagt habe.«

19

Gerade, als ich die Treppen erklommen hatte, hörte ich es in McLeods Zimmer kreischen. Ich öffnete die Tür und sah hinein, aber es dauerte Sekunden, ehe er und Monina mich gewahrten. Er wirbelte das Kind empor, es jauchzte vor Vergüngen, sein Röckchen flatterte um die Hüften, und mit den Fäusten knuffte es seine knochigen Arme, mit denen er es immer wieder emporwarf und auffing. Fast bis zur Decke schleuderte er Monina hinauf und fing sie erst wenige

Zentimeter über dem Fußboden ab. Beide lachten, und als er sie auf seine Schultern setzte, griff sie in sein glattes, schwarzes Haar und wippte auf und nieder. »Pferdchen, hüh«, schrie sie. Er tat, als ob er galoppiere, schlug mit den Absätzen auf den Boden, und sie war außer sich vor Begeisterung.

Dann sah mich McLeod, und seine Lustigkeit versiegte. Er nahm das Kind herunter, stellte es auf die Beine und begrüßte mich kühl. »Wo haben Sie gesteckt?« fragte er.

»Ich war gerade bei Ihrer Frau.«

»Hmm.« Er neigte seinen Kopf. »Und hat sie Ihnen erzählt, daß ich ein neuer Mensch geworden bin?«

»Sie hat es angedeutet.«

Monina zog an seinen Hosenbeinen, und er wühlte unbewußt in ihrem Haar. »Jawohl, ich habe versucht, mein Leben zu revolutionieren, und das ist eine kitzlige Angelegenheit.« Ich hatte den Eindruck, als ob er ein wenig betrunken sei. Sein Atem roch nach Alkohol, und seine Redeweise war kaum wahrnehmbar verzerrt. Monina sprang ruhelos von einem Bein aufs andere. Sie schien sich zu langweilen und begann an der Matratze herumzubohren. »Bäh, bäh, bläh, bläh«, brabbelte sie.

»Was hast du, Monina?« fragte er.

Sie hielt den Kopf gesenkt und blickte ihn nicht an.

»Zwei Jahre habe ich in diesem Zimmer gelebt«, sagte McLeod zu mir.

»Eine lange Zeit.«

»Sehr lange, wenn ein Kind dabei aufwächst. Wenn man mich bestrafen wollte, hier wäre eine Schuld zu finden. Wissen Sie, daß bisweilen ein Monat vergeht, und ich sie nur ein- oder zweimal sehe? Wir sind wie Fremde miteinander.« Er zog Monina in seine Arme. »Liebst du den Pappi?«

Sie verdrehte abwehrend ihren Körper, und wild versuchte sie, sich loszumachen. »Nein.« Doch sobald sie sich befreit hatte, kicherte sie.

»Wenn sie mehr sprechen könnte, würde sie wahrscheinlich hinzufügen, daß sie niemanden liebt und niemandem vertraut, denn das ist ihr Erbteil. Ja, sie ist durchaus meine Tochter«, sagter er düster. Mit spöttischem Gesicht tippte er mit einem Finger auf mein Knie. »Jetzt sehen Sie den gefühlvollen Vater vor sich, aber es gab auch andere Zeiten. Haben Sie eine Ahnung von der verzweifelten Angst, die einen Mann überkommen kann, wenn er in seinem Wohnzimmer mit seinem amtlich angetrauten Eheweib sitzt, und durch diese Tatsache von aller Leidenschaft und Freundschaft geschieden wurde, so daß sie in Schuld und Haß und nur gelegentlich in Liebe miteinander leben? Und dort vor Ihnen auf dem Boden liegt die süße Frucht ihrer gegenseitigen Abneigung, ein greinendes Kind mit Rotz um die Nase, das sich vollgemacht hat. Und nun sitzt so ein Mann wie ich da und überlegt, daß ihm nur noch wenige seiner guten Jahre verbleiben und er nicht nur an die Frau, sondern auch an das Kind gebunden ist, bis es ihn so schüttelt, daß er dem Kind mit den Fäusten den Schädel einschlagen könnte.« Wieder tippte der Finger auf mein Knie. »Sie würden sich aus dem Staube machen, wie? Vor Entsetzen. Doch ich saß da, und aus einem frommen Grund, zu dem ich auch heute noch stehe, kam ich zu der Erkenntnis, daß Mord an seinem eigenen Kind der verwerflichste aller Morde ist. Wenn man ihn an einem Fremden begeht, weiß man nicht, welche Leben man in Verwirrung bringt und wieviel Kummer man verbreitet. Aber die Axt an seine eigene Brut zu legen, bedeutet, von diesen Gefühlen überwältigt zu werden. Morden bedeutet nichts, die Konsequenz aber alles.« Er schöpfte Atem. »Ich würde einen Arm hergeben, um die Liebe des Kindes zu gewinnen«, sagte er plötzlich unvermittelt, »und das ist das Barometer meiner Schwäche, die mit den Jahren zunimmt.«

»Vielleicht wird sie es tun?« brachte ich hervor.

Er nickte. Anscheinend kämpfte er in seinem Innern mit

einer Bestie, die ihn hin und her warf, denn jetzt sagte er gerade das Umgekehrte dessen, was er zuvor geäußert hatte. »Es besteht Hoffnung, Mikey. Vielleicht liegt es daran, daß ich zu lange gehungert habe und jetzt der Nahrung mißtrauisch gegenüberstehe.« In seinen ausdruckslosen Augen zuckte der Schimmer eines Gefühls auf. »Sie ... meine Frau ... Ich möchte sagen, daß zwischen uns noch nicht alle Fähigkeit, füreinander etwas zu empfinden, erstorben ist. Bisweilen spüre ich, daß sie mein Dasein bewegt. Sie wissen, daß sie ungewöhnliche Dinge tut. Aber wenn sie gelegentlich zu mir kommt, ist etwas Weiches an ihr, doch bleibt sie zurückhaltend. Das soll kein Tadel sein, denn, um die Wahrheit zu sagen, ich mußte mich jedesmal zwingen, nicht nach dem ersten besten Fluchtweg Ausschau zu halten. Aber ich glaube immer noch, daß es Möglichkeiten für uns gibt.«

Meine letzte Unterhaltung mit Guinevere war mir noch in lebendiger Erinnerung. »Sie sind sentimental und verrückt«, sagte ich zu ihm.

McLeod zündete sich eine Zigarette an. »Und Sie lassen sich durch den Augenschein verführen. Zweifellos hatte sie eine kleine Auswahl von Wörtern zur Verfügung, mit denen sie mich traktierte.«

»Mehr als eine kleine!«

Er ging mit einem Achselzucken darüber hinweg. »Lovett, Ihnen fehlt es an Vorstellungskraft. Sie können nicht verstehen, daß sie und ich etwas Gemeinsames aufbauten. Das liegt daran, daß Sie die Liebe für etwas Geistiges halten.«

»Eine Bezeichnung ist ebensogut wie die andere.«

Er lachte mich an. »Liebe ist ganz einfach zu verstehen, sofern Sie bei klarem Verstand sind. Sie ist eine Krücke, nichts weiter, und es gibt keinen, der nicht eine Krücke braucht. Nehmen Sie eine Mischung aus Verlangen und Leidenschaft, Stimmung und Egoismus, schütteln Sie sie gut durch und gießen Sie sie in die Form, derer Sie bedürfen. Und was dabei herauskommt, ist besagte Krücke. Es macht es leichter, wenn man sich zurückziehen und den Kosmos betrachten will.«

»Doch nicht für jeden!« protestierte ich.

»Nicht heutzutage. Der Existenzkampf stellt zu große Anforderungen, er bringt uns mit dem Gegensätzlichen zusammen. Aber abstrakt genommen, im Prinzipiellen, können zwei beliebige Menschenwesen miteinander warm werden. Noch ist es eine primitiv anmutende Feststellung, die nicht eher selbstverständlich werden wird, bis der Sozialismus durchgeführt ist. Das ist ja gerade der menschliche Aspekt des Sozialismus, daß er jedermann miteinander verbindet, ohne die Begriffe Ehe und Familie, Liebe und Gott in einem Opiumrausch zu vernebeln.« Sein Mund hatte einen Ausdruck, als ob er Essig schmecke, während er hinzufügte: »Und diese Freiheit werden Sie in der Sowjetunion finden.«

Damit blickte er auf seine Uhr und sagte zu mir: »Ich hoffe, daß Sie entschuldigen werden, wenn ich Sie jetzt bitte, mich zu verlassen, mein Lieber. Und wenn Sie so nett sein würden, Monina mit hinunter zu ihrer Mutter zu nehmen, wäre ich Ihnen sehr dankbar.«

»Ich habe die Absicht, hierzubleiben«, verkündete ich.

Er sah mich ausdruckslos an. »Im Ernst?«

Ich nickte.

McLeod wandte sich an Monina, und mit ruhiger Stimme sagte er: »Geh jetzt nach unten, Baby.«

Sie schüttelte den Kopf. »Monina, geh jetzt nach unten«, wiederholte er bestimmt. Sie gab nur noch ein schwaches Zeichen des Widerstrebens und fügte sich dann: »Pappi pielt nachher mit mir?« fragte sie.

»Drängle nicht«, verwies er sie, »wenn uns beiden wieder danach ist, werden wir zusammen spielen.«

Zu meiner Überraschung gehorchte sie. Er schloß die Tür hinter ihr, schob mir einen Stuhl zu und setzte sich so auf den Tisch, daß sein Gesicht in das meinige hinunterblickte. »Was veranlaßt Sie, hierzubleiben?« fragte er.

»Vielleicht, weil ich neugierig bin.«

»Neugier schätze ich nicht.«

»Es gibt noch andere Gründe.«

»Glauben Sie, mir beistehen zu können?« Er lachte. »Hollingsworth möchte gern, daß ich seine politische Erziehung fortsetze, und seit unserer Unterhaltung auf der Brücke . . . nun, ich kann nicht gerade sagen, daß Sie mit mir sympathisieren.«

»Ich weiß eigentlich nicht warum«, sagte ich. »Außerdem glaube ich, daß Sie sich damals in einem falschen Licht zeigten.«

Er trommelte mit den Fingern auf dem Tisch und schien zu überlegen, was ich gesagt hatte. »Vielleicht.« Wie für sich murmelte er: »Die Tatsache, daß ich betrunken gewesen bin, läßt nicht viel erhoffen.« Als er aufblickte, war ein seltsamer Ausdruck um seinen Mund. »So, Sie bleiben also trotz meiner politischen Meinung?«

»Ich behalte mir die Entscheidung vor.«

Sein Mund zuckte. »Ich weiß so wenig über Sie.« Er fuhr mit dem Finger über den Tisch und hielt dann inne, um zu sehen, wieviel Staub er aufgenommen hatte. »Lovett, ich glaube nicht, daß Sie die Situation richtig erkennen.«

»Ich habe es niemals behauptet«, erklärte ich.

»Wenn Sie bleiben, liefern Sie sich aus.«

»Ich bin mir dessen bewußt.«

»Es können gewisse Konsequenzen daraus für Sie entstehen.« Seine Stimme war so leise geworden, daß ich mich anstrengen mußte, ihn zu verstehen, und obwohl mir nicht klar war, was er eigentlich meinte, fühlte ich doch das Gewicht seiner Worte. Es war ihm gelungen, mich zu erschrekken.

»Vielleicht suche ich diese Konsequenzen«, murmelte ich.

»Sie?«

»Warum, weiß ich nicht«, erklärte ich, »oder vielleicht doch. Aber, ganz gleich, was habe ich schon zu verlieren?« stieß ich plötzlich hervor.

McLeod zuckte die Achseln. »Ich wüßte kaum, was ich darauf sagen sollte, und doch . . .« Er murmelte in sich hinein. »Es gibt eine Grenze für das, was ein Mensch ertragen kann.«

Irgend jemand klopfte leise an die Tür.

»Nun gut, er ist da«, sagte McLeod. Er war kreideweiß. »Also, bleiben Sie dann, Lovett.«

Er drehte den Schlüssel um, wandte sich ab und ging zur Mitte des Raumes zurück. Hollingsworth öffnete die Tür und hielt sie für Lannie, die hinter ihm eintrat, offen. Er war sorgfältig in einen Gabardineanzug gekleidet, trug eine Strickkrawatte und braunweiße Sportschuhe. Sein blondes Haar war durch Öl fest angelegt worden, und er sah aus, als ob er eben eine Dusche genommen hätte. »Mein Gott, ist das warm«, sagte er freundlich. Er blickte sich im Zimmer um, bemerkte mich, und im gleichen Augenblick, vielleicht um seine Überraschung zu verdecken, schob er seine lederne Schreibmappe auf den Tisch. Dann rückte er einen Stuhl von der Wand an die eine Seite des Tisches und ließ Lannie darauf Platz nehmen. Ohne McLeod oder mich anzusehen, legte sie die Hände auf den Tisch, schien darauf zu starren und wie abwesend die abgetragenen Manschetten ihres lila Kostüms zu prüfen.

Dann setzte sich Hollingsworth, schlug die Klappe seiner Schreibmappe zu sich herüber, legte seine Hand auf den Inhalt und zündete sich eine Zigarette an. Noch hatte McLeod den übriggebliebenen Stuhl nicht ergriffen, und ich stand fast hinter ihm, nahe am Bett und wartete schüchtern, daß man mir einen Platz anweise.

Hollingsworth räusperte sich. »Bevor wir anfangen«, sagte er, »meine ich, sollte Mr. Lovett das Zimmer verlassen.«

McLeods Stimme war überraschend rauh. »Er möchte hierbleiben.«

»Schön und gut, aber ich meine, er sollte gehen.« Für Hollingsworth schien das Problem gelöst zu sein.

»Ich habe mich noch nicht entschieden«, sagte McLeod gedehnt, »aber ich bin halb entschlossen, ihn hierzulassen.«

»Es steht Ihnen, glaube ich, in Ihrer Lage nicht zu ...«

McLeod schnitt ihm das Wort ab. »Ich habe mein Einverständnis zu dem Verfahren gegeben. Sie sind nicht verpflichtet nachzugeben, Sie können sich auch anders entscheiden; aber wenn Sie nicht einverstanden sind, bestehe ich auch auf meinem Recht.«

Hollingsworth drückte seine Zigarette aus. »Das war ganz und gar nicht vorgesehen.«

McLeod studierte ihn aufmerksam. »Manches ist unvorhergesehen.«

»Ich wünsche, daß er draußen bleibt«, sagte Hollingsworth.

»Dann wird er Ihre ... Kollegin mit sich nehmen.«

Ein Lufthauch schien Lannies Haar berührt zu haben. Sie blickte uns einen Augenblick lang an, bevor sie an das Studium ihrer Hände zurückkehrte. Versunken zupfte sie, wahrscheinlich unbewußt, an einem Hautfetzen ihrer Fingernägel.

Hollingsworth ließ ein Blatt Papier aus der Briefmappe gleiten. »Ich glaube, man sollte sich jetzt setzen«, sagte er zu McLeod, »und falls Mr. Lovett will, mag er auf dem Bett bleiben, großzügig, wie wir sind ...« Er rückte seine Krawatte zurecht, »ich denke, wir können nun beginnen.«

20

»Einen Augenblick«, erklärte McLeod. Er umschritt den Tisch und machte sich am Vorhang des Fensters zu schaffen. Dann zog er ihn herunter und kehrte an seinen Platz zurück. Mit einem seiner langen Arme reckte er sich nach der Glühbirne, knipste sie an und richtete den Lampenschirm so, daß das Licht in seine Augen fiel.

Hollingsworth klopfte mit seinem Bleistift. Nach gebührend langer Beobachtung stieß er seinen Stuhl zurück und verkehrte McLeods Maßnahmen ins Gegenteil. Er ging zum Fenster, zog den Vorhang wieder hoch, kam zum Tisch zurück und löschte das Licht. Ein geringschätziges Lächeln spielte um seinen Mund. »Das ist jetzt noch nicht notwendig«, sagte er.

McLeod blickte gleichgültig drein. »Wie Sie wissen, halte ich mich ganz zu Ihrer Verfügung.«

»Gut so«, sagte Hollingsworth, »solche Haltung wird anerkannt, weil sich sonst eine Unterredung dieser Art sehr lang ausdehnen könnte. Sie wissen, was ich meine?«

»Wo wollen Sie anfangen?«

Hollingsworth klopfte wieder mit seinem Bleistift, als bäte er um Aufmerksamkeit. »Ich gehöre nicht zu den empfindlichen Leuten, möchte ich glauben, aber Sie wissen, daß es sozusagen eine Quelle für Unzuträglichkeiten gibt, und das ist das Vorhandensein von Mißtrauen. Offenherzigkeit würde daher begrüßt werden.« Er hüstelte verlegen. »Sehen Sie, uns ist so viel über eine gewisse Person bekanntgeworden, daß man im eigenen Interesse nichts zurückhalten sollte, was von Bedeutung ist.«

»Ich stehe zu meiner früheren Erklärung«, sagte McLeod.

»So.« Hollingsworth griff in seine Brusttasche und zog einen Schreibblock hervor. Er kritzelte etwas nieder, riß das Blatt ab und reichte es McLeod. »Ich denke, daß wir Zeit sparen, wenn Sie mir bestätigen, die Person zu sein, deren Namen ich hier niedergeschrieben habe.« Er beugte sich leicht vor.

McLeod zerriß das Blatt. Er antwortete nicht sofort. Seine Finger arbeiteten nervös am Knopf seiner Hemdtasche. Endlich hatte er sie geöffnet, ließ die Schnitzel hineingleiten und schloß sie wieder. »Jawohl«, sagte er schließlich, »ich bin identisch mit diesem Mann.«

»Sehr freundlich«, sagte Hollingsworth.

Er reichte ihm über den Tisch einen vergilbten Zeitungsausschnitt, von dem ich mit einem Blick das Bild einer Gruppenaufnahme erhaschen konnte. »Sie sehen, was wir für Zeit gespart haben. Ich freue mich, daß auch Sie meinen, daß Aufrichtigkeit das beste Verhalten ist. Nun können wir gleich hiermit fortfahren ...«

McLeod gab keine Antwort. Er lehnte sich in seinem Stuhl zurück und wandte sich mir ein wenig zu. Dann zwinkerte er. Es schien ihm Mühe zu bereiten.

Hollingsworth studierte einige Papiere, die er aus seiner Schreibmappe gezogen hatte. »Ich frage mich«, sagte er schließlich, »ob Sie wohl so nett sein würden, mir das Leben dieses Mannes zu schildern.«

»Sie haben es doch bereits dort«, protestierte McLeod.

»Das ist nie ganz sicher.«

Während McLeod an die Decke starrte, zitierte er monoton, wie für sich: »Geboren in einer Arbeiterumgebung. Nimmt im Alter von zwanzig Jahren, 1921, an der revolutionären Bewegung Interesse. Arbeitet als Maschinist, studiert abends marxistische Lehrbücher. Tritt 1922 in die Partei ein.« Und danach beschrieb er im gleichen trockenen Tonfall, den er immer anwandte, wenn er von sich selber sprach, seine verschiedenen Stellungen. Er war im eigenen Lande tätig, dann wieder in einem anderen und schien eine Funktion nur auszuüben, um zur nächsten überzugehen, und so entwickelte er mit seinem ständigen Aufstieg von der Gruppen- zur Bezirks- und Landesorganisation — unterbrochen von den unvermeidlichen Reisen nach dem »Mekka« — eine Geschichte, deren Einzelheiten nicht uncharakteristisch waren. Hier organisierte er einen Streik; dort stand er an der Spitze des Agitprop; ein Aufruhr; eine Weile Gefängnis; Mitglied des Amerikanischen Zentralkomitees: jede Tatsache ein Ziegelstein, der in die rechte Lage gebracht und mit Mörtel verbunden wurde. Sorgfältig war jedesmal das genaue Datum beigefügt. »Von drüben zurück 1932. Ausgedehnte Reisen 1932 bis 1935. In Sowjetrußland 1935 bis 1936. Spanien 1936 bis 1938.« Daran schlossen sich weitere Reisen, ein Jahr Moskau, ein Jahr Amerika, aber dann wurde er ungenau, und die Positionen blieben unbezeichnet. Er begann, unsicher zu werden, korrigierte einmal ein Datum und stellte schließlich ohne Übergang mit der gleichen Stimme fest, mit der er das übrige berichtet hatte: »1941 Austritt aus der Partei. Anschließend 1941 bis 1942 als Statistiker in der amerikanischen Verwaltung, unter angenommenem Namen. Verläßt das Büro 1942. Seitdem Gelegenheitsgeschäfte unter dem Namen William McLeod. Das ist alles.«

Hollingsworth hatte einiges auf dem mit der Maschine beschriebenen Blatt, das vor ihm lag, angehakt. »Sie sagen, daß Sie als Statistiker in der Verwaltung dieses Landes arbeiteten?«

McLeod grinste. »So ungefähr.«

»Man kann im Augenblick darüber hinweggehen.« Hollingsworth schob eine Haarsträhne von seinen Augen. »1935 waren Sie in einem gewissen Balkanstaat.«

McLeod machte den Eindruck, als ob er sich zu erinnern versuche. »Eine bis zwei Wochen.«

»Sie sprechen eine gewisse Balkansprache fließend.«

»Mit sehr schlechtem Akzent.«

Hollingsworth schüttelte den Kopf. »Fließend.«

Während er sich in seinem Stuhl vorbeugte, sah McLeod ihn an. »Was bezwecken Sie damit?«

»Es sind einige Zweifel wegen Ihres Geburtslandes vorhanden.«

»Ich bin hier geboren, bestimmt ist es in Ihren Papieren festgehalten.«

»Wir können kein Dokument über Ihre Geburt finden.«

»Das ist Ihre Sache, möchte ich annehmen, nicht meine.«

Hollingsworth seufzte: »Das ist alles sehr kompliziert.« Er schrieb wieder etwas auf den Schreibblock und reichte ihn McLeod. »Lesen Sie diesen Balkannamen.«

McLeod nickte. »Er sagt mir nichts.«

»Oh, dieser Bursche scheint interessant zu sein. Er ist in einem der Balkanstaaten als Sohn einer irischen Mutter und eines balkanesischen Vaters geboren worden. Haben Sie ihn 1935 nie getroffen?«

»Niemals.« McLeod schüttelte leidenschaftlich den Kopf.

»Das war der Name, den Sie in besagtem Lande trugen.«

»Sie irren sich.«

»Ich habe Photographien bei mir.«

»Zeigen Sie sie mir.«

Beide reckten sich auf ihren Sitzen.

»Wenn es an der Zeit ist, werde ich sie Ihnen nicht vorenthalten.«

»Sie haben keine Photographien«, erklärte McLeod.

Hollingsworth nahm seine Zigaretten hervor, zündete sich eine an und reichte das Paket Lannie. Sie war aus ihrem Traum erwacht und starrte McLeod so eingehend an, daß er jedesmal, wenn sich ihre Blicke trafen, beiseite sah.

»Kommen wir auf den ersten Gentleman zurück, über den wir uns bereits geeinigt haben«, fuhr Hollingsworth fort. »Ich hoffe, daß Sie nichts dagegen haben werden, zuzugeben, daß er im Alter von siebzehn Jahren von jenem Balkanstaat aus nach Amerika kam und bei zahlreichen Gelegenheiten zurückkehrte.«

McLeod schien verwirrt zu sein. Er rieb mit einem Finger an seinen Zähnen, als wolle er prüfen, ob sie noch in Ordnung seien. »Ich verstehe Ihre Absicht nicht, Leroy. Scheint mir ein ungewöhnlicher Schachzug zu sein. Auf jeden Fall möchte ich aber mit aller Bestimmtheit verneinen.«

Anscheinend war Hollingsworth nicht beunruhigt. Ohne Hast las er die folgende Notiz vor: »Erfahrener Taktiker der Verschwörung. Führer der — ich ziehe vor, den Namen dieser Organisation vor Ihrem Freund nicht zu nennen. Spricht fließend Englisch mit irischem Anklang.«

»Sie wissen sehr wohl«, sagte McLeod gedehnt, »daß ich Englisch nur mit schlechtem Akzent spreche.«

Hollingsworth blickte weiterhin auf sein Blatt. »Von bemerkenswerter Aktivität. Steht in dem Ruf, der Henker der ›linken Opposition‹ zu sein.« Er bohrte im Ohr. »Man möge mich korrigieren, wenn ich mich irre«, fuhr er fort, »aber ich glaube, sie ist auch eine Verschwörerorganisation, eine weniger bedeutende, die nicht unsere besondere Aufmerksamkeit verdient.« Holingsworth beendete seinen Vortrag. »Und Sie wissen nichts von diesem Mann?«

»Nicht das geringste.«

»Man muß sich wohl auf solche Verzögerungen gefaßt machen, denke ich.« Er stellte eine Kreuzfrage. »Können wir diesen Burschen für Ihren Bruder halten?« Während er das sagte, blickte er weiterhin auf seine Zigarette, an der sich eine Aschenkuppe gebildet hatte. Als er keinen Aschenbecher auf dem Tisch entdeckte, hielt er sie über den Fußboden. »Darf ich die Asche fallenlassen?« Diese Frage schloß sich unmittelbar an die erste an.

McLeod beantwortete die zweite. »Ich werde Ihnen einen Teller holen.« Er rumorte in dem kleinen Kabinett und kam mit einem Teller zurück, den er auf den Tisch stellte. »Ich würde es gern sehen, Miß Madison«, sagte er ruhig, »wenn Sie ihn ebenfalls benutzen würden. Es macht Ihnen vielleicht Spaß, den Boden zu beschmutzen, aber Sie müssen dieses Vergnügen ein wenig einschränken.«

Lannies Hand zitterte, ihre Augen erschienen übergroß. Sie war nahe daran, etwas zu sagen, hielt sich aber zurück.

Hollingsworth räusperte sich. »Ich bitte Sie abermals, Mr. Lovett zu veranlassen, aus dem Zimmer zu gehen.«

McLeod sah mich an, und ich schüttelte den Kopf. »Ich fürchte, er tut es nicht«, sagte er.

Während Hollingsworth den Bleistift zwischen den Fingern beider Hände hielt, als ob er die Größe eines Fisches andeuten wolle, bewegte er sie wie beschwörend auf und nieder. »Das dürfte für alle Beteiligten entschieden besser sein.« Seine matten blauen Augen starrten mich leblos an. »Ich werde darüber einen Bericht machen müssen. Mr. Lovett kommt dadurch in die Lage eines Mannes, der Informationen besitzt, die den Staat interessieren.«

»Sie hatten Gelegenheit genug, mich einzusperren«, sagte McLeod langsam. »Warum haben Sie es nicht getan?«

Hollingsworth gab keine Antwort.

»Es scheint mir, als ob Sie über dieses kleine Interview überhaupt keinen Bericht abgeben werden.«

»Die Abteilung erlaubt sich, ihren Interviews ein weites Spielfeld einzuräumen«, sagte Hollingsworth kühl.

»Hier gehen Sie aber zu weit! Ohne jedes Protokoll? Ohne Festlegung dessen, was wir gesagt haben? Mann, Sie haben sich bereits der Ketzerei schuldig gemacht.«

»Manch einer würde sich der Vorteile Ihrer großen Erfahrung bedienen, ich muß jedoch bitten, mir meine eigenen Methoden zu gestatten.«

»Ich glaube, Sie verstehen selbst nicht, was in Ihrem Kopf vorgeht. Wenn ich Ihr Vorgesetzter wäre und in Erfahrung brächte, daß Sie kein Protokoll gemacht haben, würde ich Ihnen einen Mann zur Überwachung beigeben und diesem Mann ebenfalls einen.«

Hollingsworths Wangen röteten sich. Er sah wie ein kleiner Junge aus, den man getadelt hatte. »Ich denke, es wird besser sein, wenn wir jetzt fortfahren«, sagte er ruhig.

»Oh, bitte. Auf alle Fälle weitersezieren.« Zu meiner Überraschung schien McLeod wütend zu sein. »Ich protestiere gegen diese Zudringlichkeit, nehmen Sie das in Ihr Protokoll.«

Hollingsworth hob langsam seine Augenlider und war offensichtlich über McLeods Ärger erfreut. »Würden Sie, bitte«, sagte er sanft, »über alle besonderen Vorfälle berichten, die sich während Ihrer Arbeit als Statistiker in dem besagten, nicht näher bezeichneten Verwaltungsbüro ereignet haben?«

»Nichts hat sich ereignet.«

Hollingsworth schnalzte mit der Zunge. »Ich hasse es, unfreundlich zu sein, aber das ist eine ausgemachte Lüge, wie wir alle wissen, die nur dazu führen kann, daß man sich bestimmten Vermutungen hingibt.«

Pause.

»Na schön, es war eine Lüge«, sagte McLeod. »Einiges ist vorgefallen, aber ich weiß nur wenig darüber.«

»Würden Sie nun erzählen, was Sie wissen«, forschte Hollingsworth höflich.

McLeod zündete sich eine Zigarette an und beobachtete, wie die Flamme des Streichholzes sich seinen Fingern näherte. Als sie ihm fast die Haut verbrannte, blies er die Flamme aus und widmete sich dem Rauch, der von der verkohlten Streichholzspitze aufstieg. Ein verträumtes Lächeln lag um seinen Mund. Schließlich schien er sich wieder zu sammeln. »Ich habe Ihre Erlaubnis, weit auszuholen?« fragte er Hollingsworth.

»Ich würde Ihren Bericht gern vollständig bekommen, ohne daß damit die normalen Grenzen der Geduld überschritten werden sollten — wenn Sie nichts dagegen haben«, sagte er.

»Sie können eine Menge daraus lernen«, bemerkte McLeod. »Wenn Sie sich mit einer Maschine abgeben, sind Sie auch mit ihrer Unruhe verbunden.« Er stieß den Rauch seiner Zigarette aus und begann zu erzählen. Als ob er gezwungen sei, das ihm nicht geläufige Material Stück für Stück zu rekonstruieren, hielt er eine umfangreiche Rede oder, richtiger gesagt, einen Vortrag und hastete jedesmal weiter, wenn Hollingsworth offensichtlich zu einer Frage ansetzte, verweilte hingegen bei Einzelheiten, sobald er unsere Aufmerksamkeit spürte. Das Ganze war zwar für Hollingsworth bestimmt, galt aber ebensogut mir, und es gab Augenblicke, wo er unmittelbar zu Lannie sprach.

»Sie können notieren«, begann McLeod, »daß ich in einem winzigen Teil des endlos verzweigten und verfilzten Staatskapitalismus arbeitete, in einem Riesengebäude mit Tausenden von Menschen und Tischen, obwohl es nur ein örtliches Unternehmen darstellte.«

Er fuhr fort, mit Genuß zu beschreiben, wie die verschiedenen Teile dieses Organismus zusammenpaßten, der Aktenumlauf durch Rohrpostanlagen, die Vorherrschaft der Telephone, die Zeitfolge der Fahrstühle, die Ehrengarde der Sekretäre und die zu Hunderten beisammensitzenden Schreibkräfte, die auf die Nachrichten angewiesen waren, die sich nach eigenen Gesetzen und je nach ihrem Beharrungsvermögen von Büro zu Büro fortpflanzten und gelegentlich eine lange Reise benötigten, um von der Außenwelt in das Innere zu gelangen. »Man kann sagen, daß ich in diesem Getriebe nichts anderes als nur eine Blutzelle eines unwichtigen Organs darstellte.«

Dann geschah nach Jahren eines normalen und ordnungsgemäßen Geschäftsablaufes irgend etwas. »Ich weiß nicht und kann es Ihnen daher auch nicht sagen, was es war«, sagte McLeod. »Irgendein Gegenstand, kein zu großer, vermute ich, verschwand, und niemand wußte, auf welche Weise.«

Der Schock ging durch den ganzen Organismus und erschütterte noch die entfernteren Glieder. »Sie können es sich nicht vorstellen, weil Sie nicht dort waren und Sie nicht Ihre Zeit dem Rhythmus dieser tausend Tage anzupassen hatten, nicht jeden Morgen an den Wachen vorübergingen zu Ihrem besonderen Fahrstuhl, auf Ihrem Stockwerk ausstiegen und sich an Ihren Tisch setzten, der die ganze Nacht über auf Sie gewartet hatte. Das Verschwinden des kleinen Gegenstandes setzte mancherlei in Bewegung. Geschwüre platzten. Eiter drang heraus, das Blut wurde infiziert und trug Fieber mit sich. Sie hätten dieses gigantische Beben miterleben sollen! Wachen wurden an jeder Ecke zusammengezogen, und Untersuchungen gab es in Hülle und Fülle: Fahrstühle wurden durchkämmt, Depeschen überprüft, Rohrposthülsen nachgezählt, Telephonleitungen angezapft und unwissende Schreibfräulein befragt.« McLeod streckte seine Hände aus, um den Umfang all dieser Maßnahmen zu kennzeichnen. »Sie müssen wissen«, sagte er, »daß das alles so behutsam wie möglich durchgeführt wurde. Es geschah nicht auf einmal. Niemals kam der Büroapparat zum Erliegen. Die Akten liefen weiter hin und her. Die Tische blieben angefüllt, die Wachen nickten ihren Morgengruß, und die Schreibmaschinenfräulein liefen wie die Gänschen, die sie waren, herdenweise pünktlich um zehn Uhr zum Frühstück.«

Er streckte seine Finger aus und ballte sie langsam zur Faust. »Aber ich möchte Sie nicht täuschen, der Organismus war nicht mehr derselbe.« Es schien, als ob er Lannie einen flüchtigen Seitenblick zuwarf. »Im Anfang fließt es durch die Adern eines Geisteskranken noch fast so wie durch unsere eigenen, und sein Körper zersetzt die Nahrung auf die gleiche Weise wie der unsrige. Und trotzdem wäre er mit uns nicht zu verwechseln. Sein Verstand verhält sich widerspruchsvoll, und mit der Zeit übt er seinen Einfluß auf den Körper aus, bis auch die Organe falsch arbeiten und ein so einfacher Muskel wie der Schließmuskel zum Beispiel auf andere Reize reagiert, so daß schon das Seufzen des Windes die Darmausscheidung veranlaßt und man in den Suppenteller schneuzt.«

Er zog eine Grimasse, setzte sich zurück und verschränkte die Arme, um anzuzeigen, daß er zu Ende war.

Hollingsworth sah gelangweilt drein. »Ist das alles?«

»Genaugenommen nicht. Aber das übrige kann ich Ihnen nicht erzählen, weil ich mich entschlossen habe, das Vergangene als einen armseligen Begleiter anzusehen, von dem ich mich trennte. Was weiter geschah, erstaunt mich selbst.«

»Um diese Zeit heirateten Sie?«

»Kurz nachdem ich das Amt verließ, jawohl.«

Hollingsworth hatte seine Pfeife hervorgeholt und war dabei, sie auseinanderzunehmen. »Nun«, sagte er gleichmütig, »wann erhielten Sie von Ihrer Organisation den Auftrag, ihn an sich zu nehmen, ich meine, diesen ...«

». . . den kleinen Gegenstand?«

Hollingsworth nickte.

»Sie gab mir diesen Auftrag nicht, weil ich sie inzwischen verlassen hatte.«

Hollingsworth fing an heftig zu gähnen. Als er seinen Mund wieder geschlossen hatte, nahm er den Pfeifenstiel in die Hand und blies hindurch. Wieder schien es ihn zu langweilen. »Einer solchen Organisation sagt man nicht einfach ›Auf Wiedersehen‹«, meinte er.

»Die Bedingungen, unter denen ich sie verließ, sind Ihnen ausgezeichnet bekannt«, sagte McLeod.

»Warum nahmen Sie also den kleinen Gegenstand?«

»Ich habe ihn nicht genommen.«

»Noch einmal: Warum nahmen Sie ihn?«

»Ich habe ihn nicht genommen. Ich weiß nicht einmal, um was für einen Gegenstand es sich handelt. Wissen *Sie* es?«

Hollingsworth entblößte seine Zähne, um in den Pfeifenstiel zu beißen.

»Wir wollen eine Pause einlegen«, sagte er und lehnte sich in seinen Stuhl zurück.

21

Wir sahen uns alle dumm an. McLeod stand von seinem Stuhl auf, stieg sorgfältig über Lannies Beine und setzte sich neben mich auf das Bett. Sein Schläfenhaar war feucht, und als Reaktion auf das Vorangegangene hatte er sich nicht recht in der Gewalt. Seine Augengläser waren beschlagen, so daß er sie abnehmen mußte, um sie zu reinigen.

Hollingsworth gähnte wieder. »Ich frage mich, ob es erlaubt sein dürfte, mich für ein paar Minuten zu entfernen?« erkundigte er sich, und als keine Antwort erfolgte, stand er auf, knöpfte sein Jackett zu, und mit einem steifen Kopfnicken schritt er aus dem Zimmer.

Lannie und McLeod waren darin vertieft, ihre Beine zu betrachten. Dann sah McLeod auf. »Jetzt, wo Ihr Freund draußen lauscht«, murmelte er, »denke ich, daß auch Sie anfangen können.«

Lannie zitterte. Mit einer Gleichgültigkeit, die sie mühsam zur Schau trug, sah sie sich in dem abweisend kalten Raum um. Und als sie zu sprechen begann, waren ihre Worte ohne Zusammenhang mit dem Vorhergegangenen, so daß man meinen konnte, sie sei in der letzten halben Stunde nicht dagewesen. »Ihre Frau sagte mir, daß dieses Zimmer frei wird«, wandte sie sich an McLeod, während sie schwerfällig ihre Augen erhob, um in die seinigen zu blicken, »und daß ich es für ein Lied haben könnte. Aber ich erklärte ihr, daß meine Geldtasche nur traurige Lieder singt.«

Selbst das schien sie schon erschöpft zu haben. Ihre Stimme versickerte. »Sehen Sie, dieses Zimmer ist soviel billiger als meines, und ich möchte umziehen. Ihre Frau versprach mir in ihrer großen Güte, mir das zuviel Gezahlte zurückzugeben, weil ich jetzt Geld brauche.« Ihre Augen trafen sich wieder mit den seinen und wandten sich rasch ab.

»Aber ich kann diesen Raum nicht ertragen«, rief sie plötzlich. »Er ist so traurig und riecht nach unendlich Vertrocknetem. Nie hat jemand darin gelebt und nie ein Vogel darin gesungen.«

McLeod prüfte sie mit stumpfem Blick, während er wie wütend an einem imaginären Zitronenbonbon zu lutschen schien. »Nie hat ein Vogel darin gesungen«, murmelte er für sich und lachte dann bitter. Er streckte sich hinter mir bequem auf dem Bett aus, verschränkte die Arme unter dem Kopf und blieb so liegen. Der träge Ausdruck seiner Gliedmaßen schien eine Antwort auf Lannies Worte zu sein.

Offenbar hielt sie es keinen Augenblick länger im Sitzen aus. Ich beobachtete sie, wie sie das Zimmer der Länge nach durchschritt, fast eine Minute lang im Anblick der Tür stehenblieb und dann zum Fenster zurückkehrte. »Oh, es gab eine reichlich lange Zeit, in der ich mir gewünscht hatte, Sie zu treffen«, sagte sie über die Schulter, so daß ich zuerst annahm, sie spreche mit mir. »Die ganze Zeit über stand das Mädchen mit der Brille in der Ecke und machte sich Notizen für den grünen Aktenschrank, während ich all die anderen in ihren weißen Uniformen auf dem Hals hatte. Sie sind die Beherrscher der Welt, und ich frage mich, wie das Gesicht ihres Führers aussehen müßte. Aber ich hätte wissen sollen, daß es wie Ihres war, mit hohlen Augen und Wangen, ausgelaugt bis auf die Knochen, denn Sie sind der Totengräber der Revolution. Und nun ist es zu spät, und die Menschen leben nach dem Glockenschlag und stoßen dreifache Begeisterungsrufe aus, wenn man sie an die Kette legt. Nur noch Masse ist übriggeblieben, Masse hier und dort.«

McLeod war sehr blaß. Er versuchte höhnisch zu sein: »Eine echte Revolutionärin!«

»Jawohl«, keuchte sie. »Das Volk hier und drüben, mit dem hungrigen Blick, möchte ich revolutionieren, so daß es leben kann. Aber es gibt zuviel Gras, das verwelkt ist, und ich habe nur einen Teelöffel Wasser.« Sie brachte es mit Anstrengung hervor, trat an das Feldbett und starrte auf McLeod hinunter. »Sie sagten mir — sein Mr. Wilson und sein Mr. Court —, daß ich Sie schließlich finden würde, und sie waren freundlich zu mir und nahmen mich beiseite und erzählten mir alles. Und ich bat darum, diejenige zu sein, die Ihnen ins Gesicht blicken dürfte. Und jetzt, wo ich es gesehen habe, jetzt weiß ich . . . jetzt weiß ich . . .« schrie sie heraus, »daß ich ruhig dabeisitzen kann, wenn man Ihnen die Kehle durchschneidet, und ich werde sie noch anfeuern, denn ich weiß, daß Sie unverbesserlich sind. Ich habe Angst gehabt. Ich fürchtete, Mitleid zu bekommen, dieses lähmendste aller Gefühle, oder hätte mir beim Anblick Ihres Gesichtes vielleicht gesagt, daß Sie gelitten haben, oder — was mich am meisten aufrührte — mich vielleicht gefragt, wem ich eigentlich damit helfe. Aber Sie haben die Revolution begraben, und es ist nur angemessen, daß die, die trotz Ihrer weiterbestehen, die sich hier zu großer Höhe emporschwingen, während dort die Revolution vernichtet wurde, — daß diese das Recht haben, Ihre Knochen zu schinden. Und ich werde mich daran begeistern.«

McLeod begann zu zittern. Er preßte eine Faust an sein Kinn und bewegte sich unruhig. »Ich habe es gewußt«, murmelte er. »Ich erkannte Sie von Anfang an, Kindchen.« Tief in seinem Innern mochte er sich auflehnen, aber die Anschuldigungen waren zu entsetzlich, um mit ihnen fertig zu werden. So schüttelte er nur den Kopf.

»Solange *er* noch lebte«, flüsterte sie, »lag noch nicht alles in den Händen des Mannes mit der Pfeife, und dieser Mr. X haßte des anderen Ideen und schickte seine Agenten, und ich war es, die sie einführte, und danach mußte ich mich den Menschen in den weißen Uniformen übergeben, und jetzt können sie ohne mich nicht existieren, denn wenn sie mich nicht zum Quälen haben, fahren sie sich gegenseitig an die Kehle. Mir blieb nichts anderes übrig, und darum muß ich sie lieben, denn wenn ich nicht lieben kann . . .« Sie legte einen Finger an den Mund. »Er war der Mann, den ich liebte, der einzige, den ich von Herzen liebte, nicht körperlich, diesen Mann mit dem Bart, weil er ein Narr war . . . ein großartiger Mann, und ich liebte seinen Bart, und dann stak die Axt in seinem Gehirn, und alles

Blut schoß heraus, und er konnte die mexikanische Sonne nicht mehr sehen. Ihre Leute haben die Axt geführt, und das letzte revolutionäre Blut der Menschheit, sein armes Blut, versickerte im Teppich.« Jetzt war ihr Gesicht ganz nahe über ihm, und sie schien jedes Wort in seinen Körper pressen zu wollen. »Haben Sie«, fragte sie, »die Tür dem Mörder geöffnet?«

»Mach, daß du fortkommst!« schrie McLeod, aber die Anstrengung erschöpfte ihn, und er legte sich wieder zurück mit erstarrtem Körper und einem verkniffenen Grinsen auf dem Gesicht.

Die Tür öffnete sich, und Hollingsworth kam herein. »Die Pause ist vorüber«, verkündete er.

Lannie schien ihn nicht gehört zu haben. Sie lag fast auf McLeod.

»Mörder«, flüsterte sie.

»Nehmt sie fort«, sagte McLeod.

»Mörder!«

Hollingsworth zog Lannie an der Schulter zurück. »Die Pause ist vorüber«, wiederholte er und stand abwägend vor McLeod, als wolle er entscheiden, ob der Ausbruch Lannies Erfolg gebracht habe und die Grundlagen nun verändert seien.

»Was wollen Sie?« fragte ihn McLeod heiser.

»Wo verbergen sie ihn?« fragte Hollingsworth.

»Ich habe ihn nicht«, sagte McLeod.

»Setzen Sie sich auf!«

Hollingsworth hielt sich mühsam zurück, Gewalt anzuwenden. Langsam richtete sich McLeod auf. »Was wollen Sie?« wiederholte er. »Nehmen Sie mich schon mit, und erledigen Sie es.«

»Wissen Sie, wo er ist?«

Für einen Augenblick glaubte ich, daß McLeod nicken wollte. Er blieb stocksteif mit gesenktem Kopf. »Nein, ich weiß es nicht«, sagte er mit leiser Stimme.

»Nun, was ist das für ein Gegenstand?« Hollingsworths Stimme war beunruhigt.

»Ich habe nicht die geringste Ahnung«, sagte McLeod gequält.

Hollingsworth stand aufrecht da, die Spitze seines Bleistiftes hatte er in die Handfläche gebohrt. »Das ist unerträglich«, sagte er halb zu sich selbst. Er schien darüber nachzudenken, wie er fortfahren sollte, und zehn Sekunden lang stand er als einziger im Raum, im Gegensatz zu Lannie, die ihren Kopf in die Hände gestützt hatte und immer noch zitterte, während McLeod sich darum bemühte, seine Haltung wiederzugewinnen, und eine Falte in seiner Hose glättete, wobei seine langen Finger ruhelos den Stoff preßten.

»Man wird Ihnen bestätigen können«, begann Hollingsworth schließlich, nachdem er sich geräuspert hatte, »daß ich Sie nicht annähernd so hart anfasse, wie es meine Kollegen tun dürften, und das hat zum Teil seinen Grund darin« — vielleicht war jetzt eine Gemütsbewegung in seiner Stimme zu spüren —, »daß Sie ein Mann sind, der seinerzeit eine Rolle gespielt hat. Das macht es für mich interessanter, wenn wir uns sozusagen miteinander messen. Sie glauben, daß ich Ihnen nicht wohlgesonnen bin, aber das stimmt nicht. Ich habe sogar ein gewisses delikates Verständnis für die Situation, in der Sie sich befinden.«

Lannie blickte auf, zuerst erschreckt über seine Worte, aber dann ging ein verschlagenes Lächeln über ihr Gesicht, und sie nickte zustimmend.

»Sie nehmen an, daß keine Hoffnung mehr für Sie besteht«, fuhr Hollingsworth fort, »aber ich möchte Sie vom Gegenteil überzeugen.« Er ging um den Tisch herum und flüsterte, der Zeit nach zu urteilen, mehrere Sätze in McLeods Ohr.

McLeod begann zu lachen. »Huu«, sagte er unwillig und erhob sich, während Hollingsworth noch vorgebeugt dastand, mit einer merkwürdigen Anspannung im Gesicht.

»So steht es also«, sagte McLeod.

»Ich habe Ihnen bereits mitgeteilt, daß man sich noch nicht entschieden hat, aber es tun könnte.«

»Ich konnte es mir denken«, sagte McLeod leise.

»Sie sind nicht dumm«, erwiderte Hollingsworth mit Wärme.

McLeod zerknüllte ein Stück Papier in seinen Händen. »Vielleicht sollten wir besser fortfahren.« Über sein angestrengtes Gesicht lief eine Bewegung, und sein Mund begann zu lächeln. »Ist noch etwas aufzuklären?« fragte er.

»Nun gut . . .« Hollingsworth blickte auf seine Notizen. »Was halten Sie, kritisch betrachtet, von der Geschichte, die Sie uns erzählt haben, wie der kleine Gegenstand abhanden kam?«

»Ich möchte sagen, daß nicht die geringste Wahrheit dahinter steckt.«

Der Blondhaarige nickte, und seine blaßblauen Augen schienen eine gewisse Befriedigung auszudrücken. »Stimmt«, sagte er.

»Allerdings«, fügte McLeod mit einem schwachen Versuch zu grinsen hinzu, »wenn man es immer wieder durchsiebt, analysiert und wieder prüft, ist ein Körnchen metaphysischer Wahrheit darin.«

Hollingsworth erlaubte sich, einen gequälten Ausdruck anzunehmen. »Was meinen Sie mit dem Wort metaphysisch?«

»Sie brauchen sich nicht zu quälen. Nennen Sie einfach alles, was ich Ihnen erzählt habe, Lüge.«

»Ich gebe nicht vor, Ihre Gelehrsamkeit zu besitzen«, sagte Hollingsworth, »und man mag die Anwendung großer Worte als löblich bezeichnen, aber, sehen Sie, ich bin ein einfacher Mann und habe mich mit den Tatsachen zu befassen, und das ist nicht das Schlechteste. Jeder geht seinen Weg.«

»Entschuldigen Sie«, sagte McLeod.

»Schwamm drüber. Nun wollen wir fortfahren, und wie ich schon öfter ausgeführt habe, halte ich Offenheit für das beste Mittel, sich mir zu nähern. Was ist also dieser kleine Gegenstand und wo befindet er sich?«

McLeod schüttelte den Kopf. »Sehen Sie, Leroy, jetzt ist es so weit gekommen, daß Ihre theoretischen Mängel Sie nicht mehr beschützen, sondern Sie lähmen. Angenommen, ich frage Sie: Was ist eine Konservenbüchse?«

»Eben eine Konservenbüchse!«

»Es ist nur eine Konservenbüchse, wenn man die Kenntnis hinzufügt, daß sie mit gestohlener Arbeit hergestellt wurde. Was würden Sie zum Beispiel dazu sagen, daß die gesamte physikalische Welt — beim jetzigen Stand der Geschichte — alle Häuser, Fabriken und Nahrungsmittel aus Arbeit hervorgegangen sind, die man in der Vergangenheit gestohlen hat.«

»Ich glaube, daß wir abschweifen.«

»Den Hauptpunkt herausschälen! Aber was dann, wenn man nicht weiß, worauf es überhaupt ankommt?«

»Es ist meine Aufgabe, Sie daran zu erinnern, daß Sie immer noch nicht meine Frage beantwortet haben.« Hollingsworth spielte mit dem silbernen Feuerzeug.

»Ich werde sie beantworten, ziehe aber vor, es auf meine eigene Weise zu tun.« Er stopfte sich eine Zigarette in den Mund, streckte die Hand nach Hollingsworths Spielzeug aus und entzündete es mit einer gewissen Nonchalance. »Um mit dem sogenannten kleinen Gegenstand zu beginnen — es ergibt sich dabei das Problem, daß die rechte Bezeichnung fehlt. Was ist er, und wann ist er entstanden? — Oh, ich werde Ihre Frage schon beantworten, Leroy, aber Sie müssen Geduld haben. Zunächst möchte ich die riesigen Gebäude, in denen er hergestellt wurde, mit einbeziehen. Er ist ein Endprodukt sozusagen, in die Welt gesetzt, um Korruption und Schmutz nach sich zu ziehen; er ist mit Schuld beladen, ein Fossil des Vorangegangenen. Verstehen Sie?«

Hollingsworth senkte langsam die Augenlider. Jede Kontur seines Körpers gab zu erkennen, daß er es sich leisten konnte, abzuwarten.

»Angenommen, ich besäße ihn. Wo könnte er sein? Sie nehmen einfach an, daß er sich, in braunes Papier gehüllt, in meiner Hosentasche befinde oder in die Erde vergraben sei. Aber Sie haben keine Veranlassung, das eine oder das andere zu vermuten. Er könnte sich ebenfalls hier befinden« — er deutete auf seinen Kopf — »oder vielleicht weiß überhaupt niemand, was er eigentlich ist. Auch das ist möglich. Man braucht nicht zu wissen, was irgend etwas ist, um seinen Wert zu schätzen. Man braucht es nur in Verbindung zu anderen Dingen zu bringen.«

»Würden Sie mir durch ein praktisches Beispiel helfen?«

McLeod sah beleidigt aus. »Ich habe die Möglichkeit nur angedeutet. Wenn Sie darauf bestehen, kann ich es noch weiter ausführen, aber was hätte es für einen Sinn? Alles läuft darauf hinaus, daß kein Mensch weiß, um was es sich eigentlich handelt.«

Hollingsworth schüttelte den Kopf. »Lächerlich.«

»Ausgezeichnet formuliert. Wissen *Sie* denn, was das für ein Gegenstand ist?« Ehe Hollingsworth antworten konnte, sagte McLeod frohlockend: »Nein, natürlich nicht! Man hat Sie ausgesandt, um etwas zurückzubringen, was Sie nicht zu erkennen vermögen, und das paßt alles ausgezeichnet zusammen. Immer geht es bei diesen Untersuchungen um Elefanten, aber man erlaubt uns nur, ein kleines Stückchen von seiner Haut zu berühren. Sehen Sie, Sie befinden sich nun in der Situation, daß man Ihnen nicht traut, und daß Sie nicht *mehr* in die Hand bekommen, als ein Haar vom Schwanz. Und wird Ihr Chef mehr wissen? Unwahrscheinlich, denn ihm wird kaum mehr vertraut als Ihnen. Wie bei jeder Sache hat sich um den kleinen Gegenstand ein Kreis von Mitwissern gebildet, und eine Analyse ist nur kollektiv möglich. Das ist so bei jedem Wissen heutzutage.«

»Woher wissen Sie, was das für ein Gegenstand ist?« fragte Hollingsworth.

»Ich weiß es doch nicht! Sie sind der einzige, der dieses Wissen bei mir voraussetzt.«

»Es ist Grund zu der Annahme vorhanden, daß Sie nicht die Wahrheit sagen.«

»Ich wäre ein Narr gewesen, diesen Gegenstand als Spielzeug anzusehen. Wie viele Furien würden mich jetzt dieses Frevels wegen heimsuchen.« Er blickte zu Lannie hinüber. »Denn was ist für die modernen Götter das Unerträglichste?« Die Antwort gab er sofort selber: »Ein Gegenstand unbekannter Art, dessen Aufenthalt ebenfalls unbekannt ist, und daß niemand dafür zur Rechenschaft gezogen werden kann. Kein kollektiver Gott kann das verdauen.«

»Klingt so, als ob man sich von ihm befreien möchte«, forschte Hollingsworth.

»Durchaus, ich könnte mir vorstellen, daß ein Mann sein ganzes Leben lang darüber nachdenkt, um jemand zu finden, dem der Gegenstand angehängt werden kann. Aber welche Schwierigkeiten gibt es dabei; wer dürfte die Spezifikationen dafür besitzen?«

Beide lächelten einander zu.

»Natürlich ist das nur rein akademisch«, fuhr McLeod fort, »denn ich habe ihn ja nicht. Ich glaube, klargemacht zu haben, daß ein Mann, der solche Verantwortung auf sich nehmen würde, verrückt werden dürfte. Warum sollte ich es getan haben?«

»Schuld«, quäkte Lannie plötzlich. Sie hatte sich in ihrem Sessel vorgeschoben und starrte ihn an, ihre großen Augen waren von dunklen Ringen umgeben, und ihre Hand beschäftigte sich mit ihrem herabhängenden Haar.

Jeder der Männer erstarrte bei dieser Unterbrechung. Mit einer leichten Neigung seines Kopfes bedeutete ihr Hollingsworth, zu schweigen. »Gewiß, tatsächlich«, sagte er dann nachdenklich. »Sie haben meinen Gedanken reichliche

Nahrung zugeführt, und obgleich Sie ein zäher Bursche sind, muß ich doch zugeben, daß Sie sich im großen und ganzen willig gezeigt haben.« Wieder einmal suchte er seine Papiere zusammen. »Wir werden die Arbeit fortsetzen, sobald ich weitere Berichte habe, und in der Zwischenzeit nachdenken.« Er blickte Lannie an: »Kommen Sie mit mir, Miß Madison?«

Lannie stand auf. Aber bevor sie aus dem Zimmer ging, gab es einen Zwischenfall. Hollingsworths Hand lag auf ihrer Schulter, aber sie stieß sie fort. Während sie mich anstarrte, sagte sie mit zornerfüllter Stimme: »Du bist ein Narr, Mikey, geh fort von hier.« Und als unsere Blicke aufeinandertrafen, sagte sie mit fast noch größerer Erregung: »Komm mit uns. Es gibt keinen anderen Platz für dich.«

Hollingsworth versuchte, sie aus dem Raum zu führen, aber sie entglitt ihm wiederum und deutete mit einem Finger auf McLeod. »Er korrumpiert alles«, schrie sie.

»Mach, daß du hinauskommst«, brüllte Hollingsworth. Fast mit Gewalt stieß er sie durch die Tür, und was auch immer sie zum Sprechen veranlaßt hatte, schien jetzt versunken zu sein. Sie fügte sich, und ohne ein weiteres Wort trat sie auf den Flur hinaus.

»Ich muß Sie um Entschuldigung bitten«, sagte Hollingsworth. McLeod nickte. »Man weiß, daß Sie ihn besitzen«, lächelte Hollingsworth, »aber es könnte unhöflich erscheinen, wenn ich nochmals fragen würde.« Er nickte mir zu und folgte Lannie.

Nachdem sie fort waren, ging McLeod zum Fenster hinüber, blieb dort stehen und sah hinaus. Mehrere Minuten vergingen, und ich hatte mich schon entschlossen, ebenfalls den Raum zu verlassen, als er sich umwandte.

»Sehen Sie, Lovett, vielleicht sollten Sie ihrem Rat folgen.«

Ich schüttelte den Kopf.

»Haben Sie gar keine Idee, worauf es hinausgeht?«

»Das ist genau das, was ich herausfinden muß«, sagte ich mit Nachdruck.

»Zu welchem Zweck?«

»Schwer zu sagen, aber wenn man etwas sehr stark fühlt ...«

»Sie stehen also auf meiner Seite?«

»Dessen bin ich nicht sicher. Ich kann nicht bei denen sein, aber Ihnen mein Vertrauen zu schenken ... ich kann es nicht.«

McLeod knetete sein Kinn. »Recht so. Sehen Sie, mein Freund, mißverstehen Sie mich nicht, ich habe Sie gern bei mir, in gewisser Hinsicht, aber es kann die Zeit kommen, wo ich Sie bitten werde, den Raum zu verlassen.«

»Nun und?«

»Sie haben keine Ahnung, was er mir zugeflüstert hat, und wie es mich reizt«, sagte McLeod plötzlich.

»Warum wünschen Sie dann, mich bei sich zu haben?« fragte ich.

Er nickte vor sich hin, und die Antwort, die er gab, blieb mir unverständlich.

»Es ist das Gewissen«, sagte McLeod.

22

An diesem Abend wurde das Wetter unerträglich, und mein Mansardenstübchen, das unter der Sonnenglut gelitten hatte, die tagsüber auf dem geteerten Dach lag, wurde jetzt von einer Landbrise angeheizt. Der Asphalt wurde weich, die Luft war schwer, und während ich darauf wartete, daß Regen fiele, lag ich in Schweiß gebadet auf dem feuchten Laken. Draußen bewegten sich träge die Blätter. Ein Wetterleuchten stand im Westen, und lange Zeit beobachtete ich, wie die Gipsornamente an der Decke aufleuchteten, bis dieses Licht von einem regelmäßig wiederkehrenden Scheinwerferstrahl aufgesogen wurde. Während ich döste, hörte ich gedämpften Donner.

Und als ich dann schlief oder vielleicht doch wach lag, sah ich mich während eines Traums, der so greifbar war, als sei er Wirklichkeit, in einem anderen Raum. Es war eine Baracke, die zu einem Hundert mit Draht eingezäunter Gebäude gehörte. Der Boden hatte Löcher, und die Wände zeigten Sprünge. Ich schlief mit zweihundert anderen auf Planken, die man über Gestelle gelegt hatte. Jeden Morgen — es war zur Winterszeit — wurden wir um fünf geweckt und marschierten eine Meile weit zu einem langen Schuppen, wo wir Brot erhielten und heißes Wasser, falls die Köche freundlich gesonnen waren, und Haferbrei, an dem das Salz fehlte. Danach marschierten wir durch den Ausgang und erlebten die Dämmerung auf einer langen Straße, die Wachtposten und Stacheldraht einsäumten. Es war ein grausamer Weg, an dessen Ende eine ungeheure Fabrik stand, die fast neu aussah, deren Fenster aber Beschädigungen zeigten. Der eine Flügel hatte kein Dach, und die Maschinen funktionierten nicht immer. Dort arbeiteten wir, die Hand am Hebel, stanzten und preßten, und neben uns, doch ohne daß wir miteinander in Berührung kamen, waren andere Arbeiter mit einer Legitimationskarte. Sie bewohnten einen Schlafraum am Ende der Fabrik und konnten nach Arbeitsschluß frei in die Stadt gehen. Man hatte uns versprochen, daß wir uns ihnen anschließen dürften, sobald wir . . . sobald wir mehr arbeiteten als unsere Kameraden.

Ich hatte einen Freund. Er war alt, abgezehrt und mehr als verbittert; Arbeiter seit sechzig Jahren, wie er oftmals erklärte. »Mit acht Jahren haben sie mich schon zum Sklaven gemacht. Ich verdiente zwei Shilling in der Woche. Meine Schwester starb an der Schwindsucht. In einer Schneiderwerkstatt knüpfte sie Spitzen, die eine Lady auf einem Ball tragen würde. Ich gehörte zur industriellen

Reservearmee und war fast immer arbeitslos. Jetzt sind es sechzig Jahre, und ich gehöre immer noch dazu. Und damals war es noch besser, denn man brauchte nicht zur Arbeit zu marschieren, und mit zwölf Jahren konnte ich mich mit einem Mädchen in den Abfallspänen auf dem Fußboden des Schneideraumes herumsielen.«

Von der Morgensonne betäubt, konnte ich kaum wach werden. Licht drang in meine Augen, die Hitze staute sich im Raum, und Staub wirbelte über mein Gesicht. Ich war so gelähmt, daß ich mich erst mittags aufraffen konnte, mein Bett zu verlassen.

Eine Fliege kreiste durch die heiße, feuchte Luft, brummte über meine Brust hinweg, sog an meinem Fuß, und dann schwirrte sie wieder davon, um aufs neue den Raum zu erkunden. Irgendwo ließ sie sich auf einem Bröckchen Nahrung nieder und spielte mit ihrer Beute am Boden. Ich drehte mich auf die andere Seite und sah gerade, wie sie das Krümchen zwischen den Vorderbeinen bewegte. Minuten brachte ich damit zu, bis das Summen des Insektes wieder mit dem Geräusch meines Atems in Wettbewerb trat und mit dem Lärm der Stadt, der von weither durch das Fenster zu kommen schien.

Ich mußte geschlafen haben, denn als ich meine Augen wieder aufschlug, war die Fliege fort, und irgend jemand war dabei, ein Stück Papier unter der Tür hindurchzuschieben. Eine Ecke schaute über der Schwelle hervor und wurde raschelnd hin und her bewegt. Ich hätte genügend Zeit gehabt, aufzustehen und in den Flur zu sehen, aber diese Anstrengung erschien zuviel für meine betäubten Sinne, und so begnügte ich mich damit, die Tür anzugaffen, während sich das Papier seinen Weg bahnte, bis es schließlich auf halbem Wege ins Zimmer steckenblieb und derjenige, der es hineingeschoben hatte, sich leise die Treppe hinunter entfernte.

Ich schüttelte langsam meinen Kopf und war schon dabei, mich auf den Flur hinauszubegeben, als der Zettel abermals in Bewegung geriet und über den Staub auf der Schwelle zurückgezogen wurde. Mein Erstaunen über diesen ungewöhnlichen Vorgang dauerte nur wenige Sekunden, und bevor ich mich entscheiden konnte, ob das Verschwinden des Zettels größere Beachtung verdiente als sein Erscheinen, wurde er, wie um meine Verwirrung zu vollenden, abermals unter die Tür geschoben, und wiederum konnte ich das Geräusch sich entfernender Schritte feststellen.

In Anbetracht der merkwürdigen Umstände erwartete ich eine wichtige Nachricht.

Sie stammte von Guinevere. In ihrer sauberen zierlichen Handschrift, die mit dem, was man über sie wußte, nicht recht in Einklang zu bringen war, teilte sie mir in blaßblauer Tinte mit: »Lieber Michael, vielleicht hast du vergessen, daß wir etwas zu besprechen haben. Komm bitte herunter, ich vergehe vor Sehnsucht.« Und in ihrer albernen Konvention, die sie sich zu eigen gemacht hatte, unterschrieb sie: Beverly G. McLeod.

Ich zuckte mit den Schultern, legte das Stück Papier auf den Tisch und war halb entschlossen, sie nicht aufzusuchen. Noch betäubt von der Hitze, ging ich unter die Dusche, zog mich an, und während ich fortging, steckte ich impulsiv die Mitteilung in meine Tasche. Ich frühstückte, las eine Zeitung und kam mit dem Gedanken zurück, mich an meine Arbeit zu setzen. Aber als ich die braunen Steinstufen emporstieg und mit dem Kleingeld in meiner Tasche klimperte, fühlte ich die zu einem Ball zusammengeknüllte Mitteilung, und die Erinnerung an die seltsame Art, wie sie in meinen Besitz gelangte, belästigte mich.

In dieser Sekunde, als ich gerade aufblickte, sah ich Lannie, wie sie mich vom Fenster auf dem zweiten Treppenabsatz anstarrte. Es war nur ein flüchtiger Blick, aber mir war, als schrecke sie zusammen, und ich hätte schwören können, daß es ihr unangenehm war, sie beim Warten ertappt zu haben. Diese Überlegung brachte die Entscheidung. Ich läutete an Guineveres Tür.

Diesmal wurde ich nicht von einer Kombination aus Unterwäsche, Reißverschlüssen, Bademantel und Fleisch begrüßt. Sie war zum Ausgehen angezogen und trug ein mit Blumen bedrucktes Chiffonkleid, einen Hut von Wagenradgröße, Schuhe mit Stöckelabsätzen und ein Paar bis zum Ellbogen reichender sauberer Handschuhe. »Oh, Mikey, du bist reizend«, sagte sie, als sie mich einließ, und ihr breitgeschminkter Mund warf sich herausfordernd auf. Verschwenderisch hatte sie Parfum über sich verteilt, sie bewegte sich in einer Moschuswolke, und der starke Geruch lag schwer in der Luft. Sie roch wie eine tropische Blüte. Der erregende Atem der schwellenden und zugleich verwesenden tropischen Erde war um sie.

»Gott, was bin ich aufgeregt«, sagte Guinevere.

Sie legte eine dramatische Pause ein. »Rate mal, wohin ich gehe?«

»Na und?«

»Erinnerst du dich an den Doktor, von dem ich dir erzählt habe?«

Ich taumelte durch ihre längst von mir vergessenen Erzählungen wie durch das Gerümpel eines Lumpensammlers. »Meinst du den aus deinem Roman?«

Sie nickte energisch. »Ja, den meine ich. Du wirst dir wahrscheinlich schon gedacht haben, daß er keine Erfindung von mir ist, sondern wirklich existiert. Er ist in die Stadt geschneit, und ich bin unterwegs zu ihm.« Sie legte ihren Kopf zur Seite. »Junge, das wird ein Vergnügen!«

»Glaubst du, daß das richtig ist? Hast du noch nicht genug auf dem Hals?«

»Ach, was weißt du von ihm! Der ist was Besonderes!« Sie zog nachlässig an einem ihrer Handschuhe. »Was ist das für ein Mann! Der hat alles, was sich eine Frau nur wünschen kann.« Und sie bestand darauf, mich in alle Einzelheiten einzuweihen. So bekam ich eine kleine Abhandlung über seine körperlichen Vorzüge zu hören, über seine Ausdauer, seine reizenden Einfälle und seine Aufmerksamkeiten. Während sie mir das alles erzählte, glitzerte in ihren Augen eine sinnliche Gier, als betrachte sie die Abbildungen in einem pornographischen Buch. Ebenso entzückt hätte sie ein Häuschen in der Vorstadt beschrieben. »Grüner Rasen, wundervoll grün, und ein Fenster mit bunten Bildern, und ach, dann diese Möbel, moderne, aber so gemütlich und elegant ...« — hörte ich sie in meinen Gedanken berichten, und der Doktor war die blühende Orchidee im Steingarten.

»Weißt du, was mein Kosename für ihn ist?« fragte sie zum Schluß. »Süßer!« Dabei neigte sie ihren Kopf, berührte ihre Wange mit einem der behandschuhten Finger und sah mich von der Seite mit halbverschleierten Augen an.

»Und was fängt dein Mann an, während du weg bist?«

»Der? Der schläft«, sagte Guinevere. »Der ist erledigt. Du hättest ihn sehen sollen, wie er gestern nacht über den Flur schlich. Ich rief ihn an, denn er kam mir vor, als wenn er einen Marathon-Tanz oder ähnliches hinter sich hätte.« Sie seufzte. »Er nahm ein Schlafmittel, und ich gab ihm etwas mehr, damit er gut schläft, und jetzt schläft er bereits sechzehn Stunden wie ein Murmeltier.«

»Und warum wolltest du mich sprechen?« fragte ich.

»Richtig, warte, das kommt noch.« Eine Mischung aus Schlauheit und Vorsicht lag in ihren nächsten Worten. »Vielleicht bin ich nicht ganz sicher. Du weißt, es gibt so vieles, was mir durch den Kopf geht.« Beiläufig brachte sie hervor: »Du hast mir noch nicht erzählt, was sich oben während der Sitzung abgespielt hat. Ich denke, das könnte es zum Beispiel gewesen sein.«

»Du weißt doch, daß ich dir davon nichts erzähle. Warum hast du mich also heruntergebeten?«

Sie setzte sich in ihrem Stuhl zurück. Ihre Hand spielte mit gemachter Gleichgültigkeit am Rande ihres Hutes, dann schlug sie ihre großen blauen Augen auf. »Oh, Freundchen, was sehne ich mich nach diesem Doktor!«

Ich begann etwas zu begreifen, fast wurde es zur Gewißheit, aber dann entglitt es mir wieder. »Ich scheine dich aufzuhalten«, legte ich ihr nahe.

Sie blickte auf ihre Uhr. »Nein, ich werde es dir sagen, wenn ich gehen muß.«

Wir starrten uns in einem unbehaglichen Schweigen an. Schließlich stand ich auf und ging im Zimmer umher.

»Warum bleibst du nicht sitzen?« sagte sie scharf.

»Bist du nervös?« gab ich zurück.

»Wer ist nervös?«

Ich blieb stehen und sah sie an. »Der Doktor ist also gerade in die Stadt hereingeschneit?«

Sie nickte lässig.

»Ich bezweifle, daß das stimmt.«

»Das sieht dir ähnlich.« Guinevere zuckte die Achseln, beobachtete aber meine Bewegungen mit größter Aufmerksamkeit. Ihre Augen folgten mir, vielleicht unbewußt, wie ich hin und her ging, und das Ganze ähnelte einem Kinderspiel. In ihrem Gesichtsausdruck und in dem, wie sie leise die Glieder bewegte, schienen die Worte zu liegen, die die Kinder zu gebrauchen pflegen, wenn sie den Suchenden an das Versteckte leiten wollen: »Heiß, heiß . . . kalt, kalt.«

Zufällig warf ich einen Blick hinter die Tür des Wohnzimmers. In der Ecke zwischen Tür und Wand war ein Koffer abgestellt. Ich nahm ihn auf und streckte ihn ihr entgegen. »Ziemlich schwer«, sagte ich gedehnt. »Vielleicht brauchst du Hilfe?« Der Koffer schien in großer Eile gepackt worden zu sein. Ein Stück Wäsche war eingeklemmt.

Als ob sie ihre Entscheidung nun getroffen hatte, rückte Guinevere ihren Hut zurecht.

»Ich wußte, daß du es tun würdest«, murmelte sie. »Du

bist reizend, Lovett.« Sie sagte es mit einer gewissen Ruhe, aber ihr Mund zitterte.

»Hast du die Absicht zurückzukommen?« fragte ich gelassen.

Das war genau die Frage, die sie sich wünschte. »Oh, natürlich. Oh, ich wollte nicht fortgehen, jedenfalls nur für ein paar Stunden. Der Koffer —«

»Was wolltest du mit ihm?«

»Oh, das ist nur eine Art ... eine Art Probepacken«, brachte sie langsam heraus. »Ich wollte einfach mal das Gefühl haben, wie das ist, wenn man packt.«

Das trieb meine Erbitterung auf die Spitze. »Du gehst mit einem geheimnisvollen Doktor fort, packst deinen Koffer, narkotisierst deinen Mann, und dann, um sicher zu sein, daß alles geheim bleibt, bittest du mich herunter, damit ich alles aufdecke. Was um Himmels willen bezweckst du eigentlich, Guinevere?«

Ihr Kummer war ein wenig zu auffällig. Tränen füllten ihre Augen.

»Warum läßt du mich nicht für mich allein, Lovett?«

»Warum gehst du dann nicht, es ist doch alles bereit.«

»Du zerstörst mein Leben!« schrie sie.

»Weil du in Wirklichkeit gar nicht zu gehen wünschst.«

Ihre Hand sank vom Stuhl herab und pendelte an ihrer Seite. »Warum werde ich immer vor eine Entscheidung gestellt?« Die Tränen waren nahe daran überzulaufen, und ihr Gesicht verzog sich wie bei einem Kind.

»Aber du entscheidest dich ja nie! Statt dessen wünschst du, daß es andere für dich tun.«

Sie blickte hilflos an sich herunter. »Laß mich allein, laß mich um Gottes willen allein.«

Aber Guinevere bekam einen Aufschub. Es klopfte an der Tür. Nun konnte alles, was zertrümmert worden war, wieder aufgerichtet werden. »Himmel!« fluchte sie leise. »Das ist er, das ist er!« Wild blickte sie um sich, aber es war nur Vorspiegelung. »Oh, komm — hier! Was soll ich jetzt bloß machen? Ich muß dich verstecken.«

»Ich will mich nicht verstecken«, erklärte ich, aber indem ich dies sagte, ließ ich erkennen, daß ich es dennoch tun würde, denn ich flüsterte ebenfalls.

»Mikey, streite jetzt nicht, geh hinter die Tür!«

Eine reizende Posse! Sie ließ den Koffer mitten im Zimmer stehen und beförderte mich dahin, wo zuvor der Koffer gestanden hatte, und begab sich zur Diele mit der Fröhlichkeit einer erwartungsvollen Gastgeberin. Sie ordnete mit der einen Hand ihr Haar, während sie mit der anderen Hand Gelegenheit hatte, einen Stuhl zurechtzurücken und einen Lampenschirm anders zu drehen. »Ach, hol's der Teufel«, jammerte sie und stieß eine umgeschlagene Ecke des Vorlegers mit dem Fuß zurück, »warum muß man mir immer so zusetzen?« Als sich das Klopfen wiederholte, schrie sie: »Immer mit der Ruhe, ich komm' ja schon«, fand aber noch genügend Zeit, um mich flüsternd zu ermahnen: »Daß du mir ja dort stehenbleibst!«

Tat ich es nicht, war sie verloren. Sie vermochte es, sich in die Schlacht zu stürzen und mit ihren Brüsten wie eine Art Kavallerie anzugreifen, aber mit den Partisanen im Dickicht würde sie nicht zu Rande kommen. So stand ich abwartend da, während sich die Tür vor Hollingsworth auftat.

Guinevere würde alles in diese Szene legen. Kaum war er eingetreten, so rief sie aus: »Oh, mein Liebling, wie lange hast du mich warten lassen.« Ich vernahm, wie er in die Mitte des Zimmers trat, und stellte mir vor, wie er sich langsam umwandte und sie anstarrte.

»Liebst du mich denn noch?« fragte sie theatralisch.

Ich hörte einen anderen Hollingsworth antworten: »Ja, ich liebe dich.« Er sagte es in einem für mich völlig neuen Ton. Seine Worte schoß er wie mit einem Katapult auf sie ab und erklärte ihr, wie sehr er sie liebe. Seine Rede enthielt mehr Obszönes, als ich je in so gedrängtem Zeitraum vernommen hatte. Und im raschen Fortschreiten bezeichnete er genießerisch — so daß ich an Guineveres Beschreibung über ihren Doktor erinnert wurde — verschiedene ihrer Körperteile und gab an, was er mit ihnen zu tun beabsichtige, was er zerren, was er pressen würde, wie er hier naschen und dort spucken, zerreißen und zerschneiden, aufschlitzen, schwächen, rauben würde . . . und das alles mit einer nicht wiederzuerkennenden Stimme, die zwischen zusammengebissenen Zähnen hervorzukommen schien, bis er seine Gier befriedigt hatte, und ich ihn neben der Schlachtbank hocken sah — wie er sich den Mund sorgfältig mit dem Handrücken abwischte. Er seufzte mehr, als daß er es sagte: »Was für ein Körper, mein Gott!«

»Oh«, kam es von Guinevere, »oh, mein Jungchen«, aber ihre Stimme schien nachdenklich zu sein. Wahrscheinlich spielte sie alles genau so für mich wie für ihn. Ich konnte hören, wie sie einen oder zwei Schritte auf die Tür zu machte, wie um mir zu bedeuten, daß sie wüßte, ich sei da. Dann wandte sie sich wieder zu Hollingsworth. »Oh, ich würde alles für dich tun, du Süßer«, sagte sie.

»Würdest du das?« gurrte er.

»Ich würde für dich arbeiten und mich für dich abrackern«, fuhr sie pathetisch fort. »Auf Händen und Knien liegend würde ich für dich scheuern.«

»Das hast du nicht nötig.« Mit dieser Unterwerfung war es, als hätte sie an einem Schalter gedreht, denn als er jetzt sprach, hatte ich den Eindruck, als ob er an seinen Ärmeln zupfe und wieder in seine Reserviertheit zurückschlüpfe.

»Oh, ich glaube nicht, daß das jemals nötig sein würde.« Dann kicherte er. »Ich frage mich, was wohl dein Mann sagen würde, wenn er uns hörte.«

»Denk bloß nicht an diesen Kerl«, sagte Guinevere.

Sie schien Hollingsworth von etwas sehr Wichtigem ablenken zu wollen. »Oh, immerhin ist es dein Ehemann, und ich möchte annehmen, daß es keine Möglichkeit gibt, das beiseite zu schieben.« Jetzt mußte er sie wohl in den Armen halten. »Und du weißt, daß er ein ungewöhnlicher Bursche ist. Ich kann mir vorstellen, daß ein Mädchen sich von ihm bedrängen läßt.« Seine Stimme senkte sich plötzlich. »Damals war er ein stattlicher Bursche.«

»Du bist wohl ganz vernarrt in ihn, was?« sagte Guinevere niederträchtig.

Er überging es. »Du weißt, daß ich bei den Frauen gute Figur mache, aber bei dir ist es ganz anders.« Als ob er ihr dies nicht schon früher gesagt hatte, senkte er seine Stimme zum Flüstern. »Ich könnte dich fressen, jedes einzelne Teilchen.« Seine Leidenschaft hatte die alte Spur wieder aufgenommen und zitterte in seinen Worten. »Warum erzählst du mir nicht, wie es mit ihm war«, sagte er heiser.

Guinevere entschlüpfte seinen Armen und lief durch das Zimmer. »Ach, immer dieselbe Frage«, sagte sie.

»Die du niemals beantwortet hast.«

»Lassen wir das Thema«, schrie sie.

»Du bist seine Frau.«

»Jaa.«

»Du bist seine Frau«, wiederholte er. Es schien ihn zu beruhigen, so daß er sie wieder umarmte. Ich hörte ihn heftig atmen.

»Wuuh«, sagte Guinevere, und nun war sie es, die kicherte. »Wir wollen eine Zigarette rauchen.«

Ich hörte Hollingsworths Zigarettenanzünder klicken und konnte mir ausmalen, wie sie zurückgelehnt in ihren Sesseln saßen und sich gegenseitig den Rauch ins Gesicht bliesen. Zu meiner Beruhigung begann Guinevere ein neues Thema.

»Sieh mal da«, sagte sie, »den Koffer.«

»Ich sehe ihn«, sagte er.

Nun begann sie ihre Streitkräfte zu entwickeln. »Angenommen, ich stellte dir die Frage, ob du mit mir fortgehen würdest. Tätest du es?«

»Fortgehen, wohin?«

»Irgendwohin. Bis ans Ende der Welt. Würdest du mitkommen?«

»Ich würde dich mit mir nehmen«, sagte er ruhig. »Ja, das würde ich tun.«

»Warum gehen wir dann nicht?« fragte Guinevere ernst.

Hollingsworth räusperte sich. »Du weißt, daß wir nicht können. Ich meine, man hat gewisse Verpflichtungen einzuhalten.«

»Niemals wirst du mich mitnehmen!« rief Guinevere traurig. »Ich kenne dich! Und deinen Sirenengesang!«

»O doch, ich werde dich mitnehmen«, sagte er mit plötzlicher Kraft. »Glaube mir, Kindchen. Sieh mal, nach diesem hier kommt Europa, und dann wird es sehr wichtige Aufträge geben.«

»Niemals werden sie dich dafür verwenden.«

»Oh, sie zollen mir Anerkennung«, sagte er sanft. »Ich leiste gute Arbeit. Gerade heute habe ich meinen ersten Bericht beendet.«

»Aber du wirst ihn doch nicht absenden?« sagte sie ungewiß.

»Ich weiß es nicht«, murmelte er ärgerlich. »Du mußt einsehen, daß es richtig wäre, und du weißt auch, was sonst geschieht.«

»Höre mal«, sagte sie, und jetzt war sie es, die leidenschaftlich wurde, »der Gegenstand ist ein Vermögen wert, ein ganzes Vermögen!«

»Aber wir wissen es doch nicht«, widersprach Hollingsworth.

»Aber ich weiß es, sage ich dir! Ich habe mit ihm all die Jahre zusammen gelebt, und immer hat er ihn gehabt. Das ist eine Sache, die selbst einen Millionär beunruhigen würde. Könige würden die aus uns machen!«

»Ich kann mich nicht entschließen«, sagte er. »Du weißt nicht, um was es gehen könnte, aber ich.« Er sagte das mit solcher Überzeugung, daß ich ihr Schweigen fühlen konnte. Doch fügte er zornig hinzu: »Gern würde ich es ihnen zeigen!« Dann konnte ich hören, wie er sich erhob. »Es ist bereits spät, und wenn wir in jenes Hotel gehen wollen, glaube ich, daß es für uns Zeit wird.«

Sie mußte einen Arm auf den seinen gelegt haben. »Oh, Liebling«, sagte sie mit leicht gequälter Stimme, »ich bin so durcheinander. Wirst du mir sagen, was ich tun soll? Wirst du es mir immer sagen?« Seine Stimme war salbungsvoll, und ich konnte ihre Wirkung spüren. »Ich werde dir immer sagen, was du tun sollst. Stets und ständig werde ich das.«

»Küß mich noch einmal«, sagte sie. Wieder war ich nur auf ihre Worte angewiesen, und aus dem hastigen Geflüster und ihrem fliegenden Atem konnte ich die Sätze heraushören, die sich als der Balken erwiesen, an dem ich alles übrige befestigen konnte: »Du bist seine Frau.« Und: »Ja, ich bin seine Frau.« Und der Genuß solcher Leckerbissen brachte es mit sich, daß sie kein Ende damit fanden, so daß dem einen Bankett schon das nächste folgte, und das eben verschlungene Weib erstand neu als das strahlende Weib, bis dieser Frauenproduzent am Ende fast noch sich selbst einverleibt hätte.

»Ich bin *seine* Frau«, stellte Guinevere abschließend atemlos fest und stieß ihn fort. »Komm jetzt, wir wollen gehen.«

Taumelnd vor Verwirrung, mußte sie über den Koffer gestolpert sein. »Nein, warte noch einen Augenblick«, rief sie mit heiserer Stimme, »ich muß das hier wegstellen, nur noch eine Sekunde, Liebling.«

Und während er an der Tür wartete, trug sie den Koffer in meine Ecke und warf ihn mir auf die Füße, und ihre Augen trafen die meinen eine Sekunde lang. Ein Durcheinander von Triumph und Entsetzen lag darin, als sei sie ein Kind, das man in die Luft emporgewirbelt hat, dessen Lachen nicht frei von panischer Angst ist.

»Leroy«, rief sie aus der Ecke herüber, »ihm wird doch nichts geschehen, nicht wahr?«

»Oh, nicht das geringste«, schrie Hollingsworth zurück. »Ich bin davon überzeugt, daß er sich fügen wird.«

»Das denke ich auch. Ihm wird nichts geschehen«, erklärte sie, und indem sie mir ihren Rücken zuwandte, verließ sie mit Hollingsworth das Haus und beantwortete mit ihren letzten Worten die Frage, warum sie meine Anwesenheit gewünscht hatte. Und steuerte ihren widerspruchsvollen Kurs weiter, das Steuer mal nach der einen, mal nach der anderen Seite herumwerfend, so daß die Takelage völlig durcheinander geriet, und das Schiff nur noch von ihrem Schuldgefühl vorwärtsgetrieben wurde.

23

Bevor ich die Wohnung verließ, ging ich in das Schlafzimmer. McLeod lag, wie es Guinevere gesagt hatte, zusammengerollt schlafend da, aber dennoch war ihre Beschreibung nicht ganz zutreffend. Es war ein schwerer Schlaf. Er lag da mit fest an den Körper gezogenen Beinen, so daß die Knie an seiner Brust lagen, als wolle er den denkbar kleinsten Raum beanspruchen. Er atmete durch die zusammengebissenen Zähne, und seine Gesichtszüge waren verkrampft. Es war etwas Infames dabei, den hilflos Schlafenden zu betrachten. Ich hatte die Vorstellung, daß er wütend sein würde, wenn er es wüßte.

Neben ihm schlief Monina, den Kopf dicht an seinem, und einen Arm in kindlichem Vertrauen um seine Schulter gelegt. Sie atmete ruhig und lieblich, mit rosigem Kindergesicht; ihr goldenes Haar lag wirr auf dem Kissen. Sie waren Vater und Tochter, die dasselbe Bett teilten, sonst hatten sie kaum Gemeinsames. Welch ein Unterschied zwischen der zarten Haut des Kindes und dem hageren Stoppelkinn McLeods. Niemals war er mir so alt vorgekommen. Seine grau erscheinenden Barthaare waren in den Mundwinkeln schwarz. Gerade als ich ihn beobachtete, teilten sich seine Lippen, und ein Stöhnen drang aus seinem Körper. Er murmelte etwas, schien gegen etwas zu protestieren, und dann legten sich die Arme noch enger um seinen Körper.

So verließ ich ihn, ging durch das Wohnzimmer zurück, wo ich gelauscht hatte, und aus der Wohnung. Auf der gegenüberliegenden Seite des Flures stand wartend Lannie.

Wie lange sie schon wartete, wußte ich nicht, aber ihre Ungeduld konnte ich an der Art ermessen, wie sie meinen Arm ergriff. Ihre dünnen Finger umklammerten meine Muskeln. »Ich möchte dich sprechen«, sagte sie rauh. »Komm in mein Zimmer.« Vor Erregung zitterte sie fast sichtbar.

Als ich hinter ihr die Treppen hinaufging, bemerkte ich, daß ihr lila Kostüm frisch gebügelt und das Haar hinten in enge Locken gelegt war. »Was ist los?« fragte ich.

»Ich werde es dir gleich sagen.«

Sie wartete, bis ich eingetreten war, dann verschloß sie die Tür. Als sie sich mir zuwandte, konnte ich sie genau betrachten. Diesmal sah sie gepflegt aus, aber ich befürchtete, daß es so wenig von Dauer sein würde, wie neue Farbe, die man auf alte aufträgt. Schon zeigte der schäbige, glänzende Stoff ihres Kostüms einige Druckfalten, und eine der Locken befand sich in Auflösung. Ihre bleiche Haut hatte sie anscheinend eilig und flüchtig gepudert, so daß die Nasenspitze zuviel abbekommen hatte, wodurch die tiefen Ränder um die Augen noch verstärkt wurden.

Indem sie in die Brusttasche ihres Jacketts griff, nahm sie verschiedene Geldscheine heraus und übergab sie mir. »Das ist das, was ich dir schulde.«

Ich verbarg meine Überraschung, als ich zusammenrechnete. Tatsächlich waren es einige Dollar unter der Summe, die ich ihr gegeben hatte, aber ich konnte kaum glauben, daß sie den Betrag noch in Erinnerung hatte, und wahrscheinlich war die Summe nach Gutdünken festgesetzt worden. »Wo hast du das her?« fragte ich sie.

Lannie schwieg einige Sekunden, und dann ergoß sich ein Redeschwall über mich. »Als du mir das Geld gabst, geschah es aus Mitleid für die Verrückte und Betrunkene.« Ihre Augen brannten. »Ich nahm die Beleidigung, die du beabsichtigtest, hin, und ich wußte, daß ich nicht so viel Verachtung für dich aufbringen könnte, um es dir nicht zurückzuzahlen.« Sie zitterte vor Zorn, aber vielleicht bewegte sie noch anderes; die Hand, die mir das Geld gegeben hatte, zuckte; sie ließ sie in einer Tasche verschwinden.

»Worüber wolltest du mit mir sprechen?«

Ohne mir zu antworten, entfernte sie sich von mir und rumorte in ihrem Wandschrank, aus dem sie mit einer unangebrochenen Flasche Whisky wieder auftauchte. Ihre elenden Finger hantierten am Verschluß, hilflos drückte und zerrte sie am Zelluloid, ohne es loszubekommen. »Warte, ich helfe dir«, bot ich ihr gelassen an.

Als Antwort grub sie ihre Zähne in den Korken und zog ihn heraus; ich mochte nicht wissen, welchen Schaden sie ihnen dabei zufügte. Dann starrte sie unentschlossen auf den Flaschenhals und war dabei, die Flasche an den Mund zu setzen; anscheinend fühlte sie sich aber gehemmt.

»Ich werde dir ein Glas bringen«, erklärte ich.

Ich fand ein paar verstaubte Whiskygläser auf dem Bord ihres Schrankes und stieß auf ihren Vorrat. Ein Kasten mit Alkohol stand auf dem Boden. Aus Angst vor dem, was ich entdecken könnte, trat sie hinter mich und zog mir das Glas aus der Hand. »Wo hast du das ganze Geld dafür herbekommen?« Ich wollte meine Frage wiederholen, aber die Antwort konnte ich mir selbst geben. Ich nahm die Geldscheine, die sie mir ausgehändigt hatte, und legte sie auf den Tisch. »Jetzt brauche ich es nicht mehr«, sagte ich.

Lannie schrie mich fast an. »Mit welchem Recht? Mit welchem Recht . . .?«

»Ich wußte, daß du ihm nachgelaufen bist«, sagte ich wütend, »ich wußte, daß du den Atem anhalten würdest, vor Angst, daß dir etwas von ihm entgehen könnte« — so vieles war ungesagt geblieben, was schließlich doch gesagt werden mußte —, »aber ich wußte nicht, daß er dich bezahlte. Geld zu nehmen . . .«

»Du bist ein Idiot«, schrie sie, und in ihrer Kehle verschwand ein Streifen Whisky aus ihrem Glas. »Geld nehmen, Geld, das so rein ist und die Reinheit der Welt spiegelt. Aber irgendeiner muß dir gesagt haben, daß das Geld auf seinem Weg eine Metamorphose durchmacht wie der Frosch; bis man sagen kann, daß an jedem Geld ein bestimmtes Quantum Blut hängt. Wie schlimm ist es, daß der große Mann heute nicht mehr lebt, so daß er nicht mehr erzählen kann, wie Schuld entsteht und Liebe immer seltener wird.« Merkwürdige Trümmer einer Kultur, die Schiffbruch erlitten hatte, trieben durch ihren Kopf. »Alles ist in Blut versunken, das ist das Gesetz des Geldes, sein Nutzen.« Sie schluckte den Rest ihres Getränkes hinunter und saß fast verträumt da. »Aber von dem andern würdest du Geld nehmen.«

»Ich glaube, ja.«

Vielleicht hatte ihr der Alkohol Gewicht verliehen. Sie machte einen angestrengten Versuch, mich zu überzeugen. »Keiner hat dir jemals gesagt, daß es ein Verbrechen ist, Gefühle zu haben. Weißt du, was er getan hat?«

Ich schüttelte den Kopf.

»Am Ende, wirst du denken, kann alles wegerklärt werden, und er dann niemals einer Fliege etwas getan hat. Nun gut, aber du irrst dich.« Ihre Stimme war haßerfüllt. »Er hat die Welt zerstört, begreifst du das nicht? Er ist der Mörder der Besten, und trotzdem gibt er sich den Anschein, als sei er selbst einer der Besten. Ebenso wie mein Freund die Schlimmsten umgebracht hat, und deshalb magst du ihn nicht. Einen nach dem anderen hat sich jener in all den Jahren herausgepickt, die Allerbesten, und jeden Abend mag er nach Hause gekommen und vor dem Bild des Mannes mit der Pfeife niedergefallen sein und gesagt haben: ›Oh, mein Gott, in Gedanken habe ich gegen dich gesündigt‹, und dann wird er das Bild mit aller Kraft, die sein schwächlicher Nacken hergab, angespuckt und gesagt haben: ›Was für ein Verbrechen habe ich in deinem Namen begangen‹, und dann wird er wieder und wieder gespuckt haben, bis er nur noch weinen konnte, und der Mann mit der Pfeife wird niemals seine Augen von ihm abgewandt haben, weil er wartete, und es kam. ›Herr, vergib mir‹, schrie er, ›denn ich weiß nicht, was ich tue‹.«

Ich blieb ihr die Antwort schuldig.

»Glaubst du mir nicht?« fragte sie.

«Ich weiß nicht. Ich weiß nicht, was ich von ihm halten soll.« Während wir redeten, hatte sich ihr Haar aufzulösen begonnen. Eine Haarwelle nach der anderen war von ihren Fingern zerstört worden. Wieder beschmutzte Zigarettenasche ihr Kostüm, und eine neue Ansammlung von Alkoholflecken breitete sich auf ihrer Bluse aus.

»Ich weiß nicht, warum ich da hineingeraten bin«, sagte ich zu ihr. »Es macht die Dinge schlimmer. Ich wollte allem aus dem Wege gehen . . . Und doch kann ich es nicht. Warum sprichst du so zu mir?« bettelte ich, »warum versuchst du, mich zu überzeugen? Und daß er niemand neben sich haben soll? Quält es dich, daß dieser Mann einen Freund hat?« Ich blickte sie an. »Du willst mich gar nicht überzeugen.«

»Doch«, sagte sie.

»Du willst dich selbst überzeugen.«

Diese Bemerkung tat ihre Wirkung. Sie brach in Lachen aus. »Mich selbst? Oh, Mikey, ich bin überzeugt! Nur du bist noch der Narr, so wie ich einst eine Närrin war, und du willst nicht erkennen, daß während all dieser Jahre, selbst damals schon, als der große Mann vor seinem Bücherstapel im Britischen Museum saß und uns eine Welt ausdenken half, die wir neu schaffen könnten — in all dieser Zeit hatte er unrecht und wir ebenfalls; denn es kann keine Welt geschaffen werden, die die alte verschlingt.«

»Wir können es noch nicht wissen«, murmelte ich.

»Nicht wissen!« Ihre Idee belebte ihre Stimme. »Hör mich mal an. Wir werden niemals etwas wissen. Da ist eine Welt, und was ist sie anderes als ein ungeheuerliches Gefängnis, dessen Mauern bisweilen geschlossen und bisweilen offen sind, aber je mehr Zeit vergeht, um so länger bleiben die Mauern geschlossen. Hast du vergessen? Erinnerst du dich nicht mehr, wie die Ärmsten der Armen in den Raum getrieben wurden, in dem man sie vergaste? Und wie ging das vor sich? Und mit welcher Würde sterben wir alle? Laß es mich dir erzählen. Die Wachen wurden aus einer Liste herausgesucht, so kamen sie aus der Küche oder vom Postenstehen, und man versammelte sie in einem Raum, und ein Offizier gab ihnen Befehle. Und jeder von ihnen bekam eine Extratasse voll, und sie tranken, und dann trieben sie die Gefangenen zusammen, die vorher von anderen ausgewählt worden waren. Und die Gefangenen marschierten dahin, und wenn einer mehr als hundert Pfund wog, war er ein Riese, verglichen mit den übrigen, und sie schlurften dahin und lachten und versuchten den Blick der Wachen zu erhaschen. Und die Wachen waren betrunken. Und du würdest erstaunt sein, wie glücklich man sich noch in einem solchen Augenblick fühlen kann. Während die Tragödie beginnt. Sie kommen in das Vorzimmer, einen Raum mit grauen Wänden, ohne Fenster, die Männer nach rechts und die Frauen nach links, und die Kleider herunter, in einem Augenblick. Ohne Kleider werden sie von den Wachen in den anderen Raum getrieben. Und Hände befühlen sie gierig. Und sie können den Gestank all der nackten Menschen riechen, während ihnen durch den Schnaps wohl ums Gemächt ist und sie auf einen Hintern klatschen und wie die

Verrückten lachen, die Nackten aber schreiend in den letzten aller Räume taumeln. Und man müßte glauben, daß sie sich dort auf das Sterben vorbereiten, denn bedenke, sie haben einen langen Weg hinter sich, und mit jedem Schritt sind sie betrogen worden. — Warte, meine Geschichte ist noch nicht zu Ende«, sie hob eine Hand, ihre Augen waren klar und ihre Sprache sehr deutlich, als deklamiere sie vor einem Spiegel. »Die Wachen haben noch etwas vor. Als sie dabei sind, die Türen zu schließen, wird verkündet, daß der Staat in seiner unendlichen Gnade einen von ihnen erretten will, und zwar den Stärksten. Derjenige, der den anderen überlegen ist, solle begnadigt werden. Diese Erklärung, obwohl sie des Staates würdig gewesen wäre, entsprang dem Gehirn eines einzelnen Wachtmannes, der sie sich genau für diesen Augenblick aufbewahrt hatte. Und nun beobachteten die Wachen durch ein Fenster, wie einer dieser nackten Elenden die Haare des anderen rauft, und Blut da rinnt, wo man glauben möchte, daß kein Blut mehr vorhanden sei, und die Hälfte von ihnen ist tot oder schreit wie die Schweine, die mit gesenktem Kopf auf das Messer warten, und während sie sich zerkratzen und zerbeißen, drehen die Wachen das Gas an und brüllen vor Lachen über die Narren, die glaubten, gerettet zu werden, wenn sie sich gegenseitig zerfleischten ... Das ist die Welt, Mikey! Wenn da nur einer gewesen wäre, der gesagt hätte, laßt uns mit Würde sterben. Aber sie erstickten im Gas mit dem Blut des Freundes auf den Lippen.«

»Da war es schon zu spät«, murmelte ich.

»Höre, mein Freund«, sagte sie sanft. »Wieder wogt das Gras, und wir sind verloren in Kindheitserinnerungen. Das ist vorbei. Verstehst du? Es gibt keine Lösungen, nur Ausnahmen, und deshalb sind wir weder gut noch schlecht.«

»Wenn dem so wäre, hättest du mir nicht deine Geschichte erzählt.«

Um ihren Mund legte sich ein bitterer Zug. »Du weißt

immer noch nicht, warum ich sie dir erzählt habe. Ach, du hast noch nicht angefangen, die Welt zu betrachten. Du würdest die Wachen bösartig nennen, und damit wärest du allem aus dem Wege gegangen. Aber ich sage dir, daß sie human waren.«

»Human?«

»Sie erlaubten ihnen, im Rausch ihrer kleinen Gelüste zu sterben. Und das ist sehr viel besser, als einfach geschlossen in den Tod zu gehen. Zusammen zu sterben, gibt das Gefühl vertanen Lebens, und so sterben die meisten von uns in diesem Jahr. Nein, Mikey, die Wachen haben ein Verbrechen begangen, und dennoch ist es nicht das, was du glaubst. Es geht nicht um Schuld oder Unschuld. Entweder steckt in dem, was wir tun oder lassen, Lebenskraft oder nicht, und das Verbrechen der Wachen war, daß sie Schnaps brauchten; sie waren leere Geschöpfe. Sie waren Krämerseelen damals und heute, und nun werden sie sich wahrscheinlich einreden, daß sie bereuen. Und das ist das Verbrechen — zu trinken und zu bereuen.«

»Ich würde sagen, die Hoffnung.«

Sie war wütend, weil ich ihr widersprach. »Du wolltest von mir wissen«, sagte sie, während sie sich mit Anstrengung zurückhielt, »warum ich Geld von ihm genommen habe.«

»Ja, warum von ihm?«

»Weil er einer von ihnen ist, und man mir, gegen geringes Entgelt, eine Ecke überläßt, in der ich mein kleines Lied singen kann. Und das sage ich mir jedesmal vor, wenn ich wieder einmal davon überzeugt bin, daß ich immer garstig sein werde.«

»Und wer ist ›ihnen‹?«

»Die Wachen natürlich.« Sie saß aufrecht in ihrem Stuhl, als bereite es ihr unerträgliche Mühe, so lange Zeit zurückzuhalten, was hinter ihrem Argument stand. »Die Wachen des Landes, in dem wir leben. Ebenso wie dein Freund eine

Wache jenes anderen Landes ist. Und früher oder später werden sie aufeinanderstoßen, und der eine oder der andere wird siegen. Wie werden sie dann entsetzt sein. Denn siehst du, sie haben sich so sehr der Arbeit für den Sieg zu widmen, daß sie für die Zeit nach dem Sieg nichts in Händen haben. Und ich selbst werde ihrem Entsetzen noch Nahrung geben. Sie werden sich an mich wenden.« Aus dem Lächeln, das mein Gesicht überflogen haben mußte, las sie meine Gedanken. »Oder, wenn nicht an mich, dann an einen anderen. Aber irgendeiner muß ihnen die Wunden verbinden und ihnen erklären, daß sie keinen Schnaps brauchen. Ich bin die einzige, die wirklich wünscht, die Menschen am Leben zu erhalten, und ich bin die einzige, die begreift.«

Ich hatte begonnen hin und her zu gehen. »Und was dann, wenn ich mein Gefängnis nicht zu wählen wünsche?«

»Du mußt, und zwar freudig. Das ist das Geheimnis.«

»Keiner wird siegen«, erklärte ich. »Sie werden sich gegenseitig umbringen. Und das ist es, was du in Wirklichkeit zu sehen wünschst.«

Ihr Gesicht machte einen abwesenden Eindruck. »Wer weiß, was wir wünschen? Vielleicht ist alles, was übriggeblieben ist, daß wir das Feuer lieben.« Sie lehnte ihren Rücken zurück. »Komm mit mir, Mikey«, sagte sie, und sie bettelte fast: »Denn die Zukunft liegt bei ihm.«

»Jawohl, und du bist eine so Elende, daß du jedermann mit dir ziehen mußt.«

Sie zuckte mit den Schultern und gab keine Antwort.

»Sage mir«, fuhr ich fort, »welchen Teil der Pflichten du übernommen hast, womit du dein Gehalt verdienst, wenn du Guinevere Folge geleistet und mir nachspioniert und jene Notiz gelesen hast?« Ihr Gesicht war ausdruckslos, als habe sie mich nicht gehört.

»Lannie, warum hast du an der Tür gehorcht?«

»Für mich selbst, für mich ganz allein«, murmelte sie. Der Klang ihrer Stimme schien darauf hinzudeuten, daß meine

Fragen etwas in ihr berührt hatten, denn sie ergriff das leere Whiskyglas und ließ es kraftlos in ihren Schoß fallen.

»Sie sind zusammen rausgegangen, nicht wahr?« fragte Lannie.

Ich nickte.

»Oh, was ist sie für eine Hexe, was ist sie für eine Hexe!« Und Lannie sah mich an, ihr Gesicht war von den inneren Kämpfen blaß geworden, und alle ihre Gefühle und ihr Schmerz schienen in der weißen Puderschicht konzentriert zu sein.

»Eine Hexe«, wiederholte Lannie, »und darauf war ich nicht vorbereitet.«

24

Die Größe, die man gewissen Männern zuschreibt, baut sich auf den Gedanken anderer auf. Wie merkwürdig, daß ich, der keine Vergangenheit besaß und vor der Zukunft zurückschreckte, weder gesellschaftliche noch wirtschaftliche Verbindungen suchte, ohne Erinnerung war und mich eigentlich um das alles nicht zu kümmern brauchte — daß ich von jetzt an mir den Kopf zerbrechen, wieder den Kampf mit Ideen aufnehmen mußte, die nicht meine eigenen waren und die ich einstmals gelernt hatte, um sie dann beiseite zu schieben. Die Mitgift meines Studiums, das in mich aufgenommene Wissen, die Definitionen, die ich gelernt und angewandt hatte, wurden wieder lebendig.

Ich setzte mich hin und wiederholte die Fibel. Der Arbeiter verkauft seine Arbeitskraft und schafft ein Produkt, dessen Wert größer ist als sein Lohn. Und am siebenten Tag ruht der Arbeiter, und der Kapitalist kann seinen Verdienst überschlagen, einen Teil der Einnahmen verbrauchen und nach einer Investierung des Übriggebliebenen Ausschau halten. Das war die Genesis meiner Bibel gewesen, und von hier aus konnte man die Reise durch zweitausend oder mehr

Seiten nicht enden wollender Bücher und die Geschichte von drei Jahrhunderten antreten, während am Horizont entlang die Fabriken wuchsen, die Eisenbahnschienen gelegt wurden, die Städte sich ausbreiteten, trotz des Zwielichtes und der absinkenden Kurve der Liebe.

Ich schlug mich mit Gleichungen und Vergleichen herum. Da gibt es den Arbeiter und dort die Maschine, und mit dem Anwachsen der Maschine wird der Mensch kleiner, bis im Hintergrund die Totenklage über den fallenden Zinssatz zu vernehmen ist, wobei man sich aber damit tröstet, daß zwar, was geboren ist, sterben muß, des Menschen Bedeutung jedoch erst einmal wächst, ehe er dahinschwindet. Zu dieser Trauermusik jagte man hinter dem gehetzten Menschen drein, während die Maschinen ihre Gewinnquote herauspreßten und ihn auf der ganzen Welt bedrängten. Der Arbeiter und die Maschine, sein Lohn im Vergleich zu den Kosten der Maschine, das variable Kapital im Vergleich zum konstanten; daß das eine sich vermindert, während das andere anschwillt, daß die Menschen, von denen der Gewinn gestohlen werden muß, geringeren Wert bekommen im Vergleich zu den Maschinen — alles das vertrug sich keineswegs miteinander. Die Männer, die die Fabriken besaßen, durchforschten die ganze Welt, denn die Konservenbüchse muß die Kosten verschwinden lassen und Dividende hervorbringen, und mithin waren die Einwohner von Hunderten von Kolonien und abhängigen Ländern aus ihren Löchern hervorzuholen und in Fesseln zu legen.

Die Geldsäcke sind beunruhigt, denn das Mehrprodukt aus einstmals gestohlener Arbeit muß untergebracht werden, und wenn der Mehrwert die Ursache für die Möglichkeit der Expansion gewesen war, wurde er ebenso die der Zersetzung.

Ich saß da, ich dachte nach, und was meine Erinnerung nicht mehr hervorbrachte, mußte ich rekonstruieren. Ich prüfte die verwickelte Lage, soweit ich es vermochte, spielte das Preisgesetz gegen die Praktiken des Monopols aus, tastete mich durch die Techniken des Trusts, um wieder zu verstehen, warum die Produktion eingeschränkt und die Preise künstlich festgesetzt wurden; wie der Lebensstandard der halben Menschheit nicht gehoben werden konnte, weil sonst die Monopolisten keinen Peter zum Ausbeuten fanden, um Paul zu bezahlen. Ich quälte mich mit dem Goldstandard ab, den ich kaum begriff, und versuchte, den Knoten der Tarife zu lösen, bis ich mit schmerzendem Kopf den Widerspruch erkannte, wie im Augenblick die Technik fähig war, die Welt zu versorgen, während gleichzeitig der Weltmarkt sich zu zerstören begann.

Ich verfolgte, wie sie mit Betrügereien und unter Zusammenstößen jedes Land des Erdballs in Bewegung brachten, und wie als notwendiges Mittel, sie nannten es Politik, die Armeen wuchsen und die militärischen Ausrüstungsgegenstände sich häuften. Ich zerkrümelte die Geschichte des ersten Weltkrieges, der wahrscheinlich endete, bevor ich geboren wurde, und die des zweiten, der mich verschluckt hatte, und die des dritten, der sich vorbereitete. Der Mensch wurde kleiner und die Maschine größer, am Horizont zeichneten sich neue Fabriken ab, immer neue entstanden, und inzwischen wurden die Produkte, die die Menschen benötigten, von Jahr zu Jahr weniger. Denn es war ein neuer Konsument aufgetaucht, und es gab neue Waren: Jede Granate würde als Kunden einen feindlichen Soldaten finden. Dieser Markt war niemals zu sättigen; er lieferte neues Blut, um das verkrustete aufzufrischen, brachte Millionen Beschäftigung und steckte andere Millionen in Uniformen. Nicht länger mehr brauchte man nach neuen Möglichkeiten für Investierungen Ausschau zu halten. Es gab keine Beunruhigung wegen des Mehrwertes.

Ich kratzte meine Hand und begriff mit bitterem Lächeln (denn ich besaß ja so viel!), daß es das letzte Jahr in meinem Leben war, in dem die Menschen, sofern sie Geld besaßen, ohne Überlegung das kaufen konnten, was sie sich wünschten. Sehnsüchtig würde man sich eines Tages dieses Jahres erinnern.

Die Geldsäcke, meine klassischen Geldsäcke, würden ihm ebenso nachtrauern, wie alle andern; denn sie waren ebenso schwach wie ich und wußten es in ihrem Herzen. Sie wußten es aus ihren Zeitungen, erkannten die Verlorenheit in den Augen all ihrer Leute, die ja sagten, begriffen die Macht der Bürokraten, denen sie ihre Verachtung zeigten. Die Kapitalisten gingen, und die Bürokraten zogen ein. Mit jedem Scheck, den jene von der Regierung erhielten, mit jeder Wagenladung, die sie in die Arsenale schickten, machten sie sich kleiner und die Bürokraten größer. Oh, noch waren die Kapitalisten am Leben, es reichte für ein oder zwei Kriegsjahre und selbst noch länger, aber das Ende nahte. Die Zeit kam heran, in der der Arbeiter weniger Lohn erhalten und gezwungen sein würde, mehr zu arbeiten. Solche Zauberei würde nur eine Regierung durchführen können, die im Namen der Arbeiter sprach. Was blieb den Geldsäcken anderes übrig, als ihre bittere Resignation hinauszuschreien. Niedrige Preise für sie, während die neuen Führer ihre Profite einstecken würden, und der Staat als Kapitalist die gesamte Arbeitskraft kaufen würde: gegen hohe Löhne bei wenigen und niedrigen bei vielen. Welche schäbige Freude würde es für sie schon sein, hinauszuschreien, daß die neue Demokratie die Freiheit einer Armee und die Gleichheit einer Kirche habe. Niemand würde hinhören. Denn sie hatten es gesät, und nun erregten sie sich über das aufgegangene Unkraut. Das war der Feind, der in zunehmendem Maße widerliche, unbezähmbare, unaustilgbare und verfluchte Feind; das Unkraut; der Spiegel der Zukunft. Das Monopolkapital hatte sich mit diesem Feind verbunden, notwendigerweise hatte dieser den Peter spielen müssen, um Paul, das Monopolkapital, zu nähren. Aber plötzlich drehte es sich um. Durch den Krieg begünstigt, wuchs der

Bürokrat zum Feind des Monopolkapitals heran. Er hielt jetzt das Heft in der Hand, ihm gehörte die Zukunft. Und der Sieger würde sich nur durch ein Körnchen von dem Besiegten unterscheiden.

Ich dachte an die Arbeiter, die das verfluchte Erbe einer Revolution zu ertragen haben würden, die nicht länger mehr eine soziale war. Der Lebensstandard würde gehoben und Versprechungen würden gemacht werden. Er würde sich bis zum Gewicht eines Schweinekoteletts heben und dann wieder zurückgeschraubt werden. Ihre Partei, die entstanden war, um die Arbeiter zu stärken, würde entdecken, daß der Staat nicht ihr Instrument, sondern ihr Meister war. Eine Gesellschaft aus freien Unternehmern und freien Verbrauchern hatten die Arbeiter einmal gefordert, und nun würde die Partei in einem Lohnverhältnis zum Staat stehen. Sie hatten von der internationalen Zusammenarbeit der Nationen gesungen, indessen bekämpfte die eine Hälfte der Welt die andere. Sozialistische Freiheit, die größte Vorstellung von Freiheit — und als Ersatz dafür gab man ihnen die Sklaverei der Zwangsarbeit; man sättigte ihren klassenbewußten Anspruch durch Propaganda, bis selbst die Zeugung noch zur Pflicht gemacht wurde. Es hatte ein Erbe gegeben, aber es war verschleudert worden, und die Gewerkschaftsführer, die Mitläufer und die Leute der Fabian-Gesellschaft hatten es zusammen aufgebraucht. Die Geldsäcke würden sterben, aber nicht durch die Axt; langsam würden sie an ihren eigenen Widersprüchen zugrunde gehen, die während der Kriege verhalten gebrodelt hatten, der Kriege, die sie mit dem Saft der Arbeiterschaft angerichtet hatten. So würde es kommen, oder so sah ich es kommen, und die Armeen der Betrogenen würden auf beiden Seiten für Schlagworte verbluten, die sich immer mehr ähnelten.

Was würde die Folge sein? Es gab weniger Fragen, die ich beantworten als stellen konnte. Und wenn ich daran gedacht hatte, Lannie eine Antwort zu erteilen, gab ich es auf aus Furcht, das Echo zu vernehmen. Gedanken sind vielleicht aus mir herausgepreßt worden, aber am Ende drängte ich sie wieder zurück und saß mit gelähmtem Körper und Verstand da.

Eine Stunde verging so, ich warf Steinchen in den Teich meines Verstandes, bis die Kreise sich weiter und weiter ausdehnten und ihre Form verloren. Ich muß völlig betäubt gewesen sein.

Wie lange ich damit fortfuhr, weiß ich nicht. Schließlich gab es eine Unterbrechung. Hollingsworth kam herein, und nach einer fast freundlichen Begrüßung erklärte er, daß die Unterhaltung mit McLeod fortgesetzt werden sollte, und das Geschäft, wenn man es so nennen dürfe, in einer Viertelstunde beginnen würde. Er hoffe, daß ich dabei sein könnte.

Als ob ich auf die Gelegenheit gewartet hätte, lief ich über den Gang, war als erster da, setzte mich in den leeren Raum, bis Hollingsworth und Lannie und fast unmittelbar hinter ihnen McLeod sich zu mir gesellten. Wir nahmen unsere früheren Sitze ein und blickten einander an. McLeod saß ihm gegenüber am Tisch, Lannie zwischen beiden an der anderen Seite, während ich mich auf das Bett gehockt hatte.

»Ich möchte fragen«, begann Hollingsworth, »ob Sie mein Angebot günstig beschieden haben.« Er schneuzte sorgfältig in sein Taschentuch.

McLeod zuckte die Achseln, während Hollingsworth seine Papiere auf dem Tisch ordnete. »Es ist kein greifbares Angebot. Sie haben es unterlassen, mir eine Mitteilung darüber zu machen, wie ich geschützt sein würde.« Langsam vertropfte die Zeit, und ich zwang mich mit einem Ruck zur Konzentration. »Jedenfalls«, fuhr McLeod fort, »habe ich mich entschieden; ich mache keinen Gebrauch von dem Angebot.«

Der Bleistift klopfte. »Schön.« Hollingsworth notierte etwas auf dem Papier. »In diesem Fall, denke ich, ist es an der Zeit, in Einzelheiten zu gehen.« Er blickte auf Lannie, die zusammengesackt auf ihrem Stuhl saß und halb zu schlafen schien. »Kann ich irgend etwas für Sie tun, Miß Madison — Zigaretten?« Die Ironie in seiner Stimme suchte seinen Ärger zu verdecken.

Lannie zuckte zusammen und hob den Blick. Sie sah verstört aus, noch verstörter, als ich sie verlassen hatte. Als sie zu sprechen begann, war ihre Stimme heiser und ärgerlich. »Nein, danke, ich brauche nichts«, sagte sie, sah schuldbewußt um sich, und mit Anstrengung lehnte sie sich im Stuhl zurück; ihr war nicht behaglich zumute. Auf jede plötzliche Bewegung der Sprechenden reagierte sie mit dem Zucken eines Fingers oder eines Augenlides.

Hollingsworth nahm ein Blatt mit Schreibmaschinenschrift auf. »Also, die Einzelheiten«, seufzte er. »Würden Sie etwas dagegen haben, wenn Sie mir berichteten, wie es dazu kam, daß Sie sich dem Amt anschlossen, für das ich arbeite?«

Diese mich äußerst überraschende Frage war anscheinend von McLeod erwartet worden. Immerhin griff seine Hand, ich möchte annehmen unfreiwillig, nach der Brusttasche seines Hemdes und spielte mit der Klappe, als ob ihm Hollingsworth wieder einmal ein Papier zugeschoben hätte, das McLeod verborgen zu halten wünschte. »Es ist kein Grund vorhanden, darauf einzugehen«, sagte er schließlich. »Sie kennen jede Einzelheit hierüber.«

»Sie müssen mir schon meine eigenen Methoden erlauben.« Hollingsworth flüsterte beinahe.

McLeod hob abermals die Schultern. »Die Geschichte ist einfach genug», sagte er brüsk. »Ich wußte, daß es mich den Kopf kosten würde, wenn ich noch länger in meiner alten Stellung verblieb. Man hätte mich unter Anklage gestellt. Um diese Zeit kam es zum Abschluß eines gewissen militärischen Paktes, den ich unmöglich gutheißen konnte. Ich hatte zu niemandem etwas darüber gesagt, aber es gibt immer Wege, um herauszubekommen, wenn man in Ungnade gefallen ist. So erfuhr ich, daß man dabei war, mich öffentlich durch einen hohen Beamten anzugreifen. Und da ich den bescheidenen Wunsch hatte, am Leben zu bleiben, unternahm ich einige Schritte, und man erklärte mir, daß ich meinen Paß behalten würde, falls ich . . . « — an dieser Stelle machte er eine Pause — » . . . falls ich für Ihr Amt arbeitete. Der Preis für den Paß war eine spezifizierte Information über besondere Vorkommnisse und Persönlichkeiten des Landes jenseits des Ozeans. Nach reiflicher Überlegung war ich damit einverstanden.«

Lannie lächelte höhnisch und brach dann in ein hysterisches Lachen aus.

»Und so machte ich mich an die Arbeit«, fuhr McLeod unberührt fort. »Nach einiger Zeit bekam ich sogar einen Schreibtisch und eine Sekretärin.«

Hollingsworth erlaubte sich eine ironische Anmerkung. »Man muß zugeben, daß Sie eine Art Statistiker waren.«

»Ist es notwendig, darüber noch weiterzudiskutieren?« fragte McLeod.

Hollingsworth schnalzte mit der Zunge. »Nein, sofern wir zu einer Vereinbarung wegen des . . . kleinen Gegenstandes kommen könnten.«

»Ich habe ihn nicht«, murmelte McLeod.

»Nun, wir werden sehen.« Hollingsworth seufzte und blickte die Decke an. »Wie wär's, wenn wir weitergingen?« Er zog ein Blatt Papier zu sich heran, als hole er eine Karte aus einem Kartenspiel, und während er sich den Anschein gab, es zu lesen, nickte er und sagte bestätigend vor sich hin: »Ja, ja. So wird es gehen.« Er rückte seine Krawatte zurecht. »Würden Sie mir wohl erklären«, sagte er geschäftsmäßig, »warum Sie uns verlassen haben? Sie werden sich wohl daran erinnern, daß Sie spurlos verschwanden.«

McLeod prüfte seine Handknöchel. »Ich war zu der Überzeugung gekommen, daß ich als Mensch verloren war.« Aus einer kaum merkbaren Verbeugung in meine Richtung konnte ich entnehmen, daß er ebenso zu mir wie auch zu Hollingsworth sprach. »Ich war gezwungen, mir eine völlig neue Existenz aufzubauen. Sehen Sie, nach einem Jahrzehnt, das mit Handlungen angefüllt war, die meine revolutionäre Festigkeit untergruben, blieb nur eins wichtig, nämlich das Leben zu retten. Aber für wen? Bis dahin hatte ich mein persönliches Leben niemals als wichtig angesehen. Diese Erschütterung widerfuhr mir, als ich bei Ihren Freunden arbeitete.« McLeod strich sich behutsam mit der Zunge über die Lippen, als wolle er sich vergewissern, ob sie noch da seien. »Es dürfte unnötig sein, die verschiedenen Krisen geistiger, moralischer und sogar physischer Art, die ich durchmachte, zu spezifizieren. Ich brauche nur festzustellen, daß ich nach der klaren Erkenntnis meiner Situation entschlossen war, einen eindeutigen Bruch herbeizuführen.«

»Und so verschwanden Sie.«

»Ja.«

»Nahmen Sie den kleinen Gegenstand nicht mit auf Ihre Reise?«

»Nein.«

»Man entdeckte gleichzeitig sein Verschwinden«, erinnerte Hollingsworth.

»Zufälle können oft eine böse Rolle spielen.«

Hollingsworth nickte höflich. »Mit anderen Worten, Sie waren entschlossen, sich neuen radikalen revolutionären Aufgaben, wenn auch in kleinerem Rahmen, zu widmen.«

McLeod schüttelte den Kopf. »Ich widmete mich keiner Sache. Ich habe mich seitdem treiben lassen und mich in keinerlei politische Dinge eingelassen.«

»Sie scheinen anzunehmen, daß ich ein völliger Dummkopf bin«, ereiferte sich Hollingsworth. Er zog ein Stück Papier hervor:

»Mit der Einbeziehung des Arbeiters in die Staatswirtschaft der beiden gegensätzlichen Kolosse rückt die Barbarei immer näher.«

Hollingsworth las schwerfällig und bewegte seine Lippen, als forme er im voraus ein besonders langes Wort, einem Schuljungen gleich, der mißtrauisch vor einem Text sitzt, der seine Kenntnisse übersteigen könnte.

»Und für den künftigen Historiker des Sozialismus wird sich der Beginn der Tragödie des zwanzigsten Jahrhunderts auf die wenigen Jahre nach dem Ersten Weltkrieg fixieren lassen, als es der Revolution mißlang, sich über Westeuropa auszudehnen, und der junge Riese der Arbeiterbewegung so schwer getroffen war, daß er in den Todeskampf der Korruption, des Betruges und der Enttäuschung geriet.«

Hollingsworth blickte auf. »Soll ich fortfahren?«

»Wenn es einem bestimmten Zweck dient.«

»Jetzt, mit dem Näherrücken des dritten Weltkrieges, haben sich die barbarischen Maßnahmen, in Anbetracht der Konzentrationslager und der Geheimpolizei, die jede Opposition verschlingt, ausgezeichnet eingespielt. Und nun tritt der Krieg, der im Namen des Friedens geführt wird, schärfer in den Brennpunkt. Andererseits schrumpfen die Aussichten für den revolutionären Sozialismus auf einen Punkt am politischen Horizont zusammen. Aber dieser Punkt muß im Hinblick auf die Zeit nach dem Krieg, wenn sich die Kolosse gegenseitig zerschmettert haben werden und neue Voraussetzungen für eine erfolgreiche Weltrevolution des Proletariats bestehen könnten, erhalten bleiben. Als verantwortliche Sozialisten müssen wir jedoch zugeben, daß dafür nur eine schwache Möglichkeit vorhanden ist.«

Hollingsworth hörte zu lesen auf und blickte leicht triumphierend McLeod an. »Geben Sie die Urheberschaft zu?«

»Nein.«

Hollingsworth hustete in sein gefaltetes Taschentuch. »Es wird Sie interessieren, daß wir wegen dieses Artikels genaue Nachforschungen angestellt haben. Es beanspruchte Monate. Aber die Vervielfältigungsmaschine, das Papier, die Berücksichtigung anderer Artikel, die von demselben Mann stammten, seine Kenntnis der Vorgänge in unserer Organisation und der jenseits des Ozeans paßten genau zusammen.« Er nahm einen Prospekt aus seiner Schreibmappe und reichte ihn McLeod. »Sehen Sie sich das an. Da haben Sie den Beweis.« Und während McLeod ihn sorgfältig prüfte, saß Hollingsworth zurückgelehnt da und klopfte mit verhüllter Befriedigung auf den Verschluß der Schreibmappe, als sei es die Büchse der Pandora, die ihn mit allem, was er brauchte, versorgte.

»Schön«, sagte McLeod. »Ich habe diesen Artikel geschrieben.«

»Und die anderen?«

Ich lehnte mich vor, um seine Antwort zu hören, und mein Herz schlug mit überraschender Heftigkeit. »Ich habe alles geschrieben«, gab McLeod zu, und eine gehobene Stimmung, die ich kaum unterdrücken konnte, überfiel mich. Alles andere vergessend, wandte ich mich an Lannie. »Siehst du?« rief ich laut.

Aber sie war aus einem anderen Grund aufgesprungen. »Niemals hat er das geschrieben! Er lügt!«

»Setzen Sie sich«, sagte Hollingsworth ruhig.

»Nein, er kann es nicht geschrieben haben. Er betrügt euch alle.«

Sie verfiel in Schweigen und starrte, mit jeder Faser angespannt, vor sich hin. Hollingsworth stand auf, gab ihr eine Zigarette und zündete sie bedächtig an. »Ich habe Ihnen gleich gesagt, daß es Verdrehungen und Verwicklungen geben wird«, sagte er gleichmütig.

»Ich weiß, ich weiß«, murmelte sie.

Hollingsworth nahm seinen Platz hinter dem Tisch wieder ein. »Diese Unterbrechungen müssen aufhören«, erklärte er streng. »Ich werde nur fortfahren, wenn Mr. Lovett sich still verhält.« Als ich keine Antwort gab, lächelte er höflich, als ob er die Zurechtweisung zu mildern wünsche, und fuhr dann sachlich fort: »Sie beanspruchen dann also für sich, die letzten Jahre mit dem Schreiben solcher Artikel verbracht zu haben?«

»Ich habe geschrieben und studiert.«

»Nichts weiter?«

»Nein.«

»In der Voraussicht, daß mir ein Bursche wie Sie eine solche Antwort geben könnte, habe ich eine Zusammenstellung der historischen Begriffe gemacht, die Sie verwenden. Nicht ein einziges Mal habe ich das Wort ›Bürokrat‹ angetroffen, das ich Sie jedoch in unserer Unterredung immer gebrauchen hörte, wenn Sie sich der bolschewistischen Theorie —«

»— der marxistischen —«

»— zuwendeten, nachdem Sie sich so viele Jahre in jenem Land aufgehalten hatten.« Hollingsworth fuhr, sich fast verteidigend, fort: »Darf man daher das, was Sie jetzt tun, als Camouflage bezeichnen, wenn Sie verstehen, was ich meine?«

»Ich weiß nicht, was Sie damit sagen wollen.«

»Daß Sie sich mit der Theorie der Revolution nur befassen, um die Tatsache zu verschleiern, daß Sie immer noch zu der Organisation gehören, die Sie angeblich verlassen haben wollen, als Sie zu uns kamen. Warum, fragt man sich nun, hat man nicht weiter über Sie verfügt?«

»Sie haben mich niemals gefunden.«

Hollingsworth schnüffelte an seinen Fingern. »Unwahrscheinlich.«

»Leroy, Sie bestehen darauf, daß ich den kleinen Gegenstand habe. Wenn ich ihn hätte, wie könnte ich dann noch zu den —«

»— Bolschewisten gehören«, vollendete Hollingsworth.
»Wenn ich dazugehörte, hätten sie ihn doch längst von mir bekommen.«
Hollingsworth schloß die Falle. »Aber Sie geben doch vor, den kleinen Gegenstand nicht zu haben.«
McLeod brach in Lachen aus. »Das haben Sie gut gemacht, mein Freund«, sagte er.
»Ich denke, daß wir nun etwas weitergekommen sind«, seufzte Hollingsworth. »Ich möchte es zusammenfassen. Entweder Sie besitzen das, wonach wir suchen, und gehören keiner Organisation an, oder Sie besitzen es nicht, und dann haben Sie die Verbindung zum feindlichen Lager niemals aufgegeben. Sie wollten uns glauben machen, daß Sie ein anständiger Bursche sind und Ihre Vergangenheit bedauern. Aber diese beiden Möglichkeiten gibt es doch nur. Können wir auf dieser Basis weiterarbeiten?«
»Es wäre nur Zeitvergeudung.«
Hollingsworth nahm ein kleines Messer aus seiner Tasche und begann einen Bleistift zu spitzen. Er tat es langsam und bedächtig. McLeod sah ihm zu, und als Hollingsworth damit fertig war, sammelte er die Späne in seine Handfläche und warf sie auf den Fußboden. »Oh, verzeihen Sie«, sagte er gleich darauf und verwischte den Abfall mit dem Fuß. McLeod nickte; sein Mund war verkniffen.
»Wenn man sich entschlossen hatte, uns zu verlassen, um sich nur noch der Theorie zu widmen«, folgerte Hollingsworth, »warum sollte man dann den kleinen Gegenstand an sich nehmen?«
»Sie wünschen eine hypothetische Antwort?«
»Oh, natürlich, Anwesende sind ausgeschlossen.«
»Wieder einmal ist es ein Problem der Terminologie, Leroy. Oberflächlich betrachtet, ist es eine törichte Handlung, die die Lage unseres angenommenen Freundes, der gejagt wird, nur erschweren dürfte. In welcher Situation befindet er sich? Er ist dabei, sich umzustellen. Er muß die Gewohn-

heiten der letzten zehn Jahre über den Haufen werfen, und er kann sich nicht zurückziehen. Mehr noch, jede Verbindung zu irgendeiner Gruppe, mit der er sympathisieren könnte, ist ihm versperrt. Darum wird er ganz auf sich allein gestellt sein müssen, und der Diebstahl wird ihn darin festigen. Durch die Tat wird stets die Theorie gestärkt. Aber es gibt noch eine andere, sogar noch wichtigere Überlegung. Wenn der kleine Gegenstand weder im Besitz der einen noch der anderen Macht ist, bedeutet das einen Nachteil für beide. Ihn zu rauben, war eine moralische Tat.«

»Das alles klingt mir zu weit hergeholt«, sagte Hollingsworth.

»Glauben Sie, was Sie wollen.«

»Besitzen Sie den kleinen Gegenstand?«

»Nein.«

»Dann vermag ich nicht, Ihnen Glauben zu schenken.« Hollingsworth zog einen Schnellhefter aus seiner Schreibmappe. »Wir wollen mal sehen, ob man uneigennützig sein kann. Ich möchte auf unseren Balkanfreund zurückkommen, mit dem ich Sie in der letzten Sitzung bekannt machte. Leugen Sie immer noch, ihn zu kennen«

McLeod nahm sich mit der Antwort Zeit. »Ich habe nachgedacht und glaube, daß ich ihn ein- oder zweimal getroffen habe.«

»Ist das alles?«

»Jedenfalls alles, worauf ich mich besinnen kann.«

»Werfen wir einen Blick auf die Tatsachen«, sagte Hollingsworth mit offensichtlicher Freude an diesem Wort. »Dieser Balkan-Gentleman taucht in einem Mittelmeerland auf, im Jahre — wollen wir 1936 sagen? Besagtes Land steht mitten in einem innenpolitischen Konflikt, und die Macht, die er vertritt, unterstützt eine der beiden Parteien, die Partei der legal gewählten Regierung. Unser Freund übernimmt eine hohe Funktion, die mit einer besonderen Brigade internationalen Charakters verbunden ist, und betreibt Abwehrspionage. Auf Grund unserer Unterlagen können wir feststellen, daß er zuvor Reden gehalten hat, die ihn für diese Aufgaben als geeignet erscheinen lassen. Warten Sie, ich werde Ihnen einen Auszug vorlesen.«

Hollingsworth nahm sorgfältig ein weiteres Blatt aus dem Aktendeckel und legte es vor sich auf den Tisch. »Hören Sie, was er gesagt hat:

›Es genügt nicht, für die Revolution nur zu arbeiten. Man muß kämpfen, und zwar dort, wo der Kampf am härtesten ist, und Aufgaben übernehmen, die sehr im Gegensatz zu denen stehen, die unser sozialistisches Herz am meisten erfreuen, wie die Schaffung von Kollektiven, die Industrialisierung brachliegender Bezirke und andere unserer wichtigen Schöpfungen. Jene Aufgaben haben einen weniger angenehmen Charakter. Man beweist aber seine revolutionäre Ader, indem man das Schwierigste, das Undankbarste, ja selbst das Schmerzvollste mit Freuden übernimmt. Nicht um unserem umfassenden Sicherheitsdienst, diesem Wachhund der Revolution, höchstes Lob zu spenden, sage ich, daß ich meine neue hohe Stellung im Herzen der Auseinandersetzung, wo man tausendfach erprobt wird, freudig annehme.‹ «

Hollingsworth nickte. »Der Herrscher besagten Landes pries den Verfasser aufs höchste.«

»Heute wohl nicht mehr«, sagte McLeod.

»Man kann nie wissen.« Hollingsworth hustete. »Dieser Bursche drückt den Wunsch aus, geprüft zu werden, und so, wie die Bedingungen in besagtem Konflikt waren, dürfte er dazu genügend Gelegenheit gehabt haben. Der erste Fall, auf den ich stieß, ist wenig bedeutungsvoll. Bestimmte Elemente dieser Brigade waren in der Kampffront unmittelbar neben anderen Elementen eingereiht, mit denen sie nicht sympathisierten. Ich muß zugeben, daß ich es niemals ganz klären konnte, denn mit all diesen Parteien und Gruppen ist es sehr kompliziert. Aber die besagten Elemente waren Arbeitern zugesellt, die sich als Revolutionäre ausgaben — wenn ich mich recht besinne, nannten sie sich ›Pow-wows‹ oder ähnlich — und politisch mit der Brigade nicht übereinstimmten. Einmal kommt Munition durch mit Hilfe der großen, die Brigade unterstützenden Macht, und die Waffen werden so verteilt, daß die Pow-wow-Elemente leer ausgehen. Als der Feind angreift, werden die Pow-wows in die Flucht geschlagen, was zu einer Katastrophe führt, weil die Flanke eingedrückt ist und viel Boden verlorengeht. Hinterher kommt es zu Streit in der Brigade. Warum, fragen sie, hat man der Flanke keine Waffen gegeben? Dieser Streit ist die Ursache, daß eine Delegation unseren Balkanfreund aufsucht, um zu protestieren. Er diskutiert mit ihnen, versucht ihnen den Protest auszureden. Aber da seine Bemühungen mißlingen, ist er gezwungen, einen Verhaftungsbefehl zu geben, und es kommt eine Meldung an die Brigade zurück, daß die Mitglieder der Delegation als feindliche Agenten entlarvt worden sind. Ja, mehr noch, unser Freund erklärt, daß die Gerüchte, die Pow-wows hätten keine Waffen bekommen, falsch seien. Sie hätten die Waffen bekommen, aber sie an den Feind verkauft und sich aus Feigheit zurückgezogen und nicht aus Waffenmangel. Diese Geschichte wird von den besten Propagandaagenten verbreitet. Unser Balkan-Gentleman gesteht einem seiner Mitarbeiter, daß tatsächlich ein fürchterlicher Fehler gemacht wurde, weil man die Pow-wows nicht mit Waffen versorgte, wenn sie auch eine Art Anarchisten seien. Aber, und nun zitiere ich wörtlich — ›es ist besser, einen Fehler mit aller Energie durchzustehen, als mitten drin haltzumachen und umzukehren‹. Nun, was meinen Sie zu diesem Burschen?«

»Er war das Produkt eines Systems«, murmelte McLeod. Auf seiner Stirn hatte sich Schweiß gebildet.

Hollingsworth bot ihm eine Zigarette an, erfuhr aber eine Ablehnung. »Unsere Berichte gehen in dieser Angelegenheit ungewöhnlich tief in die Einzelheiten, denn mehrere untergeordnete Mitarbeiter sandten fortlaufend eigene Berichte ins Mutterland, und durch gewisse Querverbindungen kamen wir in die Lage, Kopien zu erhalten. Dabei fällt mir eine andere Sache ein, der Fall eines Pow-wow-Führers, der ebenfalls Anarchist war, oder was er sonst gewesen sein mag, der die Zusammenarbeit verweigerte und den Versuch machte, die Arbeiter zur Revolution aufzustacheln, bevor der Krieg zu Ende sei. Das entsprach nicht der Politik der großen Macht, die die Waffen lieferte. An einem unruhigen Abend spricht dieser Führer auf einer Art Versammlung der Pow-wows.« Hollingsworth seufzte. »Die Rede gipfelte in der Erkenntnis, daß sie den Krieg verlieren werden, wenn die Arbeiter nicht begreifen, daß sie für ihre eigene Revolution kämpfen müssen und nicht wegen der Versprechungen, die irgend jemand gemacht hat. Eine Aktion liegt also in der Luft, und wer weiß, wie sich alles entwickeln kann. Unser Balkanfreund, dem die Lage bekannt ist, handelt auf Grund der von oben erteilten Befehle sehr schnell. Zwei gedungene Mörder liquidieren zwei Nächte später jenen Führer und mehrere seines Anhangs, und fingierte Dokumente, die beweisen, daß auch er ein feindlicher Agent gewesen war, werden verbreitet.«

»Arbeiterblut«, sagte Lannie plötzlich. Ihre Stimme klang hohl. McLeod stütze einen Ellbogen in die Hand und zündete sich eine Zigarette an.

»Ich habe das Verhalten dieses Balkan-Gentlemans studiert, und man muß seine Tüchtigkeit bewundern. Lassen Sie mich einen anderen Fall vortragen . . . »

Aber auch ein anderer erschöpfte noch nicht alles. In meinem Kopf wirbelte es, mein Verstand war wie gelähmt, die Vorfälle häuften sich, die Waffenschiebungen, die Verhaftungen, die Morde, Verleumdungen und Verrat, magyarische Messer und das weite Spinnennetz des Balkan-Gentlemans. Hollingsworth pickte Einzelheiten heraus, mit sanfter, toter Stimme, ein Buchhalter, der aus seinem Hauptbuch vorliest. Die Finger breiteten eins nach dem anderen aus: »Fall drei, Gegenstand vier und Sache fünf«, sie wurden durchgearbeitet und dann gefaltet in die Schreibmappe zurückgelegt. Nachdem die erste Reihe erledigt war, kam die zweite dran, bis zu »Plan sieben« und »Sache acht«. Und während sich die Unterlagen vermehrten, suchte McLeod Rückendeckung. Schweigend hörte er sich einen Bericht nach dem anderen an — Schweiß sammelte sich auf seiner Stirn, und Schweiß durchfeuchtete die Vorderseite seines Hemdes — und mit so augenfälliger Geduld, daß ich nahe daran war, von mir aus zu protestieren, weil man mit aller Gründlichkeit an einem einzigen Detail festhielt, das mir belanglos erschien. Lannie lauschte mit offenem Mund und glänzenden Augen, schüttelte bisweilen den Kopf und schnalzte mit der Zunge — eine so angespannte Zuhörerin, daß sie die Erwartungen jedes Schauspielers übertroffen hätte. Sie schenkte ihre Aufmerksamkeit jedem der beiden Sprecher.

»Ich komme nun«, sagte Hollingsworth, »zu einem besonderen Zwischenfall, der meine Beachtung auf sich zog, als ich die Akten durchging. Es ist nur eine geringfügige Angelegenheit, möchte ich sagen, aber ich fand sie ungewöhnlich interessant. Da arbeitet ein junger Bursche in der Organisation dieses Herrn, von dem wir gesprochen haben. Allen Berichten nach zu urteilen, ein netter Bursche, aber ein wenig ungewandt. Und nach einem Jahr oder so, nachdem er dauernd zwischen der Front und der Etappe hin und her pendelte, beginnt er, sich sehr ungewöhnlich zu benehmen. Unsere Berichte stellen fest, daß er herumgeht und jedermann etwa folgendes sagt: ›Wir werden diesen Krieg verlieren, und es wird allein unser Fehler sein. Wir morden unschuldige Menschen. Die Anarchisten und die Pow-wows sind geniale Revolutionäre, aber was sind wir? Das frage ich mich.‹ Es ist geradezu aufregend, wie wenig zurückhaltend dieser Bursche ist. Sein Balkanchef wird mit Berichten bombardiert, man will wissen, was er dazu sage, und er hält mit seiner Meinung nicht hinterm Berg.« Hollingsworth blickte jeden von uns der Reihe nach an und dramatisierte durch die eingeschaltete Pause den Bericht. »Befehle werden erlassen: der junge Mann sei Gegenrevolutionär und müsse liquidiert werden. Bis dahin ist es ein einfacher Fall.« Zärtlich rieb sich Hollingsworth die Nasenspitze mit dem geschärften Bleistiftende. »Was macht nun der Chef? Mancher wird es auf Grund seiner früheren Handlungen für etwas Improvisiertes halten. Er tötete den jungen Mann nicht. Er verbirgt ihn an einem geheimen Ort und gibt einen falschen Bericht ab. Ein sehr ungewöhnliches Vorgehen. So ungewöhnlich, daß er fast damit durchkommt. Aber irgendwie wird es bekannt, und in unmißverständlichen Redewendungen wird ihm klargemacht, daß der junge Mann zu liquidieren sei oder er selbst daran glauben müsse.«

»Ohhh«, stöhnte Lannie.

»Jawohl. Und dann tat er das, was man von ihm verlangt hatte. Der junge Mann wurde liquidiert. Jedoch geschah, meines Erachtens aus Gründen psychologischer Natur, etwas Außergewöhnliches: er tötete den jungen Mann selbst.«

»Was heißt außergewöhnlich?« fragte McLeod matt.

»Nun, sehen Sie, der Chef hat bisher niemals so etwas getan. Dafür gibt es genug Untergebene. Aber in diesem Fall besucht er den jungen Mann, der ihm, so überraschend das sein mag, blind vertraut, und nachdem sie sich stundenlang unterhalten haben, führt er den Auftrag aus. Zurückgekehrt, setzt er sich hin und schreibt die ganze Angelegenheit für sich selbst nieder, ohne daran zu denken, daß das jemals in unsere Registratur gelangen könnte. Was würden Sie zu all dem sagen?«

»Daß es grausam ist!« rief Lannie mit einem Lächeln.

Hollingsworth schüttelte den Kopf. »Er hatte den Auftrag, und sie waren im Recht. Vielleicht war der Gentleman nahe daran, zu . . . abzuirren — ist das der Ausdruck? Aber dadurch, daß er selbst den jungen Burschen umbrachte, denke ich mir, würden sie annehmen, daß er sich wieder einreihen wollte. Mag sein, daß er selber dieses Bedürfnis empfand. Ich vermute, es ist Ihnen bekannt, daß er hinterher noch einen Mord ausgeführt hat. Abermals persönlich.«

»Und wie verhielt es sich damit?« fragte McLeod mit rauher Stimme.

»Ach, mehr eine Routineangelegenheit.« Und Hollingsworth setzte seine Ausführungen noch eingehender, wenn das überhaupt möglich war, fort. Es gab da einen Freund des Balkanchefs, einen sehr engen Freund; sie kannten sich seit Jahren und hatten mehr als einmal zusammengearbeitet. Er wurde ebenfalls mit einer Mission in die Hauptstadt besagten Mittelmeerlandes geschickt, wo unser Mann an der Spitze sich bereits vergnügte. Die Mission erfolgte im Auftrag des Mutterlandes — wie Hollingsworth es nannte —, es war eine sehr wichtige, und dennoch wurde es offenkundig, daß er sich nach zweiwöchigem Aufenthalt in der Stadt sehr seltsam benahm. Ein Mann, der selten Schnaps angerührt hatte, fing an zu trinken; diesem Mann mit den stählernen Nerven, dem ehemaligen Soldaten eines früheren Bürgerkrieges, begannen die Hände zu zittern, und ihm, der immer dick gewesen war, schlotterten die Anzüge. Nachdem er seinen Auftrag erledigt hatte, ging er in sein Hotelzimmer und blieb dort drei Tage lang, ohne jemanden zu sehen, nur mit Trinken beschäftigt. Ein Paß für seine Rückkehr in den Osten traf ein, aber er schickte ihn mit der Post an seinen Balkanfreund in der gleichen Stadt zurück. Daraufhin machte sich dieser auf, um ihn zu besuchen, und wieder wurde, wie uns Hollingsworth mit Genuß berichtete, stundenlang geredet, und weiß Gott, es war Stoff genug für eine Diskussion vorhanden: »Wir haben die Revolution sabotiert«, sagte der alte Freund, »und uns selber aufgefressen. Diese Gerichtsverfahren ... kennst du ihre Verlogenheit? Weißt du, daß die Forderung nach Gleichheit eine bürgerliche Forderung ist, daß wir der Rekordarbeit begeistert zugestimmt haben und unsere Frauen Pelze tragen? Wir haben Dreck in die Milch und Gift in den Honig getan und den Sozialismus um hundert Jahre zurückgeworfen. Denn die sozialistische Moral ist tot, und ich bin zu der Erkenntnis gekommen, daß Lügen, im Gegensatz zu Engeln, nicht auf einem Nadelkopf tanzen können.« Und so stritten sie miteinander oder, richtiger, der alte Freund hielt eine Rede, und schließlich schwor er, nicht zurückzugehen, es sei denn, man würde ihn mit Gewalt dazu zwingen, und er wagte es, seinem alten Kameraden die Anwendung von Gewalt nahezulegen.

»Und am Ende«, sagte Hollingsworth, »war dieser Idealist eine Leiche. Ein außergewöhnlicher Fall. Sie begreifen, daß der Chef seine Autorität mißbrauchte. Er war nur beauftragt gewesen, den Paß zu übergeben. Das übrige hätte er anderen überlassen sollen.«

»Ich möchte meinen«, murmelte McLeod undeutlich, die Haut spannte sich über den Backenknochen, »daß ein Mann, der solche Handlungen vollzieht, der das Vertrauen eingebüßt hat und von eigenen Zweifeln schmerzhaft zerrissen wird, nur damit fertig werden kann, wenn er sich immer weiter antreibt und sich nun in die Stellung eindrängt, die er befürchtet, seinen Untergebenen nicht mehr überlassen zu können.«

»Es tut mir leid, nicht mit Ihnen übereinzustimmen«, sagte Hollingsworth leise, »aber das widerspricht allen Tatsachen. Wir wissen aus seinem eigenen Eingeständnis, daß dieser Bursche während des ganzen Durcheinanders bis zum Ende bei der Organisation blieb und noch eine ganze Weile hinterher. Ja, es liegt sogar Grund zu der Annahme vor, daß er noch immer dabei ist.«

»Ich bin nicht dieser Mann«, sagte McLeod verzweifelt.

»Kann man nie genau wissen. Sie verteidigen ihn.«

»Ich versuche, sein Verhalten zu erklären.« McLeod

wischte mit einer schnellen Zungenbewegung etwas Feuchtigkeit von seiner Oberlippe.

»Kann sein«, nickte Hollingsworth, »aber immerhin ist es interessant. Jedenfalls haben sie stundenlang miteinander gesprochen, vieles muß in dieser Zeit gesagt worden sein.«

An McLeods Schläfe zuckte eine Ader, die aus der Haut hervortrat.

»Sie nehmen an, daß diese Dinge kaltblütig durchgeführt wurden?«

Hollingsworth erschien gleichgültig: »Ich habe auf meinem Arbeitsgebiet festgestellt, daß nur die Tat zählt. Mag so ein Bursche sich so oder so fühlen, schließlich beschäftigt mich nur das, was er getan hat. Sehen Sie, in unserem Fall trägt der Mann, von dem wir sprechen, eine Waffe bei sich, er fühlt sie sozusagen die ganze Zeit über, während er spricht, körperlich. Man kann sogar annehmen, daß er in all den Stunden vielleicht ein- oder zweimal entschlossen war, sie nicht zu gebrauchen, denn im Grunde liebt er den anderen sehr. Aber ganz gleich, was er auch denken mag, es endet doch damit, daß er abdrückt. Er kommt mit der Todeswaffe« — Hollingsworth demonstrierte es an seinen Fingern —, »und er geht mit dem gleichen Instrument wieder fort, jedoch abgefeuert. Ein Anwalt mag darüber argumentieren, ob es kaltblütig oder nicht kaltblütig geschah, aber mir will es scheinen, daß er, falls sein Entschluß nicht von vornherein festgestanden hätte, die Mordwaffe nicht mitgebracht haben würde. — Wissen Sie, ich habe da eine Frage.«

»Und welche?« knurrte McLeod.

»Hat dieser Bursche nicht bis zum heutigen Tag sein Werk fortgesetzt? Ich behaupte, solange er nicht den Gegenbeweis antritt, daß er es tut. Meiner bescheidenen Meinung nach muß er es tun, denn keiner kann sich eingestehen, daß er auf dem falschen Weg ist. Das läßt sich einfach statistisch beweisen. Keiner der Bürokraten, wie ich bereits ausgeführt habe, kehrte zur Idee zurück. Müßte nicht ein Bursche, der eingesteht, alle diese Dinge getan zu haben, und hinterher erklärt, falsch gehandelt zu haben, sich über jedermann hinwegsetzen können? Warum nicht über mich zum Beispiel?«

«Nur wenn Sie Ihre eigenen Verfehlungen eingestehen, können Sie zu einem Urteil kommen», sagte McLeod langsam.

»Unsinn. Sie gehören zu den Burschen, die alles gern in eine Diskussion ziehen. Unsereiner aber hat sich an Taten und nicht an Worte zu halten.«

McLeods Augen, die in dem hageren Gesicht brannten, blickten über den Tisch auf Hollingsworth. »Ich bin nicht der Diener irgendeiner Macht.«

»Dann haben Sie, was wir suchen.«

»Ich habe es nicht.«

»Sind Sie der Balkan-Gentleman, über den ich berichtet habe?«

»Nein.«

»Was würden Sie sagen, wenn Sie es wären?«

»Daß eine der beiden Behauptungen, die sie aufgestellt haben, korrigiert werden muß.«

»Endlich.« Hollingsworth setzte sich zurück und zündete eine Zigarette an. Aber obwohl er seine Hände bequem im Schoß gefaltet hielt und seine Schultern die Lehne des Stuhles berührten, war er kaum entspannt, und das Gefühl, dem Höhepunkt, den er zu erreichen wünschte, nahe zu sein, war so erregend, daß er sich kaum mehr zurückhalten konnte.

»Miss Madison«, sagte er, »würden Sie bitte für einen Augenblick das Zimmer verlassen?«

Sie stand wortlos auf und schloß die Tür hinter sich. Hollingsworth beugte sich vor und knipste die Lampe an, so daß sie unmittelbar in McLeods Gesicht schien.

»Sehen Sie«, murmelte er, »ich habe die größte Bewunderung für Sie und fühle mich ziemlich unbehaglich, wenn ich diese Dinge sagen muß. Aber Sie brauchten das alles nicht durchzumachen. Es würde so einfach sein, wenn Sie mein Angebot annehmen würden. Sie könnten dann fortgehen.«

»Das Angebot war niemals endgültig«, brachte McLeod betont heraus.

»Jetzt aber ist es. Ich kann Ihnen sagen, daß ich für Männer Ihrer Art Respekt empfinde; ein Mann, der so viele andere unter sich hatte, und der, wenn es sein Wunsch gewesen wäre, hätte in Luxus schwelgen können« — Hollingsworth übersteigerte sich lustvoll —, »eine ganze Armee hätte er kaufen können!« Dann sank seine Stimme herab, und indem er jede Gefühlsäußerung unterdrückte, fügte er hinzu: »Statt dessen sitzen Sie in der Tinte. Man sollte sich niemals das Leben wegen nichts und wieder nichts schwermachen.«

Er hielt inne und entzündete sein kleines Feuerzeug. Eine Hand krazte draußen an der Tür, so wie sie Wochen zuvor gekratzt hatte. Das Geräusch verstärkte sich, es hatte etwas Übersteigertes, Krankhaftes an sich, bis schließlich der Finger einen kreischenden Laut erzeugte, der unsere Ohren peinigte. Die Glühbirne strahlte in McLeods Augen, der Finger kratzte und flehte, daß es uns bis unter die Haut drang, und währenddessen beobachtete Hollingsworth McLeod.

»Lassen Sie das Geräusch aufhören«, sagte McLeod.

»Stört es Sie?«

»Von mir aus lassen Sie es weitergehen.« Aber er umklammerte die Tischkante, und über seinen fest verschlossenen Mund lief ein Zittern, als ob ein anderer, bisher verborgen gehaltener Mund versuche, sich leise bemerkbar zu machen.

»Das ist dasselbe Geräusch«, stellte Hollingsworth fest, »das der Balkan-Gentleman bei einem bestimmten Geheimauftrag anwandte. Ein Losungswort, möchte man sagen, und er benutzte es an dem Abend, als er seinen alten

Freund besuchte. Aus Ihrem Verhalten ist ersichtlich, daß Ihnen das Geräusch vertraut ist.«

McLeod gab keine Antwort.

»Sind Sie der sogenannte Balkan-Gentleman?« Eine halbe Minute schien zu vergehen, während der das Kratzen immer noch anhielt und das Lampenlicht auf McLeod eindrang, bis er sagte: »Ja.«

»Haben Sie die Organisation tatsächlich verlassen?«

McLeod nickte.

»Dann haben Sie noch den kleinen Gegenstand?«

»Ja«, sagte McLeod.

»Und wo ist er?«

»Nein! Nun ist es genug, nun ist es genug!« schrie McLeod. »Nicht heute! Geben Sie mir Zeit!« In seiner Erregung war er aufgesprungen und beugte sich über den Tisch. Ich glaubte, daß er in Tränen ausbrechen würde.

»Gut, lassen wir es genug sein«, sagte Hollingsworth. »Beruhigen Sie sich.« Und zu meiner Verwirrung ging er um den Tisch an McLeods Seite und klopfte ihm sanft und mitfühlend auf die Schulter, wie ein Mann, der einem anderen eine traurige Nachricht übermittelt hat. »Beruhigen Sie sich doch und nehmen Sie sich zusammen«, sagte er weich.

»Lassen Sie mich«, sagte McLeod mühsam.

»Wir wollen es vertagen und fortfahren, wenn ich weitere Berichte habe«, sagte Hollingsworth ruhig, »und ich möchte Ihnen für Ihr Entgegenkommen danken, Sir.«

Nach einer letzten besänftigenden Berührung von McLeods Nacken sammelte er seine Papiere ein und verließ das Zimmer.

25

In der kurzen Zeit, die zwischen dem Abend nach der Unterredung und dem darauffolgenden verblieb, kam McLeod in mein Zimmer und sprach viele Stunden lang.

Und einem Mann gleich, der eine tödliche Krankheit in sich trägt und besessen ist von dem Gedanken an den Tod und daher ständig von ihm sprechen muß, ging er mitten in der Nacht in meinem Zimmer auf und ab und berichtete in unerklärlichem Zwang von den Verbrechen, die er begangen hatte. Es strömte aus ihm heraus, und er vermochte es nicht einzudämmen, ebensowenig wie ich meine Ohren verschließen konnte. Und während die Nachtluft träge in meiner Mansarde stand und Insekten auf der Suche nach dem Fenster immer wieder gegen die Wände stießen, ergoß es sich über mein Haupt. Es war ein Strom von Gegenanklagen und Rechtfertigungen. Mancher Ort wurde dabei genannt, von dem ich niemals gehört hatte, und eine Fülle von Namen, die ich kaum auseinanderzuhalten vermochte. Er zerfleischte sich selbst, drang tiefer und tiefer in das Netz der Motive, und jeder neue Beweggrund seiner Taten war fürchterlicher als der vorangegangene, und als er schließlich zu seiner, wenn auch nicht zu meiner Befriedigung die letzten Eiterherde einer Wunde freigelegt hatte, hörte er mit dem Schneiden nur auf, um sich an die nächste zu machen. Und falls ich schließlich hätte beginnen können, von der ersten Verwirrung zu der Erkenntnis vorzudringen, wie tief das Schuldbewußtsein in ihm saß, hätte er meine Gedanken mit der eifrigen Demonstration aufgehalten, wie er bei aller eingestandenen Perfidie nichtsdestoweniger bei bestimmten Gelegenheiten gewisse . . . Anstrengungen gemacht hätte . . ., versucht hätte . . ., ja sogar . . .

So hörte ich ihm eine Nacht lang und den größten Teil der nächsten zu, ohne zu wissen, was ich sagen sollte, während er unentwegt fortfuhr, halb für sich und halb für mich Verteidigung gegen Anklage zu setzen, den ethischen Menschen und den Verbrecher zusammen vor Gericht zu bringen und sie miteinander streiten zu lassen, und sogar, wenn ich als Richter den Angeklagten hätte freisprechen wollen, lieferte er sich selber der Hinrichtung aus.

»Sie werden es natürlich nicht wahrgenommen haben«, sagte er im Verlauf, »aber ich beobachtete Sie die ganze Zeit hindurch, und auf Ihrem Gesicht lag ein besonderer Ausdruck: Sie glaubten mir nicht. Sie konnten es nicht als wahr hinnehmen, daß dieser leibhaftige McLeod solche Dinge begangen haben sollte. Immer, wenn Sie darauf warteten, daß ich etwas leugnen sollte, fühlte ich das. Und auch jetzt akzeptieren Sie es noch nicht. Sie warten auf ein Zauberwort, das ich nur zu murmeln brauche, damit sich sofort meine Erklärungen in Reih und Glied einorden ließen. Und ich könnte es Ihnen sagen, ich könnte Ihnen mit Daten und Fakten dartun, daß ich nicht der Balkan-Gentleman bin, den Leroy so großartig dargestellt hat, aber was könnte es verhindern? In Wirklichkeit verbindet mich mit Leroy etwas Tiefes; man kann fast sagen, daß wir Sympathie füreinander haben. Und dann war da Ihre Gegenwart und die des Mädchens. Wer weiß, was die alles quatschen würde. Hinzu kommen seine schauspielerischen Fähigkeiten für das Geschäft, die nicht außer acht gelassen werden dürfen — wobei es gleichgültig ist, ob sie von der Organisation erkannt wurden oder sich nur zufällig auswirken. Jedenfalls konnten sie meines Erachtens keinen Besseren auswählen, denn ich kann Ihnen versichern, daß hinter all den Phantastereien über meine Taten im Mittelmeerraum weder eine juristische Wahrheit steht, noch das, was man gemeinhin als Wahrheit bezeichnet, aber wenn ich nicht die eine Tat begangen hätte, wäre es eine andere gewesen. Und sie müssen seine teuflische Klugheit erkannt haben, sicherlich eine instinktive, denn sein Instinkt ist hervorragend. Er wußte, wie ich auf die unterbreiteten Einzelheiten reagieren würde. Ich habe das die ganzen Jahre hindurch vor mir verborgen gehalten — oh, natürlich war ich mir bewußt, was ich tat, aber nichtsdestoweniger bildet der Name einer Sache eine gewisse Brücke, und alles erscheint vernünftiger und wahrscheinlicher, so lange, bis man es symbolisch nimmt, von der metamorphischen Seite. Das ist dann, als ob man sich zur Mündung eines Gewehres niederbeuge, das einem eine Ladung ins Gesicht jagt. Und während der ganzen Zeit war auch derjenige Teil meines Gehirns in Tätigkeit, der sich von Eiswasser nährt, und, um der Wahrheit die Ehre zu geben, er bewunderte Hollingsworth des genußreichen Schauspiels wegen, das er gab. Und sehen Sie, ganz gleich, wie ich leide — das Gefühl ist falsch; denn selbst noch in diesem Augenblick empfinde ich ein ausgemachtes Vergnügen, denn im Grunde leide ich gar nicht, sondern versuche nur zu leiden, und mit solcher Anstrengung, daß ich unter den Anstrengungen leide. Meine kaltblütigen Erwiderungen haben es bewiesen.«

Er hörte auf zu sprechen, aber es war nur ein äußerlicher Unterschied; denn weiterhin lief er hin und her, die letzte der pausenlos gerauchten Zigaretten hing ihm aus dem Mund und legte eine Aschenspur durch das Zimmer. Ohne Zweifel schossen auch jetzt Worte durch seinen Kopf, bedrängende und brodelnde, und unter der Gewalt seines inneren Selbstgesprächs formten seine Lippen ein stummes Abbild dessen, was er zu sagen wünschte.

Ohne ersichtlichen Grund begann er wieder laut zu sprechen. »Doch frage ich mich, ob Sie sich einfach täuschen, wenn Sie so viel Vertrauen in mich setzen, oder ob es ein Zeichen dafür ist, daß ich mich in den letzten Jahren so verändert habe, daß man mir Lauterkeit und die Fähigkeit zu theoretischer Spekulation zutraut, denn Sie haben sich nun selbst darin verstrickt, meinetwegen. Mag sein, daß die revolutionäre Potenz, die ich einmal besaß, noch nicht ganz vergeudet ist und immer noch Hoffnung für mich besteht, falls ich die hundert Verbrechen aus meinem Kopf herausbekommen und sie ein für allemal abschütteln könnte, um erneut mit Kraft zuzuschlagen, statt lahme Schritte zu unternehmen. Aber nein!« — er schlug mit der Faust in die Handfläche — »das ist rationalistisch gedacht. Man könnte vermuten, daß ich zum Äußersten bereit bin, um irgendeinen Ausweg zu finden, und selbst Sie mit all Ihrem armseligen Drum und Dran zu gewinnen suche, um mich von den Anklagen zu befreien.«

So ging es immer weiter, und schließlich trat das Ergebnis all der Nächte ans Licht, in denen er unter Anspannung all seiner Nerven und mit schmerzenden Gliedern schlaflos gelegen hatte, während in quälendem Aufruhr jeder neuentstandene Gedanke den entgegengesetzten hervorbrachte, bis jeder Gegenstand in der Dunkelheit eine tiefere Bedeutung erhielt, bis ein Stuhl seine Kindheit umfassen konnte, und der warme, entspannte Körper Guineveres, der neben ihm schlummerte, zum Symbol aller Frauen wurde, die er jemals gekannt hatte, aber im Negativen, so daß alles Vergnügen, das sie ihm jemals bereitet hatten, nicht mehr spürbar war. Er plagte sich mit dem quälenden und schwankenden Bewußtsein des unerfüllten Lebens, bis das Fleisch seines Weibes nur noch Fleisch war, Fleisch, womit man auch das Fleisch einer Mahlzeit bezeichnete, und das Fleisch all der Leichen, die er gesehen hatte und von denen einige ihm zur Last fielen.

»Ich bin der einzige, so sagt er, der jemals zur Idee zurückgekehrt ist; er stellte es mit einem Schmatzen seiner Lippen fest, denn für ihn ist es statistisch erwiesen, und das genügt ihm. Das ist der Schlüssel für ihn, den er braucht. Aber wissen Sie, was es bedeutet, umzukehren? Es ist die einzige Heldentat meines Lebens, jawohl«, betonte er, »stellen Sie sich vor — Sie haben genügend Phantasie dazu — und vergessen Sie nicht, daß man sich dem Land jenseits des Ozeans völlig verschrieben hatte, und man dann zum endgültigen Verstehen der blutigen, unerläßlichen Aufgabe der Geschichte und der unvollkommenen Menschen kommt, mit denen man sie ändern will, und es gehört die ganze Entscheidungskraft dazu, sich klarzumachen, daß es Gute und Böse auf der einen Seite und Böse und Gute auf der anderen Seite gibt. Und was für eine klägliche, aber nichtsdestoweniger köstliche Befriedigung bereitet es, wenn man von gewissen, unangenehmen Vorfällen auf der Seite, auf der man steht, hört, weil man es als eine Prüfung für sich selbst ansieht und davor nicht zurückschreckt, so schwer es auch ist. Gut, aber dann kommt es noch härter, sie brennen einem alles Weichliche aus, und man macht sich selbst härter, weil man alles hinnimmt, alles auf sich nimmt.« Er hielt mitten im Raum an und blickte mit zusammengepreßtem Mund erwartungsvoll auf mich. Wenn ein Glas Wasser in seiner Hand gewesen wäre, würde er es mit einem Schluck hinuntergestürzt haben. »Aber das ist erst der Anfang, denn bald erkennt man, daß man sich zu verleugnen beginnt, all die Sehnsüchte des dumpfen Körpers, bis man ausgebrannt ist, ausgebrannt für kommende Generationen, und man sich nur noch treiben lassen kann. Begreifen Sie nicht, Sie armes Schwein«, schrie er in mein unbewegliches Gesicht, »warum wir so lange in einer jetzt reaktionär gewordenen Lage verharrten und dadurch Brennmaterial für die Gegenrevolution ansammelten? Man hat ja kein Leben mehr, und darum weiß man nicht, was es bedeutet, zu verleugnen, was den Sinn des Lebens ausgemacht hat; denn wenn man falsch gehandelt hat, was ist dann mit den zehn Millionen Gräbern? Und so ist man denen völlig verhaftet, verstehen Sie das? Und jede Handlung, die man vollbringt, kann nur noch mehr die eigene politische Stellung befestigen oder, wie ich es jetzt nennen müßte, die nicht mehr vorhandene. Aber da ist dieser Alpdruck, daß man was falsch gemacht hat, wo sich doch täglich etwas ändert, bis schließlich nur noch der eine Weg übrigbleibt, durch Schuldbekenntnisse zur Absolution zu gelangen. Und trotz all dieser Aktivität und abermals Aktivität ist man den alten Ideen gegenüber noch aufgeschlossen: Akkumulation und Ausbeutung der einen Klasse durch die andere. Oder Sie schlagen Ihre Zähne in das Fleisch, das Ihnen erlaubt ist: Immerhin, der Privatbesitz ist abgeschafft, und darum . . . darum sollte man . . . Ich existiere, und darum ist auch die alte Idee des Sozialismus noch am Leben, und es gehen einem phantastische Feststellungen durch den Kopf. Eine davon, natürlich eine völlig absurde, habe ich zu Papier gebracht: ›Die historische Funktion der Sowjets ist die Zerstörung des geistigen Gehalts des Marxismus‹ — falls nicht schon der Antipode in mir dabei war, den Sieg davonzutragen, und ich mich nicht schon den anderen zuwandte, die die Partei im Stich ließen. Und das Im-Stich-Lassen hatte keinen Zusammenbruch zur Folge, denn da gab es ja eine andere Art Ausbeutung, an der man teilhaben konnte. Ach, keiner von jenen kehrte zur Idee zurück, wie Leroy auf Grund all seiner kleinen, auf dem Papier festgehaltenen Zahlen darlegen kann. Und kein Wunder bei all dem stinkenden Tatsachenballast und den Aufträgen in ihren Köpfen; sie hatten sich völlig einem verfaulten Boot anvertraut, und was können sie weiter tun, sie sind Seeleute, sagen sie, und so gehen sie zur anderen stinkenden Barke über, zur alten Ausbeutung statt der neuen, und sie tauschen Leroy dabei ein, und die reiche alte Ausbeutung lullt sie mit dem Lebensstandard ein, und sie haben vergessen, daß er auf Kosten der Elenden in der übrigen Welt und einer Million Tonnen Kanonen geht.«

Aber seine Schmähungen konnten sich nur kurze Zeit gegen die anderen richten. »Und doch, was tat ich selbst? — Machte ich mich nach einem eindeutigen Bruch davon oder hatte ich die Komödie bis ins Letzte, Peinliche auszuspielen? Ach, ich wurde gezwungen, für die andere Seite zu arbeiten, sie anerkannten mich als Gegenleistung für erwiesene Dienste, aber diese Entschuldigung zählt kaum, denn es gab Zeiten in den ersten Monaten, da man vielleicht hätte sagen können, ich sei beinahe eifrig gewesen; ich versuchte, meine früheren Taten ins Gegenteil zu verkehren, und was dabei herauskam, war ein Verdoppeln meiner Schuld. Aber um jene Zeit war ich haßgeladen, mit Haß gegen die Partei und das Vergangene, um mich vor dem Haß gegen mich selber wegen all der vergeudeten Jahre zu schützen. Und in einem solchen Zustand können Sie sich die Qual vorstellen, die es bereitet, wenn man sich zum zweitenmal in aller Klarheit sieht und den Rückzug zur theoretischen Linie vorbereitet, aber wie, mit welchem Mißtrauen, so daß man es sich fast unmöglich macht, das Leben fortzusetzen, und den kleinen Gegenstand an sich reißt, um nun nicht nur von einer Seite, sondern von zwei Seiten gejagt zu werden, um es ganz sicher zu machen, daß eine Umkehr unmöglich wird. Und obendrein die Heirat, obgleich ich die völlige Isolierung wünschte. Und mit meinen versteinten Knochen, fast ein Toter, mußte ich sie anflehen, mich aufzutauen; und niemals habe ich ihr reinen Wein eingeschenkt. Da haben Sie den herrlichen Weg, den ich vom Bürokraten zurück zum Theoretiker gegangen bin! Doch so weit reicht die Arroganz meiner Art, daß ich Leroy das Urteil über mich verüble, daß er mich auf dem Papier anschwärzt und gleichgültig gegenüber dem ist, was ich ausgestanden habe und unerträglich fand. Ich sage mir zwar, daß er den Verstand eines Polizisten mitbekommen hat und daher nur Mörder verstehen kann, aber wie steht es mit den Eingeständnissen, die ihm doch gefallen müssen — diese sind es, die mich jetzt aufregen, wenn ich an das Vergangene denke. Jedesmal öffnete ich den Mund — mürrisch, hysterisch oder sogar glücklich, je nach den Umständen — und wollte mein jämmerliches gegenrevolutionäres Verhalten leugnen, und was blieb? Die legalen Verbrechen, das Eingeständnis. Es ist nur möglich, schließlich zu der Entscheidung zu kommen, daß Leroy recht hat und ich nur eine Null auf dem Papier bin, daß Gerechtigkeit Gerechtigkeit ist und nur ein Narr eine sanfte Hand erwarten konnte. Denn ich sage Ihnen« — und nun lief die Maschine hemmungslos weiter, er ergriff meine Schultern und preßte sie mit der gleichen Verzweiflung, die auch in seinen Augen stand —, »daß ich noch nicht begonnen habe, die ganze Verderbtheit auszuloten, wenn ich an den anderen, mit der Axt in seinem grauen Haar, denke und an Ihre Freundin, Miß Madison, die danach niemals mehr fähig sein wird zu leben; ich war nicht unmittelbar daran beteiligt! Oh, ich habe kein geronnenes Blut an meinen Händen, ich war nur ein Rädchen und vermittelte einen Paß und roch ein wenig von dem, was in der Luft lag. Aber sehen Sie, ich tat nichts dagegen, die ganze Zeit über war ich mit meiner nicht enden wollenden Teilarbeit beschäftigt, während ich mich zugleich auf der Höhe einer Krisis befand, denn um diese Zeit kam der Pakt zustande, und ich glaubte keine Minute länger an das, was die handgreifliche und objektive Realität meines Lebens gewesen war.« Seine Stimme hatte begonnen, leiser zu werden: »Ich hatte mich nur um die Einzelheiten zu kümmern, und das war alles. Ich konnte nicht wissen, wozu der Paß benötigt wurde, und doch wußte ich, daß es den da unten in Mexiko betraf, und ganz im geheimen las ich seine Werke hinter verriegelter Tür.

Ich wußte es«, schrie er plötzlich, »ich wußte es. Da liegt das Verbrechen. Ich hatte den Glauben verloren und fuhr trotzdem in meiner Arbeit fort und ließ es zu, daß er ermordet wurde. Warum tat ich das? Geschah es aus Furcht, kann ich diesen letzten beschönigenden Umstand geltend machen? Darf ich vorbringen, daß ich aus Todesangst, die jedes sterbliche Wesen überfallen kann, ein Feigling gewesen bin? So hart diese Bezeichnung auch sein mag, ein Tröpfchen Mitgefühl wäre vielleicht angebracht. Jedoch, so war es keinesfalls. Denn damals empfand ich keine Furcht. Ich hatte am Tod wie an Salz geleckt, und das jahrelang. Mein System war angefüllt damit; ich erwartete ihn auch für mich. Nein, ich ließ zu, daß er umgebracht wurde, weil ich ihn haßte, weil mir der Gedanke unerträglich war, daß er all die Jahre hindurch mit seiner Theorie über die Lage eines degenerierten Arbeiterstaates der Wahrheit näher gewesen war als ich. Mein Leben war Lüge gewesen und seine Theorie widerwärtig, denn er brachte es fertig, das Geschwür, das in uns allen vorhanden war, bösartig werden zu lassen, bis wir jeder Ruhe beraubt waren. Ich machte herkulische Anstrengungen, um meine Überzeugung zurückzugewinnen, aber solange er am Leben war, stand er mitten unter uns, verstehen Sie das? Ich haßte ihn, ich wünschte ihn tot zu sehen, als ob sein Tod seinen Irrtum beweisen könnte. Und mit allen diesen Dingen angefüllt und zugleich mit dem Wunsch, alles im Stich zu lassen, war ich nah daran, zu bersten.«

Immer weiter zog McLeod seine Kreise, und nachdem er aufgehört hatte, sich selbst anzugreifen, kam ich als nächster an die Reihe. »Wenn ich alles durchgehe und meine Handlungen überprüfe und die Jahre, die ich in dem Raum gerade gegenüber verbrachte, wissen Sie, was mich verrückt machte? Daß ich außerhalb der Dinge stand. Das größte aller Hindernisse, das ich mir bei meiner kleinen theoretischen Arbeit selbst in den Weg legte, war, daß ich allein stand und die Zeit verstrich, und wie viele Divisionen hatte ich schon? Das ist der andere Teil des Betruges, daß man mit voller Einsatzbereitschaft startet und damit endet, ein ganzes Büro in Tätigkeit zu halten, was man ungern aufgeben möchte. Man wünscht, mit der bürgerlichen Würde behandelt zu werden, die der eigenen Stellung zukommt, und ich kann Ihnen sagen, es geht tief genug und martert mich, daß ich mich, an Händen und Füßen säuberlich gebunden, zu verantworten habe, und vor wem? Einem Kind, einem ihrer jüngsten Männer, einem Vielversprechenden vielleicht, während ich annahm, daß sie einen Fähigeren für mich benötigten. Da sehen Sie, wie ich mich über Kleinigkeiten aufrege! Und wenn ich ehrlich sein soll, gibt es auch ein paar Worte über Sie selbst zu sagen. Welche Funktion haben Sie bei der ganzen Angelegenheit, wahrscheinlich haben Sie nicht einmal die geringste Vorstellung davon, aber ich behandle Sie mit dem Teil meines Wesens, der niemals ganz den Katholiken abstreifen konnte, wie einen Beichtvater, und das ärgert mich ebenfalls: dafür hätte ich einen Prälaten oder sogar einen in Weiß und Gold gekleideten Papst haben mögen, mit all seinen Erfahrungen in solchen Dingen, aber was bekomme ich statt dessen? Einen armen kleinen Mönch wie Sie, mit all Ihrer stumpfen Einfältigkeit, Ihrem Mangel an Verständnis, kurz gesagt, einen Krüppel. Armer, kleiner Mönch eines drittrangigen Klosters mit Flicken auf dem Rock, der nichts besitzt; und so müssen Sie Ihre Gedanken an irgendeines Mannes Tisch löffeln.«

Er mußte jetzt alles sein, Schwertträger, Krieger und Arzt. Er brachte mir nur Wunden bei, um sie zu heilen. »Das Bemerkenswerte an meiner nichtswürdigen Korruption«, schrie er heraus, »ist, daß ich mich gegen Sie wende, gegen das erste menschliche Wesen, das mir nach so vielen Jahren Freundschaft erwiesen hat, nachdem ich jede Einstellung dazu verloren hatte. Und es ist unmöglich, daß Sie die Erregung bemerkten, die ich in jener Nacht auf der Brücke empfand, als ich Sie mit genügender Genauigkeit reden hörte, um mir klarzumachen, daß da einer von der jungen Generation mit einem sozialistischen Bewußtsein neben mir war, und daß, wenn meine Zeit vorüber sein würde, eine andere käme, die neue Generation, mit neuer Kraft. Und die Mühe, die es mich kostete, es anders hinzustellen, aber ich konnte es Ihnen in jener Nacht nicht enthüllen, da ich nicht wußte, wieviel Leroy herausgefunden hatte, und wenn ich darum jetzt verbittert zu Ihnen spreche, geschieht es, weil Sie eine Hoffnung erweckten, mir aber nun klar ist, daß Ihre geistige Ausrüstung nichts taugt und Sie gleich den anderen die Flut mit Verzweiflung erwarten. Und wenn ich das unerträglich finde, habe ich es meinem eigenen Verlangen zuzuschreiben. Was steckt im Grunde dahinter, was ließ mich Hals über Kopf den Gang entlangeilen, um Sie die ganze Zeit mit dem Klang meiner Stimme zu unterhalten? Die

Antwort ist jetzt, am Ende, einfach genug. Ich frage Sie, Lovett« — und hier hielt er inne und sah mich mit ausdruckslosen Augen an —, »warum sollte ich mich nicht selber retten?«

Und mit einem Eifer, der keine Antwort auf seine Frage ertragen konnte, fuhr er fort, ehe ich zu erwidern in der Lage war. »Je mehr ich darüber nachdenke, um so mehr erfüllt es mich mit einer sachlichen Bewunderung für Leroy, und ich bin zu der Meinung gekommen, daß er den vollkommenen Polizisten darstellt; denn niemals genügt es, einen Mann zu verhaften; man muß ihn erst in sich einsaugen. Ich widersetzte mich mit der natürlichen Angst des durchschnittlichen Menschenwesens, aber es nutzt mir nichts; mich bewegt eine simple Frage: Wofür? Wofür leiste ich Widerstand, für welchen Zweck? Sehen Sie, wie ich in dem fürchterlichen Unbehagen eines schweren Widerspruchs gefangen bin? Wenn es, unter Berücksichtigung alles Vergangenen, möglich ist, als Mensch zu leben, eine Leistung zu vollbringen, die meinen moralischen Anspruch befriedigt, etwas beizutragen für die Zukunft des revolutionären Gedankengutes und ihm Widerstand zu leisten — dann habe ich keine andere Wahl. Dann ist alles klar: Ich bin ein erledigter Mann. Wenn ich hingegen wieder kapitulieren würde, und nach allem, könnte der arme Wurm sagen, was ist schon eine Kapitulation, wenn ich zu Hunderten von Kapitulationen beigetragen habe — oh, dann arbeite mit aller Geschicklichkeit und halte ihn mit seiner Gier zum besten, denn es gibt einen schmalen Durchgang ins Freie! Und was werde ich für meine Schmerzen bekommen? Ich werde lebend davonkommen, und das ist besser als tot. Aber sehen Sie: lebend ist es tot, und tot lebe ich, und dennoch ziehe ich das zweite vor und einen Winkel, in den ich mich verkriechen kann. Während der ganzen Zeit, da er mit mir herumexerzierte, reizte es mich bis aufs Blut, zu gestehen, ich wünschte ihm alles zu sagen; mit einer Befriedigung, die

Sie sich nicht vorstellen können, sagte ich ihm, ich hätte den kleinen Gegenstand, denn das brachte mich einen Schritt näher zu dem Äußersten, nämlich ihm den Gegenstand *privat* zu geben, und ich muß Ihnen sagen, daß ich weiß, daß dem Heißhunger Mr. Hollingsworths nur die Schwäche in meinen eigenen Knochen entgegensteht und die Mutlosigkeit gegenüber einer hoffnungslosen politischen Zukunft für jeden von uns, und darum frage ich mich, ob es mir wirklich gelingen wird, ihm bis zum letzten zu widerstehen. Wozu?«

Er hielt inne, um Atem zu schöpfen, und dann redete er weiter. »Sehen Sie, da ist etwas Greifbares, es ist mir als größte Ironie jetzt klar geworden, daß ich, der aus vielen und nur wenigen guten Gründen heiratete, die stärkste Liebe für meine Frau empfinden könnte und bereit bin, einen kleinen Winkel für die paar übriggebliebenen Jahre zu akzeptieren, ja, geradezu eine Sehnsucht, eine Leidenschaft empfinde, die mich jetzt überrascht, so daß ich wie ein von der Liebe zerrissener junger Mann einen Berg von Wünschen aufbaue, von dem ich mich ernähren könnte, auch wenn es nur zum Austausch von zwei freundlichen Worten kommen würde. Es hängt von ihr ab. Wenn sie mich liebt, dann kann Hollingsworth den Gegenstand haben, den er wünscht, und sie und ich würden irgendwohin verschwinden. Und was bedeutet schon eine weitere Niederlage, wenn man jede Schlacht bis auf die erste verloren hat. Sehen Sie, Lovett, das Problem ist« — und er ergriff meine Handgelenke —, »daß ich nicht länger mehr meine Gedanken um Guinevere und mich versteckt reifen lassen kann. Ich bin vollständig preisgegeben und kann nicht mehr oben von unten oder links von rechts unterscheiden, und doch bin ich zu gleicher Zeit so hungrig nach der Wahrheit, die hinter dieser Situation steckt; es ist der letzte Fetzen von Lauterkeit in mir, und ich möchte, daß Sie, so bald wie möglich, zu mir herunterkommen, morgen oder übermorgen, und zuhören, wie wir beide miteinander reden werden, damit Sie sich Ihre Meinung bilden können, ob irgendeine Hoffnung besteht, oder ob aus der verwickelten Vergangenheit meiner Frau und der Unruhe, die durch mich entstand, nichts als ihre eigene beschränkte Fähigkeit zu hassen übriggeblieben ist und ich tatsächlich am Nullpunkt angelangt bin.«

»Wie kann ich jemals beurteilen . . .« protestierte ich.

»In der Tat, wie könnten Sie es!« Er warf seine Hände empor und erklärte dann: »Aber ich kann es nicht aufgeben. Sehen Sie, ich kann nicht noch einmal kapitulieren. Nein, keine Widerrede«, sagte er undeutlich. »Sie müssen mit hinunterkommen, denn Sie sind der denkbar beste Beobachter, und damit für heute Schluß. — Was werde ich nur tun?«

Zum erstenmal seit über einer Stunde unterbrach er das Hin- und Hergehen lange genug, um sich in einen Stuhl fallen zu lassen, und von dort aus starrte er mich an, als schätze er abermals ab, ob ich ihm helfen könne oder alles ohne eine Spur von Hoffnung auf Erleichterung sei, eine Sackgasse.

26

So ging ich am nächsten Nachmittag hinunter und ertrug eine ereignislose Stunde dessen, was Engels als bleierne Langeweile bezeichnet und was gemeinhin als häusliches Glück angesehen wird. Guinevere saß im Sessel mit einem Durcheinander von Nähzeug in ihren Händen, während sich McLeod in gebührender Entfernung in einem anderen Sessel mit Monina auf seinem Schoß niedergelassen hatte. Hin und wieder sagte jemand ein Wort, eine Antwort wurde erteilt, und damit war die Unterhaltung wieder zu Ende. Ich, den man als den zufälligen Sonntagsbesucher gelten lassen konnte, hockte auf dem Sofa und blickte erst den einen und dann den anderen an.

»Es ist lange her«, murmelte Guinevere nach einem zehn Minuten langen Schweigen und warf mir einen besonderen Blick zu, »daß wir so beisammen saßen.«

McLeod nickte. Monina war dabei, auf ihm herumzuklettern, beide Hände in seinem Haar und mit den Füßen auf seinem Magen trampelnd. »Ja«, sagte er schließlich, »es ist lange her.« Die Auswirkung der vergangenen Nacht schien ihn wie leblos in seinem Sessel zu halten und der Grund für die Depression zu sein, die man ihm ansah. Jedoch hatte er sich augenscheinlich dazu durchgerungen, eine Unterhaltung zu beginnen. »Ich frage mich«, fügte er gelassen hinzu, »ob es dir behagt?«

»Es ist ganz in Ordnung«, sagte sie gedehnt.

Vielleicht lag es an meiner Gegenwart, vielleicht sogar am Sonnenlicht, das durch das Fenster eindrang und ein Rechteck auf den Teppich malte, jedenfalls mußte er, ohne Zweifel gegen seinen Willen, sie als Fremde behandeln, und alle Langeweile, alle hartnäckig aufgebauten Wünsche, etwas anderes als Fremde zu sein, konnten kaum zurückgedrängt werden. Das Ergebnis war ein langes Hin- und Hergerede, das sie verwirrte und für ihn reizlos war.

»Ich habe den besten Teil meines Lebens damit zugebracht, Augenblicke wie diese zu vermeiden«, sagte er, »und ich muß zugeben, daß mir früher der Anblick eines Hauses irgendwo in einer Vorstadt genügte, um mich niederzudrücken. Mit dieser verdammten Nachmittagssonne und den in kitschigen Farben angemalten Holzschindeln und all diesen albernen Pappis und Mammis mit ihrer Brut im Kinderwagen. Für jemand, der die Welt zu ändern versucht, sind das Gespenster. Aber natürlich steckt dahinter immer die Angst, auch so zu enden. Das ist die subjektive Angst, zu der die objektive Befürchtung hinzukommt — die sogar noch schlimmer ist — zu wissen, daß am Ende aller Anstrengung, sofern sie überhaupt Erfolg hat, all die vielen, vielen Millionen aus ihrem Elend nur auf diese Stufe gelangen und die verbrüderte Menschheit nur aus stinkenden Kinderwagen besteht. Das ist das Paradoxe an jedem Revolutionär, daß er eine Welt zu schaffen versucht, in der zu leben ihm unerträglich sein wird.«

Guinevere gähnte.

Monina bohrte ihm mit einem Fuß in die Rippen, er packte ihn und setzte sie sich auf seine Schultern. »Man könnte sagen« — er sprach jetzt mit mir —, »daß die menschliche Funktion des Sozialismus darin besteht, die Menschheit auf eine höhere Ebene des Erleidens zu bringen, denn da vorausgesetzt werden muß, daß der Mensch nun einmal bestimmten tragischen Widersprüchen unterworfen ist, kann man sich nur für den hungernden Bauch oder den hungernden Geist entscheiden. Vollkommenes wird es nie geben.«

»Du verlierst dich wieder, wie?« schaltete sich Guinevere ein.

»Nein«, sagte er barsch, »aber ich bin abgeschweift, das ist richtig. Nichts anderes wollte ich sagen, als daß ich weich werde, denn alle diese Mängel, die ich aufgezählt habe, all meine Einwände gegen einen solchen Nachmittag erregen nicht länger meinen Zorn. Ich möchte sogar sagen, daß ich für eine Weile Freude daran habe.« Sein Gesicht schien das jedoch nicht auszudrücken. Es war noch länger geworden. Und sein Mund zog sich um seine Nikotinzunge zusammen.

Ihre Nadel fuhr hastig durch den Stoff und wurde mit heftigem Ruck wieder herausgezogen. Es war, als hätte sie eine Schlinge für ihn geknüpft.

»Nie verstehe ich ein Wort von dem, was er redet«, sagte sie.

»Nun, vielleicht verstehst du, wenn ich erkläre, daß das nicht dein, sondern mein Fehler ist.«

Nichts hätte sie mehr aufrütteln können. »Warum sagst du das?« Ihre Augen suchten die meinen. Es war ein rascher Blick, ein sehr unbehaglicher, und dann war sie wieder über ihrer Näharbeit.

»Ich bin bereit zuzugeben, Beverly, daß ich dir weder die Aufmerksamkeit noch die Leidenschaft geschenkt habe, die deine Natur erfordert, aber ich beabsichtige, alle Anstrengungen zu machen, um das zu ändern.« Sie starrte ihn an, dann mich und schließlich wieder ihn. Als sie zu sprechen begann, war sie zornig. »Ich bin überzeugt, daß du dir alles mögliche austüfteln kannst wie ein Kreuzworträtsel. Aber eines möchte ich wissen, warum kommst du mit diesen Neujahrsentschlüssen, wenn Lovett dabei ist?«

Monina war auf den Boden hinuntergeglitten und spielte mit McLeods Schuhen.

»Warum ich in Lovetts Gegenwart rede? Gewiß, die Frage ist berechtigt, und darauf gibt es wahrscheinlich mehr Antworten als nur eine.«

Hinter seiner steifen und gezwungenen Redeweise, die sogar für McLeod übertrieben war, lag etwas Besonderes. Er gab sich mehr wie ein Geistlicher und nicht wie ein wiederauferstandener Liebhaber; ein Geistlicher, der die Welt hinter sich gelassen hat und sich nur noch an die Kirchenvorschrift hält.

»Was ich dich fragen möchte, Beverly, ist, ob du dich an die Gefühle erinnern kannst, die du hattest, als wir heirateten.«

Sie saß da mit in die Luft erhobener Nadel und mit der witternden Nase eines Tieres, das etwas ganz Unerwartetes riecht. Und während sie, sei es auch nur für Sekunden nach der ersten Wahrnehmung, prüfte, ob es sich um Gutes oder Böses handle, stand sie bereits voll und ganz auf ihrem Posten. Die Arme hielt sie ausgestreckt und ihr Rücken berührte nicht mehr den Stuhl, und so starrte sie ihn an. Ihr kleiner Mund, der sich durch die fehlende Schminke jetzt in seiner wahren Größe zeigte, öffnete sich hilflos. »Vielleicht erinnere ich mich«, sagte sie.

»Wahrscheinlich kannst du es, oder du könntest es, wenn du dich anstrengen würdest, aber ich habe dich nie dazu ermutigt. So ist es vielleicht das beste, wenn ich es einmal darlege. Als wir heirateten, warst du bereit, jemand in dein Leben aufzunehmen. Es war eine kurze, aber immerhin die einzige Periode deines Lebens, so glaube ich, in der du wirklich geliebt hast. Und diese Bereitwilligkeit habe ich enttäuscht. Du brauchtest einen Mann, der dir sehr viel gab, und ich gab dir sehr wenig.«

»Ja«, sagte sie. Sein Eingeständnis verbitterte sie nur, und sie wurde wieder mürrisch. »Da hattest du deine Chance.«

»Ich weiß, aber gib mir eine neue.«

»Eine neue?« Sie schnaubte. »Junge, was bist du für ein Kerl.«

»Du hast guten Grund, beleidigt zu sein«, sagte er, »aber schließlich steht fest, daß du immer noch die gefühlsmäßige Bindung suchst, in der ich versagte. Es gab Augenblicke, Beverly, wenn du zurückblickst, in denen du nicht unglücklich mit mir warst. Ich möchte zum Beispiel die Reise erwähnen, die wir in dem alten Wagen unternahmen, den ich im ersten Jahr unserer Ehe kaufte. Weißt du es noch?«

Er hatte etwas in ihrem Innern berührt. So wie sie sich leise auf ihrem Sitz bewegte und die Arme, wie um sich selbst zu schützen, vor ihrer Brust verschränkt hielt, fühlte ich den Zwiespalt in ihr.

»Viele Männer haben mir das gleiche gegeben«, erklärte sie. »Außerdem bringt jede Frau den Mann zu allem, was sie will.«

Obgleich er aus ihrem Widerstand herausfühlte, daß sie nach einer genauen, impulsiven Formulierung seiner Bitte hungerte, verweilte er noch länger bei der Einleitung. »Ich verstehe dich, Beverly, und du weißt, daß das schon etwas wert ist« — Anklänge an die Unterhaltung, die ich mit ihm einmal über Mrs. Guinevere hatte —, »und wenn du bereit bist, diese Anstrengung auf dich zu nehmen, können wir alles noch einmal versuchen.«

Er säuberte seine Brille mit dem Taschentuch und setzte sie auf den schmalen, knochigen Nasenrücken, und jetzt konnte ich erkennen, wie seine Augen schmerzlich aus ihren dunklen, runzligen Höhlen blinzelten. Beide schwiegen, beide dachten darüber nach, was »alles noch einmal versuchen« bedeutete. Und dieser Gedanke, der für jeden zwei Seiten hatte, schwebte schließlich zwischen der unerfreulichen Vergangenheit und der ungewissen Zukunft.

»Und was wollen wir tun?« fragte sie schließlich.

»Wir wollen fortgehen. Das ist das allererste.«

»Wie werden wir leben?«

»Bescheiden. Bescheiden. Mehr oder weniger müssen wir uns verborgen halten, das weißt du. Es wird nicht sehr angenehm sein.« Nun würde er alles aufdecken. »Ich habe mir dieses Fortgehen überlegt, untergetaucht leben ... Du weißt, daß ich mehr als müde bin«, sagte er sanft. »Und vielleicht können wir gar nicht weggehen. Man entgeht kaum der Überwachung.« Während er seinen Vorschlag erläuterte, verwickelte er sich in seinen Darlegungen.

»Du meinst also, das soll so weitergehen, wie es jetzt ist?«

Er nickte. »Ja. Aber mit einem veränderten Ehemann.«

»Werden wir in solch einer Wohnung leben?«

»Vielleicht bescheidener.«

Ich dachte an ihre zukünftigen Jahre: Beide im gleichen Raum, während das Sonnenlicht auf dem Boden liegt, das Kind zwischen ihnen spielt, und die Zeit dahintropft.

»Ich liebe dich, Beverly.«

»Es gäbe einen Weg«, sagte sie ruhig.

»Ja?«

»Das Dingsda. Wie wär's wenn man es zu Geld machte.« Sie brachte es sehr behutsam vor, während ihre Augen keinen Nadelstich übersahen. Wenn er vielleicht bereit gewesen wäre, dieses Zugeständnis zu machen, so war es jetzt der Ton, in dem sie es vorschlug, der diesen Plan völlig unzumutbar erscheinen ließ. »Ihn verkaufen?« sagte er langsam.

Sie nickte. »Ich frage nur.« Ihre Stimme war fast zärtlich. »Du deutetest an, daß du es vielleicht tun würdest.«

»Warum sollten wir nicht versuchen fortzukommen?« sagte er unvermittelt. »Ganz im geheimen. Wir werden es fertigbringen und ihn nicht weggeben. Siehst du . . .« Sein Gesicht war hart. »Ich habe versucht, ihn fortzugeben. Ich glaube nicht, daß ich es kann. Würdest du nicht mit mir fortgehen, wenn ich ihn noch behielte?« Wenigstens einen Augenblick lang zeigte er Begeisterung. »Ich bin mir über etwas klargeworden. Du hast mich geliebt, als wir heirateten. Und ich könnte dich jetzt lieben. Alle Kraft, die ich besitze, würde ich dir und dem Kinde geben, verstehst du? Du könntest aufblühen in meiner Bewunderung, die ich dir zeigen würde. Und auch ein Teil deines Wesens hat die Hoffnung noch nicht aufgegeben.«

So versuchte er, sie zu gewinnen.

Nur, daß es bereits nach Torschluß war. »Du hast Nerven!« schrie sie plötzlich. »Einen hab' ich, der bietet mir . . . bietet mir . . . so vieles« — sie suchte hilflos nach dem rechten Ausdruck —, »und du wirst mir gar nichts geben, selbst wenn du es könntest.«

Er schüttelte den Kopf. »Höre mal zu, Beverly, ich kenne dich zu gut und darf wohl sagen, daß du mit deinen beiden Freunden übel dran bist und sie dich nur quälen. Keiner von beiden kann dir eine sichere Existenz bieten, sondern nur Ungewißheit und Schrecken. Keiner wird für dich sorgen.«

»Ach, schweig!« schrie sie.

Sie verstummten, und die Spannung zwischen ihnen wurde so groß und fühlbar, daß Monina von ihrem Spiel aufsah und fast tonlos zu wimmern begann.

»Hör *mich* mal jetzt an«, sagte Guinevere.

»Nein, du hast mich anzuhören!«

»Ich wünschte, du wärst tot!« brach es aus Guinevere hervor.

Stille.

Guinevere kramte das Nähzeug zusammen und preßte es zwischen ihren Händen. Ich wäre nicht überrascht gewesen, wenn sie es ihm an den Kopf geworfen hätte und das Nähkörbchen hinterher.

»Hör mal«, sagte sie gewinnend.

»Ja?«

»Liebst du mich?«

Er nickte. »Ja, Beverly.«

Ihr Mund verzog sich. »Nur weil ich dich retten könnte. Das ist der ganze verfluchte Hintergedanke!«

McLeod erbleichte. »Das ist nicht wahr!«

»Nur deiner verdammten Rettung wegen«, wiederholte sie, »und selbst die wünschst du dir nicht, sondern daß das Schiff mit Mann und Maus untergeht.«

»Das frage ich mich«, sagte er laut und erhob sich halb von seinem Sitz. »Ich weiß nicht, es könnte sein. Vielleicht ist es so«, murmelte er.

Aber nichts war ihr mehr recht, keine Zustimmung, kein Eingeständnis. Sie wollte ihn aus diesem Zimmer haben, aus ihrem Gesichtskreis. »Das sieht dir ähnlich, daß du jetzt hier herumschnüffelst, nachdem alles entschieden ist. Warum hast du nicht herausgefunden, was vorgeht?« Ihr Gesicht schwoll vor Zorn an. »Frag deinen Freund hier, was der zu sehen bekommen hat. Der könnte dir einiges erzählen —«

»Ich habe nicht das Bedürfnis, über deine Seitensprünge was zu erfahren. Sie sind albern.«

»— über Leroy und mich. Aber der wird dir nichts sagen, nein, mein Herr, weil er auch seine Finger drin haben möchte. Wie ihr alle. Alle Männer wollen mich betatschen.« Sie weinte fast. »Warum machst du nicht, daß du rauskommst.«

McLeod war aufgesprungen. »Wovon spricht sie?« fragte er mich.

»Ich glaube, es ist besser, nicht daran zu rühren«, murmelte ich.

»Geh jetzt raus«, schrie Guinevere ihn an. Er entzündete eine Zigarette und seufzte leise. Fast schien mir, als fühle er sich erleichtert. »Vielleicht ist es am besten, wenn ich einen Spaziergang mache.«

»Ach, scher dich doch zur Hölle.«

Als sich die Tür hinter ihm geschlossen hatte, lehnte sich Guinevere zurück, aber ihr Körper blieb angespannt. »Und du kannst jetzt auch gehen.«

»Nun gut.«

»Du willst auch nichts anderes, als mich quälen, daß ich mich wie ...« — ihr fehlte das Bild zum Vergleich — »... wie Dreck fühle.«

»Kümmert es dich eigentlich, was mit ihm geschieht?« fragte ich. Es war eine unbequeme Frage. »Warum sollte etwas geschehen?« wollte sie vielleicht herausschreien, sagte aber mit erregter Stimme: »Er hat sich auch nicht um mich gekümmert. Er behauptet, mich zu lieben. Aber benimmt er sich danach? Sagte er nicht, daß er mich liebe? Du warst doch dabei. Und hat er mir auch nur das geringste Kompliment gemacht?« Sie war nahe daran zu weinen. »Und so war es immer um seine Liebe bestellt. Mich lieben, bedeutete, mir meine Fehler vorzuhalten, und ich glaubte mal, daß er ein netter Mann sei.« Sie nahm ihren Kopf zwischen die Hände. »In was für eine Lage bin ich geraten. Was wird aus uns allen werden. Ach, wie müde ich bin, ich könnte vergehen.«

Monina bearbeitete den Fußboden mit ihren Fäusten. Vor unsäglichem Kummer begann sie zu weinen.

»Sei still«, schrie Guinevere sie an.

»Monina haßt dich, haßt dich«, schluchzte das Kind.

Obgleich Guinevere schrie, lag in ihrer Stimme etwas Bittendes. »Er aber ist großartig, nicht wahr? Er ist großartig, wie?« Jedoch ihr Spott kam nicht an.

»Monina haßt ihn auch.« Und das Kind weinte nur noch mehr.

»Ach, hör auf«, tobte Guinevere, »oder ich hol' den Klopfer!« Sie schien sich zu Monina auf den Fußboden setzen zu wollen. »Himmel, wirst du jetzt endlich aufhören, Monina?!«

Aber als Antwort bearbeitete Monina weiterhin den Boden mit ihren Fäusten.

27

Das war das Bild, das sich Lannie bot: Ich stand in der Ecke, verborgen im tiefen Schatten des gepolsterten Armsessels, während Monina weinend mitten auf dem Teppich saß, und das zerstreute Licht, das durch die Kellerfenster eindrang, ihr Köpfchen beleuchtete. Ihr Zorn war jetzt in einem allgemeinen Wehklagen untergegangen. Und hilflos über das schluchzende Kind gebeugt, stand Guinevere.

Kein Wunder, daß Lannie mich nicht sah, aber Monina hätte sie bemerken müssen. Doch ohne zu zögern durchquerte sie das Zimmer, legte ihre Arme um Guinevere und küßte sie flüchtig auf den Mund. Guinevere zuckte zusammen, als wäre sie aus einem bedrückenden Traum erwacht und ein Fremder stünde an ihrem Bett. Aber im nächsten Augenblick war alles wieder beim alten, der Fremde war ihr vertraut, und sie erwiderte Lannies Umarmung. Sie benahmen sich wie Liebende bei einem Stelldichein im Dunkeln, die sich mit klopfenden Herzen vor Ungeduld verzehren, bis alle Furcht vor Entdeckung dahinschwindet, sobald sie sich berühren.

»Ich glaubte, er würde niemals gehen«, flüsterte Lannie. »Es war furchtbar. Er schritt an mir auf der Straße vorüber und lächelte. Er weiß Bescheid.«

Um mich bemerkbar zu machen, versuchte ich mich zu räuspern. Aber als ob das nicht genügt hätte, begann ich heftig zu husten. Beide schreckten aus ihrer Umarmung hoch. Lannie stand steif da und heftete ihre Augen auf mich. »Oh«, entfuhr es ihr, »oh, warum bist du hier?«

Guinevere zog ihren Morgenrock glatt und blickte mich mit einem törichten Ausdruck an. Sie begann zu kichern. »Ich vergaß, daß du kommen wolltest«, wandte sie sich hastig und — ich bin sicher — verwirrt wegen ihrer unbedachten Hingabe an Lannie. »Himmel«, brachte sie unsicher hervor. Dabei konnte sie ein Entzücken nicht verbergen.

Mit den Händen an der Stirn ließ sich Lannie auf einen Stuhl fallen.

»Es tut mir leid«, sagte ich.

Wider Willen begann ich zu lachen, und wenn mein Husten mich noch nicht erschöpft hatte, meinem Gelächter gelang es. Ich lachte über Lannie als einen Doppelgänger meiner selbst, und über Guinevere, die alle ihre Züge auf dem einen Gleis fahren lassen mußte, ohne sich erinnern zu können, ob der Güterzug schon vorüber war und der Expreßzug erwartet wurde. Ich lachte über McLeod, der alles auf ein verbogenes Rad setzte. Ich lachte über den Geist, der dasselbe Loch wieder zuschüttete, das die Notwendigkeit zuvor gegraben hatte. Und in Gedanken sah ich Lannie, wie sie draußen stundenlang wartete. Und als ich die beiden Frauen so beisammenstehen sah, dachte ich daran, wie ich mit jeder allein gewesen war, und mußte fast noch mehr lachen.

Lannie umklammerte die Lehne des Sessels. »Starr nicht so drein«, fuhr sie Guinevere an, deren Mund meines Gelächters wegen offen stand. Wütend fügte Lannie hinzu: »Beachte ihn gar nicht, er ist ein Dummkopf.«

Guineveres Augen trafen sich mit den meinen, begannen zu zucken und wandten sich ab. »Ach, ihr bringt mich noch zum Wahnsinn«, rief sie aus.

Lannie zündete sich eine Zigarette an und hatte mit den zitternden Fingern Mühe, das Streichholz an die Zigarette zu bringen. »Das darfst du nicht sagen«, wandte sie sich an Guinevere, »du darfst dich nicht mit jemand einlassen, der dir nicht gleich ist. Es gibt keine größere Schande.«

»Ich weiß nicht. Ich bin ja nichts anderes als irgendwer sonst«, erklärte Guinevere. Aber die Selbstsicherheit, mit der sie sonst solche Feststellungen vorbrachte, fehlte diesmal. Wenn sie sie auch viele Male zuvor geübt hatte — mit der gleichen Fähigkeit, mit der sie Hausfrau spielte — und damit bei jeder Unterhaltung Zustimmung erzielte: »Ja, wir sind alle gleich, wir sind weder Narren noch Radikale oder Diebe oder Clowns«, wozu man in gegenseitiger Hochachtung nur mit dem Kopf nicken konnte — diesmal brachte sie es nicht mehr mit ganzer Überzeugungskraft hervor. Denn was Lannie zu vielen Malen erklärt hatte, mußte schließlich gewirkt haben: Sie könnte ein Dieb oder ein Clown, ein Radikaler oder ein Narr sein, und dies Neue könnte ihr Spaß machen. »Ich bin nichts anderes als irgendwer sonst«, sagte sie, aber offensichtlich zögernd, als erwarte sie Widerspruch. Und Lannie tat ihr den Gefallen: »Warum mußt du so albern sein? Du *bist* anders. Keine ist dir gleich, herrlich bist du!« Sie tat, als ob ich nicht anwesend sei. »Wenn ich an deine früheren Jahre denke«, sagte Lannie mit ihrer gewinnenden Stimme, »als dich jeder nahm, und als du, wenn du genügend betrunken warst, glaubtest, sie zu lieben. Aber es traf nie zu. Du warst zu schön, und was wußten sie schon von dir? Was weiß ein Schuh von dem Boden, den er beschmutzt? Du hast dich ihnen gegeben, und doch warst du immer frei, denn du wolltest mehr, als sie dir gaben. Du hast sie geduldet und bist ihre Wege mitgegangen, aber du fühltest dich elend, weil es nicht dein Weg war. Wie konntest du sie lieben, wenn du immer nur dich selbst liebtest, und du hattest so recht damit, weil wir geboren werden, um uns selbst zu lieben, das ist das ganze

Geheimnis. Immer suchtest du nach einem Spiegel für deine Schönheit, um den Glanz deiner Haut zu sehen, wie dein Körper aufblüht vor Freude, und den Hymnus zu entdecken, der für dich allein in dir sang.«

Ihre Stimme war voller Zärtlichkeit und versuchte Guinevere zu bezaubern. »Aber nicht einmal ein getrübtes Bild deiner selbst konnte dir jemand zeigen, wie vermöchte auch ein Schuh Schönheit zu spiegeln? Und wie konnten sie erkennen, daß du voller Leben und Farben warst, daß dein Gesicht strahlte, und was wußten sie von dem süßen Lied in deinem Innern? Sie brauchten es nicht, sie hatten nichts anderes im Sinn, als dich betrunken zu machen, dich in den Schmutz zu zerren und ihr Vergnügen zu haben. Was für ein Inseldasein mußt du geführt haben, wie schrie es in dir nach Freiheit. Und darum liebst du mich, denn ich bin der Spiegel für dich, und wir können nur entkommen, wenn wir dem Spiegel folgen und uns aus dem Wald herausführen lassen. Durch mich siehst du deine Schönheit, und darum wirst du mich lieben, denn ich bete dich an, und im Gegensatz zu den anderen wünsche ich, der Spiegel, nichts anderes, als daß du ihn in deine Arme nimmst!«

Guinevere sog dies alles mit geöffneten Lippen ein und mit Augen, die abwesend schienen. Ihr Entzücken teilte sich ihren Gesichtszügen mit. »Ja«, murmelte sie, »ja«, und ihre Stimme verlor sich in einen sanften, nachdenklichen Seufzer. Sie rollte den köstlichen Honig in ihrem Mund, bis ihre Zunge allen Genuß daraus schöpfte, den ihr dieser Augenblick verschaffte. Unbewußt griff sie sich an die Brüste. Am liebsten hätte sie sich selbst auf die Kehle geküßt.

»Es gibt keinen«, fuhr Lannie fort, »der dich so liebt wie ich und sich deiner Schönheit unterwirft.«

Und hingerissen antwortete Guinevere: »Nein, niemand«, und sie sang diese Worte.

»Warum, um Gottes willen, betrügst du mich aber dann und drückst dich mit ihm in den Ecken herum?«

Vor Erstaunen und Zorn rötete sich Guineveres Nase. »Geh, laß mich allein«, sagte sie grob, »ich muß an die Zukunft denken.«

»Es gibt keine Zukunft«, erklärte Lannie. Sie griff Guinevere bei den Armen. »Es ist eine Schande, ihn zu verführen, und schlimmer noch, daß er sich vergißt.«

»Laß mich allein.«

»Es kann nicht wahr sein, daß ihr beide wirklich plant ... Nein, das ist doch unmöglich!« schrie sie laut, mit den Händen an den Schläfen. »Nein, hör mich bitte an« — und nun liefen ihre Hände zitternd über Guineveres Wangen —, »eine Bestrafung muß in Ehren vor sich gehen. Es geht um Gerechtigkeit und nicht um Vorteile.«

»Wir haben schon unsere Pläne gemacht«, murmelte Guinevere.

»Nein! Dieser teuflische Staat«, sagte Lannie unsicher, »hat seine Anziehungskraft, weil er so stark ist. Mein Freund darf ihn nicht verlassen, oder es bedeutet, daß er ... Angst hat vor dem, was kommen wird. Und ich war so überzeugt von dieser Stärke.« Sie faßte sich wieder. »Ach, er wird dich mir entführen, und dir ist es gleichgültig. Nicht einmal dich erlauben sie mir.«

Was Guinevere zu tun beabsichtigte, konnte ich mir nicht vorstellen. Zorn schwellte ihr Gesicht, bis ihre Augen hervortraten, aber gleichzeitig schien es, als wolle sie sich in Lannies Arme stürzen. »Warum läßt mich denn keiner in Ruhe?« stieß sie abermals hervor.

Die Entscheidung kam durch Monina. Bewegungslos hatte sie nach Lannies Eintritt auf dem Fußboden gesessen, mit kraftlos herunterhängenden kleinen Fäusten, während sie den Kopf steif nach oben richtete, in der Haltung eines Fremden, der an einer Unterhaltung teilnimmt, der er nicht zu folgen vermag, weil ihm die Einzelheiten unbekannt sind. Trotzdem ließ sie sich nichts entgehen. Die Worte mochten an ihr vorübergleiten und ihr Sinn versteckt bleiben, aber sie verharrte auf ihrem Platz, und jetzt brach sie das Schweigen.

»Mammie haßt dich«, flüsterte sie. »Mammie haßt dich.« Und fast ohne sich zu bewegen, krümmte sie ihren Rücken, und mit weit aufgerissenen Augen spie sie Lannie an, wütend wie eine Katze.

»Monina!« schrie Guinevere.

»Du hast sie geküßt, du hast sie geküßt.« Monina begann zu weinen, und während sie sich ihrer Mutter zuwandte, versetzte sie ihr einen Schlag. »Mammie wird sterben.«

Guinevere erbleichte bei den Worten des Kindes. »Sei still«, kreischte sie. Aber als Lannie versuchte, wieder ihre Wange zu berühren, schreckte Guinevere voll ängstlicher Abwehr zurück. Lannies Finger mußten es wie Feuer empfunden haben.

»Oh«, lamentierte Guinevere mit der Stimme eines Marktweibes. »Oh, ich werde verrückt.«

»Hör doch auf damit«, sagte Lannie scharf. Der Kreis hatte sich geschlossen.

Als Guinevere murmelte: »Ach, was weiß ich, was weiß ich«, geschah es nur, um ihr Gleichgewicht wiederzufinden. Gleich darauf wandte sie sich an Lannie und sagte: »Meine Liebe, ich glaube, es ist besser, du gehst.«

»Gehen?«

»Ich weiß nicht mehr, was ich tun soll«, empörte sich Guinevere, »ich weiß nicht mehr, was ich denken soll. Vielleicht war es falsch, was wir getan haben. Ach, du lieber Himmel, ich möchte wissen, ob ich das jemals aus meinen Kopf herausbringe. Geh jetzt, Liebling«, bat sie Lannie. »Wenn wir es einmal schön miteinander hatten, nun, dann kann ich sagen, daß ich alles versucht habe . . .« Man spürte, wie sie sich damit brüstete.

Steckte Lannie ihre Niederlage gleichmütig ein oder zerriß sie ihr das Herz? »Gut, ich gehe«, sagte sie mit einem schwachen Lächeln. Sie schritt auf die Tür zu, während Monina sie mit größtem Mißtrauen beobachtete. Lannie hielt inne und wühlte wieder einmal in ihrer typischen verzweifelten Art in ihrem Geldtäschchen und brachte schließlich einige zerknüllte Dollarnoten zum Vorschein. »Weißt du, was ich damit tun werde?« fragte sie mich.

Ich antwortete mit einer nichtssagenden Bewegung.

»Ich werde mir ganz, ganz dunkle Farbe kaufen, um etwas damit zu überstreichen. Die kleine Maus, die mich besuchte und sagte, daß sie Jesus sei, läßt mich nicht mehr allein. Heute morgen habe ich ihr Loch entdeckt, und sobald ich die Farbe habe, werde ich sie darüberstreichen, und dann wird die Maus sterben.« Ihre Stimme resignierte. »Ich hatte Hoffnungen in sie gesetzt, aber das hier« — sie schwenkte ihre Hand großartig über den Raum — »hat mir klargemacht, daß für solch eine Maus wenig Hoffnung vorhanden ist.« Sorgfältig schloß sie hinter sich die Tür.

»Heiliger Strohsack!« rief Guinevere aus. Während sie umherging, um einen Aschenbecher in den Papierkorb zu entleeren, eine Ecke des Teppichs in Ordnung brachte, suchte sie in sich selbst Ordnung zu schaffen.

»Es ist mein Fehler«, verkündete sie, mit dem Rücken zu mir, aber unmittelbar darauf brach sie in Gelächter aus. »Wie kann ich sie wegschicken!« Das Lachen verstummte, und wieder voller Verzweiflung beschäftigte sie sich hastig mit ihren Haaren. »Warum, um Himmels willen, sagte ich ihr, sie soll gehen?«

»Sie hat dich erschreckt«, meinte ich.

Guinevere beachtete meine Bemerkung nicht, zuckte mit den Schultern und deutete auf Monina. »Ihr Fehler ist es! Warum kannst du nicht einen Augenblick Frieden geben?« Monina nahm es wie ein Baby auf und grinste breit mit glänzenden Augen.

»Aber Scherz beiseite«, wandte sich Guinevere an mich und versuchte, sich von etwas zu befreien, »Lannie ist schon wer. Ein wunderbares, merkwürdiges Kind.« Diese Bemerkung gab sie von sich, als verkaufe sie einen Gegenstand über den Ladentisch. »Wunderbar und merkwürdig«, wiederholte sie. »Nein, wirklich, sie hat etwas Besonderes an sich. Ich will dir etwas gestehen, Lovett, sie hat mir wohlgetan. Ich weiß nicht, aber vielleicht bin ich in dieser Hinsicht . . . So wie bei ihr, habe ich mich seit Jahren nicht mehr gefühlt.« Sie gab sich ganz ihrem sicheren Gefühl hin. »Weißt du, ich glaube an glückliche Ausgänge. Ich glaube, ich liebe sie.« Einen Augenblick war sie wirklich verliebt.

»Schön.«

Aber natürlich nur für einen Augenblick. Sie kicherte. »Junge, ich muß zugeben, dieses Mädchen hat Format. Ich glaubte, daß ich bei einer Unterhaltung nicht gerade auf den Mund gefallen bin, aber gegenüber deiner Freundin, dieser Miß Madison, fühle ich mich, als ob mir die Zunge angebunden ist.« Sie gab das so gleichmütig von sich, daß ich versucht war, mich zu fragen, ob ich das Stelldichein der beiden wirklich miterlebt hatte.

»Meine Freundin?«

»Ja.« Wieder einmal bewunderte ich Guineveres Fähigkeit, ihre Fassung wiederzugewinnen. »Glaub nur nicht, ich wüßte nicht, was zwischen euch beiden vorgegangen ist. Die Ohren hätten dir klingen müssen von dem, was ich darüber hörte.« Sie schüttelte den Kopf. »Und ich dachte, du wärst hinter mir her. Das hätte ich wissen sollen! Du jagst hinter jeder drein.« Und auf plumpe Weise ahmte sie wehklagend Lannie nach: »Ach, ich weiß nicht, was ich tun soll, ich bin sooo verrückt nach dir.« Und Monina fiel in das Gelächter ihrer Mutter ein.

»Huh«, sagte Guinevere, »das gefällt dir, wie?«

Monina nickte. Sie lachte ungebührlich, und ihre Babywangen zitterten vor Vergnügen wie bei einer bejahrten Frau. »Du bist ein Teufel«, sagte Guinevere.

Dann verließ ich sie.

28

»Man muß es von sich selbst fordern, weil es zu viele Probleme gibt«, sagte Hollingsworth. »Sie wissen, daß wir jetzt Kurse eingerichtet haben, darunter einige über sehr tiefliegende Dinge. Für einen tüchtigen Mann in der Organisation sind psychologische Kenntnisse das Wichtigste.« Damit war er mit dem Beschneiden seiner Nägel zu Ende; die Abfälle waren säuberlich auf der Klappe eines Briefumschlages gesammelt, den er links von sich gelegt hatte, im Gegensatz zu dem anderen Umschlag an seiner rechten Seite, der die Abfälle von drei zu Beginn des Interviews behutsam angespitzten Bleistiften enthielt. So saß er da, hinter sich die Lampe, die über seinen Kopf hinweg in McLeods Augen strahlte. Die Umschläge schienen die Schalen an der Waage der Gerechtigkeit zu sein, in deren Namen er das Urteil finden würde.

»Ich habe Ihre Beziehungen sehr eingehend untersucht«, fuhr Hollingsworth fort, »und dabei tauchte die Frage nach dem Beweggrund auf.« Indem er eine Geste nachahmte, die McLeod zu eigen war, legte Hollingsworth seine Fingerspitzen abwägend aneinander. »Er ist ein Teil eines Falles, möchte ich sagen«, tastete er sich sanft vor und räusperte sich. »Haben Sie etwas dagegen, wenn ich für eine kleine Weile einmal laut denke?«

Ehe eine Antwort erfolgen konnte, hatte sich Lannie eingemengt. »Ich habe eine Frage«, sagte sie mit leiser Stimme.

»Jetzt nicht«, fuhr Hollingsworth sie an.

»Nein, aber ich . . .«, begann sie.

»Ich sagte, jetzt nicht.« Er langte über den Tisch und zündete McLeod eine Zigarette an. »Für mich stellt es sich folgendermaßen dar«, sagte er nachdenklich. »Wir haben da also einen Burschen, den man intelligent nennen könnte, wie Sie zum Beispiel, und doch muß ich sagen — ich kann es nicht ändern —, daß man die Vorstellung nicht los wird, er habe sich wie ein Narr benommen. Nun, um alles in der Welt möchte ich nicht beleidigend werden« — Hollingsworth strahlte geradezu Heiterkeit aus —, »aber es gibt wirklich nicht sehr viele Handlungen, die vernünftig erscheinen.«

»Macht es Ihnen was, sich deutlicher auszudrücken?« McLeod saß zusammengesunken auf seinem Stuhl, so daß sein Scheitel kaum noch zu sehen war. Seine langen Beine stemmten sich gegen den Tisch, und die Arme hingen herunter. Seine Fingerspitzen mußten fast den Boden berühren. Er hätte völlig ruhig und teilnahmslos erscheinen können, wenn nicht ersichtlich gewesen wäre, daß die grelle Lampe nunmehr ihre Wirkung tat.

»Wir wollen es einmal näher betrachten. Um etwas vernünftig durchführen zu können, muß eine Art Gleichgewicht vorhanden sein; die Gewichte auf beiden Seiten müssen sich ausgleichen.«

»Und hier fehlt das Gleichgewicht?«

Wieder berührten sich die Fingerspitzen. »Es ist nicht vollständig da, möchte man sagen.« Hollingsworth löste die Hände voneinander und drückte sie leicht auf den Tisch. »In einem der Kurse lautete das Thema: ›Die Psychologie der Bolschewisten‹, und man lehrte uns, daß diese Burschen der Meinung seien, die Welt ändern zu können, und daß sie dies selbstverständlich, wie jedermann, zum Besten der Welt beabsichtigten. Nun nehmen Sie diesen Burschen, über den wir die ganze Zeit gesprochen haben, der sich doch unzweifelhaft in der gleichen Richtung bewegte, und alles, was er tat, mit diesem Ziel unternahm. Also stand, ganz gleich, wie entsetzlich wir diese Dinge finden, die Idee der Weltverbesserung dahinter, und so konnte er sie ruhig ausführen.« Hollingsworth kicherte plötzlich. »Dieser Bursche dagegen kommt zu der Feststellung, daß er falsch gehandelt hat und verläßt die Organisation. Wie steht es jetzt mit ihm?«

»Erwarten Sie eine Antwort von mir?«

»Danke, ich bin noch nicht fertig. Wir können annehmen, daß er sich nicht wohl dabei fühlte. Da sind all diese fürchterlichen Dinge, die er getan hat — wie kann er sie ändern? Nun, als erstes beginnt er, für die Gruppe zu arbeiten, die ich repräsentiere, aber dabei kommt nicht viel heraus, nicht wahr? Er fühlt sich sogar noch schlechter, und so muß er etwas unternehmen, um endgültig Schluß machen zu können. Er tut es, und nun ist er hier angelangt.«

»Seine theoretische Arbeit ausgenommen.«

»Richtig, ich freue mich, daß Sie das erwähnen, mit Ausnahme seiner theoretischen Arbeit.« Hollingsworth langte flink in seine Schreibmappe und stapelte eine Anzahl vervielfältigter kleiner Schriften auf dem Tisch. »Hier haben wir all das, was besagter Bursche geschrieben hat. Ich könnte alle darin behandelten Themen aufzählen, aber warum soll ich Sie mit etwas langweilen, was Sie bereits wissen? Mehr wird interessieren, daß wir bei all diesen Artikeln und Broschüren geprüft haben, welche Verbreitung sie fanden und feststellten, daß die meistverbreitete fünfhundert Leser gehabt hat.« Er legte die Schriften fächerartig aus und tippte mit seinem Finger auf die eine oder andere. »Diese hier hatte hunderfünfzig Leser, diese zweihundertfünfundzwanzig, diese fünfundsiebzig und diese fünfzig.« Hollingsworth gähnte. »Natürlich alles nur in runden Zahlen.«

»Und zu welchem Ergebnis sind Sie nun gekommen?« fragte McLeod.

»Nun, es ist sehr schwer, sich dazu zu äußern«, begann Hollingsworth. Bevor er jedoch fortfahren konnte, hatte Lannie eines der Schriftstücke ergriffen und den Titel gelesen. Sie legte es wieder hin. »Das haben Sie nicht geschrieben«, sagte sie zu McLeod mit unterdrückter Stimme.

Er nickte.

»Nein, er hat es nicht geschrieben.« Lannie war aufgesprungen. »Er hat Sie getäuscht!« schrie sie.

»Er hat es geschrieben«, sagte Hollingsworth ruhig und beobachtete ihren Ausbruch.

»Es ist unmöglich«, kreischte sie und brachte dann ihre eigene Meinung vor: »Diese Widersprüche und die Klassenverhältnisse in dem Land jenseits des Ozeans, wie er sie darstellt! Gut, mag er es geschrieben haben, mag es seine Handschrift und seine Tinte sein, die Sie überzeugten, aber während er das schrieb, hat er gelacht, denn niemals hat er ein einziges Wort davon geglaubt.«

Hollingsworth starrte sie nur an. Mit seinem Schweigen erdrückte er sie, so daß sie schließlich verstummte. »Ich habe Ihnen gesagt«, wiederholte er, »daß es zu Verwicklungen und Verdrehungen kommen würde.«

»Sie haben unrecht«, platzte sie heraus.

»Ausgezeichnet, dann habe ich also unrecht«, sagte er. Er konnte sich nicht mehr zurückhalten und lachte sie aus. »Bestimmt habe ich unrecht.«

Sie hatte wieder Platz genommen, aber der Stuhl war ihr unbequem. Ihr Körper stemmte sich gegen das Holz, ihre beschmutzten Finger rissen an den ungepflegten Nägeln, und ihre jammervollen, weichen Lippen zitterten. »Ich . . .«, versuchte sie zu beginnen.

»Seien Sie jetzt ruhig«, sagte Hollingsworth. Mit offensichtlichem Widerwillen ordnete er die Schriftstücke, die sie durcheinandergebracht hatte, und blickte auf seine Notizen. »Um mich der statistischen Methode zu bedienen«, unterrichtete er McLeod, »man kann feststellen, daß die durchschnittliche Verbreitung einhundertachtundneunzig Komma drei für jede Propagandaschrift beträgt.«

McLeod sagte trocken: »Das wollte ich schon immer gern wissen.«

»Und darauf wollte ich hinaus«, setzte Hollingsworth hinzu. »Jemand, dem nachts so viel auf dem Gewissen liegt wie diesem Gentleman, von dem wir sprechen, scheint der Meinung zu sein, daß er nichts weiter zu tun braucht, als diese Artikel zu schreiben, um sein Gleichgewicht wiederzufinden. Ich nehme an, daß er versuchte, damit sein Plus und Minus auszugleichen. Der in Frage stehende Bursche scheint mir eine sehr merkwürdige Arithmetik zu betreiben; denn auf der einen Seite steht millionenfach Böses, während jedes dieser Schriftstücke nur gering zählt.«

»Der Unterschied zwischen Ihnen und mir ist«, sagte McLeod, »daß ich mich auf ihre Wirkungskraft verlasse. Wer sind Sie denn, um zu behaupten, daß in zehn Jahren keine Möglichkeit für ein neues revolutionäres Ferment vorhanden sein könnte.«

»Sie müssen das Plus und das Minus gegeneinander abwägen«, gab Hollingsworth von sich.

»Noch gibt es eine Zukunft, und sobald eine revolutionäre Situation und Revolutionäre von wahrer Größe vorhanden sein werden, ist es von äußerster Wichtigkeit, sich die Lehren der letzten Revolution zu eigen gemacht zu haben.« McLeod saß da, und seine Augen blinzelten träge in die blendende Glühbirne, während über sein glattes Gesicht ständig und unfreiwillig ein Zucken lief. »Warum hetzen Sie mich immer weiter?« fragte er endlich mürrisch.

»Weil Sie das Volk zu beeinflussen wünschen«, sagte Hollingsworth kurz. »Und wer das wünscht, gerät in mein Arbeitsgebiet.« Er seufzte. »Ich bin verpflichtet, Ihre Qualifikationen zu untersuchen. Würden Sie, zum Beispiel, meinen, daß der erwähnte Gentleman in vollständigem Besitz aller Fähigkeiten war in der Zeit, als er sich in besagtem Mittelmeerland so aktiv erwies?«

»Was meinen Sie mit Fähigkeiten?«

»Ich hätte eine bessere Antwort erwartet«, legte Hollingsworth nahe. »Denken Sie mal an den Vorfall mit dem alten Freund, den er mit dem Revolver in der Tasche besuchte. Meinen Sie, daß er keinerlei Vergnügen an den Ereignissen dieses Abends hatte?«

»Nicht das geringste.«

Hollingsworth schnalzte mit der Zunge, als ob er McLeod zur Einsicht mahnen wolle. »Sie sind doch ein intelligenter Bursche. Dürfte man ein peinliches Gefühl haben, wenn man vier oder fünf Stunden lang mit jemand unter dem Vorsatz gesprochen hat, diesen zu töten, und ihn schließlich auch tötet?«

»Ich weiß es nicht mehr.«

»Gar kein Vergnügen?«

McLeod hob eine Hand an seine Schläfe. »Wie kann ich mich daran erinnern?«

»Mit anderen Worten, also doch etwas Vergnügen. Das ist verächtlich, wie?« Hollingsworth nickte, als ob er sich die Frage selbst beantworte. »Bei unserem Burschen ist psychisch etwas nicht in Ordnung, was zu berücksichtigen ist.«

»Nun gut.«

»Dies beeinflußt alle seine Handlungen. So hat es mir ein sehr bedeutender Spezialist auf diesem Gebiet erklärt. Wir glauben, eine Idee zu haben, weil wir eine Idee haben; in Wirklichkeit haben wir aber die und die Idee, weil wir sie zu haben wünschen.«

»Nun gut«, sagte McLeod tonlos.

»Man muß berücksichtigen, daß Politik und Meinungen zur Schau gestellt werden.«

»Nun gut.«

»Wie kann dann jemand vorgeben, daß er für die Zukunft arbeite?« sagte Hollingsworth heftig.

»Gut, gut, gut«, sagte McLeod.

Hollingsworth richtete die Lampe so, daß ihr Schein jetzt zwischen sie beide fiel. Mit sanfter Stimme fuhr er fort. »Nun, im Gegensatz zu anderen, blicke ich nicht auf solche Burschen hinab. In der Tat haben wir doch alle unterschiedliche Charaktere. Nur dürfen wir nicht zu eigenwillig sein. Sie sind Ihr ganzes Leben lang ein unglücklicher Mensch gewesen und wollen nicht zugeben, daß es Ihr eigener Fehler war. Und darum machen Sie die Gesellschaft dafür verantwortlich, wie Sie es ausdrücken. Das ist nicht notwendig. Sie hätten ein gutes Leben führen können, auch heute noch, wenn Sie sich klarmachen würden, daß die anderen nicht anders sind als Sie, darum ist es sinnlos, für die Zukunft zu arbeiten.« Seine Hand strich über den Tisch, als wolle sie das Holz streicheln. »Maßvoller sein! Wir haben nicht genügend mitbekommen, um uns auf große Dinge einzulassen. Wenn dieser Bursche zu mir käme, um meinen Rat einzuholen, würde ich ihn beiseite nehmen und ihm auseinandersetzen, daß er besser daran täte, sein eitles Streben aufzugeben und sich nicht anders zu benehmen als alle anderen. Denn niemals werden wir wissen, was hier wirklich drinsteckt«, Hollingsworth klopfte leise an seine Brust, »und wir unterliegen Täuschungen. Ich gebe nicht zwei Cents für alle Ihre Schreibereien. Ein gutes Leben führen, mein Lieber, das ist mein Fall, und darum bin ich schlauer als die meisten Ihrer Sorte.« Sein blasses Gesicht begann sich zu röten. »Sie können Ihre Theorie über Bord werfen«, sagte er plötzlich.

»Er ist völlig im Recht«, rief Lannie. »Aber er ist es auch nicht. Meine ...« ihre Stimme versiegte plötzlich. Der Ausbruch ihrer eigenen Gedanken wurde zurückgedrängt, als sie sich reden hörte. Sie errötete über die Unfähigkeit, ihren Gedanken Ausdruck zu verleihen, starrte weiterhin auf ihre Hände und zupfte verdrießlich an den Fingernägeln.

McLeod lächelte müde.

»Haben Sie eine Zigarette?« fragte er. »Ich habe keine mehr.«

»Es ist mir ein Vergnügen«, sagte Hollingsworth und gab ihm mit fast derselben Handbewegung Zigarette und Feuer.

»Würden Sie sich selbst als Realisten bezeichnen?« fragte McLeod beinahe verträumt.

»Das ist die Bezeichnung, die man wohl auf mich anwenden könnte.«

»Dann glauben Sie, philosophisch gesprochen, an eine reale Welt.«

»Noch mehr Worte«, seufzte Hollingsworth, »doch ich möchte es bejahen.«

»Eine Welt, die außerhalb von uns existiert.«

»O ja, das wollte ich sagen.«

»Sie sagten es aber nicht«, erklärte McLeod. »Ich möchte Ihnen begreiflich machen, daß niemand verurteilt werden darf, weil er nahe daran ist, die Zusammenhänge in einer solchen Welt zu begreifen. Der geistige Bezug, den man hat und auf dem Sie so heftig herumreiten, mag genau die erforderliche, besondere Linse darstellen, durch die man diese Zusammenhänge am klarsten zu erkennen vermag.«

»Sie versuchen, mich zu verwirren«, sagte Hollingsworth.

McLeod schwieg fast eine Minute, und als ob ihn der Erfolg seiner kurzen Einwendung ermutigt habe, blickte er schließlich grinsend auf. »Ich würde gern zu meiner Verteidigung etwas vorbringen.«

»Nein.« Hollingsworth sprang fast auf. »Wir sind heute überhaupt nicht weitergekommen, und keine der wirklichen Streitfragen ist entschieden worden. Ihre Rede ist unnötig.«

»Ich bestehe auf meinem Recht.«

»Zuerst haben Sie die Bedingungen zu erfüllen.«

McLeods Gesichtsmuskeln zuckten, seine Augen blinzelten, und er hob seine Hand hoch und beobachtete, wie sie zitterte, als gehöre sie nicht zu ihm. »Ich bin dazu bereit«, sagte er. »Aber ich möchte wissen, ob er unmittelbar an Sie geht oder an Ihr Amt?«

»Ich habe mich noch nicht entschieden«, sagte Hollingsworth, »aber das sollte Sie nicht berühren. Sie haben mit beiden Möglichkeiten einverstanden zu sein, oder es wird nichts aus Ihrer Rede.«

»Beide Möglichkeiten«, sagte McLeod mit einem Achselzucken. »Darf ich fortfahren?«

Hollingsworth nickte.

»Sie wissen«, sagte McLeod, »daß es mal eine Zeit gab, da ich mir meine letzte Rede anders vorgestellt habe. Ich hatte sie sogar festgelegt. ›Bürger, Kameraden‹ — so begann ich —, ›es scheint kaum berechtigt zu sein, wenn ich, ein Renegat, jemand, der armselig Schiffbruch erlitten hat, auch nur den Mund auftut.‹« McLeod verzog seine Lippen zu einem lautlosen Lachen.

»Es gehört zu meinen Vorzügen, daß ich mir gestatten kann, keine Zeit darauf zu verwenden, Entschuldigungen für meine Vergangenheit vorzubringen. Sie ist, wie sie nun einmal ist, und die Zeit, die mir zum Sprechen erlaubt wird, möchte ich vorzugsweise dazu benutzen, um mich der einzig wichtigen Verteidigung zu widmen, nämlich die geistigen Entscheidungen meines Lebens darzulegen, um auf diese Weise meiner Bekehrung Würde zu verleihen. Ich werde die Vergangenheit nicht als persönlichen Lebenslauf behandeln, sondern den Versuch machen, das herauszuarbeiten, was, wie ich glaube, in die Zukunft reicht; denn Ideen können nur fortleben, wenn man sie an andere weitergibt.«

Hollingsworth unterbrach ihn. »Sie sprechen wie jemand, der kein langes Leben mehr vor sich hat.«

»Sie verstehen mich falsch. Ich rede nur metaphorisch.«

»Mich interessiert nur, daß Sie gestehen«, sagte Hollingsworth verdrießlich.

»Ich habe Ihnen erklärt, daß ich das tun werde. Darf ich nun fortfahren?«

»Für wen halten Sie denn eigentlich diese Rede?« fragte Hollingsworth. »Für mich? Oder Miß Madison?« Unsere Blicke trafen einander, und er zuckte die Achseln. »Gut, wenn Sie der Meinung sind, daß es sich lohnt, Ihre Zeit damit zu vergeuden, fahren Sie nur fort, aber ich habe von Ihrem Freund keine so hohe Meinung, wie Sie sie zu haben scheinen.« Er blickte fort und trommelte mit den Fingern. »Also, dann halten Sie Ihre Rede«, sagte er mit einer fast weibischen Stimme.

29

»Darf ich«, fragte McLeod rhetorisch, »damit anfangen, die Argumente des erfahrenen Apologeten zu diskutieren? Wenn ich mich in einer kritischen Stimmung einmal selbst prüfte, war ich oftmals von der Anzahl der Mitkämpfer erschlagen, die ich einst hatte und die alle verschiedene Wege gegangen sind. Und doch ist es von allen nur der Apologet, der sich durchgesetzt hat; Sie könnten auch sagen, der en vogue ist. Dieser Typ gibt alles zu. Er gibt zu, daß Staatskapitalismus und Sozialismus nicht durcheinandergeworfen werden dürfen, er räumt, wenn auch mit anderen Worten, sogar ein, daß die neue Gesellschaft immer noch Privilegien kennt. ›Aber sehen Sie doch, McLeod‹ — beeilt er sich jedesmal zu versichern —, ›man muß die Zeit mit in Rechnung stellen‹, und dazu wird er weise den Kopf schütteln. Die Revolution hat in etwas versagt. Das Proletariat besaß kein ausreichendes politisches Bewußtsein, und es bleibt sehr zweifelhaft, ob es jemals erlangt wird. Worauf es ankommt, sagt der Apologet, ist die Rettung der Zivilisation, das Fortbestehen menschlichen Lebens. Das Problem unserer Generation ist nicht, eine Revolution zu veranstalten oder die Standardisierung, Militarisierung und alle sonstigen Maßnahmen, die Ihnen und mir so widerstehen, zu beklagen. Wir müssen, wenn wir Historiker sind, zugeben, daß es seit dem Entstehen der Menschheit keine Gleichheit gegeben hat, und Freiheit nur im Zusammenhang mit Reichtum und Muße. Wahrscheinlich ist sie nur dort möglich. Freiheit ist Luxus und Gleichheit ein Traumgebilde. Was wir heute durchaus akzeptieren müssen, ist eben die Standardisierung, ja, sogar der vorübergehende Verzicht auf die besten menschlichen Fähigkeiten. Solche Zeiträume, wie die unsrigen, vergehen. Unser wirkliches Problem sind die lähmenden Störungen des ökonomischen Systems. ›Sehen Sie, McLeod‹ — wird dieser fingierte Bruder ausrufen —, ›von all dem haben Sie nicht das Geringste begriffen. Ihre Probleme sind nicht die der Welt. In Afrika müssen Bäuche gefüllt werden, und darum muß die Produktion einer Weltplanung unterliegen. Wir haben die menschliche Natur überschätzt. Es ist unmöglich, in einen solchen Plan die sozialistische Forderung nach Gleichheit einzubauen, aber was macht das aus? Es geht um die Masse, die man auf anständige Weise ernähren muß, oder die Welt wird zugrunde gehen. Es ist nicht unser Problem, wie der Ausbeutung ein Ende gesetzt werden kann, sondern wie die Widersprüche in der ökonomischen Struktur zu lösen sind. Wir mögen in der Tat die ganze Zeit über unrecht und die Bourgeoisie recht gehabt haben. Der Mensch ist nur fähig, eine Gesellschaftsform zu schaffen, die auf Privilegien und Ungleichheit aufgebaut ist.‹ Wie ich schon ausführte«, fuhr McLeod fort, »gibt der Apologet alles zu. ›Es mag sein‹, erklärt er, ›daß es Krieg geben könnte, aber ebenso kann er vielleicht vermieden werden; man kann es nicht wissen, McLeod. Geschichte ist nicht voraussagbar. Wie können Sie behaupten, daß unbedingt Krieg kommen muß? Aber selbst, wenn er kommen sollte, ist kein Grund zu der Annahme vorhanden, daß alles verloren sei. In jeder Sache steckt etwas Maßvolles, selbst im Krieg, und schließlich wird eine Seite, ganz gleich mit welchen Kosten und unter welchem schweren Einsatz, gewinnen und die Welt kontrollieren. Dann wird ewiger Friede möglich sein. Die Sieger werden das geraubte Gut der Ausbeuter auf vernünftige Weise verteilen. Warum sollten sie es nicht? Alle Widersprüche werden dann ausgeglichen sein.‹«

Hollingsworths Interesse schien geweckt zu sein. »Wissen Sie, falls Sie mir diese Worte erlauben«, flocht er ein, »ich finde, daß Sie das sehr gut formuliert haben. Ich bin kein politischer Mensch, obgleich ich mich immer als eine Art Liberaler angesehen habe. Es ist mir des öfteren beim Nachdenken über diese Dinge die Idee gekommen, daß es wirkliche Demokratie bedeuten kann, wenn man die stumpfe Masse glücklich macht. Wenn man nicht stumpfsinnig ist, kann man sowieso nie glücklich werden. Nun, ich weiß, was Sie sagen wollen«, murmelte er, als McLeod zu grinsen begann, »daß auch die Stumpfsinnigen nicht glücklich sein können, weil sie, nach Ihren Worten, betrogen werden. Mir aber scheint, als ob sich das Volk nichts daraus mache, wenn man ihm nur das Gegenteil erzählt. Sagt man ihm aber, daß es betrogen wird, kommt es zur Rebellion.« Hollingsworth kicherte. »Ich fürchte, daß ich schon zuviel geredet habe« — mit raschem Blick auf seine Uhr — »könnten Sie Ihre Ausführungen etwas kürzer fassen?«

McLeod starrte auf Hollingsworth, ohne daß er in sein Bewußtsein zu kommen schien. Er kniff die Augen zusammen, so daß sie einen Schlitz bildeten, und mit einem Seufzer, als ob es ihn mehr als uns danach verlange, das Seil der Diskussion durchzuhauen, griff er in seine Tasche und zog ein Päckchen kleinformatiger Papiere hervor, auf die er einige Notizen gekritzelt hatte.

»Die Glaubwürdigkeit der Argumente dieses Apologeten beruhte auf einer Logik, die ebenso reizvoll wie oberflächlich ist. Alles, was er vorbrachte, war vollständiger Unsinn.« Hier lohnte es ihn, eine Pause zu machen. »Es darf hier eingeschaltet werden, daß sich der Apologet in einer abstrakten Vorstellung befindet. Da er aber beansprucht, ein Realist zu sein, muß er sich im Leben unvermeidlich der Angelegenheiten der einen oder der anderen Seite annehmen. Er kann nicht für beide Seiten kämpfen. Ich brauche wohl kaum hinzuzufügen, daß er hofft, daß die Seite, für die er plädiert, den kommenden Krieg gewinnen wird. Und wenn man ihn fragt, was geschehen wird, wenn die andere Seite gewinnt, wird er antworten: Eine Katastrophe, eine vollständige Katastrophe! Wenn man auf diese Weise die beiden getrennten Hälften der Wahrheit aneinanderfügt, kommt man zu einer Schlußfolgerung.«

Zum erstenmal war McLeods Stimme lebhaft. Er saß weiterhin steif in seinem Stuhl, hatte die Hände vor sich auf dem Tisch und blickte auf seine Notizen, seine Brille saß fest auf der Nase, und alle Müdigkeit schien verflogen zu sein. »Indessen habe ich ein solches Kunststück kaum nötig. Ich ziehe eine umfassendere Antwort vor. Meine politischen Ausführungen basieren auf der Behauptung, daß der Krieg unvermeidlich ist, und ich glaube, daß sie logisch ist, denn wenn keine der beiden Mächte ihre ökonomischen Probleme ohne Krieg lösen kann, muß dieser Krieg zwangsläufig kommen. Und was dann, wenn beide Kolosse unter solchen Widersprüchen leiden?

Dann wird die Unvermeidlichkeit des Krieges von zwei Seiten erhärtet. Aber eine saubere Analyse muß wahrhaft erschöpfend sein. Da man mich darauf aufmerksam gemacht hat, daß meine Redezeit nicht unbegrenzt ist, werde ich mich auf Begründungen beschränken. Die Lage der einen Seite, die des Monopolkapitalismus, ist kritisch.« McLeod fuhr fort, das zu wiederholen, was ich für mich selbst schon analysiert hatte. Die Produktionskapazität der Monopole war so ungeheuerlich geworden, die Maschineninvestierungen im Vergleich zur Arbeitskraft, die sie ausbeuten konnte, so groß, daß nur durch die Öffnung des gesamten Weltmarktes die Suche nach neuen Investierungen und Profiten die Lösung bringen konnte, und auch nur vorübergehend. »Diese entlegenen Gebiete des Erdballs, die für die Monopole so notwendig sind, können nicht aufgegeben werden«, donnerte McLeod. »Ohne sie können die Monopole ihre Operationen nicht im gleichen Rahmen fortführen, ohne sie gibt es keine andere Wahl, als in die Produktion von Kriegsgegenständen einzusteigen oder aber einem wirtschaftlichen Zusammenbruch entgegenzugehen. Andererseits sind dieselben abgelegenen Regionen, deren eigene Entwicklung zum Kapitalismus durch die Monopole blokkiert wurde, historisch gezwungen, mit einem Schritt vom

Feudalismus zum Staatskapitalismus zu gelangen. Auf diese Weise ist die eine Hälfte der Welt jetzt den Monopolen untertänig und die andere Hälfte, während sie ihnen nominell noch untersteht, befindet sich auf einem langen Weg zur Nationalisierung.

Die Krisis der großen staatskapitalistischen Macht aber ist sogar noch schwerer. Es ist nicht meine Absicht, dem bereits zu Bergen aufgehäuften rhetorischen Material mehr als einen Stein hinzuzufügen. Ich möchte nur die Bemerkung unterstreichen, daß der Sozialismus nicht durch einen Willensakt herbeigeführt werden kann. Es darf als Axiom genommen werden, daß sich eine sozialistische Revolution ins Gegenteil verkehrt, wenn nicht die Bedingungen vorhanden sind, die eine Verbesserung des Lebensstandards ermöglichen. Als die Ereignisse von 1917 nicht zu einer entsprechenden proletarischen Erhebung in den Ländern des Westens führten, war die Revolution zum Untergang verurteilt. Von Feinden umgeben, zu gigantischer Anstrengung für die Hebung des Lebensstandards — von den Schnürsenkeln angefangen — gezwungen, gingen die Entwicklungsmöglichkeiten des Sozialismus im Kampf um das nackte Leben unter. Der Teil der Wirtschaft, der sich mit den Verbrauchsgütern und Dienstaufwendungen für die Masse zu beschäftigen hatte, mußte beschränkt bleiben. Je mehr Werkzeuge, Rohstoffe und Gegenstände hergestellt werden mußten, um die Produktion ausweiten zu können, desto weniger Verbrauchsgüter konnten auf den Markt kommen. Ein solches Projekt der Ausweitung industrieller Kapazität führt nur dann zu einer potentiellen Anreicherung, wenn es nicht zu lange fortgesetzt wird. Denn beachten Sie die Ergebnisse. Falls nicht der vorgenommenen Enteignung die Vorteile auf dem Fuß folgen, sinkt die Produktionsquote des Proletariats. Der Mensch ist nur dann fähig, erfolgreich am modernen Produktionsprozeß, der die größten Anforderungen an Erfahrung, Intelligenz und intensive Arbeit stellt, mitzuwirken, wenn er einen Lohn erhält, der einen entsprechenden Lebensstandard ermöglicht und das Versprechen auf eine bessere Zukunft enthält. Sobald ihm nur ein Minimum an Komfort und Lebenshoffnung bleibt, muß die Arbeitskraft schrumpfen. Es kann einen Arbeiter nicht mit Genugtuung erfüllen, wenn Fabriken die Erde zu überschwemmen beginnen, ohne daß sie ihm die ersehnten Lebenserleichterungen verschaffen. Und ebensowenig Genugtuung bringt es dem Bürokraten, wenn die Produktion unter dem Möglichen bleibt und diese Situation von Tag zu Tag ernster wird. Ist es anstrengend für Sie, mir zu folgen?« unterbrach sich McLeod plötzlich.

Hollingsworth antwortete mit einem Gähnen.

»Machen Sie sich das Problem der Bürokraten im Staatskapitalismus klar. Wenn sie ihre Macht und ihre Privilegien aufrechterhalten wollen, stoßen sie an eine untere Grenze für die Niedrighaltung des Lebensstandards. Gehen sie darunter, können sie nur noch mit erzwungener Sklavenarbeit und mit der völligen Verschlechterung der ökonomischen Situation rechnen. Wiederum können die arbeitenden Klassen nicht durch Zwang den Konkurrenzkampf mit der Produktionskraft der Monopole erfolgreich bestehen. Ihre Moral ist zu niedrig. Nur mit dem Hormon des letzten Krieges, mit dem vaterländischen Ansporn gegen einen fremden Eindringling zu kämpfen, konnte das Problem vorübergehend gelöst werden. Und darum, ganz gleich, wie sehr sie in jenem Krieg litten, oder wie sehr die Masse den Frieden wünscht, ist der Frieden nicht aufrechtzuerhalten. Hinzu kommt, daß der Staatskapitalismus die Hoffnung verloren hat, als sozialer Organismus die Fähigkeit zur Vermehrung der Produktionskraft zu besitzen. Es läuft bei ihm jetzt darauf hinaus, neue Länder in seine Gewalt zu bekommen, sie ihrer Reichtümer zu berauben und die Wirtschaft auf Krieg umzustellen, kurz gesagt, auf Plünderung. Leider ist dieses Plündern ein Faß ohne Boden. Das neu geraubte

Gut muß unverzüglich in die Bewaffnung gesteckt werden, der Lebensstandard bleibt der alte, und so muß der Vorgang wiederholt werden. So sind beide Seiten, aus der Notwendigkeit am Leben zu bleiben, gezwungen, sich für den Krieg vorzubereiten. Der Prozeß ist nicht rückgängig zu machen. Es ist ein Krieg, der von zwei verschiedenen Ausbeutungssystemen geführt wird, von einem kraftvollen System im Fieberzustand und dem anderen durch fortschreitende Anämie deformierten System. Man kann den Zeitpunkt nicht genau voraussagen, aber unabhängig von den zeitweiligen Veränderungen in der militärischen Lage kommt es schließlich auf einen Krieg zwischen zwei wahrhaft identischen Formen der Ausbeutung hinaus.

Der Staatskapitalismus sitzt auf dem Thron der Geschichte. Der Staat, der als einziger Ausbeuter in der Lage ist, die äußerste Kriegswirtschaft zu ertragen und das Proletariat in Arbeitsregimenter zu stopfen, wird seine Monopolkapitalisten entweder auf friedlichem Weg oder durch einen kurzen, internen Konflikt absorbieren. Es gibt keine Alternative. Der geschichtliche Imperativ heißt, die Produktion von Verbrauchsgütern auf ein Minimum zu beschränken, um den mißlichen steigenden Bedarf an Waffen zu decken. Solch ein Wechsel vollzieht sich auf dem Hintergrund militärischer Verluste und militärischer Zersetzung. Einem Volk, das von Lebenserleichterungen abhängig ist — als dem Opium, das seinem Leben Wert verleiht —, wird der letzte Luxus unerbittlich von der Liste gestrichen werden. Probleme, die immer nur eine einzige Lösung erlauben, werden in rascher Folge auftauchen. Es wird mehr Geld als Waren geben, und eine Inflation größten Ausmaßes kann nur verhindert werden, wenn man die Löhne reduziert und die Ausbeutung verstärkt. Das Ergebnis ist ein Nachlassen des Arbeitswillens und der industriellen Leistung. Unzufriedenheit herrscht überall vor. Die ersten gelegentlichen Sabotageakte, die äußerster Verzweiflung entspringen, beginnen sich zu vermehren. Das Polizeisystem, das sich bereits bei Kriegsbeginn, als Hunderte oder Tausende von Menschen, die politisch verdächtigt wurden, herauszusuchen und ins Gefängnis zu werfen waren, ausgedehnt hatte, muß erweitert werden. Die Polizei ist nun allgegenwärtig, in den Gewerkschaften, in der Armee, in der Regierung. Sie hat bereits den Punkt erreicht, wo sie neben allen Teilen der Gesellschaft existiert. Staatsprofit und Staatsüberwachung, vom Staat erzwungene Armut und vom Staat geduldeter Reichtum. Der Bürokrat fährt seine Limousine, und nur er. Armes Proletariat, das wieder einmal betrogen wurde. Es wird mit Steckrüben ernährt, deren es ihre Meister für würdig halten.«

McLeods Stimme hatte einen traurigen Klang. Er sprach so leise, so gemessen, so düster, und sein Gefühl wurde durch Ironie und Selbstverspottung verdeckt. An der anderen Seite des Tisches saß Hollingsworth in der vollendeten Pose des Gelangweilten, den Ellbogen in die Hand gestützt, während er mit der freien Hand gemächlich an der Nase polkte, als liege er auf einer Couch und pflücke Trauben aus einer Schale. Lannie schien eingeschlafen zu sein, oder war sie im Koma? Ihre Beine hatte sie von sich gestreckt, der Atem kam rasselnd aus ihrer Kehle, ihre Augen waren fest zusammengekniffen und zuckten wie eine Hand, die ängstlich eine Eidechse hält.

»Nun gut«, seufzte McLeod. »Der Prozeß erfordert überraschend wenig Zeit. Nationen, die spät zu einer Neubildung ihrer Gesellschaftsform kommen, durchlaufen diesen Prozeß schneller als ihre Vorgänger. Mehr noch, die Eigenart der Produktionswirtschaft muß einer so weitgehenden Veränderung unterzogen werden, daß von der Halbzivilisation, die wir jetzt besitzen, nur wenig übrigbleibt. Betrachten Sie es einmal sorgfältig. Zum erstenmal in der Geschichte ist es der Wille der Gesellschaft, die Produktion völlig auf den Tod auszurichten. Und die Menschen können nur am Leben erhalten werden, wenn sie dieses Ziel weiterhin verfolgen. Während der schlimmsten Exzesse und Ungerechtigkeiten jeder uns vorangegangenen Kulturepoche blieb die natürliche Aufgabe der Wirtschaft, für das Leben zu produzieren, erhalten. Selbst der Kapitalismus auf seiner Suche nach Profit nahm automatisch an, daß Leben und Profit miteinander vereinbar waren. Vielleicht ein bißchen weniger Leben und ein bißchen mehr Profit, aber nichtsdestoweniger diente der größte Teil der Produktion dazu, den Menschen am Leben zu erhalten. Im fortgeschrittenen Stadium des Staatskapitalismus muß diese Aufgabe jedoch beiseite geschoben werden. Jetzt ist es nicht mehr das Ziel der Gesellschaft, ihre Mitglieder am Leben zu erhalten, sondern ganz im Gegenteil, jetzt steht zur Frage, wie man es ihnen nimmt. Mit Ihrer Erlaubnis« — er nickte Hollingsworth zu — »würde ich meine Ausführungen gern illustrieren.«

»Wie Sie wünschen«, sagte Hollingsworth mürrisch.

»Ein Faktor, der niemals vergessen werden darf, ist die Permanenz der gegenwärtigen ökonomischen Krise. Nachdem die parasitären Anwälte des Kapitalismus vernichtet worden sind, werden sie durch die Elephantiasis der Bürokratie ersetzt. Von diesem Augenblick an kann sich die Produktionsquote nicht mehr ständig erhöhen. Man beginnt nach Methoden zu suchen, sie zu überbieten. Der Wettbewerb wird staatlich angeordnet, und künstliche Konkurrenzkämpfe zwischen Korporationen, die mit entsprechender Propaganda durchgesetzt werden, führen zu erschöpfenden Anstrengungen, um den Erfordernissen der Bewaffnung nachzukommen. Die Akkordarbeit erscheint wieder auf dem Plan. Ein solcher Prozeß wirkt narkotisierend, aber die Injektion muß fortschreitend stärker werden, bis die Niederlage in einem Wettbewerb den Bürokraten den Kopf kostet. Die erste Stufe des Kannibalismus ist damit erreicht, und die Bürokratie sieht sich gezwungen, sich derselben

Personen zu entledigen, deren sie so verzweifelt bedarf. Sie stellt eine Klasse dar, die genau in dem Augenblick zur Macht kommt, in dem sie im Begriff ist, sich selbst zu vernichten.«

Wieder einmal schien Hollingsworth Interesse zu zeigen. An seinem Mundwinkel war eine kleine Wunde. Er fuhr mit der Zunge darüber und befeuchtete dann seine Lippen.

»Sie müssen sich klarmachen«, sagte McLeod zu ihm, »daß diese Gentlemen ungewöhnlich unter Druck stehen. Sie dürfen keine Aktion begehen, die gegen die Interessen des Staates gerichtet ist, jedoch ändern sich diese fortgesetzt. Sie werden durch das, was sie jeder Fehler kostet, in Schrecken versetzen, geben sich mit einem Minimum an Initiative zufrieden, während indessen die ungewöhnlichsten Anstrengungen ständig von ihnen gefordert werden. Es ist ihnen unmöglich, ihre eigenen Bedürfnisse vor die Pflicht zu stellen. Sie stehen im Konflikt zwischen den Wünschen ihres privaten Lebens und ihren öffentlichen und parteilichen Aufgaben. Ihre Tätigkeiten für die Kollektive und die schrecklichste Gier nach persönlicher Bereicherung beginnen sie zu peinigen. Psychologisch muß der Scheck schließlich bezahlt werden. Der Bürokrat wird dazu getrieben, seine Persönlichkeit durch antisoziale Aktionen zum Ausdruck zu bringen.« Hier hielt McLeod inne, und er und Hollingsworth starrten sich an, als ob der eine zuviel gesagt und der andere zu lange zugehört habe.

»Ich höre, ich höre«, flüsterte Hollingsworth, und seine Zunge bemühte sich um die Wunde.

»Sie sind gezwungen«, sagte McLeod heiser, und ich hatte den Eindruck, als ob er sich jeden Rückzug abschneiden wolle, »irgendeine Aktion gegen den Staat zu unternehmen, ganz gleich, welcher Art. Es genügt, wenn sie unlogisch, unbegründet und katastrophal für ihn ist. Sie sehen, daß die Bürokraten das Gefühl für ihre eigene Person, die Identität mit sich selbst, verloren haben, und wenn es damit begann, daß der Staat sie verschlang, endete es damit, daß sie diesem Prozeß noch Vorschub leisten. Aber wir wollen kein Mitleid an diese Gentlemen verschwenden. Sie sind nichts weiter als eine Parallelerscheinung zu der Zersetzung in Armee und Wirtschaft. Krieg zu führen, ist nun die einzige Methode zur Akkumulation, und durch die vaterländische Musik, die dabei angestimmt wird, gelingt es, die sich verringernde Fabrikation für kurze Zeit zu beleben. Doch was nützt es? Mit dem Abnehmen der Arbeitskraft der Werkstätigen verringern sich Quote und Qualität der Arbeitsleistung fortschreitend mehr. In Zukunft werden nur noch die drastischsten Maßnahmen wirkungsvoll sein. Das Geschütz der Zwangsarbeit muß aufgefahren werden. Die Zwangsarbeiter erscheinen auf der Bildfläche, und wie die Hölle verschiedene Stufen hat, so steht am Ende der Zwangsarbeit das Konzentrationslager.«

»Die Gaskammer«, sagte Lannie laut. Sie mochte aus einem Traum erwacht sein.

»Das Konzentrationslager«, wiederholte McLeod, »und sein Pendant, die geheime Stadt, wo neue Waffen, die noch größere Vernichtungskraft besitzen, entwickelt werden. Diese Phänomene begleiten das erschreckendste Phänomen überhaupt — die Unterbindung des Wissens. In der Vergangenheit war unser kollektives Wissen nur durch die Kapazität des menschlichen Verstandes begrenzt; jetzt wird es durch einen sozialen Organismus künstlich begrenzt, weil er die Aufrechterhaltung der Unwissenheit für erforderlich hält. Und so verrecken Millionen in Konzentrationslagern, während, nur wenige Meilen davon entfernt, Menschen ihr gewohntes Leben weiterführen und nichts davon wissen als Gerüchte.

Die Technik des vergangenen Krieges gibt nur eine schwache Andeutung dessen, was kommen wird. Auf einer quasi systematischen Basis hat man den Versuch gemacht, denjenigen Teil der Bevölkerung auszulöschen, der für die

Produktion ausfiel. Aber die Richtlinien waren durch religiöse und politische Gesichtspunkte verwischt worden. Mit dem Fortschreiten des nächsten Krieges wird es unmöglich werden, sich den Luxus zu gestatten, Arbeitsunfähige zu unterhalten. Kinder und alte Leute werden getötet werden. Aber selbst diese Maßnahmen müssen eher als Anfang denn als Ende betrachtet werden. Wenn dieses Werkzeug erst einmal geschaffen ist, bleibt es ein Teil der sozialen Struktur, und es kann ebensowenig abgebaut werden wie der Staat. Erst wenn der Moloch nicht mehr gefüttert werden kann, wird die letzte Stufe der Hölle verschwinden und damit der ganze Höllenapparat. So werden Jahr für Jahr sinnlos Millionen ausgelöscht, bis als letzte Krönung der Widersprüche die Produzenten selbst der Maschine geopfert werden. Die Stabilität hängt davon ab.«

McLeod schöpfte Atem. »Der Krieg ist permanent, und das letzte Argument des Apologeten ist nicht besser als sein erstes. Wenn die eine Seite die andere besiegt, wird sie sich selbst vollständig verarmt finden. Auf einer sogar noch niedrigeren Ebene wird sich die Notwendigkeit zu gewaltsamen Auseinandersetzungen wiederholen, die nun den einzigen Repräsentanten in der heutigen Welt des Staatskapitalismus bedrängen. Seine Verarmung wird ungeheuer sein und der Sieger vor der Unmöglichkeit stehen, eine vernünftige Ausbeutung durchzuführen, die seine Probleme lösen könnte. Statt dessen beutet er auf die brutalste Weise nicht nur den Besiegten, sondern auch seine früheren Verbündeten aus. Seine Anforderungen müssen im Hinblick auf das, was übriggeblieben ist, so groß sein, daß eine neue militärische Verwicklung entsteht, bevor die alte behoben ist. Wieder beginnt der Krieg mit einem neuen Ausrichten der Kräfte, und mit Hunger und Bürgerkrieg als Begleiterscheinung macht die Entartung Fortschritte, bis wir einer in Barbarei versunkenen Menschheit gegenüberstehen.«

»Ist Ihre Rede zu Ende?« schrie Hollingsworth.

»So kommen Sie bald zur Macht«, sagte McLeod ruhig, »aber Ihr Erbe ist die Krisis, und was Sie einhandeln, ist ein Krebsgeschwür.«

»Schluß!« befahl Hollingsworth.

Ein Ausruf folgte dem anderen, als wären sie durch eine Zündschnur verbunden gewesen, und plötzlich war die Stimmung gereinigt.

»Ich bin verpflichtet, die Perspektiven des Sozialismus zu entwickeln«, sagte McLeod mit leiser Stimme. »Ich brauche dazu nur noch ein paar Minuten, und dann ist alles getan.«

Hollingsworth setzte sich ruckartig in seinem Stuhl zurück. »Ich bin nicht hier, um mich beleidigen zu lassen. Ihre Bemerkungen dürfen nicht persönlich werden.«

»Man kann diesen Prozeß, den ich dargestellt habe, auch umkehren. Er nimmt im Augenblick keinen hervorragenden Platz ein, und doch ist er alles, was wir besitzen. Ich spreche von dem Ideenkomplex und dem Programm, das allgemein mit ›revolutionärer Sozialismus‹ bezeichnet wird. Er befaßt sich mit einer Gesellschaft, in der die Mehrheit die Produktionsmittel besitzt und kontrolliert, im Gegensatz zur heutigen Situation. Er hat die Vorstellung einer Gleichheit, die jeden nach seinen Fähigkeiten arbeiten läßt, und die ihn mit dem versorgt, was er benötigt. Es mündet in das Ende der Ausbeutung und den Beginn der Gerechtigkeit. Es ist die Antithese dessen, was ich vorausgesagt habe. Aber wie mag es zustande kommen? Hier gelangen wir an den Knoten der Geschichte. Viel zu lange Zeit haben wir angenommen, daß der Sozialismus unvermeidlich sei. Und dieser Irrtum hat uns zur Unfähigkeit verurteilt. Sozialismus ist nur dann unvermeidlich, wenn eine Zivilisation vorhanden ist. Niemals haben wir in Betracht gezogen, daß es keine geben würde. Denn Sozialismus, wie ich ihn dargelegt habe, ist nicht ein toter Fetzen Stoff, dem man mit der Schere des Politikers die gewünschte Form gibt. Er hängt von den menschlichen Möglichkeiten ab, und sie sind nicht abzuschätzen; es ist unmöglich, sie philosophisch zu bestimmen. Mag sein, daß es niemals eine ausreichende Zahl von Menschen mit genügender Leidenschaft und Vernunft geben wird, um eine solche Welt zu schaffen. Wenn dem so ist, kann die menschliche Situation nicht verbessert werden, und wir können dann nur sagen, daß mindestens für ein Jahrhundert, wenn nicht für immer, alles verschwinden wird, was wir jemals geschaffen haben. Ich bediene mich der abstraktesten und allgemeinsten Begriffe, und dadurch wird wenig erklärt. Wir stehen heute einer Situation gegenüber, die fast hoffnungslos ist. Die Splitter und Fragmente des revolutionären Sozialismus, Scherben, die eine düstere Zeit verursachte, sind verstreut, und das Weltproletariat, das untätig in einer geschichtlichen Betäubung verharrt, gehört fast vollständig zu der einen Seite oder zu der anderen. Jenseits des Horizonts, in dem entlegensten Kontinent der Erde, werden revolutionäre Fermente erzeugt, und das Schlimmste ist, daß sie bereits von den Repräsentanten des Staatskapitalismus beherrscht werden. Durch den Krieg kann kaum auf eine Verbesserung gerechnet werden. Es ist anzunehmen, daß der Verfall der Menschen sogar noch schneller vor sich gehen wird als der des Staates, und mit der Zeit werden sich die Kolosse gegenseitig zerfleischt haben bis auf die Größe von hundert Liliputanern. Es darf nicht als wahrscheinlich angesehen werden, daß der revolutionäre Sozialismus eine bedeutende Rolle in den nachfolgenden Bürgerkriegen spielen wird. Sicherlich wird die Zerstörung des größten Teiles der Produktionskapazität der Welt ein fast unüberwindbares Problem darstellen. Aber dennoch besteht die Hoffnung, daß es mit dem Staat schneller abwärtsgeht als mit dem Volk, und trotz der phantastischen Scheußlichkeiten und Ungerechtigkeiten des Staatskapitalismus werden in den Massen Kraft und Schuldbewußtsein verbleiben, mit denen man aufbauen kann. In solch einer Situation wird, glaube ich, die revolutionäre Vernunft geboren werden. Wenn erst einmal in unserer Zeit die Lokomotiven der Geschichte im laufen sind und, im Gegensatz zu den zehn Jahren, die wie ein Tag vergangen sind, ein Tag kommen wird, der das Gegengewicht für diese zehn Jahre darstellt, dann dürfte ein Lenin von morgen in einer Stunde mit einem Jahrhundert beschenkt werden. Es ist meine Hoffnung, daß eine neue revolutionäre Determination über die Erde dahinschießen wird, und die schwierigen, dunklen und oft unbegreifbaren Thesen werden sich dann mit der Erfahrung des dümmsten Bauern decken, so daß eines Tages der sozialistische Theoretiker wieder die Worte finden wird, um die Menge zu erreichen. Daß Theoretiker in einer solchen Zeit vorhanden sind, ist von unschätzbarem Wert. Das Kulturgebäude des revolutionären Sozialisten ist nicht an einem Tag zu errichten, und nicht viele von uns werden seine Vollendung erleben. Doch einige müssen daran teilhaben, denn Revolutionen sind die Geschichtsperioden, in denen das Individuum am meisten zählt. Es wird nicht die Sache einer Partei sein, kein abermaliges Dahintreiben und nicht der Versuch, die Propaganda des brennenden Hochofens mit dem Licht unserer Kerze zu vergleichen. Es ist notwendig, wenn nicht gar unsere Pflicht, uns dem Studium hinzugeben und die wenigen, die vielleicht da sein mögen, zu beeinflussen, und wenn dann eine Kerntruppe nach dem Sturm übriggeblieben ist, müssen wir an die Spitze jeder revolutionären Bewegung eilen, denn wir allein haben die Erfahrung und die lebendige Einsicht in die Zeit. Dann werden wir die einzigen sein, die fähig sind, die historische Bühne zu besetzen. Wir werden uns den Problemen stellen. Ein Gespenst wird uns heimsuchen, und es wird uns recht sein. Das Gespenst der anderen Revolution wird immer mit uns sein. Wenn wir sie aber vergessen, wenn wir jemals wieder annehmen sollten, daß die Partei oder Parteien alle Fragen beantworten könnten, dann werden unsere Aktion und unser Leiden, cbenso wie das Opfer und die Entschlußkraft von Millionen Männern und Frauen vielleicht wieder umsonst sein. Es gibt kein Dogma, das wir mit uns tragen, keinen gesetzmäßigen Mechanismus, den wir anbeten könnten. Es gibt nur zwei Prinzipien, Freiheit und Gleichheit, und ohne sie sind wir nichts. Die Abwesenheit des einen zieht zwangsläufig die Korruption des anderen nach sich; diese Lektion muß gelernt werden. Es wird Krisen geben, weil wir entschlossen sind; Stimmen werden sich zum Wort melden, die besser schweigen würden. Törichte Maschinen wird es geben und Menschen, die die Arbeit verweigern, Spaltungen und Untüchtigkeit, aber wenn wir sie mit der Masse nicht überwinden können, wenn wir die Mittel nicht finden, um Freiheit und Gleichheit allen zu garantieren, wird die Revolution wieder verloren und damit bewiesen sein, daß die Fähigkeiten des Menschen für das verlockende Ziel unzulänglich sind. Aber wenn wir Erfolg haben, welch eine Zeit wird dann anbrechen! Ich bin kein Prophet, der vom Himmel träumt; ich nehme nicht an, daß wir mit einem Satz aus der Hölle nach Arkadien springen können. Aber schließlich wird es einmal eine Erde geben, auf der das Drama der Menschheit zu Ende gespielt sein wird. Es wird eine Zeit ungewöhnlichster Gegensätze geben, eine Zeit voller Verzweiflung, aber ebenso voller Hoffnung; wo jede Ungerechtigkeit, die beseitigt wird, eine neue gebiert, eine, die wir uns noch nicht vorstellen können. Wir wissen so wenig voneinander. Die Menschen haben in ihrer Geschichte die Zeit damit verbracht, die Natur zu bändigen und sich gegenseitig zu bekämpfen. Einmal aber werden wir entdecken, wessen wir wahrhaft fähig sind, und zugleich unsere wirklichen Grenzen erkennen. Wir mögen sogar so weit vordringen, daß wir erkennen, ob wir überhaupt in der Lage sein werden, ein vernunftgemäßes Leben zu führen, oder ob wir für immer dazu verdammt sind, das tragischste aller Tiere zu bleiben. Zum erstenmal in der Geschichte wird der Mensch von einer feindlichen Umgebung frei und in der Lage sein, sein wirkliches Dilemma und seine Vollkommenheit, sofern es eine solche gibt, zu begreifen. Wie wünschte ich mir, diesen Tag mitzuerleben. Er würde um so vieles interessanter sein als der heutige.«

Er war auf seinem Stuhl nach vorn gerutscht. Sein Gesicht war lebhaft. Er hatte sich selbst vergessen und wo er sich befand, und für einen Augenblick mochte sich vor ihm die Zukunft mit dem Versprechen eines neuen Frühlings, Abenteuers und einer Belohnung aufgetan haben. Er blinzelte, als wäre es das Schwierigste, dieses Bild einzufangen und zu bewahren.

Hollingsworth brach wütend los: »Sie geben sich Träumen hin! Hat man so etwas schon gehört!« Und er schlug in die Hände: »Ein alter Mann wie Sie, der sich Träumen hingibt!«

McLeods Rede war zu Ende, die Falten traten wieder in sein Gesicht, das Zucken kehrte zurück, und seine Stimme wurde traurig: »Ich habe genug geredet«, gab er zur Antwort.

»Genug?« schrie Hollingsworth. »Sie haben meine Geduld mißbraucht. Und wofür? Für all diese Schmähungen! Sie haben über einen allgewaltigen Plan gesprochen und dann über den nächsten. Wenn ich Höflichkeit nicht sosehr schätzte —«, er unterbrach sich. »Würden Sie nicht meinen«, fuhr er dann mit eindringlicher Stimme fort, »daß ein Mann wie Sie, mit all den Taten, die hinter ihm liegen, ein wenig müde geworden sein müßte?«

Augenscheinlich traute sich McLeod nicht zu sprechen. Langsam nickte er.

»Sie sind der Meinung, daß solch ein Mann noch genügend Energie besitzt, um das durchzusetzen, was sich seiner Ansicht nach ereignen wird? Und der am Ende sein großes revolutionäres Spiel spielt. Sie sind wie ein altes Weib«, sagte Hollingsworth wütend. »Bäbbel, bäbbel, bäbbel, wie süß, ach wenn's doch so wäre! Aber gestalten Sie mal die Zukunft!«

Der grobe Klotz und der grobe Keil. McLeod sog an seinen Fingerknöcheln. Nur die Lippen bewegten sich, sonst saß er reglos wie eine Marmorstatue. Seit Jahren von jener Art Nahrung abgeschnitten, zuckte sein Mund immer noch begehrlich.

»Und wenn Sie jemals jene Zeit erleben sollten«, fuhr Hollingsworth fort, »und die Revolutionäre zusammenkämen, was würden sie dann mit Ihnen tun? Wir haben Sie recht gut überprüft. Sie stehen jetzt, aus gutem Grund, mit niemand mehr in Verbindung. Selbst nicht durch Ihre Schreibereien. Sie schicken sie anonym an irgendeinen, von dem Sie glauben, daß er Interesse haben könnte. Sie schämen sich vor sich selber«, schalt Hollingsworth. »Und dabei halten Sie sich für so überlegen und blicken immer noch auf mich herab. Und es hängt doch nur von meiner Bereitwilligkeit ab, jetzt noch mit Ihnen zu sprechen. Ihre wunderbaren Revolutionäre! Wenn es jemals dazu kommen sollte, werden sie mit Ihnen nichts zu tun haben wollen. Sie stehen abseits. Vergessen Sie nicht Ihr Protokoll, vergessen Sie es niemals!«

»Sie werden schon dafür sorgen«, sagte McLeod leise. Er nahm seine Hand vom Mund und beobachtete, wie sich das Licht auf der feuchten Haut spiegelte. »Es stimmt«, flüsterte er. »Was wünschen Sie jetzt noch?«

»Ich wünsche, daß Sie gestehen«, sagte Hollingsworth.

»Ich versprach es Ihnen.«

»Gewiß, aber ich kenne Sie. Während wir diskutierten, kam Ihnen vielleicht der Gedanke, es doch nicht zu tun. Aber ich bin der Ansicht: ein Mann, ein Wort. Ich nagle Sie darauf fest.«

McLeod sah auf seine Knöchel. »Ist es eigentlich Ihre Angelegenheit oder die der Abteilung?«

»Ich bin Ihnen über — machen Sie sich deswegen keine

Sorgen«, sagte Hollingsworth mit gleich wütender Stimme. »Versucht einem Schrecken einzujagen, dieser Bursche! Sie glauben, daß Sie mit meiner Abteilung besser zu Rande kämen? Weit gefehlt! Sie fahren mit mir am besten . . . Sie haben ihn mir auszuhändigen.«

»Ich bin einverstanden«, seufzte McLeod.

Lannie hatte zu weinen angefangen. »Was haben Sie vor?« schrie sie, aber es blieb unklar, an wen sie sich wandte.

»Ich nehme an, daß wir eine private Unterhaltung nötig haben«, sagte Hollingsworth. »Sie wird einige Zeit in Anspruch nehmen, wie?« McLeod nickte: »Nun, ich bin dazu bereit, bis der Handel abgeschlossen ist.«

Als ob ihn Lannies oder meine Anwesenheit aufrege, forderte McLeod gelassen: »Lovett, ich muß Sie bitten, hinauszugehen.«

»Ich möchte hierbleiben«, sagte ich. »Sie können ihm den Gegenstand nicht aushändigen.«

Jetzt blickte er mich mit leeren Augen an. »Ach, aber es gibt keine andere Entscheidung. Sie könnten ruhig gehen, Lovett.«

Lannie hatte zu weinen aufgehört. Mit versteintem Gesicht stand sie auf und schwankte zur Tür.

»Oh, gehen Sie jetzt, bitte, gehen Sie jetzt!« rief Hollingsworth nervös aus.

So gingen wir, Lannie und ich, standen einander anblickend in dem düsteren Flur, und dann trennten wir uns. Sie ging in ihr Zimmer und ich in meines. Fernab von uns war die Schlacht zu Ende gegangen, die Verluste wurden gezählt und die Bedingungen herausgepreßt.

Und ich war es, der sich schämte.

30

Die ganze Nacht muß ich wach gelegen haben, bisweilen im Finstern, bisweilen, von Geräuschen geängstigt, mit der brennenden Lampe an meinem Bett. Ich weiß nicht, wie oft sich während der Nacht die belanglosen Geräusche im Haus oder draußen wiederholten, aber noch beim hundertsten Mal zuckte ich vor Entsetzen und unergründlicher Besorgnis zusammen und fühlte mich so kläglich wie ein Kind in der Ungeheuerlichkeit eines leeren Hauses.

Einmal hörte ich in der Nacht, wie sie das Zimmer jenseits des Korridors verließen und schweigend die Treppen hinuntergingen. Später, als ich glaubte irgend jemand schluchzen zu hören, kräuselte sich meine Haut wie Wasser, über das der Wind fährt, und in meiner Einsamkeit fühlte ich mich dem gleichen Kummer ausgesetzt. Irgendwo — war es weit fort oder in einem der Zimmer des Hauses? — konnte ich ein Baby weinen hören, vor dem Hintergrund eines trunkenen Streites.

Jeder von ihnen passierte Revue, erschien riesengroß und führte ein Selbstgespräch, dem ich zuhören mußte. Ich hatte Recht zu sprechen, zu verdammen, zu plädieren — es war, als sei ich gnadenlos einem tropischen Fieber ausgesetzt. Lannie lallte ihren Singsang, Hollingsworth kicherte, und McLeod sog an seinem imaginären Bonbon, das ewig in der Wölbung seiner Wange zu ruhen schien, und wie aus weiter Ferne sagte er zu mir: »Sorge dich nicht, mein Lieber, es ist Schicksal, das ist das Geheimnis, das hinter allem steht.«

Und Guinevere hielt Monina mit ausgestrecktem Arm von sich, während das Kind um sich schlug und vor Verzweiflung schrie, weil es seine Mutter nicht erreichen konnte, und Guinevere versuchte sich zu verteidigen: »Ich bin eine junge Frau, Lovett, und ich würde ihn verlassen haben und meinen Vergnügungen nachgegangen sein. Aber da war das Kind, und es würde ihm einen Schock bereitet haben, weil es ohne mich nicht sein kann.«

So tanzten sie um mich herum im Feuermaul der Nacht, und mein Kopf brannte.

Das Morgenlicht begrüßte ich wie ein Betrunkener in all seinem Elend. Die Hitze ließ meine Glieder zucken, und ich zerwühlte das Bettzeug. War die Nacht schlimm gewesen — der Tag versprach kaum Besseres. Hatte ich wirklich die Nacht über mit ihnen gesprochen und waren sie an meinem Bett gewesen? Eine von ihnen mußte ich wenigstens wiedersehen, Lannie! Und ich fühlte den panischen Schock, den man erlebt, wenn man den Zug hinausfahren sieht, den man um eine Minute versäumt hat. Doch nachdem ich mich angezogen hatte und die Treppe hinuntergegangen war, ertappte ich mich dabei, daß ich in mein Zimmer zurückkehrte. Dort stand meine Schreibmaschine, und aus irgendeinem Grund wünschte ich, sie nicht dort zu lassen. Warum ich sie mit mir nahm, weiß ich eigentlich nicht, aber innerhalb einer Stunde hatte ich sie auf einer Pfandleihe untergebracht, und während ich meiner Eingebung weiterhin folgte, gab ich nicht meinen richtigen Namen an, und die Anschrift, die ich niederschrieb, bezeichnete eine Straße, die nicht existierte. Da war aber noch das Manuskript. Ich tat es in einen Umschlag, schrieb meinen neuen Namen darauf und sandte es an das Hauptpostamt. In einigen Tagen oder vielleicht in einer Woche würde ich es abholen. Nachdem diese Besorgungen erledigt waren, fühlte ich, daß es nun möglich war, in das Haus zurückzukehren und Lannie aufzusuchen.

Ihre Tür war uneingeklinkt und tat sich unter meinem Klopfen auf. Als ich die Schwelle überschritt, war mir, als sei ein Vorhang gefallen, denn ich kehrte in Nacht und Finsternis zurück, denen ich so mühselig entronnen war. Und alles war wieder um mich. Was ich sah, ließ mich kichern, aber gleich darauf schnürte es mir die Kehle zu.

Wie erstarrt blieb ich stehen. Hier hatte ein Wahnsinniger gehaust.

Denn der Raum war völlig dunkel, kein Sonnenlicht drang herein, und die schwache Glühbirne kam mir vor wie das einzige Licht in ewiger Finsternis, ein bleicher Mond in schweigender Nacht. Die Luft war stickig, der Geruch von Terpentin und den Ausdünstungen von Farbe mischte sich mit dem starken Geruch vergossenen Schnapses. Schwarze Farbe war überall verspritzt, auf den Teppich, an die Wände, und auf dem Fußboden lag eine ganze Pfütze davon.

Lannie hatte ihre Maus getötet.

Die Fenster waren schwarz angestrichen. Rauf und runter, kreuz und quer. Wütend schien der Pinsel darüber hingefahren zu sein. Verkrampft, mit stockendem Atem, mußte sie die Farbe wie Blut auf die Fenster geschleudert und Genuß darüber empfunden haben, wie es tropfte und rann. Hingekleckst lag eine dicke feuchte Schicht über der anderen, und die Fenster starrten mich aus ihren höhlenlosen, schwarzen, feuchten, verwundeten Augen an. Auch die Fensterrahmen troffen von Farbe.

Dann sah ich Lannie, verdrossen, mit dem Gesicht zur Wand, auf dem Sofa ausgestreckt. Bewegungslos lag sie da, ohne mich oder das Klopfen an der Tür bemerkt zu haben. Ich schlug sie hinter mir zu, was genügend Lärm verursachte, um sie sogar aus einem opiumumnebelten Schlaf emporzuschrecken, aber ihre Sinne blieben betäubt; sie wandte sich mir mit leichter Überraschung zu, als ob ich ein sanftes Wort gemurmelt hätte.

»Ach, Mikey«, sagte sie schwermutbeladen. Schlaff erhob sie ihr Kinn und setzte ihren Kopf dem Licht der Glühbirne aus.

Sie bot wirklich keinen angenehmen Anblick. »Was ist dir widerfahren?« rief ich aus.

»Ist was geschehen?« fragte sie gleichmütig. Ihr Gesicht

war geschwollen, und eine häßliche rote Beule erhob sich auf ihrer Wange. Sie brachte ein schiefes Lächeln zustande. Auch ihr Mund war an den Winkeln geschwollen.

»Was ist dir geschehen?« fragte ich abermals.

Lannie starrte mich leer an, und es wurde mir klar, daß sie betrunken war. Zu ihren Füßen lag eine leere Flasche. Mit den Zehen bewegte sie sie leise hin und her. »Ist schon Morgen?« fragte sie.

Obwohl sie betrunken war, machte sie jetzt den Eindruck der Nüchternheit. Die Erschöpfung, in der sie befangen war, hemmte ihre Sprache und behinderte ihre Atemzüge. Mit welcher Besessenheit hatte sie gearbeitet! Farbe war über Gesicht und Haar verspritzt, und am Kinn war ein verwischter Farbfleck. »Weißt du, mir ist, als ob ich vielleicht in einer Stunde Schlaf finden könnte«, murmelte sie.

»Was ist mit deinem Gesicht geschehen?« fragte ich hartnäckig. Sie zuckte die Achseln. »Vor Stunden — war es in den frühen Morgenstunden? Ich besinne mich, daß ich das kommende Licht nicht ertragen konnte, als er mich verließ. Vorher aber muß es geschehen sein. Er kam herunter und brachte diese Flasche. Es war so freundlich von ihm, denn den Kasten, den er mir damals gab, hatte er wieder fortgenommen. Und dann konnte er es gestern nacht allein auf seinem Zimmer nicht aushalten, verängstigt trotz allen Triumphes, dieser arme Wurm, und er mußte mit mir reden, bis auch der letzte Verdacht, der mir je gekommen war, sich bestätigte. Er ist es nicht wert. Nur ein großer Mann sollte ein Verbrechen begehen. So tranken wir und sprachen miteinander, und ich sagte ihm das alles, und warum er sie liebt und er mich nehmen solle statt Guinevere, und dann hob er seine Hand und hat es getan. Ich glaube, er nahm an, daß es mir gefallen würde. Und als er gegangen war, erinnerte ich mich der Farbe, die ich gekauft hatte, ich weinte in dem Laden, und der Mann sagte gedehnt: ›Schwarze, Miß?‹ Und dann ging ich an die Arbeit. Die Fenster haben mich gehaßt!« Sie starrte das geschwärzte Glas an. »Es ist noch da, nicht wahr? Oh, wie dumm. Natürlich ist es noch da; aber irgendwie hatte ich gehofft« — ihre Augen blickten in die meinen —, »daß es vergehen würde wie alles. Ach, ich hätte es nicht bemalen sollen.«

»Er hat es also getan.«

»Was macht es schon aus? Steh nicht so dumm da. Setz dich. Ich bin müde. Ich möchte nicht, daß du stehst.«

»Dafür wird er büßen müssen!« sagte ich zornig.

Sie schüttelte langsam den Kopf. »Du bist sehr dumm, Mikey, es macht mir nichts aus, daß er mich geschlagen hat, denn ich war in seiner Schuld. Du bist nicht mit der Flasche gekommen, und ich war so einsam.« Sie prüfte die Wand vor ihren Augen. Ich sagte nichts, und gleich darauf fuhr sie fort, vielleicht ohne sich bewußt zu sein, daß sie sich unterbrochen hatte. »Wie ich sie anbete!« Ihre Finger glitten zärtlich über die Beule. »Als ich ihre Farben sah, das rote Haar, ihr rosa Fleisch mit den Babygrübchen darin — da überkam es mich wieder, was ich längst für tot gehalten hatte, und es trieb mich unaufhaltsam vorwärts.« Ihr Mund verzog sich. »Aber er wollte sie mir nicht lassen, o nein, er mußte mich betrügen. Nicht etwa, daß ich darauf nicht vorbereitet war, er hätte seine Mutter betrügen können, und ich hätte es gutgeheißen. Aber er hat sich selbst betrogen.« Sie nickte matt. »Ich wußte, daß andere hinter und über ihm standen, glaubte aber wirklich, daß er frei sei und dieselbe Verachtung gegenüber seinen Vorgesetzten empfände wie jeder richtige Mann. Als er mich diesmal schlug . . . Ach, ich hätte es ertragen können, und sogar mit Vergnügen, wenn er es aus Verachtung getan hätte oder aus einer Laune heraus, aber er enthüllte sein Gesicht, und das war widerlich. Mich zu besiegen und solche Angst zu zeigen. Ich will keine Schläge ertragen, die die Furcht gebiert, und doch war er stärker als ich und so widerlich.« Grollend stieß sie ihren Atem aus. »Hinterher war er schmierig und machte mir Komplimente und versuchte mir einzureden, daß alles, der Schnaps und die Schläge, ein Geschenk von ihm seien, und er seine Zeit geopfert habe, um mir zu Gefallen zu sein.«

McLeod stand in der Tür. Auf seinem schmalen Mund lag eine Grimasse. Er betrachtete das Zimmer und starrte auf die Farbe. Lannie fuhr empor. »Was wollen Sie? Warum sind Sie hier?«

»Ich möchte mit Ihnen sprechen«, sagte er sanft. Seine lange dünne Nase schnüffelte in der Luft. Er sah Lannie nur verstohlen an, als befürchte er einen Ausbruch. »Sie fühlen sich nicht gut?« fragte er ruhig.

Sie versteifte ihre Haltung. Sie war bereit, es als Stichelei hinzunehmen, aber seine Stimme war zu sanft gewesen. Lässig erklärte sie: »Danke, es geht mir gut.« Und als ob er eine Bedrohung für sie bedeute, solange er sie für krank hielt, rutschte sie vom Sofa herunter und stand aufgerichtet da, mit einem Lächeln auf ihren bleichen Lippen. »Es geht mir gut«, wiederholte sie, »ich habe ein ungeheures Frühstück gehabt, und meine Taschen bauschen sich vor Geld. Ein Mann kam vorbei und drückte mir eine Fünfzigdollarnote in die Hand — schwupp! — und rannte auf die Straße hinunter.« Als fühle sie sich verpflichtet, zu beweisen, was sie so oft behauptet hatte, wühlte sie mit den beschmutzten Fingern in ihrer Brusttasche und brachte eine zerdrückte Banknote hervor.

»Er hat dich geschlagen, und du hast das Geld genommen!« rief ich aus.

»Es war ein Fremder«, sagte sie.

»Hör auf!« murmelte McLeod plötzlich.

»Ich . . .«

»Hör auf!« wiederholte McLeod. Mit seiner knochigen Hand packte er mein Hemd, und sein Gesicht verzog sich vor aufsteigender Wut. »Hör auf, du unerträgliches, gefühlloses, dummes . . .« — Er suchte nach dem rechten Ausdruck — »was gibt dir das Recht zu reden!?« Er zitterte, und so plötzlich, wie er nach mir gegriffen hatte, lösten sich seine Finger. Mit zusammengepreßten, schmächtigen Schultern stand er mit dem Rücken zu mir. Im nächsten Augenblick aber, als er sein Gesicht umwandte, zeigte es wieder die alten harten Züge.

»Ich nahm es an«, sagte Lannie halb zu sich selbst, »weil Geld nichts ist und es ihm Vergnügen machte, sich freundlich zu zeigen. Und dann rannte er vor Scham über seine Freundlichkeit auf die Straße hinunter.«

McLeod nickte. »Gehen Sie schlafen«, sagte er fast zärtlich, »und wenn Sie aufwachen, wird alles besser sein.«

Ein Nebelstreifen aus der Kindheit näherte sich ihr und entführte sie. Ein schwaches Echo aus vergangener Zeit. Leise berührte sie die Beule in ihrem Gesicht. Aber die Finger des Schmerzes trafen sich mit ihren eigenen und ließen alles andere versinken. Das silberne Spinnengewebe löste sich in Staub auf. Mit einem kleinen Seufzer drückte sie mitten auf die Schwellung, als wolle sie an die Wurzel der Schmerzen gelangen und sie abtöten. Sie drückte, aber der Schmerz war zu groß. Ihre Hand sank nieder, und das hoffnungsvolle Echo verstummte. »Seien Sie nicht freundlich zu mir«, schrie sie McLeod an. »Ich kann jetzt keine Freundlichkeit ertragen.«

»Sie brauchen sie«, gab er murmelnd zur Antwort.

»Ich bin es, die sie anderen geben muß«, schrie sie. Vor Schwäche begann sie zu wanken. In diesem Augenblick war es, als nähere sie sich tastend McLeod, um seine Arme als Stützen zu nehmen, aber ebensogut hätte sie ihn auch tätlich angreifen können. Statt dessen jedoch flüsterte sie, während sie jämmerlich schwankte, mit der Hand an der Stirn: »Warum sind Sie gekommen?«

McLeod betrachtete die Asche an seiner Zigarette. Er war im Begriff, etwas zu sagen, änderte aber dann seinen Entschluß. Seine Lippen preßten sich eng aufeinander, bis sie blaß wurden, und er schüttelte den Kopf. »Ich weiß nicht.«

»Warum zu mir?«

»Weil«, sagte er langsam und versuchte, die rechte Formulierung zu finden, »weil Sie und nicht er es gewesen sind, die mich vernichtet haben.«

Zu meiner Überraschung nickte sie zu seinen Worten, und als Antwort sagte sie unmittelbarer, als ich je hätte annehmen können: »Das stimmt doch, nicht wahr, Sie haben sie seit langem verlassen?« Sie starrte, während sie auf eine Antwort wartete, auf den Fußboden.

»Es stimmt«, sagte McLeod.

»Oh, ich wußte es, ich wußte es«, rief Lannie aus, »ich wußte es, und dennoch . . .« Sie verstummte. »Was habe ich getan?« fragte sie. Aber zu vieles übermannte sie plötzlich. »Sie haben es ihm trotzdem gegeben«, stellte sie fest, »Sie haben es ihm übergeben. Warum kommen Sie jetzt zu mir?«

»Noch habe ich es ihm nicht übergeben«, antwortete McLeod, und er sprach so sanft, daß ich mich ihm verbunden fühlte. »Ich habe ihm gesagt, daß ich Zeit brauche, und so kann ich es mir bis heute abend oder vielleicht auch bis morgen überlegen.«

»Und Sie wissen nicht, was Sie tun sollen?«

»Ich kann es ihm nicht überlassen«, sagte McLeod heiser, »und doch glaube ich, ich werde es tun.«

»Nein, Sie dürfen es nicht«, erklärte sie. »Sie dürfen es auf keinen Fall.«

Er stand bei ihr, seine Hände umfaßten die ihren. »Aber warum Widerstand leisten? Wozu?« Er ließ ihren Arm fahren und vermied hartnäckig, mich anzublicken. »Trotzdem komme ich zu Ihnen«, erklärte er, »ich suche einen Weg. Was erwarte ich von Ihnen? Ermunterung? Ich weiß wirklich nicht, warum ich hier bin.« Und während er seinen Nacken rieb, als wolle er das stockende Blut und damit die

Kälte in seinem Körper überwinden, mumelte er: »Wenn Sie mich doch nur schon früher verstanden hätten! Ich schwöre —«

»Schwören Sie nicht meinetwegen«, sagte sie mit gedämpfter Stimme. »Ich weiß nicht, ich weiß nicht!« Lannie begann zu weinen. Sie tat es mit der Heftigkeit eines Kindes, mit steifem Rücken, erhobenem Kopf und niederhängenden Armen. Hemmungslos. Hastig redete sie, ihr zerschlagenes Gesicht war von Seelenpein verzerrt. »Ach, so viele Jahre sind vergangen, und sie arbeiteten an mir herum, all das weißgekleidete Volk, und wenn man zerstört wird, muß man seinen Zerstörer lieben, denn wen sonst sollte ich lieben, wenn sie meine ganze Welt ausfüllten? Man hat mich auf Sie vorbereitet. Sie erlaubten mir, Sie zu hassen, und das ist so notwendig, und doch schon beim ersten Male, als ich Sie sah — ich weiß es jetzt — war mir klar, daß Sie nicht mehr zu dem Typ Mann gehörten, der mir geschildert worden war. Und wenn Sie früher schuldig waren, so sind Sie jetzt unschuldig. Aber wie kann ich das eingestehen? Und sie übergaben mich dem andern, mit dem blonden Haar, er sollte mich retten, denn selbst noch der grausamste Vater kennt ein wenig Erbarmen. Und so müssen Sie mir vergeben.« Weinend fiel sie auf die Knie, und mit einer heftigen Bewegung stürzte sie, ohne sich zu schützen, vornüber. Mit voller Wucht schlug ihr Kopf auf.

Wir brachten Lannie wieder auf die Füße und führten sie ans Bett, aber als wir sie niederlegten, befreite sie sich und setzte sich auf. »Sie fragen mich, was Sie tun sollen? Geben Sie es ihm nicht.« Ihr Gesicht verzog sich. »Dies sage ich Ihnen, und trotzdem, ich kann nicht anders, ich muß es Ihnen sagen, selbst nach all diesen Geständnissen, ich kann nicht . . . ich kann in mir nichts anderes finden, als daß ich Sie hasse.« Der Ausbruch hatte sie erschöpft, und sie legte sich auf das Bett zurück. »Gehen Sie fort«, schrie sie McLeod an, »gehen Sie!«

Er war dabei, ihr zu gehorchen. »Sagen Sie mir«, rief sie wie mit zugeschnürter Kehle. »Glauben Sie, daß auch ich eine Ausgestoßene bin?« Etwas wie Überzeugung trat in ihre Augen. »Sehen Sie, einmal war ich in der Bewegung sehr angesehen, Kultur, sagten sie, hätte ich, und das Herz eines Kämpfers. Ich könnte alles wiedergewinnen. Ich brauche nur Ruhe und . . . Besinnung. Denn wenn sie wirklich kommt, und noch nicht alles verloren ist, und gestern schienen Sie so hoffnungsfroh zu sein, dann werden sie mich nötig haben, nicht wahr? Oder werden sie sagen, grausam wie sie sind: ›Du gehörst nicht mehr zu uns!‹« Und als fühle sie sich verloren, so, wie ihre leiser werdende Stimme verwehte, erschauerte sie. »Ach, lassen Sie mich allein! Gehen Sie! Gehen Sie!« bat sie.

Und mit einem klugen, traurigen Lächeln küßte er ihre Hand. »Ich sehe Sie nachher, Lovett«, sagte er, »hoffe ich.« Und ich konnte hören, wie er die Tür hinter sich schloß.

Lannie erhob sich vom Bett und versuchte ein paar Schritte. »Ist er fort?« fragte sie, die zitternden Finger am Kinn. »Du mußt auch gehen; alle.« Sie taumelte, und mit einer plötzlichen Bewegung stieß ihr Körper gegen die Stehlampe, so daß sie schwankte. Sie streckte den Arm aus, um sie aufzufangen, aber statt dessen stieß sie sie um. »Oh«, sagte sie verzweifelt, und als sie sich bemühte, die Lampe aufzurichten, fiel sie selbst und schlug abermals mit der Stirn auf den Fußboden. Sie versuchte, sich zu erheben, und ich streckte meine Arme aus, um sie zu unterstützen. Sie fuhr mit ihren Fingernägeln über meine Hand. »Laß mich allein.«

So beobachtete ich mit gekreuzten Armen ihre hilflosen Bewegungen. Sie war wie ein Blatt Papier im Wind.

Vor Anstrengung trat Schweiß auf ihre Stirn; sie durchquerte den Raum, um zu ihrem Bett zu gelangen. Wortlos legte sie sich hin und starrte an die Decke, während ich, der ihr hilflos nachgefolgt war, nichts anderes tun konnte, als mich zu ihren Füßen niederzuhocken.

Stunden gingen so vorüber, während Lannie auf dem Bett lag und ich sie beobachtete und mein Körper ihr Elend in sich aufnahm. Wenn ihre Stirn brannte, schmerzte die meine; wenn ihre Glieder zitterten, zuckten die meinen, und wenn sie im Schlaf, halb im Traum und halb unter Schmerzen, einen Schrei ausstieß, teilte sich mir ihre Angst mit, und ich saß neben ihr mit zugeschnürter Kehle.

Draußen ging der Nachmittag zu Ende. Die Sonne prallte gegen das blinde Fenster, bis die Luft in unserem düsteren Raum unerträglich wurde. Einmal gelang es mir mit großen Schwierigkeiten, den Fensterrahmen aus seiner Farbverkleisterung zu befreien, aber der plötzliche Lichtstrahl, der eindrang, ließ Lannie mit einem wirren Schrei hochfahren, so daß mir nichts anderes übrigblieb, als das Fenster wieder zu schließen. Und so sank die Sonne, und von der ganzen Skala ihres Unterganges bekamen wir nur einen schwachen Abglanz zu spüren. Schatten legte sich auf Schatten, und die Wände wurden dunkler und dunkler, bis ich, wer weiß mit welchem Sinn, spürte, daß die Nacht nun bestimmt angebrochen war.

Lannies Augen öffneten sich wieder, ihr Kopf wandte sich zur Seite, und sie blickte in die schwache Lichtkugel.

»Oh, was bin ich müde, müde«, stieß sie hervor.

»Ruhe dich weiter aus«, sagte ich, während sie sich bemühte, zum Sitzen zu kommen.

»Nein, es gibt kein Ausruhen, nirgends.« Ihre Hand fuhr über ihr Gesicht. »Es gibt zuviel Böses in der Welt, sagt die Prinzessin im Märchen.«

Ihre Augen starrten mich an, leuchtend, aber geschwollen in ihrem zerschlagenen Gesicht. Mir wurde klar, daß sie nicht wußte, daß ich vor ihr stand, dennoch würde sie weiterhin Bemerkungen an mich richten, und, noch ehe ich antworten konnte, mit ihren Augen auf die verschatteten Wände blicken, mit der Gewißheit eines Menschen, der vor sich einen Kontinent oder einen Himmel erblickt.

»Ach, heutzutage gibt es viele Theorien«, sagte Lannie in ihrem Singsang. »Es gibt so viele Wege, um Apostel spielen zu können, und keinen, der einen festhält, so daß die Prinzessin weinen muß.« Sie wühlte in den Taschen ihres Pyjamas und brachte eine zerknitterte Zigarette vor, die nur noch halb mit Tabak gefüllt war. Ich wollte sie anzünden, aber sie zog ihren Kopf zurück. »Nein«, sagte sie, »das ist alles, was mir verblieben ist.« Zwischen ihren Fingern knetete sie noch mehr Tabak aus dem Papier. »Sie wollte die Welt neu schaffen und allen geben, was ihnen zukommt, so daß sie stolz sein könnten in ihrem Laster und wissen, daß es Schönheit ist, die aus ihrer Schuld blüht.« Ihre Stimme schwoll an. »Aber sie pflanzte sie mit den Wurzeln nach oben und mit den Knospen tief in den Dreck. Und man unterdrückte die Prinzessin, bis sie nur noch ein Instrument in ihren Händen war, nichts anderes mehr als eine Magd. Aber selbst das hätte sie ertragen, wenn sie Format gehabt hätten, doch sie zerstörten sie nur grausam und rissen ihr die Binde von den Augen und sagten: ›Schau uns an, wir sind Dreck. Nichts hast du geändert, und du, die du unter uns stehst, bist auch nur Dreck, und keine Prinzessin.‹ Und Donner und Blitz fuhren herab, der Himmel verdunkelte sich, und die Prinzessin erkannte sich und schrie. Denn in der Tat war sie keineswegs eine Prinzessin, sie war nichts, sie war diese Zigarette, aus der der Tabak fällt und die Angst vor dem Feuer hat.«

31

Mitten in der Nacht hatte ich einen Traum, oder bildete ich mir ein zu träumen, während ich wach lag? Ich stand innerhalb einer Menschenmenge in einer ungeheuren Halle, und wir traten wartend von einem Fuß auf den anderen. Der Redner hatte schon eine Stunde gesprochen, und wir hörten ihm mit niedergeschlagenen Augen zu, blickten auf die aus Zeitungspapier gedrehten Zigarettenstummel und die widerlichen Spuckfladen auf dem schmutzigen Boden. Sobald der Redner eine Pause machte, mußte ein Signal gegeben werden, damit wir unseren Mund aufrissen und auf Kommando Begeisterungsrufe ausstießen. Nach einiger Zeit vermochte ich zu verstehen, was der Redner sagte:

»Man nennt mich einen Mietling, und zwar diejenigen, die guten Grund dafür haben, nämlich die Saboteure und Agenten des verfluchten Feindes. Hört mal zu, Leute, ich spucke auf die verdammten Hunde, die ein anderes Land mehr lieben als unser eigenes. Wenn ihr einen herausfindet, hier in unserer Versammlung, hängt ihn auf, sage ich, hängt ihn auf! Sie nennen mich einen Mietling, sie sagen, daß ich immer einer war, aber das ist gelogen, ich schwöre es bei dem heiligen Andenken meiner Mutter, der Gott sich erbarmen möge.«

Wir bekundeten Beifall, da der Name Gottes genannt wurde.

»Ich setze mich dafür ein und rufe Gott dafür zum Zeugen an, daß ihr Leute mehr Geld bekommt. Aber ein Krieg ist jetzt im Gange, Leute. Wir haben gegen die Roten und das ganze verrückte Pack zu kämpfen. Ich arbeite dafür, daß ihr mehr Geld bekommt, und es ist reiner Zufall, so wahr ich hier stehe, daß ihr gerade jetzt mit weniger zufrieden sein müßt. Ich höre, daß einige von euch an Aufruhr denken. Leute, macht euch von diesem Quatsch frei. Ihr seid jetzt das Allerwichtigste. Wir können keine Revolution gebrauchen. Was wir brauchen, ist eine größere Produktion, und sie wird uns reicher machen. Agitatoren, die sich unter euch befinden, schreien, daß Waffen keinen Reichtum darstellen, aber ich sage euch, daß Waffen uns doch reicher machen, weil sie uns allen gehören. So sollten diese Agitatoren besser ihre Schnauze halten.«

Plötzlich zeigte er auf mich. »Dich, Lovett, meine ich!«

Und voller Verzweiflung schrie ich zurück: »Du betrügst die Arbeiter, das Ganze ist Schwindel . . .« Und ich schrie immer noch, während meine Arme auf den Rücken gebunden wurden und man mich aus der Halle auf die Straße stieß, wo Männer in Uniform warteten.

Dann schien eine Wand zusammengestürzt zu sein, denn ich war ganz wach und vollständig angezogen. Mein Kopf lag in das Kissen vergraben, und meine Hände umklammerten die eisernen Pfosten des Feldbettes.

Wie spät war es? Die jetzt zwar unterbrochene Angst mußte mich aber noch aus dem Bett getrieben haben, um taumelnd nach dem Wecker zu suchen. Während ich so auf dem Fußboden stand und meine Füße in den kalten Schuhen froren, vernahm ich eine vertraute, sanfte Stimme.

»McLeod, ich möchte sagen, mein lieber, alter McLeod.«

Es war Hollingsworth. Ich öffnete meine Tür um Spaltenbreite und blickte in den Flur hinaus. McLeod hatte die Tür zu seinem Zimmer hinter sich geschlossen und stand davor. Sein schlanker, ausgemergelter Körper war vornübergebeugt. Obwohl er ihn nicht berührte, schien Leroy ihn zu stützen.

»Sie haben mit der Antwort auf sich warten lassen«, beklagte sich Hollingsworth.

»Ich habe nachdenken müssen.«

Hollingsworth blickte auf seine Armbanduhr. »Ich bin hergekommen, um Ihnen mitzuteilen«, sagte er erklärend, »daß Sie in einer Viertelstunde herunterkommen müssen, um die Übergabe zu vollziehen.«

McLeod rieb die Hände aneinander. »Sie haben mir bis morgen früh Zeit gelassen.«

»Bedauere.«

»Sie hatten wohl Scherereien«, sagte McLeod.

Hollingsworth schüttelte den Kopf, sein Fuß klopfte den Boden. »Man könnte vielleicht seinen Entschluß ändern, darum geht es.«

McLeod grinste. »Die erwarten Sie sofort in ihrem Büro, nicht wahr?«

»Die geben sich Phantasien hin, die haben kein Recht dazu, mich . . .«, sagte Hollingsworth mit erstickter Stimme.

»— Sie zu verdächtigen«, stieß McLeod hervor. »Die haben sich Zeit gelassen.«

Hollingsworth blickte ihn an, seine dünne Lippen waren feucht, und sein Unterarm streckte sich in einer hilflosen Bewegung aus, wie ein Mann, der etwas Schwieriges ausdrücken möchte und nur seine Finger um den Daumen zu pressen vermag. »Nein, hören Sie mich doch an«, schluchzte er plötzlich, und seine trüben Augen wurden jetzt unter der tränenfeuchten Oberfläche ausdrucksvoll, und ein leises, unbeabsichtigtes Wimmern kam aus seiner Brust. »Alle wollen mir jetzt wehe tun«, sagte er wie ein Schuljunge.

»Sie sind ebenfalls übermüdet«, sagte McLeod ruhig.

»Ich kann nicht länger mehr für sie arbeiten«, brach es plötzlich aus ihm heraus. »Sie machen einen fertig. Und Sie werden sich jetzt fragen, was für ein Mensch ich eigentlich bin? Verstehen Sie mich? Aber natürlich verstehen Sie mich. Sie sind so verständnisvoll«, sagte er zart. »Was bedeuten alle guten Erfahrungen, die ich mit einigen meiner Kollegen gemacht habe, wenn sie jetzt auch meine Freunde und mich selbst unter Druck setzen. Die sind nicht anders als wir, nur daß sie es sich nicht klar machen.«

Sein Ausbruch versiegte, er nahm seinen Strohhut ab, langte hinunter und rieb die Spitze seines Fußes, der in einem auffällig orangefarbenen Hausschuh steckte. »Ich muß mich entschuldigen, daß ich Sie gestern beleidigt habe, aber sehen Sie, Sie haben Ihre Rede für Mr. Lovett gehalten und mich dadurch sehr verletzt. Ich kann gar nicht ausdrücken, welche Bewunderung ich für einen Menschen wie Sie empfinde. Ich glaube, wir hätten Freunde werden können, wenn die Umstände günstiger gewesen wären.« Er legte seine Hand auf McLeods Arm.

Geschickt machte sich McLeod frei. »Tut mir leid«, sagte er steif, »aber ich fürchte, zu voreingenommen zu sein.«

Hollingsworth empfand es nicht als Zurückweisung. »Oh, das schadet nichts. Ich hoffe, daß wir uns wiedersehen werden, wenn sich alles beruhigt hat. Ich werde mich um Ihre Frau kümmern. Gegensätze ziehen sich an, sagt sie, aber im Grunde sind wir doch die gleichen.« Er zögerte, aber da es die letzte Gelegenheit war, mußte es gesagt werden: »Ich kann Ihnen gar nicht sagen, wie glücklich ich darüber bin, daß Sie sich entschlossen haben, ihn mir privatim zu geben. Denn andernfalls hätte ich Sie verhaften müssen, und das wäre mir sehr unangenehm gewesen. Sie wissen, daß ich Ihnen sofort dies Angebot machte, als mir einfiel, daß ich Sie damit retten könnte.« Er sagte es mit unterdrückter Leidenschaft, so daß er sich vor Anstrengung fast auf McLeod stützen mußte. »Sie sind ein so furchtbar trotziger Bursche. Solche Typen habe ich immer gern gehabt, und in meinem Innern — nein, schweigen Sie, ich weiß es besser als Sie — habe ich das Gefühl, daß Sie mir zugetan sein könnten.« Er riß sich zusammen. »Apropos, werden Sie in einer Viertelstunde unten sein?«

»Sie haben es mir schon mal gesagt.«

»Und sehen Sie sich vor, richten Sie sich darauf ein, zu gleicher Zeit mit mir fortzugehen. Es ist nicht ratsam, zu warten.« Er schien Anstalten zu machen, sich mit Händedruck zu verabschieden, aber dann drehte er sich um und ging schnell die Treppe hinunter.

McLeod kehrte in sein Zimmer zurück. Ich wartete, bis das Geräusch der Schritte verklungen war, und ging dann über den Gang. Als ich die nicht geschlossene Tür aufstieß, fand ich McLeod sitzend vor. Ihm gegenüber stand der Tisch und der leere Stuhl, auf dem Hollingsworth gesessen hatte.

McLeod blickte mich an. »Sie haben alles mit angehört?« fragte er. Ich nickte, und er nahm ein Fädchen von seinem

Hosenbein. »Ich habe eine endgültige Entscheidung getroffen«, erklärte er.

»Ja?«

»Er bekommt ihn nicht.«

Darauf schwiegen wir beide. »Und was werden Sie tun?«

»In wenigen Minuten werde ich ihn unten sprechen.«

»Warum wollen Sie nicht . . .« begann ich.

»Verschwinden?« Er lachte leise vor sich hin. »Ich fürchte, keine Kraft mehr dazu zu haben. Nein, sehen Sie, er wartet jetzt unten, und er hat ein feines Gehör. Nein. Er wartet dort unten mit der Frau, die meine Frau war, und dem Kind. Die Sachen sind sogar schon gepackt, und es ist nur noch eine letzte Kleinigkeit zu erledigen.«

»Was ist mit Guinevere?«

Er zuckte verdrießlich mit den Schultern. »Mein ganzes Leben lang bin ich in Ideen verliebt gewesen, und auch in die Idee, meine Frau zu lieben und vielleicht ebensosehr mein Kind. Ich möchte mich jetzt dagegen auflehnen. Nein, Lovett, ich habe mir alle Möglichkeiten verbaut. Mir will es scheinen, als ob ich gewünscht habe, in jeder Sache zu versagen, denn neue Möglichkeiten würden die Entscheidung lähmen, die ich zu treffen habe.« Er erschauerte plötzlich. »Bis auf eine.«

»Was wird in den nächsten Minuten geschehen?« fragte ich.

Er sagte spöttisch: »Oh, Sie vermuten zuviel. Es wird eine Szene geben und Bedrohungen, und dann muß ich meinen Weg antreten.« Er sagte es so, daß ich eine Gänsehaut bekam. »Und Sie lassen nichts zurück?«

»Nichts.«

»Warum geben Sie ihn nicht mir?« fragte ich vorsichtig.

Er sprang aus seinem Stuhl auf und preßte meinen Arm. »Sind Sie entschlossen?« fragte er angespannt.

Mein Herz schlug so mächtig, daß ich glaubte, kein Wort hervorbringen zu können. »Ich habe darüber nachgedacht«, stieß ich mühsam hervor. »Ich bin nicht sehr tapfer, ich weiß es ...« Jetzt war es gesagt. »Ich habe keinerlei Zukunft. Immerhin könnte ich mir eine Zukunft vorstellen, mag sie auch noch so kurz sein.«

Er stieß mir leicht vor die Brust. »Lovett, alter Junge.« Ein Lächeln ging über sein Gesicht. »Ach, wie wenig Zeit haben wir noch, und wie vieles habe ich dir zu sagen. Du bist ein Romantiker, mein Junge, und du mußt dich dagegen schützen. Du bis unschuldig und hast noch viel zu lernen.« Unruhig ging er im Kreis herum. »Es ist unmöglich, alle Ratschläge in einer Minute zu geben, und selbst dann mußt du deine eigenen Erfahrungen machen.« Er konnte sich nicht länger zurückhalten, und unbeholfen legte er seine Arme um mich und schwenkte mich im Kreis. »Ich bin stolz auf dich«, sagte er laut und überstürzt und lachte vor Freude. »Da, setz dich«, er drückte mich auf den Stuhl. »Wir haben nur ein paar Minuten, und ich muß es dir erklären. Die Einzelheiten und alles, was damit zusammenhängt, kannst du dir in Ruhe überdenken, falls man sie dir läßt.«

Als es erledigt war, blickte er starr über den Tisch und sagte, ganz der alte Pädagoge: »So wie Lenin zum Priester Gapon sagte: ›Studieren müssen Sie, Väterchen, oder Sie werden Ihren Kopf verlieren.‹ Verstehst du, Lovett?«

Ich nickte.

»Nun gut, dann werde ich hinuntergehen.«

»Ich gehe mit dir«, sagte ich.

McLeod war aufgestanden. »Nein, nein, nein, du darfst es jetzt nicht gefährden.« Plötzlich war er wütend. »Wenn du mit hinunterkommst, ist es unser beider Ende. Nein, mein Guter, sieh mal« — und er hatte mich beim Hemd ergriffen und seine blassen Augen starrten mich an —, »ich bin ein alter Fuchs, und du darfst nicht glauben, daß ich in den letzten Tagen nicht über bestimmten taktischen Fragen in meiner Angelegenheit gebrütet habe« — sein Atem war dicht vor meinem Gesicht —, »ich meine, du darfst nicht annehmen, daß ich da einfach so hinuntergehe, ohne eine Idee im Kopf. Nein, ich habe etwas Bestimmtes vor. Es ist mir heute eingefallen, und deine Anwesenheit, ich versichere es dir, würde das Schlimmste bedeuten.« Er ließ mich frei und murmelte: »Nein, du bleibst hier, und wenn etwas schiefgeht, hast du die Chance, dich davonzumachen. Ich werde dich in der Gasse am Ende der Straße erwarten.«

»Bist du . . . bist du deiner ganz sicher?«

Wie betrunken beugte er sich mit einer halb komischen, halb geheimnisvollen Bewegung vor und sagte: »Sieh dich jetzt vor, mein Junge. Komm nicht mit hinunter — oder zerstöre alles, wenn du willst. Sobald ich zurück bin, werde ich dir erzählen, wie sich der alte Fuchs McLeod wieder einmal mit den Trauben davongemacht hat.« Damit drückte er mir einen Briefumschlag in die Hand. »Es sind nur ein paar Worte, ich wollte sie dir durch die Tür stecken. Lies sie jetzt nicht.« Er zündete sich eine Zigarette an, ging auf den Flur hinaus, klatschte auf das Geländer und verschwand.

Einige Minuten lang gehorchte ich seiner Vorschrift, hielt mich im Raum verborgen, während aus meinem reglosen Körper langsam die Wärme entwich, die Wände kalt wurden und die stickige Luft, die seit vielen Wochen auf mir gelastet hatte, mich mit Kühle umfing. Meine Nase wurde feucht, meine Hände fühlten sich eisig an, und die Stille des Hauses zerrte unbarmherzig an den Nerven. Ich verharrte, bis meine Ohren den eindringlichen Rhythmus tropfenden Wassers wahrnahmen. Ich mußte versuchen festzustellen, woher das Geräusch kam — vom Flur her, aus dem Keller oder gar aus einem anderen Haus? Und jeder Tropfen traf mein Gehirn, als ob ich gefesselt unter ihm läge. So verharrte ich wie im Grabe, während Stalaktiten auf dem Gang zu wachsen schienen.

Als die Stille nicht länger mehr zu ertragen war, verließ

ich das Zimmer und trat auf den Flur. Ich lauschte die Treppe hinunter und glaubte, die auf- und absteigende Stimme Hollingsworths zu vernehmen. Ich ging eine halbe Treppe tiefer. Hörte ich einen Schritt oder knackte nur eine Diele? Als ob ich mich an einem Seil hinuntertastete, das mich sicher wieder zurückführen würde, stieg ich durch das dritte Stockwerk in das zweite hinunter und hielt neben Lannies Tür an. In ihrem Zimmer würde an der gegenüberliegenden Wand das Licht brennen, während die Fenster noch ihre blutenden Wunden zeigen und in ihr Gesicht starren würden, indessen sie auf dem Bett lag und die noch nicht getrocknete Farbe sich in dicken Tropfen nach unten bewegte. Ich wartete eine weitere Minute auf dem letzten mir vertrauten Vorposten.

Im Eingangsflur stand eine staubige Lampe auf einem beschädigten Tisch und ermunterte ein Insekt, zwischen falsch adressierten Rechnungen und unzustellbaren Briefen umherzukreisen. Mit dem Körpergewicht auf meinen Zehen und mit angespannten Muskeln machte ich dort unten halt. Meine Finger tasteten über die Briefumschläge, aber meine Augen sahen nichts.

Sie waren im Gespräch. Jetzt, während ich vor den Stufen stand, die zu Guineveres Wohnungstür führten, konnte ich ihre Stimmen unterscheiden; jede flüsterte, und doch verriet sich jede durch die Hast und den Versuch, die andere zu übertrumpfen. Geflüster gegen Geflüster, ein leiser Schrei von Guinevere, Moninas Stimme, die plötzlich losbrach, greinte und gleich darauf wieder verstummte. Mein Kopf war am Schlüsselloch, und das Gemurmel ging weiter, und die Stimmen wurden mit jeder Sekunde eindringlicher, bis die Drohung schließlich erkennbarer wurde, der Trotz fast noch klarer hervortrat, und Hollingsworth für einen Augenblick aufschrie wie ein Kind in seinem Schmerz: »Sie haben mich betrogen, Sie haben mich betrogen.«

»Schreihals, Schreihals«, sang Monina.

Was vorging konnte ich kaum wissen, aber dann wurde es wieder still, so unheimlich still, daß mir war, als läge ich erneut wie erstarrt in meinem Zimmer, während das Wasser in pausenloser Folge tropfte.

»Man hat mein Gefühl verletzt«, sagte Hollingsworth in dem mildesten Ton, den ich je von ihm vernommen hatte, »und das zwingt mich, Sie zu bestrafen.«

Vielleicht war es die Art und Weise, wie er es sagte, oder die dann eintretende Stille, jedenfalls war das Schweigen nicht mehr zu ertragen. Ich hörte den leisen Laut eines Schrittes, und fast glaubte ich, die blanke Waffe vor mir zu sehen, die langsamen, abtastenden Bewegungen der Männer. Es gab das Geräusch eines Angriffes, einen gurgelnden Schrei, und in diesem Augenblick flog ich gegen die Tür, stürzte in den Raum und sah McLeod vor mir zusammenbrechen, doch nur mit halbem Blick, denn im nächsten Augenblick wurde ich von hinten niedergeschlagen; etwas schien meinen Kopf auseinanderzusprengen. Ich sah den Fußboden auf mich zurasen und fiel kopfüber mit solcher Wucht, daß ich fast bewußtlos war.

Hilflos tasteten meine Arme umher, während der Fußboden vor meinen halbgeschlossenen Augen wie ein Floß auf den Wellen tanzte. In dem heulenden Durcheinander um mich her hörte ich schrille Stimmen. Guinevere schrie wie aus weiter Ferne. »Ich bin verdammt, ich bin verdammt«, und Hollingsworth fluchte und schrie und lief von einer Ecke des Zimmers in die andere. »Der Wagen steht bereit«, hörte ich ihn schreien, »wir müssen fort!« Er stöhnte auf. »Laß mich hier«, bettelte die Stimme einer Frau, und schließlich begriff ich, daß es Guinevere war. »Laß mich hier liegen«, wimmerte sie verzweifelt, bis sie jemand wohl in die Arme genommen und zur Tür getragen hatte. »Wir müssen gehen«, sagte er heiser. »Es ist keine Zeit zu verlieren . . . Nun wird ihn nie jemand besitzen . . . niemand wird ihn haben . . . Was habe ich nur getan?«

Dann schrie er: »Komm jetzt, nimm das Kind. Du sollst das Kind nehmen!« Über meinen wahnsinnigen Kopf tobte es hinweg, Monina brüllte vor Angst. Man schlug sie, und jemand zerrte sie in seine Arme. Dann hörte ich sie zur Tür hinausstolpern und Guinevere schreien: »Es kann nicht geschehen sein, es kann nicht wahr sein.« Einen Augenblick später glaubte ich, daß sich der Fußboden mit mir umdrehe, ich hörte einen Motor und begriff, daß es ein Auto war, und dann fuhren sie fort, und mein Gehirn erfaßte mit größter Klarheit Moninas letzten Aufschrei.

»Ich will zu meinem Pappi«, jammerte sie.

Und das Geräusch des Wagens verlor sich, und der Fußboden schien nach mir zu greifen, riß die Knie unter mir fort und warf mich auf den Rücken.

32

Schließlich brachte ich es fertig, mich auf die Beine zu stellen, und wenn ich meine Arme genügend weit ausstreckte, befand ich mich einigermaßen im Gleichgewicht. Ich schwankte über den Fußboden und kniete neben der Leiche nieder. Die langen, dünnen Arme bedeckten sein Gesicht. Ich machte keinen Versuch, um festzustellen, ob er mit Fassung oder voller Angst gestorben war. Ich berührte die schlanken Finger, dann taumelte ich hoch, lehnte mich gegen die Wand. Einmal erinnerte ich mich an den Briefumschlag, den er mir gegeben hatte, und befühlte ihn.

Lannie kam durch die Tür herein. Sie war in den durchweichten, schwarzen Lumpen gehüllt, der einstmals ihr Pyjama gewesen war. Ziellos schritt sie auf und ab; das Haar war ihr über die Augen gefallen, und ihr Mund summte ein mißtönendes Lied. Sie sah McLeod, ehe sie mich erblickte, und stand singend vor ihm. Ihr zarter Körper hing hilflos in seiner Hülle. Dann trieb es sie weiter, und sie blickte in mein Gesicht. »Ach, du bist mein Bruder«, sagte sie sanft, »denn Blut ist auf deiner Wange, und das verbindet uns.« Sie reichte mir die Hand.

Wir standen zusammen an der Wand, während von draußen her der Lärm von Automobilen auf uns eindrang. Wir hörten den Motor eines Wagens, der die Straße entlangraste und plötzlich anhielt. Sein Licht, das einen Streifen aus der Dunkelheit des Zimmers geschnitten hatte, erlosch, und gleich darauf drang das Licht eines zweiten Wagens herein, der unmittelbar dem anderen wie ein Zwilling gefolgt sein mußte. Als ein dritter Wagen um die Ecke brauste, macht ich mich davon und zog Lannie hinter mir her ins Schlafzimmer. Dreißig Sekunden, nachdem die Wagentüren zugeschlagen worden und Männerschritte auf dem Pflaster zu vernehmen gewesen waren, wurde das eiserne Gitter, das zu Guineveres Wohnungstür führte, klingend aufgestoßen, und Agenten unseres Landes drangen durch die Tür. Drei Männer mit athletischen Körpern, Zivilanzügen und grauen, weichen Hüten traten in die Diele. Ich begehrte Lannies Mund zu spät. Sie hatte wieder leise zu singen begonnen, und während die Männer einander anblickten, trat sie aus der Dunkelheit heraus auf sie zu. »Sie sind gekommen, wie ich sehe«, sagte sie mit sehr lauter, klarer Stimme, als ob sie taub seien. »Und ich bin entschlossen, mich Ihnen zu stellen.« Als sie ihre Handgelenke hob, sah man die alten Brandmale, die man ihr mit Zigaretten beigebracht hatte.

Einer der Männer blickte sie prüfend an. »Führt sie ab«, sagte er.

Als die anderen vortraten, lächelte sie. »Ich liebe euch, selbst wenn ihr mich quält, denn auch ihr leidet«, sagte sie. Aber als sie mit ihnen durch die Tür schritt, zuckten Licht und Schatten und Entsetzen über ihr Gesicht. »Oh«, sagte sie mit mitleiderregender, dünner Stimme, und für einen Augenblick machte sie sich von ihnen frei.

»Oh«, flüsterte sie, »ich laufe durch ein Feld mit hohem, hohem Gras und komme zu Fall. Wird es mich ersticken oder mich sanft betten?«

Sie führten sie auf die Straße, und andere Männer kamen herein. Aber ich durfte sie nicht mehr abwarten. Als sie durch die Eingangstür traten, entwischte ich durch das hintere Fenster, und als der Lärm losbrach, weil sie den Toten auf dem Fußboden erblickten, mußte ich schon halbwegs die Gasse hinter mir haben.

33

Der Briefumschlag enthielt McLeods Testament:

Für Michael Lovett, für den ich am Ende meines Lebens und zum erstenmal in meinem Leben die Reste einer selbstlosen Freundschaft empfand. Ich vermache ihm als Erben, was von meiner sozialistischen Kultur übrigblieb.

Und fast wie ein Nachwort folgte hinterher:

Und möge er in seinem Leben den Phönix auferstehen sehen.

So kam das Erbe an mich, den Erbärmlichen, und ebenso der kleine Gegenstand, und ich stürzte hinaus in die Welt. Als ich die Gasse hinabfloh, die von dem Haus fortführte, geschaht es nur, um die nächste zu betreten und dahinter wieder eine. Und ich achtete auf verdächtige Zeichen, die es ratsam erscheinen ließen, meinen Wanderweg fortzusetzen.

Und so vergeht die Zeit, und ich arbeite und studiere und behalte die Tür im Auge.

Indessen wachsen die großen Armeen übereinander, die Welt dreht sich, und der Wanderer greift sich an die Brust.

Von den unüberbrückbaren Widersprüchen aus, die bei der von den Menschen gestohlenen Arbeit begannen, geht der Marschweg des endlosen Krieges, der seine Schritte beschleunigt. Vielleicht werden Millionen untergehen und andere Millionen erstehen. Und ich werde Brüder dort finden, wo ich sie nie erwartet habe.

Aber im Augenblick stehen wir im Sturm, der dem Gewitter vorauseilt, und sichtbar treibt das Boot den Riffen entgegen. So führt der Blinde den Blinden, und der Taube warnt durch Zurufe den anderen, bis sich ihre Stimmen verlieren.